KB267926

불멸의 인도 문학

라마야나

우유의 바다에 살면서 우주에 가득한 신 나라야나는
신들 중의 신으로 옛날 한때 라마셨나니,
라마야나를 듣거나 공부한 이에게는 그의 축복이 있으리라.
그리하여 그들은 부와 아이들과 평화와 만족을 갖게될 것이며
모든 소망들이 이루어질 것이니
부귀, 강녕, 명예, 장수, 우애, 영광, 지식 등등이
모두 그들의 것이 될 것이다.

옮긴이의 말

마하바라타와 함께 인도가 자랑하는 세계 최장 서사시 라마야나는 그 성립년대를 대략 기원전 5~6세기 이전으로 보는 것이 정설이다. 그러나 그 내용의 다양하고 방대함에서 자명한 바와 같이, 라마야나는 발미키라는 한 개인에 의해 창작되었다고 하기보다는 예로부터 전해내려왔던 다양한 이야기들이 세월과 함께 하나의 방대한 작품으로 집대성되어졌다고 보아야 할 것이다.

여기에서 소개한 발미키의 라마야나는 힌두교 위주의 라마야나인 바, 같은 힌두교의 라마야나 사이에도 어떤 원전에는 다른 원전에 없는 내용이 3분의 1이나 있을 정도로 다양한 것이 라마야나다. 하기야 20㎞마다 언어가 달라진다는 복잡하고 광대한 인도대륙에서 2천 년 이상이나 전해온 이야기가 모든 곳에서 똑같다면 그거야말로 이상한 일일 것이다.

659년 당나라 현장이 한역한 《아비달마대비바사론(阿毘達磨大毘婆沙論)》에도 羅摩衍那(라마야나), 1만 2천 송, 那伐拏(라바나), 私多 (시타)등 라마야나에 관한 부분이 보이는데, 불교에서 전하는 라마야나는 발미키의 라마야나와는 다음과 같이 또 차이가 있다.

바라나시(베나레스)의 왕 다사라타에게 라마판디타(현자 라마라는 뜻)와 락카나 두 왕자와 시타라는 왕녀가 있었다. 왕비가 죽은 후 새로운 왕비에게서 바라타라는 왕자가 태어났다. 바라타가 7세가 되자 바라타의 생모는 옛날의 약속을 들어 바라타를 세자로 정하도록 강요하니 왕은 계모의 박해로부터 라마, 락카나, 시타를 보호하기 위해 이들을 12년간 숲에서 살게 했다. 9년 후에 왕이 죽으니 대신들은 바라타의 즉위를 인정하려고 하지 않았다. 바라타는 숲으로 라마를 찾아 왕위에 오르기를 간청했으나 라마는 3년간을 더 숲에서 살아야한다고 고집하면서 그의 신발을 주었다. 재판이 틀리면 신발이 서로 맞부딪쳐 소리를 냈다. 3년 후 왕위에 오른 라마는 시타를 왕비로 삼아 6천년간 선정을 베풀었다.

쟈이나교에서 전하는 라마야나 또한 다양하나 그 중의 하나는 대강 다음과 같은 정도로 발미키의 라마야나와 차이가 크다.

다사라타 왕과 아파라지타 왕비 사이에서 파드마(라마에 상당함)가, 수미트라 왕비와의 사이에서 락슈마나가, 카이케이 왕비와의 사이에서 바라타와 샤트르구나가 태어났다. 시타는 쟈나카 왕과 비데하 왕비 사이의 공주였다. 파드마와 시타의 결혼, 시타의 실종, 하누만의 파견, 라바나와의 전투와 승리, 시타의 탈환 등 전체적인 줄거리는 비슷하나 라바나를 쟈이나교를 신봉하는 신성한 존재로 삼아 대단한 호의를 보이는 것이 특색으로, 그를 죽인 락슈마나는 지옥으로 떨어진다고 했다.

쟈이나교에서 전하는 라마야나에는 다음과 같은 내용도 있다.

랑카의 왕 라바나는 한 때 고행중이던 마니마티라는 여자를 유혹했다. 이에 복수를 결심한 마니마티는 라바나의 왕비 만도다리를 통해 라바나의 딸로 태어났다. 라바나는 불길한 조짐들 때문에 그 딸을 버리게 했다. 만도다리는 그 딸을 상자에 넣어 마리차에게 주니 마리차는 그 상자를 미틸라국의 공원에 묻었다. 쟈나카 왕이 제사를 모실 곳을 찾아 땅을 파다가 그 상자를 파내어 그 속의 여아를 양녀로 삼으니 곧 시타였다.

그러니까 시타가 라바나의 딸이라는 이야기인데 그렇게 된다면 무엇이 진짜 라마야나인지 어리둥절할 수밖에. 그런데 시타가 라바나 또는 라바나의 신하의 딸이라거나 기타 어떤 인연으로든지 라바나와 출생상 인연이 있다는 내용은 위의 자이나교에서뿐 아니라 크메르, 라오스, 말레이, 코탄, 티베트, 몽고, 미얀마, 타이 등지의 라마야나에서도 전해오고 있으니, 그렇다면 발미키 원작의 라마야나가 도리어 이단이란 것인가?

라마야나는 이미 인도만의 이야기에서 벗어난 지 오래다. 페르시아어로도 번역이 되었으며, 돈황의 문서에서도 티베트어와 코탄어로 된 라마야나가 있었다. 라마야나는 또 몽고어로도 번역이 되었을 뿐 아니라 라마야나가 인도 이상으로 토착화된 곳은 동남아시아의 여러 나라다.

크메르족의 최고의 제왕 수라야바르만 2세(1113~1152)가 건립한 앙코르와트 사원에는 하누만의 어깨에 오른 라마와 사자의 머리를 한 두 마리의 괴수가 끌고 있는 전차를 탄 10개의 머리에 12개의 손을 가진 라바나가 빗발치는 화살 속에서 격전을 벌이고 있는 장면을 중심으로 한 랑카에서의 전투장면을 묘사한 대형벽화가 50m에 이르도록 조각되어 있기도 하며, 쟈바의 로로죵그랑 사원의 중심부인 높이 47m의 시바 사당에는 라마야나를 설명하는 42장면의 벽면 조각이 남아 있으며, 바나다랑 사당에는 106장면의 라마아나 벽화가 조각되어 있기도 하다.

타이의 수코타이 왕조(1238~1378) 전성기였던 제3대 왕은 이름부터가 라마캄헹(1275~1318)이었으며, 15세기 초의 아유타야 왕조는 그 이름이 아요드햐에서 유래했다. 태국의 현 왕조를 세운 차크리(재위. 1782~1809)는 아예 자신을 라마 1세라 칭하니 이어 라마 2, 3, 4, 5, 6, 7세 등으로 이어져 내려오고 있다. 라마 1세의 명으로 재편찬된 라마야나는 52,086구절에 이르니 라마 2세는 1815년 이를 무대극으로 재편했으며, 1825년 라마 4세와 1910년 라마 6세가 같은 작업을 계속했다. 또 유명한 에메랄드 사원에는 라마 3세(1824~1851) 때 시작해 1927년까지 이어진, 난시다(시타)의 출생에서부터 최후의 평화에 이르기까지의 라마야나를 설명한 대단한 벽화가 있다. 또 부근의 다른 사원에도 라마야나의 장면을 새긴 152매의 대리석 조각이 있으며……

여하간 라마가 부라므 또는 모로로, 시타가 치타이 또는 신타 또는 신토 또는 난시다로, 하누만이 아노만 또는 화라만으로, 락슈마나가 락카나로, 수구그리바가 스기부로, 라바나가 라워노 또는 라와나로, 만도다리가 만두다키로, 비비샤나가 비부사나로, 랑카가 아룬코로 바뀌는 데다가 이야기 내용도 어지러울 만큼 각양각색일망정 라마야나는 오늘날에도 동남아시아 일대에서 입에서 입으로, 책으로, 그림으로, 조각으로, 음악으로, 가두행렬로, 그림자 연극으로, 가면극으로, 무용극으로 등 대단한 성황을 누리고 있다.

라마야나는 또 1808년에는 런던에서 영어로, 1903년에는 파리에서 불어로 출판되는 등 서구에도 그 소개가 붐을 이루니, 웨베르가 1871년에 베를린에서 라마야나에 관한 연구논문을 발표한 것을 비롯하여 숱한 서구학자들의 학술적 연구가 발표되었다. 특히 그 중에서도 1893년 본에서의 헤르만 야코비와 1979년 모스크바에서의 그린체르의 연구서 등이 높게 평가받고 있다는 점을 첨언하면서 원본의 웅장 미려함을 제대로 살리지 못한 채 앙상한 줄거리만을 겨우 전하게 된 부끄러움을 이만 그치려 한다.

차　례

옮긴이의 말

1. 소년 라마　　　　　　　　　　　　　　　**13**

2. 왕국의 음모　　　　　　　　　　　　　　**71**

3. 유배생활　129

1. 소년 라마

1. 소년 라마

1. 발미키와 나라다

위대한 성자 발미키의 아쉬람(암자, 수도장, 은자의 집)은 타마사 강변에 있었다.

어느날 성자가 명상에 잠겨 있을 때 창조주 브라흐마의 아들인 성스러운 리쉬(성자, 고행자) 나라다가 나타났다. 나라다의 손가락이 비이나(현악기의 하나)의 줄을 튕기는 것을 보면서도 발미키는 아무 말도 없이 계속 멍청한 듯 앉아만 있었다. 나라다는 발미키에게 무슨 생각을 그렇게 골똘하게 하고 있는가를 물었다. 발미키는 말했다.

"브라흐마의 아들이신 당신은 바람의 신 바유와 같아서 사람의 마음 속까지도 마음대로 드나드실 수 있으시니 지금 제가 무슨 생각에 그렇게 골몰했던가를 아실 것입니다. 저는 지금 이 세상에 누군가 완벽한 인간이 있다면 그가 누구일까를 생각해보고 있었습니다."

"완벽하다는 것이 어떤 점에서인가를 말씀해 주신다면 거기에 알맞는 사람이 있을까 생각해보겠습니다."

라고 나라다가 말하자 발미키는 말했다.

"청렴, 용기, 정의, 감사하는 마음, 진실, 신념에의 헌신, 결점이 없는 성품, 모든 생물에 대한 배려, 학문, 재능, 아름다움, 온화한 모습, 담대, 분노를 억누를 수 있는 능력, 완전한 자기통제, 언제나 시기하지 않음, 하늘도 놀랄 만한 불굴의 영웅적 자질."

이 모든 품성을 열거한 후 발미키는 잠시 쉬었다가 웃으며 말을 이었다.

"한 인간이 이 모든 덕성을 다 갖출 수는 없겠지요. 신들도 그렇게 되실 수가 없을 텐데 하물며 인간이 말입니다."

과거와 현재와 미래를 다 알고 있는 나라다는 말했다.

"잘 들어보십시오. 나는 그러한 사람을 알고 있습니다. 말씀하신 대로 한 인간이 그러한 모든 덕성을 다 구비한다는 것은 불가능합니다. 그러나 그렇게 완벽한 사람이 딱 한 사람 있으니 이크슈바쿠 왕통에 라마라는 이름의 왕이 있습니다. 그 사람이야말로 당신께서 찾고 계시는 인물일 것입니다. 그는 ……."

이리하여 나라다는 발미키에게 라마의 이야기를 들려주었다. 끝까지 조용히 나라다의 이야기를 들으면서 발미키는 커다란 행복감에 눈이 빛났다.

2. 신을 만나다

라마의 이야기를 다 끝내고 나라다가 돌아간 후 라마에 대한 생각에 빠져 있던 그는 갑자기 아침 예배시간이 되었음을 깨닫고는 제자들과 함께 타마사 강으로 갔다.

강가에서 사방을 둘러보며 새삼스럽게 풍성한 어머니(대자연)에 경탄하는 그의 눈에, 나무 위에서 즐겁게 노래하며 서로 사랑을 나누는 한 쌍의 크라운차 새가 보였다. 바라보는 발미키의 마음 또한 즐거웠다.

그런데 수 크라운차가 화살을 맞고 떨어졌다. 암 크라운차의 그 명랑하던 노래는 비명과 통곡으로 변했다. 발미키는 죄많고 잔인한 사냥꾼을 보았다.

사랑하던 한 쌍의 새 한 마리를 죽이다니
잔인쿠나 그 응보에 네 수명은 어이 될까.

슬픔이 가득한 마음으로 발미키는 사냥꾼에게 말한 다음 서둘러 그곳을 떠나 강으로 들어가 목욕을 하고 해에게 경배를 드리며 일상적인 예배를 올렸다.

그러나 그의 마음 속에는 아까 사냥꾼에게 자기가 했던 말이 맴돌았다. 이상하게도 일종의 운율에 따라 말이 나왔다는 것에 신경이 쓰였다. 무의식 중에 자신은 슬로카(일종의 시의 운율)의 형식에 맞춰 말을 했던 것이 아닌가.

발미키는 자신이 읊었던 슬로카를 제자들에게 들려주니 제자들도 곧 슬로카를 배웠다. 반복하여 읊어볼수록 더욱 오묘한 것이 슬로카의 운율이었다.

타마사 강의 깨끗한 물을 채운 물단지를 든 제자들을 데리고 아쉬람으로 돌아온 발미키는 성전을 공부하기 시작했다. 갑자기 하늘의 광휘가 암자에 가득히 빛나면서 브라흐마 신이 나타났다. 놀란 발미키는 일어서서 합장을 했으나 너무나 의외의 일에 무어라고 할 말을 잊었다. 이윽고 정신을 차린 그는 신의 발 아래 엎드려 아르기야 파디야(아르기야는 경배, 파디야는 손님에게 발을 씻을 물을 내놓음)를 올리며 상석으로 모셨다.

경배를 받은 후 자리에 앉은 신은 발미키도 앉도록 권했다. 자리에 앉았으나 발미키는 사냥꾼의 일이 다시 생각났고 어느새 자기가 했었던 말이 운율과 함께 중얼거려졌다. 신은 미소를 지으며 말했다.

"그대가 읊조린 운율, 바로 슬로카 그것이로다. 나는 그대가 슬로카의 운율에 맞춰 위대한 시를 지어 남겼으면 하오. 나라다가 그대에게 들려주었던 라마의 이야기를 말이오. 이야기에 관한 모든 것, 이야기에 나오는 모든 사람들의 언행은 물론 그들의 생각까지도 정확하고 생생하게 알 수 있게 하는 권능을 내가 그대에게 주겠으니, 조그만 착오도 없이 사실 그대로의 이야기를 슬로카로 읊었으면 하오. 그대 라마의 이야기를 읊어 남김으로써 세상은 더욱 풍요로워질 것이며, 라마의 이야기가 남아 있는 한 그대 또한 영원히 기억될 것이오."

말을 마친 신은 사라져버렸으나 발미키와 그의 제자들은 취한듯 어린듯 계속 황홀한 상태에 빠져 있었다.

3. 발미키가 위대한 시를 읊다

정신을 차린 발미키는 물을 만져 자신을 깨끗하게 한 다음 길상초를 마루 위에 깔고 동쪽을 향해 그 위에 앉았다. 눈을 감고 깊은 삼매에 빠졌다. 신께서 자기에게 맡기신 과업을 기어이 해내겠다고 다짐하면서 라마의 행적에 대한 그 이야기를 라마야나(라마 행상기)라고 부르기로 했다.

이야기로 읊을 내용들이 선명하게 떠오르면서 입에서는 술술 슬로카의 운율이 쉴새없이 풀려나왔다. 이리하여 발미키가 읊어낸 라마야나는 여섯 개의 칸다(권, 편)에 오백의 장, 이만 사천의 슬로카 시(시 하나는 16음절의 시구 2행으로 되어 있음)로 이루어진 세계에서 가장 긴 서사시가 되었다.

라마야나를 다 완성한 발미키는 시를 읊어 전할 사람으로 쿠사와 레바라는 젊은 쌍둥이 제자를 뽑았다. 두 젊은 제자는 이 이야기의 주인공인 라마와 시타 사이에서 태어난 왕자였다. 발미키가 그들에게 라마야나를 가르쳐주니 이들은 비이나의 반주에 맞춰 간다르바(하늘나라의 악사)처럼 매혹적인 화음으로 노래했다. 시를 다 배운 두 제자는 라마야나를 노래하며 아쉬람에서 아쉬람으로 수도자들을 찾아 라마의 이야기를 전했다.

이때 라마는 말을 희생으로 바치는 아슈바메다(마사제)라는 큰 제사를 모시고 있었다. 나무껍질과 사슴가죽을 걸친 쿠사와 레바는 그곳에 모인 많은 수도자들에게도 라마야나를 들려주었다. 라마는 이들을 불러 그의 궁전에서 신하들이며 형제들과 함께 라마야나를 들었다. 비이나의 반주에 맞춰 흘러 나오는 라마야나의 노래에 라마는 마치 그 이야기들이 자기의 이야기가 아닌 다른 사람의 이야기인 양 들으면서 눈물을 흘렸다.

(이하 이제부터 본격적으로 라마야나가 시작되는데 그 슬로카의 운율을 살릴 수 없음은 물론 세세한 묘사며 풍부한 수식 등 원전의 뛰어남을 채 살려내지 못하는 것이 안타깝다.)

4. 다사라타와 그의 슬픔

코살라라는 나라가 있었다. 나라의 변두리를 사라유 강이 흐르고 있었다. 마누의 후손인 이크슈바쿠 왕통의 왕이 다스리는 나라였다. 산천수려하고 대지비옥하여 향기로운 푸르름에 오곡백과 풍성하니 수리야밤샤(태양족 왕통)에 속하는 왕은 용감하고 정의로웠으며 백성들은 모두 근검, 정직, 행복, 만족한 생활을 즐기며 미워하고 탐욕스러워 할 줄을 몰라 오직 진실만을 말했다.

수도 아요드햐는 사방으로 통하는 도로망에 사철 분수가 내뿜으니 거목수림에 기기묘묘한 온갖 식물이 난만하여 인드라의 수도인 아마라바티 같았다.

왕은 다사라타. 신을 경외하니 라자르쉬(왕실의 성인, 성자와 같은 왕. 경건하고 헌신적인 생활로 성자가 된 크샤트리아)라는 칭호를 얻었다. 이크슈바쿠 왕통의 후예답게 문무겸전에 용기와 관인함을 겸비하니 모든 수행자들과 온 백성들의 존경을 한 몸에 받았다. 왕으로서 거행해야 할 모든 종교적인 행사에 조금도 소홀함이 없었다.

다사라타 왕에게는 드리티, 자얀타, 비쟈야, 시따르타, 아르타사다카, 아소카, 만트라팔라, 수만트라의 여덟 대신이 있었는데 이들은 지혜롭고 충직하여 왕과 백성들을 위해 진력했으며, 왕에게 충언을 서슴지 않는 사람들이었다.

왕에게는 또 바시슈타, 바마데바 등의 고명한 성직자들이 있어 이들이 왕을 잘 인도하니 왕은 종교적인 의식이며 신들을 받들어 모시는 일에 진심으로 헌신적이었다.

이리하여 왕실에는 재보가 넘쳤고 왕국에는 곡물이 넘쳤으나 그러한 왕에게도 딱 하나의 슬픔이 있었다. 뒤를 이을 자식이 없다는 것이었다. 그의 나이가 많아질수록 그의 슬픔도 함께 많아졌다.

이러한 슬픔에 잠겨있던 왕은 어느 날 아들을 얻기 위해 아슈바메다(마사제)를 모실 것을 생각했다. 대신들과 성직자들의 의견을 물었더니 모두 대찬성이었다. 대왕께서 그러한 생각을 하시게 되었다는 것 자체가 신들께서 후손을 주시기 위한 은혜일 것이라고 모두들 말했다. 사라유 강의 북쪽에 제단을 쌓기로 하고 모두들 아슈바메다에 대한 준비를 협의했다.

기대에 부푼 왕은 아슈바메다를 모시게 될 것이라는 것을 왕비들에게도 말했다.

이때 왕의 전차사 수만트라가 말했다.

"대왕님, 갑자기 생각이 났습니다. 여러 해 전의 일이라서 그동안 깜빡 잊고 있었는데 이제 다시 생각이 났습니다. 여러 해 전에 고명하신 성자 사나트쿠마라께서는 여러 수행자들이 계신 자리에서, 숭앙스러운 성인 카샤파의 아들 비반다카에게 리쉬야슈링가라는 아들이 있었다는 것과 리쉬야슈링가는 아버지 비반다카의 아쉬람에 갇혀 엄격한 계율 속에 속세와 완전히 인연을 끊고 수행을 하고 있었더라는 것과 그런데 대왕님께서도 잘 아시고 계시는 앙가 왕국의 로마파다 왕께서 그만 조그만 잘못을 저지르시어 나라에 비가 내리지 않는 재앙이 계속되었더라는 것과, 비반다카의 아들 리쉬야슈링가를 앙가 왕국으로 모셔 온다면 가뭄도 끝날 것이라는 것을 알게 되었는데도, 비반다카의 괴팍한 성품 때문에 리쉬야슈링가를 속세로 데려온다는 일은 엄두도 낼 수 없었다는 것과, 그러나 결국은 로마파다 왕께서는 궁녀들을 몰래 보내어 계교로써 리쉬야슈링가를 궁성으로 모셔 와서는 왕녀 샨타와 결혼을 시켰더니 단비가 내리기 시작했었더라는 등의 이야기를 하셨었습니다. 그런데 그 때 사나트쿠마라 성인님께서는 그 리쉬야슈링가께서 대왕님을 위하여 제사를 집전하시게 될 것이며, 그로 인하여 대왕님께서는 만방에 이름을 떨칠 훌륭한 왕자님을 네 분이나 갖게 되실 것이라고 예언하셨던 것입니다. 대왕님, 바쉬슈타 성인님 등께 말씀하시어 앙가 왕국에서 리쉬야슈링가님을 모셔 오심이 좋을 것으로 아룁니다.”

5. 아슈바메다를 거행하다

다사라타 왕은 바시슈타와 바마데바에게 수만트라에게서 들은 사나트쿠마라의 예언을 이야기했다. 이들은 리쉬야슈링가가 마사제를 집전하게 될 것이라고 예언되었다는 말에 리쉬야슈링가를 만나

볼 수 있게 될 것을 생각하고 크게 기뻐했다.

이리하여 다사라타 왕은 많은 군사, 대신, 성직자들과 기타 수행원들을 데리고 많은 숲과 강을 지나고 건너고 다른 여러 나라들을 지나 앙가 왕국의 로마파다 왕을 찾았다.

유명한 코살라 왕국의 다사라타 대왕의 행차를 로마파다 왕은 성문을 나와 영접했다.

두 왕은 서로 기쁘게 인사를 나눈 후 함께 리쉬야슈링가를 찾았다. 다사라타 왕은 리쉬야슈링가 성인의 발 아래 엎드려 경배를 올렸다. 로마파다 왕은 사위인 성인에게 자신과 다사라타 왕 사이의 옛날부터의 각별했던 친교를 강조했다.

두 왕이 함께 즐거운 7일을 보낸 후 8일째 되는 날에 다사라타 왕은 로마파다 왕에게 딸과 사위를 코살라 왕국으로 모시고 가서 아슈바메다의 집전을 부탁드리고 싶다는 용건을 말했다. 로마파다 왕이 다사라타 왕의 소청을 리쉬야슈링가 부부에게 말하니 리쉬야슈링가는 쾌히 이를 응낙했다. 이에 다사라타 왕은 리쉬야슈링가 부부와 함께 코살라로 향했다.

다사라타는 미리 전령을 보내어 리쉬야슈링가를 맞을 준비를 시키니 아요드햐 시가는 깃발과 화환과 인파로 환영의 물결이 넘쳤다. 시민들은 도로에 물을 뿌리고 향을 피워 대성인을 대대적으로 환영했다. 다사라타는 이미 자신의 소망이 다 성취된 듯한 기분이었다.

바산타(봄의 신) 계절이 와서 강에는 맑은 물이 가득하고 나무들은 푸른 잎으로 덮였다. 다사라타는 리쉬야슈링가에게 아슈바메다의 준비를 지시하여 줄 것을 청하면서 전 인도를 뛰어다닐 성스러운 말을 놓아보낼 준비가 끝났음을 말했다. 리쉬야슈링가는 제사준비에 관하여 말하니 왕은 이를 그의 대신들이며 제관들에게 전하면서 세세한 부분에 이르기까지 조금의 잘못도 없기를 다시 당부했다.

　준마를 1년 동안 풀어 놓고 그 뒤를 따르는 문제에서부터 수천 개의 기왓장을 새로 굽고 정해진 나무로 정해진 치수대로 기둥을 다듬고 여기에 금박, 은박을 입히고 비단으로 감아 규정대로 거대한 제단을 축조하는 일이며, 각국의 왕, 왕자, 대신들을 초청하고 접대하는 일이며, 각처의 성직자, 고행자, 사문들을 모시는 일이며, 상인들이며 노약자들이며 병자들도 몰려들 것이니 이에 대한 준비며, 손님과 수행원들과 병사 및 기타 구름처럼 모여들 사람들에 대한 숙소의 준비뿐만 아니라 이때 함께 몰려들 말이며 코끼리 등에 대한 우리의 준비며, 이들에 대한 음식이며, 선물 등등에다가 제사를 모시는 절차며 이때 필요한 각종 인원이며, 도구며…….

　모든 관계자들은 왕의 간절한 뜻을 받들어 리쉬야슈링가의 지시대로 조그만 착오도 없이 경건한 마음으로 착착 준비를 해나갔다.

　계절은 흘러 다시 봄이 왔다. 바람은 감미롭고 날씨는 쾌청했다. 드디어 길일이 선택되어 아슈바메다의 막이 올랐다. 1년 전에 풀어 놓았던 준마도 돌아왔다. 인도 각처에서 왕에서 거지에 이르기까지 각양각색의 사람들이 구름처럼 모여든 가운데 다사라타는 리쉬야슈링가를 비롯한 제관들의 발에 먼지를 털어 올리면서 아슈바메다의 성공적인 집전을 청했다.

　아슈바메다는 성전에 기술된 대로 시작되었다. 제관들은 푸라바루기야(예비의 제전)와 우파사다(소마주를 짜기 전의 제식)에 이어 먼저 아침 일찍 짠 소마주를 인드라에게 올리고, 다시 주간에 세 번에 걸쳐 짠 독한 소마주는 신들에 대한 찬송과 함께…….

　여하간 아슈바메다는 조금의 하자도 없이 규정대로 엄숙하게 거행되었다. 제식이 거의 끝나갈 무렵 리쉬야슈링가는 다사라타의 간청에 따라 아타르바 베다에 나와 있는 대로 푸트라카마 야즈나(아들을 구하는 제사)를 올렸다.

6. 천신들의 곤경

아슈바메다가 집행되고 있는 동안 번개의 신 인드라의 인솔로 창조주 브라흐마를 찾은 데바(천신)들은 라바나의 횡포를 호소하였다. 라바나는 지극한 고행으로 브라흐마의 은총을 입어 천신, 다나바(귀신), 락샤사(나찰), 간다르바(건달바), 야크샤(야차) 등등 무엇에게도 결코 죽지 않는다는 권능을 얻었다. 그는 점차 교만해져서 그 은총의 특권을 믿고 이제는 천신들까지 괴롭히기 시작했던 것이다. 천신들의 호소가 없어도 이미 라바나의 횡포를 브라흐마도 잘 알고 있었으나 한번 내려 준 은총을 취소할 수가 없어 난감할 뿐이었다. 드디어 브라흐마는 라바나가 인간에게까지도 무적이라는 은총은 주지 않았음에 생각이 미치자 인간의 손을 빌려 그를 죽일 것을 생각했다.

이리하여 천신들이 그 방법을 논의하고 있을 때 갑자기 신들 중의 신 나라야나가 샨카(홀)와 챠크라(원형의 날카로운 무기)를 갖고 나타났다. 가루다(커다란 새)에 앉은 그의 황금빛 비단 옷이 부드럽게 광채를 뿜으니 그는 구름을 뚫고 나온 태양처럼 보였다. 그의 현신에 압도된 브라흐마며 인드라를 비롯한 천신들은 그에게 합장 배례했다. 그들은 다투어 그들의 곤경을 호소했다. 나라야나는 미소를 띤 채 끝까지 그들의 호소를 듣고만 있었다. 브라흐마가 결론적으로 말했다.

"주님이시여, 감히 바라옵건데 인간의 세계에 태어나 주셨으면 합니다. 지금 지상에서는 용감하면서도 선량한 왕 다사라타가 아들을 원하는 푸트라카마라는 야즈나(희생제)를 리쉬야슈링가의 집전으로 올리고 있습니다. 라바나를 이길 수 있는 분은 오직 주님밖에 없으시니, 주님께서는 다사라타의 아들로 환생하시어 인간들을 도우시고 저희들을 구하시어 우주의 평화를 지켜주셨으면 합니다. 이미 모든 것을 다 아시고 저희들을 구해주시려고 오셨음을 저희들이 믿기 때문에 더 이상의 말씀은 올리지 않겠습니다.”

이에 나라야나는 말했다.

“걱정하지 마십시오. 저는 이미 인간세계에 태어나기로 마음을 정했습니다. 라바나는 인간으로부터도 무적이라는 은총은 받지 않았기에 저는 인간이 되어 그와 그의 일족들을 멸하겠습니다. 그들을 멸한 후 저는 일만 일천 년을 인간세계에 더 머물러 그곳을 다스리겠습니다. 그런데 라바나는 원숭이로부터도 보호를 받을 수 없나니 여러분들 모두는 원숭이로 태어나셨다가 때가 되면 저를 도와 주시기를 원합니다.”

7. 라마의 출생

푸트라카마 야즈나가 거의 끝나갈 무렵 제단의 성화가 갑자기 지상의 것이 아닌 광채를 뿜더니 불길로부터 진홍색 비단을 입은 검은 신이 나타났다. 그의 황갈색 머리는 사자의 갈기와 같았고 전신에는 금은보회의 눈부신 장신구를 걸쳤으며 팔에는 황금팔찌에 넓은 가슴에는 찬드라하라(광채가 빛나는 금으로 된 목걸이)가 빛났으며 달빛처럼 부드럽고 매력적인 미소와 함께 전신에서는 태양처럼 광채를 뿜으니 온 제단이 그의 빛으로 눈이 부셨다. 그 신은 은으로 된 뚜껑이 덮인 황금의 그릇을 들고 있었다. 다사라타 왕은 그의 앞에 합장하였다.

“나는 창조주 브라흐마의 심부름으로 여기 이 그릇에 가득찬 파야사(영약)를 전하노니 이를 왕비들에게 먹게 하면 그대가 그리도 원하는 아들들을 잉태하게 될 것이외다.”

왕이 엎드려 그 그릇을 받자 신은 왕을 축복해준 다음에 사라져 버렸다. 모든 사람들은 왕의 지극한 정성이 신들에게 통하게 되었음을 축하하면서 빨리 왕비들에게 영약을 주도록 권하였다.

내실로 들어간 왕은 먼저 가장 연상인 카우살리야 왕비에게 영약의 절반을 먹게 하였다. 나머지 중 반을 수미트라 왕비에게 먹게 했다. 그리고 나머지를 가장 젊은 카이케이 왕비에게 먹게 하였다. 그리고도 조금 남아 있는 것을 다시 수미트라 왕비에게 주었다.

천신들이 그들에게 공양된 제물들을 흠향한 후 돌아가고 모였던 사람들 또한 흡족한 선물들을 받고는 다사라타의 성덕을 칭송하며 흩어지고 리쉬야슈링가도 부인 샨타와 함께 앙가 왕국으로 돌아가니 드디어 아슈바메나는 그 뒷마무리까지 다 끝났고 왕은 아들의 출생을 믿고 기다리며 신들보다도 더 즐겁고 흐뭇한 마음으로 하루하루를 보냈다.

다시 차이트라(1년 중 첫번째의 달)의 달이 와서 봄이 되니 연꽃 가득한 못을 건너 부드러운 신록을 스쳐 불어오는 미풍이 한층 감미로웠다.

정월 보름달의 밤에 5성은 길조의 성좌에 자리하고 라그나(지평선과 황도가 만나는 점)는 카르카타카(게자리)에 있고 구루(스승)의 별이 달과 함께 떠오를 때 푸나르바수의 별을 따라 카우살리야 왕비는 아들을 낳았다. 신들 중의 신이 인간의 모습으로 태어나는 순간 산모 카우살리야는 아디티가 인드라를 낳을 때처럼 눈부신 빛을 발했다.

다음은 메에나 라그나 아래 푸쉬야 별이 떠오르면서 카이케이 왕비도 아들을 낳았다.

다음 아슐레샤 별이 떠오를 때 수미트라 왕비는 아들 쌍둥이를 낳았다.

다사라타 왕의 이 네 아들들은 모두 나라야나의 변신이었으니,

카우살리야 왕비의 아들은 나라야나 바로 그 자신이었다.

왕과 온 백성들의 기쁨은 말할 것도 없어 전국이 축제의 열기로 들끓었고, 천상의 신들도 모두 기뻐하니 간다르바들은 마음껏 춤추고 노래하였다. 꽃들이 성스러운 아이들에게 비처럼 나렸다. 왕은 황금이며 소들을 승려들에게는 물론 많은 사람들에게 주었다.

11일이 지나 명명식의 날이 되자 바시슈타는 카우살리야 왕비의 아들에게는 라마, 카이케이 왕비의 아들에게는 바라타, 그리고 수미트라 왕비의 두 아들에게는 락슈마나와 샤트루그나라는 이름을 붙였다. 명명식 후 왕은 자타카르마며 기타 신생아를 위한 의식들을 빠짐없이 치루었다.

네 아이들은 초승에서 보름 사이에 달이 자라듯 무럭무럭 자랐다.

태어나면서부터, 그리고 자라면서 더욱 더 락슈마나는 라마를 따랐다. 라마도 락슈마나를 특별히 좋아했다.

락슈마나는 마치 라마의 일부분 같았다. 라마가 있는 곳에는 반드시 락슈마나가 따랐다. 반면 락슈마나의 쌍둥이 샤트루그나는 바라타를 따랐다. 훌륭하게 자라는 네 왕자에 싸인 다사라타 왕에게는 제7천국에 있는 듯한 너무나 기쁜 하루 하루였다. 네 왕자는 모두 용감하고 지혜롭고 겸손하고 정직하고 명랑하고 튼튼하고 정의롭고 잘생겼었는데 그 중에서도 특히 라마는 더욱 뛰어났으니 다사라타 왕은 잠시도 라마에게서 눈을 떼지 못했고 라마 또한 부왕을 기쁘게 해드리기 위해 더욱 정진했다.

8. 비슈바미트라가 다사라타를 찾다

어느새 네 왕자들은 16세 가까이 되었다. 16세가 되면 결혼을 하는 것이 관례였다. 이에 왕은 네 왕자들의 결혼, 특히 라마의 신부를 누구로 할 것인가로 많은 생각을 했다.

어느 날 왕이 궁정의 회의실에서 대신들 및 성직자들과 함께 라마와 그 아우들의 결혼문제를 이야기하고 있을 때 너무나도 유명한 대성인 비슈바미트라가 이르렀다는 전갈이 왔다. 왕을 따라 모두들 서둘러 나아가 그를 맞았다. 왕은 경배의 물로 대성인의 발을 씻겨드린 후 경배를 올렸다. 비슈바미트라는 기꺼이 왕의 접대를 받으면서 왕과 왕실과 대신 및 성직자들과 왕국의 안부를 물었고, 왕은 대성인 및 그의 아쉬람이며 제자들이며 친우들의 안부를 물었다.

왕과의 수인사가 끝난 비슈바미트라는 바시슈타를 비롯한 다른 사람들과도 인사를 나눈 후 왕이 권하는 자리에 앉았다. 왕은 대성인의 내방에 다시 한 번 더 흥분섞인 감사의 뜻을 올리며, 이 영광스러운 은혜에 보답하기 위해 무엇이든지 대성인을 위하는 일을 하고 싶다고 하였다. 이에 비슈바미트라는 단도직입적으로 자기가 찾아온 용건을 말했다. 자기가 제사를 모시려고 할 때마다 두 락샤사가 방해를 하는데 이 락샤사를 없애는 일을 도와달라는 것이었다.

정의심이 강하고 또 한때 천신과 아수라 사이에 싸움이 있었을 때 신들의 편에서 싸웠던 일이 있었던 용감한 왕은 대성인을 위해서라면 두 락샤사를 없애는 일에 무조건 협조하겠다고 말했다. 이에 비슈바미트라는 다사라타의 호의에 감사하면서 장남 라마로 하여금 자기를 돕게 해달라고 했다. 비슈바미트라는 다사라타가 무어라고 말하기 전에 그를 안심시키기 위하여 계속 힘주어 말했다. 라마는 두 악마를 충분히 이길 수 있다는 것과 자기가 라마를 책임지고 보호하겠다는 것과 그러니까 조금도 걱정을 하지 마라는 것 등이었다.

그런데 어린 라마를 데려가겠다는 말에 그만 이성을 잃은 다사라타는 비슈바미트라가 아무리 좋은 말로 안심을 시켜도 전혀 들리는 것이 없었다. 이미 그는 정신을 잃고 있었던 것이다.

얼마 후 다시 정신을 차린 다사라타는, 늦게서야 얻은 라마를 자신이 잠시도 떼어놓을 수 없을 만큼 사랑한다는 것은 온 천하가 다 알고 있는 사실이라는 것, 어린 라마가 자유자재로 변신할 수 있을 뿐 아니라 환상술까지 부리는 악마를 — 이제 겨우 학업을 끝마친 16세의 어린애가 초능력의 악마를 — 상대할 수는 없다는 것, 자신은 옛날에 천신들을 도와 악마들과 싸웠던 일이 있었기에 자기가 라마를 대신하여 병사들을 데리고 가겠다고 계속 강조하면서, 상대하여야 할 악마가 누구인가? 어떻게 그렇게 비슈바미트라 대성인의 제사까지 방해할 수 있을 만큼 강하게 되었는지? 누가 그들을 보호해주고 있는지? 그들은 어디서 왔는가? 등등을 물었다.

비슈바미트라는, 유명한 풀라스티야 가계에서 풀라스티야의 손자요 비슈라바스의 아들로 그 용기와 힘이 삼계에 유명한 라바나라는 락샤사가 태어났는데 그의 지극한 고행을 기특하게 여긴 브라흐마는 은총을 내려 그를 무적의 강자로 만들어 주었다는 것과, 그렇게 되자 라바나는 점점 교만해져서 수행자들이며 양민들이며 천신들까지도 괴롭히기 시작했다는 것과, 그의 이복 형제인 쿠베라와 싸워 이거 푸슈파가라는 하늘을 날으는 전차를 빼앗았다는 이야기며, 이번에 상대해야 할 마리차와 수바후는 이 라바나의 졸개로 그들 또한 악행만 골라서 하고 다닌다는 등의 이야기를 했다.

라바나가 두 락샤사의 배후라는 말에 다사라타는 완전히 질려 자신의 불행한 운명을 한탄하면서 필사적으로 라마를 대신해 자기가 가겠다고 주장했다. 오직 10일이면 충분하며 악마들은 이미 라마에게 죽은 것이나 다름 없으니 마음을 놓으라고 아무리 비슈바미트라가 설명을 해도 소용이 없었다. 드디어 비슈바미트라의 인내는 한계에 달하여 기이(인도산 버터, 제사 때 성화에 기름으로 씀)를 끼얹은 성화처럼 폭발했다. 그는 다사라타의 일구이언을 크게 비난하며 자리를 일어섰다.

"한 번 약속을 해놓고서 이제는 딴 소리를 하다니 이러고도 복을
받고 계속 잘 살 것 같습니까?"

비슈바미트라가 노하니 천지가 겁에 질려 떨었다. 그러나 자식
에 대한 애정에 눈이 먼 다사라타는 자신의 잘못을 여전히 알지 못
하고 있었다. 이에 바시슈타가 왕에게 말했다. 세상에서는 왕을 다
르마트마(다르마에 투철한 사람)라고들 하는데 이렇게 하심은 다르마
에서 벗어나는 일이므로, 약속대로 라마를 보내시는 것이 좋을 것
같다는 것과 비슈바미트라 대성인에게는 락샤사 따위야 지푸라기
정도에 불과한데도 굳이 라마를 데려 가시려는 것은 일부러 라마에
게 이름을 높일 기회를 주시기 위한 것이니, 삼계의 과거와 현재와
미래를 뻔히 알고 계시는 대성인께서 다 생각이 계셔서 하시는 일
에 무조건 믿고 따르심이 좋겠다는 것이었다.

라마에 대한 맹목적인 애정 때문에 무지몽매에 빠졌던 왕은 바
시슈타의 말에 크게 깨달은 바가 있어, 비슈바미트라의 발 아래 엎
드려 진심으로 용서를 빌면서 라마를 보내기로 동의했다. 그리고
라마가 간다면 반드시 락슈마나도 따라가려고 할 것이니 둘을 함께
거두어 주시라고 청했다.

이리하여 왕이 라마와 락슈마나 두 왕자를 데리러 보내니, 사정
을 전해 들은 카우살리야 왕비는 두 왕자의 여행준비를 갖추어 주
었다. 어머니들에게 작별인사를 올린 두 왕자는 부왕과 대신들과
성직자들 및 모든 사람들에게 인사를 드린 후 비슈바미트라를 따라
길을 나섰다.

9. 비슈바미트라와 두 젊은 왕자

라마는 손에는 활, 허리에는 칼, 어깨에는 전통을 매었으며 손에
는 가죽으로 된 장갑을 낀 차림으로 비슈바미트라를 따랐다. 라마
를 따르는 락슈마나 또한 라마와 비슷한 차림이었다.

사라유 강변에 이르렀을 때 비슈바미트라는 라마에게 발라와 아
티발라의 만트라를 가르쳐 주겠다고 했다. 만트라란 주문이라는 뜻
이다. 그리고 발라와 아티발라는 브라흐마의 딸이었다. 이 주문을
배우게 되면 굶주림과 목마름과 피곤함을 모르게 되며 삼계의 존경
을 받게 될 것이라는 것이 비슈바미트라의 설명이었다. 라마는 물
을 만진 후 스승 앞에 공손하게 묵념했다. 만트라를 배운 라마는
전보다 더욱 강해 보였다. 만트라의 전수가 끝나자 라마는 예법대
로 스승에게 인사를 올렸다.

날이 저물었으므로 일행은 사라유 강변에 마른 풀을 깔고 잠자
리를 준비했다. 라마와 락슈마나에게는 생후 처음으로 경험하는 불
편한 노숙이었으나 그들은 다음날 아침 비슈바미트라가 깨울 때까
지 곤하게 잘 잤다. 잠에서 깬 형제는 강물에 들어 목욕을 하고는
물에 서서 태양을 향해 예배를 드린 후 스승 앞에 엎드렸다.

다시 길을 계속한 일행은 사라유 강과 성스리운 깅인 강가가 합
류하는 곳에 이르렀다. 그곳의 경치는 너무 아름다웠으며 저만큼
수행처에서 고행 중인 수행자들이 보였다. 라마는 비슈바미트라에
게 멀리 보이는 아쉬람에 관하여 물었고, 비슈바미트라는 그곳 수
행처가 카마슈라마(카마 아쉬람)라고 불리우게 된 내력을 들려주었
다.

까마득한 옛날 배우자 사티를 잃은 마하데바(대천신, 곧 시바)는
슬픔과 고통을 참으며 사라유 강과 강가가 만나는 곳에서 명상에
잠겨 있었다. 히마반의 딸 파르바티는 그곳에서 시바의 시중을 들

고 있었다. 파르바티는 사실은 사티가 히마반의 딸로 다시 태어난 환생이었다. 신들은 시바가 사티를 잃은 슬픔을 잊고 파르바티와 다시 결혼하기를 원했다. 둘 사이에 태어날 아들은 신들의 지도자가 될 것임을 알고 있었기에 인드라는 사랑의 신 카마에게 시바와 파르바티의 성혼을 부탁했다. 당시에는 카마도 형상을 갖고 있었다. 카마는 시바에게 접근하여 사랑의 화살을 겨눈 채 기회를 노렸다. 파르바티가 시바 앞에 서 있을 때 묵넘에 잠겨 있던 시바가 눈을 떴다. 카마는 그 기회를 놓치지 않고 시바에게 꽃으로 된 화살을 쏘아 맞췄다. 그러자 노한 시바는 아그니(불의 신)의 눈으로 카마를 쏘아 보았다. 그 눈길에 카마는 타서 형체를 잃게 되니 그 후로부터 카마에게는 아낭가(형체가 없는 것이라는 뜻)라는 이름이 붙게 되었다. 그리고 그 자리에 생긴 아쉬람에는 카마슈라마라는 이름이 붙게 되었더라는 설명이었다. 일행이 카마슈라마에 이르자 시간의 장막을 뚫고 모든 것을 알고 있는 수행자들은 일행을 따뜻하게 맞아 주었다. 일행은 그날 밤을 그곳에서 묵었다.

10. 타타카 바나

다음날 일행은 수행자들이 내 준 배로 강가를 건넜다. 강 중간에 이르렀을 때 라마와 락슈마나는 계속적으로 들려오는 천둥같은 소리에 대하여 비슈바미트라에게 물었다. 이에 대하여 비슈바미트라는 이렇게 말했다.

"옛날 옛날 브라흐마는 그의 마음으로부터 한 호수를 만들어 내니 마나사 사로바라라는 이름이 붙었다. 아요드햐의 교외를 흐르는 사라유 강은 그 호수에서 시작되어 이곳에서 강가의 황금의 물과 만나 섞이게 된다. 두 강에게 경배를 올릴지어다."

그리하여 형제는 비슈바미트라가 시키는 대로 했다. 일행은 곧 강의 남안에 이르러 다시 길을 계속갔다.

얼마 후 일행은 어두운 숲에 들어섰다. 어찌나 숲이 우거졌는지 햇볕이 한 줄기도 뚫고 들어오지 못했으며 인적도 없는 채 음산하고 축축한 적막 속에 벌레나 맹수의 울부짖음 만이 간간이 사람을 놀라게 했다.

라마는 비슈바미트라에게 어떻게 된 영문인가를 물었다.

"브라흐마티야(브라흐민을 죽인 죄)를 범한 브리트라를 인드라가 죽였다. 성자들은 성스러운 강들의 물을 모아 그에게 끼얹어 그의 죄를 씻겨주었다. 이때 인드라를 씻겨준 물이 떨어졌던 곳이 이곳으로 인드라는 이곳을 축복해 주면서 말라다와 카루샤라는 두 나라가 이곳에 생길 것과 이곳의 땅은 대단히 비옥할 것임을 말했다. 그런데 수년 전에 이곳에 타타카라는 락샤시(나찰녀)가 나타나 닥치는 대로 사람들을 잡아먹는 바람에 그렇게도 번성하던 두 나라가 이렇게 폐허가 되고 말았다."

"타타카라는 락샤시는 어찌하여 그렇게 무섭고도 강하게 되었습니까? 그 내력을 좀 말씀해 주십시오."

"옛날 수케투라는 강한 야크샤(야차)가 있었는데 그는 아들을 얻기 위해 지극한 수행을 했다. 이에 브라흐마는 그에게 딸을 주었는데 그 딸이 바로 타타카였다. 아들 대신 딸을 주신 것도 신의 뜻이라고 기뻐하면서 수케투는 타타카를 아들처럼 길렀다. 용감하면서도 예쁘게 자란 타타카는 자르자라의 아들인 수난다라는 선량한 야크샤와 결혼해 마리차라는 아들을 얻었다. 그런데 수난다가 죽자 타타카의 성질이 삐뚤어지기 시작했다. 그녀는 아들과 함께 성인 아가챠의 아쉬람에 가서 성인을 못살게 굴었다. 타타카는 아가챠가 좋았던 것이다. 그러나 그녀의 정숙하지 못한 치근덕거림에 화가 난 성인은 그녀를 저주했다. 성인의 저주

로 그녀는 흉칙한 외모의 사람을 잡아먹는 나찰녀로 변하여 이
곳의 두 나라를 이렇게 만들어버렸다. 그 마녀는 이제 곧 우리를
해치려고 나타날 것이니, 라마 너는 그녀를 죽여야 한다. 여자를
죽인다는 것이 내키지 않는 일이겠지만 많은 영웅들이 공익과 수
행자와 소와 기타 온순한 동물들을 보호하기 위하여 그러한 일
들을 했으니 이는 가문의 영예를 높이기 위한 크샤트리아의 의
무다. 인드라도 비로차나의 딸 만다라를 죽였으며, 나라야나도
수크라의 어머니, 즉 브리구의 아내를 죽이기도 했다. 너만이 타
타카를 죽일 수 있다."

라마는 비슈바미트라의 말을 그의 앞에 공손하게 서서 들었다.
그리고는 이렇게 답했다.

"부왕께서는 저를 떠나 보내시면서 성인님의 말씀대로 따르라고
하셨습니다. 시키시는 대로 하겠습니다. 성인님의 명령이시기에
저는 타타카를 죽이겠습니다."

11. 타타카를 죽임

라마가 시위를 힘껏 당기니 그 웅장한 소리는 숲을 진동시켰다.
그 소리에 놀란 타타카는 소리가 나는 방향을 찾아 그 무시무시하
고 흉칙한 모습을 드러냈다. 산처럼 거대한 타타카가 돌과 흙을 뿌
리며 돌진해 오자 비슈바미트라는 그녀를 꾸짖어 멈추게 한 다음,
"라구밤사의 두 왕자의 사명이 성공하기를 !"
이라고 말했다. 흙먼지의 어둠 속에 라마와 락슈마나는 화살을
날렸다. 타타카는 비명을 지르며 정신을 잃고 쓰러졌다.
"라마, 동정은 금물이다. 이제 해가 지면 락샤시의 힘은 때를 얻
을 것이다."

라마는 다시 하나의 화살을 날려 일을 완전히 끝냈다. 이를 내려
다보고 있던 천신들은 모두 기뻐하면서 인드라를 따라 비슈바미트
라에게 와서 감사의 뜻을 표했다.

그곳에서 하룻밤을 지낸 다음날 아침, 숲은 완전히 변해 있었다.
사방에 참파카, 아쇼카, 푼나가, 말리카 등등의 꽃이 만발해 있었
으며, 망고나무며 파나사나무며 야자나무 등에는 열매가 풍성하게
열려 있었다. 곳곳에 맑은 물이 가득한 못들이 있어 마치 쿠베라
(부의 신으로 북방의 경계를 맡음. 이복 형제 라바나에게 패하여 하늘을
날으는 전차인 푸슈파카를 빼앗겼음)의 정원인 차이트라만큼이나 아름
다웠다.

다시 한 번 더 기쁨에 넘친 비슈바미트라는 자애스러운 눈길로
라마를 보면서 그의 용기를 칭찬한 다음, 그가 알고 있는 모든 아
스트라(신들의 무기를 내쏘고 거두어 들일 수 있는 주문)들을 가르쳐 주
겠다고 했다. 비슈바미트라 자신은 이제는 아스트라를 쓸 일이 없
는 경지에 이르러 있었다. 라마는 자신을 깨끗하게 한 후 동쪽을
향하여 앉으니 비슈바미트라는 그가 지극한 고행 끝에 시바에게서
얻은 모든 아스트라들을 차례로 라마에게 가르쳐 주었다.

아스트라들을 다 배운 라마는 하나 하나 시험을 해보았다. 아스
트리에 따라 차례로 나타난 신들은,

"위대하신 라마여, 이제 우리는 당신의 종이 되었습니다. 명령만
내려 주십시오."

라고 합장하였다. 라마는 말했다.

"내 마음 속에 머물러 내가 필요로 할 때에 나와 주십시오."

비슈바미트라는 라마에게 그가 배운 아스트라들을 락슈마나에게
가르쳐 주도록 했다. 비슈바미트라로부터 그의 아스트라들을 전수
받은 형제는 이제는 천하무적이 된 셈이었다.

12. 시따슈라마

다시 멀고 먼 길이 계속되었다. 그러다가 라마는 물었다.
"저기 아름다운 산기슭에 새가 노래하고 짐승들이 노니는 숲이
보입니다. 저 숲에 관하여 말씀해 주십시오. 저희는 언제쯤 성인
님의 아쉬람에 이르러 문제의 악마들을 죽이게 될 것입니까?"
이에 비슈바미트라는 말했다.
"우리의 목적지인 시따슈라마는 저 숲에 있다. 저곳은 길고 긴
역사로 유명한 곳이다. 옛날 옛날 전 우주의 창조와 유지와 파괴
를 관장하신 위대한 나라야나께서 저곳에서 고행을 하셨으며 그
후 바마나로 환생하셨기 때문에 저곳은 시따슈라마로 불리우게
되었다. 나라야나께서 바마나로 태어나시게 된 데에는 이러한 이
야기가 있다. 비로차나의 아들 발리는 관대하면서도 용맹무쌍한
왕이었기에 다나바들도 마루트(폭풍의 신으로 인드라의 종자, 이들
의 출생에 관한 이야기가 곧 뒤에 나옴)들도, 심지어 인드라까지도
그를 당해낼 수가 없었다. 드디어 발리는 삼계의 주인이 되기 위
한 제식을 올리니 이제 자신들의 왕국을 빼앗길 운명에 처한 천
신들은 저곳 아쉬람에 모였으며 아그니는 나라야나에게 천신들
의 보호를 호소하였다. 발리는 무척 관대하여 누구의 부탁에나
거절을 못하는 약점이 있으니 이를 이용하여 신들에게 천계를 돌
려주도록 해주시라는 것이었다. 그런데 이때 카샤파는 아들을 원
하고 있었고 그의 부인 아디티는 정숙한 여인이었다. 이리하여
나라야나는 아디티의 아들로 환생했는데 그 몸집이 너무나 작아
서 우펜드라라는 이름 외에도 바마나라는 이름이 붙었다. 바마
나는 발리가 제식을 거행하는 곳으로 갔다. 발리는 이처럼 신기
한 꼬마 브라흐민이 자신의 제사를 찾아 주었으니 이제 자신의
모든 것은 완성된 것이나 다름없다고 기뻐하면서 바마나에게 보

물이건 곡물이건 군대건 왕국이건 원하는 대로 주겠노라고 했다.
이에 바마나는 자기는 수행중인 브라흐민으로 아무것도 소용이
없으니 오직 자기가 세 걸음을 걷는 구역만을 자신에게 달라고
했다. 발리의 스승 바르가바는 발리에게 바마나의 정체는 나라
야나라고 하면서 왕이 선물을 주기 위해 손에 물을 받는 것을 못
하게 했다. 그러나 발리는 나라야나께서 이렇게 오셨다면 이는
더 이상 바랄 것이 없는 축복이 아니겠느냐고 하면서 그의 부인
과 함께 손에 물을 받으면서 꼬마 브라흐민 바마나에게 세 걸음
의 땅을 주겠다고 약속하였다. 바마나는 그의 조그만 바른 손을
내밀어 그 선물을 받은 후 몸을 크게 부풀렸다. 나라야나가 비슈
바르파(천지를 가득 채운 형태)를 취한 것이다. 그리하여 첫 걸음
으로 전 지상을 차지하고 다음 걸음으로 천상을 차지한 후 나머
지 한 걸음으로 지하까지 삼계를 차지하니 이에 인드라는 다시
그의 왕국인 천상과 또 왕위를 되찾게 되었다. 삼계의 주인이 될
꿈이 깨어졌지만 발리는 나라야나를 뵙게 된 기쁨에 눈물을 흘
리며 합장하였다. 바로 저곳이 바마나가 태어났던 시따슈라마이
기 때문에 나는 저곳을 택하여 인간의 복을 기원하는 제사를 올
리려고 하는데 그 무시무시한 락샤사들이 이를 방해하는 것이다.
애들아, 니희들은 그들을 죽여야 한다. 사, 이제 서의 나 왔구
나. 이곳은 나의 곳일 뿐 아니라 너희들의 곳이기도 하니라.”
  일행이 아쉬람에 이르자 그곳의 성자들은 비슈바미트라에게 경
배를 올리고 두 왕자를 환영했다.
  이제 일행의 여행은 목적지에 이르게 되었고, 비슈바미트라는 제
사를 거행하기 위한 디크샤(제사를 시작하는 의식)를 그날 밤에 시작
했다. 그날 밤 마음껏 자고 다음날 아침 일찍 일어난 라마 형제는
자신들을 깨끗하게 한 후 비슈바미트라를 찾으니 그는 아그니소트
라(아그니에게 우유와 기이를 올리는 의식)를 마친 후 성스러운 길상초

위에 앉아 있었다.

의식의 집전에 들어간 비슈바미트라는 침묵을 지켰으며 라마 형제는 성자들의 말에 따라 제단을 수호했다.

13. 비슈바미트라의 제사

야가는 그로부터 6일간 계속되었는데 그동안 라마 형제는 잠시도 긴장을 늦추지 않고 제단을 지켰다. 드디어 마지막 날 밤, 야즈나쿤다(성화를 피우는 화로)의 불은 한층 성스럽게 탔고 베다를 낭송하는 성자들의 소리는 더욱 경건했는데 갑자기 천둥같은 소리와 함께 시커먼 구름처럼 악마들이 덮쳐오면서 피와 살의 소나기가 쏟아지기 시작했다.

마리차와 수바후가 졸개들을 몰아 나타난 것이었다. 크게 노한 라마는 마나바스트라라는 아스트라를 불러 마리차의 가슴에다 쏘았다. 이러한 방어나 역습 따위가 있으리라고는 생각치도 않았던 마리차는 불의의 일격을 받고 일백 요쟈나(1요쟈나는 8에서 9마일 정도의 거리임) 밖으로 날아가 바다 속으로 떨어졌으나 마나바스트라는 인정이 많은 아스트라였기에 마리차는 죽지는 않았다.

그러나 다음 수바후에게는 아그네이아스트라(불의 신 아그니의 아스트라)를 쏘니 수바후는 즉사하고 말았다. 라마는 나머지 락샤사들도 바야바스트라(바람의 신 바유의 아스트라)로 모조리 죽여버렸다.

마지막 밤의 락샤사들의 방해가 이렇게 막아지자 다음날 아침에 제사는 무사히 모두 끝났다. 비슈바미트라는 라마 형제를 칭찬하고 또 칭찬하면서 말했다.

"이제야 시따슈라마는 시따슈라마답게 되었구나."

그곳의 모든 성자들도 라마 형제에게 환호성을 합창해 주었다.

"자야 비자이 바마!"

　하루를 그곳에 더 머무른 라마 형제는 다음날 비슈바미트라를 따라 미틸라 왕국으로 향했다. 그곳의 왕 자나카는 매우 정의로운 사람인 라자르쉬로서 제사를 올리고 있는 중인데, 그곳에 있는 시바의 활은 라마와 같은 용사들에게 흥미가 있으리라는 것이 비슈바미트라의 이야기였다. 그 활은 자나카의 선조들이 제사를 올리는 중에 받았는데 어찌나 강궁인지 어느 천신도 아수라도 간다르바도 인간도 다룰 수가 없다는 것이었으며, 태양처럼 이글거리는 이 활에는 매일처럼 꽃이 바쳐지고 향을 피워 올린다는 것이었다.

14. 소나 강변

　미틸라로 향하던 일행은 해가 서쪽으로 기울 무렵에 소나 강변에 이르렀다. 라마는 아름다운 그곳이 누구의 땅인가를 물었다. 비슈바미트라는 말했다.

　"브라흐마의 아들 쿠사는 대단한 고행자였는데, 비데하 왕의 공주와 결혼해 쿠샴바, 쿠산나바, 아두르타라자스, 바수의 네 아들을 두었다. 그들은 부왕을 닮아 모두 용감하고 정의로웠다. 구사는 네 아들에게 크샤트리아의 다르마에 충실할 것과 세상을 잘 다스릴 것을 명했다. 이리하여 그들은 네 도시를 세워 각각 다스렸는데 쿠샴바의 도시는 카우샴비, 쿠산나바의 도시는 마호라야, 아두르타라자스의 도시는 다르마라니야, 바수의 도시는 기리브라자라고 불리웠다. 지금 우리가 있는 이곳은 바수마티라는 곳으로 바수의 땅이다. 이곳에는 다섯 개의 산이 있는데, 마가다 왕국에서 시작된 강이 화환처럼 이 산들을 감고 흐르고 있다. 쿠사의 차남 쿠산나바는 백 명의 딸을 가졌는데 왕은 이 딸들을 모두 브라흐마다따라는 고귀한 성자에게 바친 후 그에게 아들을 하나 얻기 위한 제사를 청했다. 브라흐마다따는 제사를 올렸다. 제사가 집행되는 중에 쿠샨나바의 부왕인 쿠사가 말하기를, 가디라는 이름의 아들을 얻게 될 것이니 걱정하지 말라는 것이었다. 이리하여 얻게 된 가디는 바로 나, 이 비슈바미트라에게는 아버지가 되는 사람이니라, 라마야.”
비슈바미트라의 이야기는 계속되었다.
“나에게는 사티야바티라는 누나가 있었다. 리차카라는 성스러운 사람과 결혼했는데, 나의 누나는 너무나 고결하여 인간의 육신 그대로 하늘에 이르렀다. 누나는 사람들을 위하여 성스러운 강 카우쉬키가 되었다. 그렇기 때문에 나는 히마반 산맥을 찾아 카우쉬키 강변에서 많은 시간을 보내는 것이다. 그곳에만 가면 나는 믿을 수 없을 만큼 푸근한 아늑함에 싸여 깊은 평온에 빠지게 된다. 자, 벌써 밤이 반이나 지났다. 너무 이야기가 길었구나. 나무들도 모두 깊이 잠들었으니, 이제 그만 자거라. 내일은 또 일찍부터 계속 가야 하니까.”

15. 여인 강가

새들의 노랫소리와 소나 강의 물결 소리에 형제는 일찍 잠을 깨었으나 비슈바미트라는 이미 그들 옆에 없었다. 일행은 다시 길을 계속했다. 소나 강은 물이 그렇게 많지 않아 강 가운데 여기저기 모래섬들이 강을 막고 있었다.

북으로 길을 서두른 일행은 정오 무렵에는 성스러운 강 강가에 이르렀다. 백조들과 연꽃들이 수면을 수놓은 강가의 장관에 압도된 일행은 강변에 멈추어 많은 시간을 보냈다.

저녁에 라마가 강가에 대해 묻자 비슈바미트라는 이렇게 들려주
었다.

"히마반은 모든 산들의 우두머리였는데 메나, 또는 마노라마라
고도 불리우는 부인과의 사이에 강가와 파르바티라는 뛰어나게
아름답고 헌신적인 두 딸을 가졌다. 천신들이 히마반에게 언니
강가를 원하자 히마반은 기꺼이 강가를 천상으로 보내주었다. 천
상을 흐르는 강으로 변신한 강가는 그 강물에 닿는 것은 무엇이
나 성스럽게 정화시켜 주었기에 만다키니라느니 아카샤 강가라
느니라고 불리웠다. 동생 파르바티는 우마라고도 불리웠는데 지
독한 고행을 닦았으며 시바의 부인이 되었다. 그러니까 히마반
의 두 딸이야말로 삼계의 숭앙을 받아 마땅할 대단한 자매인 것
이다."

이어 비슈바미트라는 강가가 천상에서 지상으로 강하하게 된 이
야기를 했다. 이야기는 멀리 라마의 조상 중의 한 사람이었던 사가
라 왕으로 거슬러 올라갔다. 왕에게는 비다르바 왕의 딸 케시니와
카샤파의 딸 수마티의 두 왕비가 있었다. 왕은 왕비들과 함께 히마
반 기슭을 찾아 아들을 얻기 위한 고행에 들어갔다. 백 년이 지나
자 성자 브리구가 찾아와서 이제 왕은 아들들을 얻게 될 것이며 왕
은 그 아들들 때문에 이름이 높게 될 것이라고 했다. 그런데 한 왕
비에게는 이크슈바쿠 왕통을 이을 한 명의 아들이, 그리고 다른 한
왕비에게는 모두 힘세고 용감한 6만 명의 아들들이 태어날 것인데,
선택은 왕비들에게 맡기겠다고 하였다. 나이가 많은 케시니는 한
아들을 원했고 나이가 적은 수마티는 6만 명의 아들을 원했다. 왕
과 왕비들은 성자에게 감사를 드린 후 다시 그들의 왕국으로 돌아
왔으며, 그 후의 일은 성자의 예언대로 되었다. 그런데 케시니에게
서 태어난 아사만쟈라는 이름의 한 왕자는 성인이 되어서도 계속
온갖 못되고 나쁜 짓만 골라했기에 왕은 그를 추방해 버렸다. 다행

히 그의 아들 암슈만은 선량하고 온순했기에 할아버지 사가라는 이 손자를 큰 위안으로 삼았다. 수마티에게서 태어난 6만의 아들들은 모두 잘 생기고 용맹스러웠으니 이들은 사가라푸트라라고 불리웠으며 수마티는 이들을 몹시 자랑스럽게 생각했다. 이들은 자랑해도 좋을 만큼 훌륭한 것이 사실이었으나 이 때문에 이들은 안하무인의 교만에 빠지는 흠도 있었다.

사가라는 아슈바메다를 모시기로 정하고 준마를 풀어 놓으면서 어린 암슈만에게 그 뒤를 따르게 했다. 말은 모든 왕국들을 마음대로 뛰어 다녔다. 사가라는 북의 히마반과 남의 빈디야가 서로 경쟁하듯 버티고 있는 사이에 펼쳐진 인도의 중앙 광대한 곳을 아슈바메다를 모실 제단으로 삼아 대대적인 준비를 서둘렀다. 사가라가 지나치게 거창하게 아슈바메다를 준비하는 것에 심사가 틀어진 인드라는 아슈바메다에 쓰려고 풀어놓은 말을 감추어 버렸다. 모든 준비가 다 끝나도록 말이 돌아오지 않자 사가라는 크게 당황하여 6만 명의 왕자들에게 말을 찾게 했다. 이들은 즉시 천지사방을 다 찾아 본 다음에 지하의 세계까지 파헤쳤다. 이들이 어찌나 기운차게 땅을 파헤쳐댔던지 벌레들이며 뱀들은 물론 락샤사들까지도 숨을 곳을 잃고 비명을 울려댔다.

지표면을 다 파헤쳐도 잃어버린 말이 보이지 않자 그들은 땅의 밑바닥으로 가서, 땅의 네 귀퉁이를 그들의 이마로 받치고 있는 디까자(비루파크샤, 마하파드마, 사우만타, 바드라의 네 마리의 코끼리)들까지 찾아가 보았으나 잃어버린 말은 거기에도 없었다.

그러다가 그들은 지하 깊숙한 동굴 속에서 들려오는 말울음 소리를 들었다. 왕자들은 즉시 그 동굴 속으로 몰려 들어갔다.

그곳은 지하의 아쉬람으로서 위대한 성자 카필라 마슈데바가 명상에 빠져 있었고 그 너머에 잃어버린 말이 나무에 묶여 있었다. 왕자들은 말도둑이 성자인 채 속이려 하는 일에 화가 치밀어 모두들 무기를 들어 카필라에게 달려들었다. 이들의 성급한 무례에 노한 카필라가 눈을 들어 그들을 쏘아 보자 그들은 모조리 순식간에 재로 변해버렸다. 성자는 아무 일도 없었다는 듯 다시 명상을 계속했다.

이렇게 하여 아들들의 소식이 끊기자 사가라는 손자 암슈만을 보냈다. 암슈만은 숙부들의 행적을 따라 지하동굴에까지 이르렀다. 암슈만은 카필라가 삼매에서 깨어날 때까지 공손하게 합장을 하고 서서 기다렸다. 그러다가 카필라가 눈을 뜨자 그 앞에 엎드려 그의 발의 먼지를 털어 올렸다. 암슈만이 모든 것을 이야기하자 카필라는 인드라가 훔쳐왔던 말을 가져가게 하면서 암슈만의 숙부들이 자신의 진노를 입어 모두 불에 타 죽어 잿더미로 변했음을 말했다. 암슈만은 숙부들의 재에 물을 뿌려 올리려고 했으나 물을 찾을 수가 없었다.

이때 카샤파의 아들로 불에 타 죽은 사가라푸트라(6만 명의 사가라의 왕자들)의 어머니인 수마티와 남매간인 가루다가 나타났다.

"아가야, 너무 나쁘게만 생각하지 말아라. 이것이 자연의 법칙이라는 것이다. 너는 지금 물을 찾아 너의 숙부들. 즉 나에게는 조카들이 되는 저들에게 뿌려주고 싶겠지만, 그들은 생전에 너무 교만했기에 천상의 강가의 물이 아니고서는 그들의 죄를 씻어낼 수가 없다. 그러나 그 일이 어찌 쉬운 일이겠느냐. 자, 그건 나중의 일이고 우선 말이나 빨리 데리고 가거라."

이리하여 암슈만이 말을 찾아오니 사가라는 아슈바메다를 올린 후 왕위를 손자 암슈만에게 넘기고 왕비들과 함께 고행자가 되어 숲으로 들어갔다. 암슈만은 국정에 전념했다. 그러다가 딜리파라는 아들이 생기자 왕위를 딜리파에게 넘기고 자신은 히마반 기슭으로 가서 강가의 물을 얻기 위해 고행에 들어갔으나 끝내 소망을 이루지 못하고 죽었다. 딜리파 또한 강가가 지상으로 내려와서 사가라의 아들들을 씻어 구원해 주기를 소망하였으나 이루지를 못했다.

16. 바기라타의 고행

딜리파가 죽자 그의 아들 바기라타는 왕국을 대신들에게 맡기고 조상들의 구원을 위한 고행에 들어갔다. 브라흐마가 나타나 소원을 묻자 강가의 물로 니르바판잘리(손바닥에 물을 떠서 망인에게 공양하는 것)를 올려야 하는 사연을 말했다. 이에 브라흐마는 천상의 강가를 지상으로 모시기 위하여는 대천신 시바의 도움이 필요함을 말했다. 강가는 브라흐마의 말에 따라 지상으로 하강할 수는 있겠으나, 그 떨어지는 힘이 너무 강해 땅이 무너질 것인 바 이를 막을 수 있는 것은 시바뿐이라는 것이었다. 이에 바기라타가 다시 1년 동안을 단식으로 고행을 드리자 시바는 바기라타의 정성을 받아들여 그를 도와주겠다고 했다. 강가가 하늘에서 떨어질 때의 막강한 힘을 시바는 그의 머리로 받아 막겠다는 것이었다.

바기라타와의 약속대로 시바는 히마반산의 고원에 올라 강가가 떨어지기로 한 곳에 버티어 섰다. 모든 천신들은 강가가 천상에서 지상으로 떨어지는 장관을 구경하기 위해 모였다. 강가는 자신의 강력한 흐름으로 시바를 파탈라(나가, 아수라들이 지배하는 지하의 세계)까지 밀어 넣어버리려고 했다. 이러한 강가의 마음을 읽은 시바는 등 뒤에 삼지창을 짚어 두 손으로 꽉 버틴 채 머리를 약간 하늘로 쳐들고 가벼운 웃음을 입술에 띠운 채 강가가 쏟아져 내리기를 기다렸다.

드디어 강가는 폭포가 되어 시바의 머리 위로 쏟아져 내렸다. 그런데 아무리 강가의 물이 쏟아져 내려도 시바의 헝클어진 머리카락 속으로 들어간 다음에는 다시 나올 줄을 몰랐다. 결국 강가는 마하

데바의 머리카락 사이에서 길을 잃은 것이었다. 초조해진 바기라타
는 시바에게 강가를 놓아줄 것을 호소했다. 강가를 충분히 가르쳤
다고 생각한 시바는 강가를 쟈타(뒤죽박죽으로 얽힌 머리카락)에서 풀
어주면서 한 오라기의 머리카락을 내주었다. 그처럼 기세좋게 지상
으로 쏟아져 내렸던 강가는 이제는 완전히 기가 꺾여 시바의 머리
카락 하나를 타고 방울 방울 떨어져 못을 이루었다. 그 못은 빈두
사라라는 이름이 붙었고, 강가는 알라카난다(방울 방울)라고 불리웠
다. 못은 저수지가 되었다가 넘쳐흐르기 시작했다. 이 흐름은 동으
로 세 줄기, 서로 세 줄기 그리고 일곱 번째의 흐름은 바기라타의
전차를 따라 남으로 사가라푸트라가 구원을 기다리고 있는 지하의
동굴을 향해 흐르기 시작했다. 이윽고 성스러운 강가의 물은 파탈
라에 이르러 사가라푸트라가 타서 죽은 재를 적시어 드디어 바기라
타의 소망을 이루어주었다. 브라흐마는 바기라타에게 와서 말했다.
　"애야, 너는 무척이나 어려운 일을 이루어냈구나. 너의 조상들이
말을 찾기 위해 파헤쳤던 곳에 강가의 물이 고여 바다가 되었으
니 그 곳은 사가라라는 이름이 붙을 것이다. 또 신들의 기준에서
본다면 강가는 너의 딸이 되는 것이니 강가는 바기라티라고 불
리울 것이며, 천상과 지상과 지하의 삼계를 흐르니 트리파타가
리고도 불리울 것이다."
　이상이 강가에 대한 비슈바미트라의 이야기였다.
　그날 밤 라마와 락슈마나는 강가의 이야기를 생각하느라고 거의
잠을 못이루었다.

17. 가우타마의 아쉬람을 향하여

다음날 아침 일찍 일행은 배로 강가를 건너 비샬라라는 아름다운 도시에 이르렀다. 비슈바미트라는 그곳에 얽힌 다음과 같은 이야기를 들려주었다.

옛날 옛날 우유의 바다를 휘저어 아므리타(불로장생의 넥타)를 발견하게 되었던 때와 이곳 비샬라의 역사는 때를 같이한다. 천신과 아수라가 서로 아므리타를 차지하려고 하자 나라야나는 계교를 써서 이를 천신들에게 주었다. 이로 인하여 천신과 아수라 사이에는 싸움이 벌어졌고, 다이티야라고 불리우던 디티의 아들들을 포함한 많은 아수라들이 죽었다. 다이티야들의 어머니 디티는 남편인 카샤파에게 인드라를 죽일 수 있는 아들을 원했다. 카샤파는 디티에게 비결을 가르쳐 주었으나 그 비결이 성취되기 위하여는 조금도 실수가 없어야 했다.

카샤파는 브라흐마의 아들인 마리치의 아들이었으며 성자였다. 그에게는 아디티와 디티라는 자매간의 부인이 있었는데 아디티에게서는 인드라를 비롯한 신들이 출생했고, 디티에게서는 다이티야라고 불리우는 락샤사들이 태어났다. 그러니까 디티는 인드라에게는 어머니도 되었고 이모도 되었다. 그러나 여하간 디티의 뱃속에 자기를 죽일 수 있는 아이가 자라고 있음을 알게 된 인드라는 계속 디티를 감시했다.

그러다가 잠깐 디티가 실수를 한 틈을 이용해 인드라는 디티가 잠이 든 사이에 디티의 뱃속의 아이를 일곱 조각으로 쪼개 버렸으나 그 조각들은 죽지를 않고 울어대기 시작했다.

"마아루다!(울지 말아라)"

라고 인드라는 말했으나 조각들은 계속 울어댔고 디티는 잠을 깼다. 인드라는 디티에게 모든 것을 털어 놓았다.

"어머니께서 저를 없앨 아이를 잉태하고 계시니 저는 그 아이를 없애야 했습니다. 그러나 어머니의 발원이 어찌나 강했던지 저의 바즈라(인드라의 무기인 금강저, 번개)도 그 아이를 죽이지 못했습니다. 죽이기는커녕 이제 한 아이가 일곱 아이가 되고 말았습니다. 제가 졌습니다."

그러나 디티는 인드라 때문이 아니라 자신의 실수 때문에 자신의 아이들이 인드라를 이길 수 없게 되었음을 알게 되었다.

"인드라, 운명에는 어쩔 수 없나보다. 너는 결코 꺾일 수 없는 운명을 타고 났으니 내가 어이 그러한 너의 운명을 꺾을 수 있으랴. 여하간 이 일곱 아이는 너와 인연이 깊으니 네가 거두도록 해라. 너에게는 동생들이 될 것이니, 네가 '마아 루다!' 라고 말했기 때문에 그들은 7명의 마루트로 불리워질 것이며 명성을 떨칠 것이니 그들을 영원히 바유와 함께 있도록 해라."

이상이 마루트의 출생에 얽힌 이야기였는데, 디티가 인드라를 죽일 수 있는 아들을 얻기 위하여 고행을 했었고, 또 그리하여 마루트를 낳았던 곳이 바로 비샬라였다는 것이었다.

"훗날 이크슈바쿠의 아들 중의 하나인 알람부사가 이곳에 비샬라라는 도시를 세웠으며 그의 후손들이 계속 이곳을 물려 받아 왔으니 시금의 왕은 수마티다."

이렇게 이야기를 끝낸 비슈바미트라는 그날 밤을 비샬라에서 쉬고 다음날 미틸라로 떠나자고 했다. 비슈바미트라가 왔음을 알게 된 그곳 비샬라의 왕 수마티는 일행을 찾아 인사를 올렸다. 비슈바미트라에게서 라마가 악마들을 죽인 이야기를 들은 수마티왕은 크게 놀라며 기뻐했다.

다음날 미틸라를 향해 여행을 계속하던 일행은 그곳 미틸라 교외에 있는 한 아쉬람에 이르렀다. 그런데 그 아쉬람에서는 연기가 오르지 않고 인적도 없음을 이상히 여겨 라마는 그 사연을 비슈바미트라에게 물었다.

"옛날 이 아쉬람은 천국 바로 그것이었다. 위대한 성자 가우타마
께서 여러 해 동안 고행을 하셨던 곳이었으니까. 브라흐마께서
만드신 아할리야라는 미인이 가우타마의 부인이 되어 이곳에서
함께 오래 살았었는데, 그만 어느 날 가우타마의 출타 중에 인드
라의 꼬임에 넘어가고 말았다. 이를 알게 된 가우타마는 인드라
에게는 사내다움이 없어지라고 저주했고, 아할리야에게는 먼 훗
날 다사라타왕의 아들 라마가 나타나기까지는 형태를 잃고 재 위
에 누워 공기만을 먹어야 할 것이라고 저주했다. 가우타마는 라
마가 이곳 아쉬람에 나타나서 자신의 저주를 풀어주기까지 자신
은 고행을 떠나겠다고 했다."

이상이 가우타마의 아쉬람에 인적이 끊기게 된 사연이었다. 일
행이 아쉬람에 들어가자 드디어 저주는 풀렸다. 아할리야는 다시
아름다운 모습을 찾게 되었고, 가우타마도 고행에서 돌아와 라마
일행을 축복해 주었다. 라마와 락슈마나가 가우타마와 아할리야에
게 인사를 올리자 하늘에서는 꽃들이 비처럼 내렸다.

18. 미틸라

일행은 북으로 조금 더 걸어 곧 자나카가 제사를 모시고 있는 곳
에 이르렀다. 일행은 그 대단한 규모에 놀랐다. 비슈바미트라가 왔
다고 듣고는 자나카는 그의 사제장 사다난다와 함께 진심으로 기뻐
하면서 비슈바미트라를 찾았다. 서로 정중한 인사말이 오간 다음에
자나카는 라마 형제의 빛나는 모습에 계속 최고의 찬사를 늘어 놓
으면서 끓어오르는 호기심을 누르지 못하고 마구 질문을 퍼붓자 비
슈바미트라는 형제의 이야기를 자랑스럽게 들려주었다. 그런데 자

나카의 사제장 사다난다는 가우타마와 아할리야 사이에서 태어난 아들이었다. 라마로 인하여 어머니의 저주가 풀렸고 아버지 또한 옛날처럼 아쉬람으로 돌아왔다는 말을 들은 사다난다는 몇 번이고 라마에게 감사의 말을 하면서, 그보다도 더 여러번을 라마에게 비슈바미트라를 만나게 된 행운을 축복해 주었다. 사다난다는 라마에게 비슈바미트라가 비슈바미트라 자신의 일을 별로 이야기하지 않았을 것이니 자기가 대신 그에 관한 이야기를 해주겠다고 했다.

19. 비슈바미트라

사다난다는 월종족 왕통(찬드라밤사)의 흐름을 쭈욱 설명했다. 푸루라바스의 여섯 아들 중 장남 아유와 그 뒤를 이은 나후샤, 야야티, 푸루, ……한편 푸루라바스의 막내 비쟈야는 비이마, 칸차나, 쟈흐누, 푸우르, 발라아카, 아쟈카, 쿠사까지 이어지다가 쿠사의 네 아들 중 차남 쿠샨나바의 아들이 가디였는데, 가디의 아들이 카우쉬카라는 이름의 유명한 왕이었으니 바로 비슈바미트라인 것이라고, 사다난다는 비슈바미트라가 카우쉬카라는 이름의 왕으로 있었을 때의 이야기를 들려주었디.

20. 바시슈타가 왕을 접대하다

어느 날 카우쉬카 왕은 많은 병사들과 함께 여러 곳을 순례하다가 멀리에 있는, 브라흐마의 아들 바시슈타의 아쉬람을 보게 되었다. 기화요초 사이에 사슴들이며 다른 짐승들이 뛰놀고, 시따(아니마, 마히마, 라기마, 가리마, 프라프티, 프라카미얌, 이샤트밤, 바쉬트밤의 초자연적인 8가지 능력을 가진 지극히 순수한 반신의 존재), 차라나, 간다르바, 킨나라(천사의 일종)들까지 보이니 그대로 지상천국이었다.

성자의 아쉬람에 크샤트리아는 경의를 표해야 했고, 이때 성자는 크샤트리아를 환영해야 하는 것이 법칙이었다. 따라서 카우쉬카는 아쉬람에 들어가 성자 앞에 엎드려 경의를 표했다. 바시슈타는 그를 환영해 자리를 권하고 과일과 물을 내놓았다. 관례에 따른 인사가 충분히 오고 간 다음에 카우쉬카는 아쉬람을 떠나려고 했으나 바시슈타는 계속 그를 붙들면서 대접을 하고 싶다는 것이었다. 카우쉬카 왕 뿐만 아니라 그 많은 병사들까지도. 카우쉬카 왕은 바시슈타가 병사들까지 대접을 하겠다는 말이 걱정스러웠으나 하도 권하는 바람에 그렇게 하기로 하였다.

바시슈타가

"아가야! 샤발라야!"

라고 부르니 믿을 수 없을 만큼 아름다운 소가 나타나서

"아버님, 찾으셨습니까?"

라고 하는 것이었다. 그 소는 옛날 우유의 바다에서 아므리타가 생길 때 거기에서 탄생한 카마데누(모든 소원을 이루어 주는 천국의 소)로 샤발라라는 성우였다. 바시슈타가 사정을 말하자 샤발라는 곧 진수성찬을 준비했다. 이 신통력에 놀란 카우쉬카는 바시슈타에게 자기의 소 십만 마리와 샤발라를 바꾸자고 했다. 바시슈타가 난색을 표하자 금과 은으로 꾸민 천 마리의 코끼리에다가 8백 마리의 말과 전차에다가 또 무엇 무엇 등을 더 주겠다고 했으나 바시슈타는 성우 샤발라를 바꾸려고 하지 않았다.

21. 실의에 빠진 왕

드디어 카우쉬카는 화를 내고 말았다. 카우쉬카는 크샤트리아였기에 화를 낸다는 것은 그의 제2의 천성이었다. 화가 난 카우쉬카는 병사들에게 샤발라를 끌고 가게 했다. 무슨 영문인지 모른 채 병사들에게 한참 동안을 끌려가던 샤발라는 병사들을 뿌리치고 바시슈타에게로 가서 왜 자기를 버리는가 물었다. 바시슈타가 역부족으로 어쩔 수가 없다고 하자 샤발라는 말했다.

"아무리 강하고 난폭한 왕일망정 크샤트리아는 브라흐민을 이길 수 없는 것. 브라흐민이신 주인님께서 축복과 허락만 해주신다면 저같은 미물도 카우쉬카를 꺾을 수 있는 것 아닙니까? 자, 저를 축복해 주시고 허락해 주시어 저에게 왕을 이길 수 있는 힘을 주십시오."

"좋다. 그에게 교훈을 주자. 왕의 병력을 이길 수 있는 군사를 만들어라."

이에 샤발라가 몸을 한 번 흔들자 수많은 병사들이 나와 카우쉬카의 병사들과 싸움을 벌였다. 용감한 카우쉬카 왕의 병사들이 아무리 샤발라의 병사들을 죽여도 샤발라는 계속 새로운 병사들을 만들어냈다. 카우쉬카는 아들들과 함께 바시슈타를 공격했으나 바시슈타의 훈카라(성난 주문)에 걸려 왕만 빼놓고 나머지 모두 재로 변해 버렸다. 이제 아무것도 남지 않게 된 왕의 심사는 기가 막혔다. 실의와 무력감에 빠진 카우쉬카는 바시슈타의 아쉬람을 떠나 왕국으로 돌아왔으나 소에게 당했던 패배의 굴욕감을 잊을 길이 없었다. 아들에게 왕국을 맡긴 그는 킨나라들이나 살고 있는 히마반 기슭을 찾아 시바에게 지극한 고행을 올렸다. 드디어 시바는 그의 소원을 들어주니 바시슈타는 모든 아스트라에 있어서 제1인자가 되었다. 모든 신들의 무기를 마음대로 불러서 쓸 수 있는 신통력을 얻었으니 이제 그는 천하무적의 최강자가 된 것이었다. 자신감을 되찾은 그는 의기양양하여 그의 왕국으로 돌아오면서 말했다.

"위대하신 성자 바시슈타여, 내가 시바에게서 얻은 각종 아스트라들에게는 속수무책이리니, 이제 그대는 이미 죽은 것이나 같도다."

22. 브라흐민의 힘

카우쉬카는 바시슈타의 아쉬람으로 가서 무조건 아스트라들을 하나씩 차례로 쏘아 보냈다. 아쉬람 일대는 순식간에 아수라장이 되고 말았다. 바시슈타는 카우쉬카 앞에 나오더니 지팡이를 들어 올리면서 말했다.

"무례하고 잔인한 놈. 내 너같은 바보는 죽이겠다."

바시슈타의 지팡이는 유가의 끝(최후의 날)에 연기도 없이 타오르는 야마(죽음의 신)의 지팡이인 양 벌겋게 달아오르기 시작했다. 그러나 자신만만한 카우쉬카는 바시슈타의 잠꼬대를 비웃으며 아그니의 아스트라를 쏘아 보냈다. 맹렬한 불길이 바시슈타를 덮쳤다. 그러나 그 불길들은 바시슈타의 지팡이를 만나자 물을 만난 양 꺼져버렸다. 이에 카우쉬카는 계속 바루나(지하와 바다의 신), 루드라(폭풍의 신), 인드라(번개의 신), 파수파타(대천신 시바)의 아스트라를 내쏘았으나 모두 바시슈타의 지팡이 하나를 꺾지 못했다. 마나바스트라도 소용이 없었고 가안다르바, 즈룸바나, 스와와파나도 효력이 없었다. 인드라의 금강저까지도 소용이 없자 카우쉬카는 파아샤(올가미)를 써보았다. 그러나 카알라 파아샤도 바루나 파아샤도 듣지를 않았다.

하늘에서는 천신들이 모여 브라흐민의 힘이 삼계의 어떠한 힘보다도 강함을 보여주는 영광스러운 장면을 내려다보고 있었다. 드디어 카우쉬카는 최고의 무기인 브라흐마스트라를 쏘았다. 모두들 어떻게 될 것인가 침을 삼켰다. 그러나 브라흐마스트라까지도 바시슈타의 지팡이를 이길 수가 없었다. 드디어 바시슈타는 반격의 자세를 취했다. 그의 전신이 불의 신처럼 타오르면서 털구멍 하나 하나에서 불을 뿜기 시작했다. 하늘에 있던 성자들은 사방에서 외쳤다. 바시슈타의 위력은 이제 충분히 알았으니 화를 거두고 카우쉬카를 용서하여 줄 것을.

이에 바시슈타는 자신을 진정시키며 화를 가라앉혔다. 카우쉬카는 활과 화살을 내던지며 탄식했다.

"브라흐민의 권능이란 이리도 큰 것인가?"

카우쉬카는 분한 마음을 안고 남으로 가서 브라흐민보다 더 강한 힘을 얻기 위한 고행을 시작했다. 천 년이 지나자 창조주 브라흐마가 나타나서 그에게 라자르쉬 카우쉬카라는 칭호를 주었다. 라자르쉬란 라자(크샤트리아) 리쉬(성자, 수행자)라는 뜻이니 리쉬라고 불리우는 것은 좋으나 그 앞에 크샤트리아라는 출신성분이 조건부로 붙어 있는 한 브라흐민을 꺾을 수는 없는 것 아닌가. 실망한 카우쉬카는 다시 고행을 계속했다.

23. 태양족 왕통의 트리샨쿠

트리샨쿠라는 왕이 등장해 카우쉬카와 이야기가 얽힌다. 그는 수리야밤사 출신의 선량하고 정의로운 왕이었는데 인간의 육신 그대로 하늘에 오르고 싶다는 소망을 갖게 되었다. 왕은 이 소망을 바시슈타에게 호소했으나 바시슈타는 그의 소망은 도리에 어긋난다고 거절했다. 실망한 트리샨쿠는 왕위를 버리고 남으로 바시슈타의 아들들을 찾아 자신의 소망을 말했다. 그러나 부친이 한 번 거절한 일을 다시 자기들에게 부탁한다는 것에 기분이 상한 그들은 왕에게 화를 내며 왕을 저주하였다. 그들의 저주로 왕은 피부는 검게 되고 목에는 황금목걸이 대신 쇠로 된 목걸이와 야생화가 걸쳐진 찬달라(불가촉천민)로 변하고 말았다. 그가 아무리 자신의 신분을 밝혀도 누구도 그를 믿어주지 않았으며 그는 그의 왕궁에서까지도 쫓겨나고 말았다. 결국 트리샨쿠는 지독한 고행으로 그 이름이 높을 대로 높아진 카우쉬카를 찾았다. 카우쉬카는 첫눈에 트리샨쿠를 알아보았다. 이에 감격한 트리샨쿠는 카우쉬카에게 자신의 억울함을 울면서 하소연했다.

"…… 제사를 백 회나 모셨으며, 결코 거짓을 말한 일도 없었으며, 나아가 많으신 분들을 기쁘게 해드리는 데 게으르지 않았으며, 크샤트리아의 의무를 다하는 데 실수가 없었으며, 마음을 항상 다르마에 두어 왔거늘 육신을 가진 채 하늘에 오르고 싶다는 조그만 소망을 가졌다는 것이 이렇게나 큰 죄가 된다면 ……"

트리샨쿠를 불쌍히 여긴 카우쉬카는 그의 소망을 들어 주겠노라고 안심시켰다. 이리하여 카우쉬카는 그의 아들들에게 제사를 모실 준비를 시키면서 제자들에게는 모든 성자들을 모셔 오도록 했다. 바시슈타와 그의 아들들은,

"정말 우습지도 않는 일이라니. 크샤트리아가 제사를 집전해 천민의 소망을 들어달라고 한다니 이 무슨 희극이냔 말이야."

라고 하면서 참석하지 않았으나 다른 모든 성자들은 카우쉬카의 위세가 워낙 대단했기에 모두들 참석했으며, 제사는 절차에 따라 엄숙하게 거행되었다. 그러나 끝내 어느 신도 흠향을 하지 않았다. 화가 난 카우쉬카는 스루바(성화에 기이, 즉 버터 기름을 떠넣는 수저)를 높이 쳐들며 외쳤다.

"나의 권능을 볼지어다. 나는 트리샨쿠를 인간의 육신 그대로 천

계로 올려 보내겠노라. 트리샨쿠여, 공중으로 올라 하늘에 이를 지어다!"

24. 새로운 천계

모두들 숨을 죽였다.

트리샨쿠의 몸은 공중으로 떠오르기 시작했다. 그는 손을 모아 카우쉬카에게 합장을 하면서 구름 속으로 사라졌다. 그러나 인드라를 비롯한 천신들은 이 억지를 받아들일 수가 없었다. 인드라는 트리샨쿠를 지상으로 내쫓았다. 트리샨쿠가 카우쉬카에게 구원을 청하자 천신들의 횡포에 분개한 카우쉬카는 자신이 창조주 브라흐마가 되어 새로운 천계를 만들기 시작했다. 그는 트리샨쿠를 위한 새로운 천계에 별들도 새로 만들어 띄웠고, 천신들은 물론 기존의 인드라를 능가하는 새로운 인드라까지 만들었다. 이에 당황한 천신들이 카우쉬카를 찾아 여러가지로 설득했으나 카우쉬카의 뜻을 꺾을 수는 없었다.

"자신의 스승에게서 저주를 받은 사람은 천국에 들어올 수가 없는 법입니다. 우리들이 트리샨쿠를 천계에 받아들일 수 없음은 결코 카우쉬카 그대의 권능이 부족해서가 아닙니다."

"선량하고 정의롭기만 했던 왕이 왜 저주를 받고 천계에서 쫓겨나야만 한단 말씀입니까? 일은 이미 끝났습니다. 트리샨쿠는 새로운 천계와 함께 영원할 것입니다. 인드라는 바뀔망정 나의 천계는 바뀜이 없을 것입니다."

드디어 인드라를 비롯한 천신들은 말했다.

"그렇게 될 것입니다. 당신의 지극한 고행의 권능으로 이루어진 이 새로운 천계는 당신의 위대함을 증명하면서 영원히 남을 것입니다. 트리샨쿠는 이 천계를 다스릴 것이며 새로운 별들은 그를 위해 그들의 길을 운행할 것이며 트리샨쿠의 이름은 영원할 것입니다.”

그러한 말에 카우쉬카와 트리샨쿠는 크게 만족했다. 인드라를 비롯한 천신들도 돌아가니 카우쉬카는 홀로 남게 되었다. 그동안 그가 쌓았던 고행의 공덕은 모두 트리샨쿠의 구원에 써버렸기 때문에 이제 그에게는 아무 권능도 남아 있지를 않았다.

25. 수나쉐파

그때까지 남쪽에서 고행을 했었던 카우쉬카는 다시 새로운 고행을 시작하기 위해 서쪽으로 갔다. 카우쉬카는 모두의 눈을 피해 푸슈카라크쉐트라라는 이름이 붙은 어느 호숫가 성스러운 곳에 수도장을 정하고 다시 고행을 시작했다.

한편 트리샨쿠에게는 하리슈찬드라라는 아들이 있었다. 그는 바다의 신 바루나에게 아들을 구했다. 바루나는 아들을 주기는 하겠으나 곧 그 아들을 제물로 삼아야 한다고 조건을 붙였다. 아들이 태어나니 로히타라고 이름하였다. 바루나는 로히타를 즉시 제물로 바칠 것을 독촉했다.

“갓 태어난 아이는 깨끗하지가 못하니 열흘이 지난 후에야 깨끗해집니다. 그때에 드리도록 하겠습니다.”

그러나 다시

“제사에 올리는 제물에는 모두 이가 있습니다. 이가 돋아난 다음에 …….”

그러나 다시,

“젖니(유치)란 어차피 빠질 이빨이니 간니(영구치)가 돋은 다음에 바치도록 ……."

　그러는 사이에 자신의 운명을 알게 된 로히타는 활을 들고 숲으로 숨어 자신의 운명을 피하려고 했다. 이에 노한 바루나는 하리슈찬드라 왕에게 마호다라(수종)라는 무서운 병을 주었다. 이를 알게 된 왕자 로히타는 부왕을 구하기 위해 숲을 나섰으나 인드라는 이를 말리며 대신 성스러운 강들을 순례하도록 권했다. 다시 1년 후, 다시 1년 후에도 같은 일이 반복되는 가운데 5년이 지났다. 결국 왕자는 무조건 부왕을 찾아가기로 했다. 도중에 로히타는 아지가르타라는 브라흐민을 만났다. 그 브라흐민은 부인과 세 아들을 데리고 여행하는 중이었다. 로히타는 브라흐민에게 합장배례한 후에 자초지종을 이야기하고서는 자기 대신에 제물로 삼고자 하니 아들 하나를 소 십만 마리와 바꾸자고 하니 브라흐민 부부는 로히타의 딱한 사정을 도와주기로 했다. 아버지는 첫째 아들만 아니면 좋다고 했고, 어머니는 막내 아들만 아니면 좋다고 하니 수나쉐파라는 이름의 둘째 아들이 넘겨졌다. 로히타와 수나쉐파는 도중 푸슈카라에서 고행 중인 카우쉬카를 보게 되었다. 수나쉐파는 카우쉬카의 무릎에 뛰어들어 자신의 처량한 신세를 울면서 늘어놓았다.

　"부모에게서 버림받은 몸이니 고아가 되었습니다. 성인님께서 구원하여 주신 것이니 성인님을 아버님으로 모시겠습니다."

　"아가야, 내가 어떻게 하면 너를 구하는 것이 되겠느냐?"

　"이미 희생제의 제물로 팔린 몸이니 죽은 목숨입니다. 그러나 좀더 오래 살아 고행을 닦아 천국에 가고 싶습니다. 그러니 제사는 제사대로 무사히 치뤄지면서도 제물인 저의 목숨이 살아 남도록 해주십시오. 성자님께서는 하실 수 있으십니다."

　이에 카우쉬카는 그 꼬마의 소원을 들어주겠다고 하고서 자신의 아들들을 불러 모았다.

　"……너희들은 이미 충분히 고행의 공덕도 쌓았고, 또 지상의 일들도 충분히 겪었으니 이제는 누군가 나를 도와 이 아이를 대신해 희생제의 제물이 될 사람이 하나 있었으면 한다.”

카우쉬카에게는 백 명의 아들들이 있었다. 그러나 이들 중 누구도 카우쉬카의 뜻을 따르려 하지 않았다. 그들은 이구동성으로 여러가지 이유를 들어 카우쉬카의 엉뚱한 말을 반박했다.

“……마치 저희들에게 개고기를 먹으라고 하시는 것이나 다름없는……”

이에 카우쉬카는 또 화를 냈다. 그는 위대한 만큼 성질도 급했고 화를 잘 냈다.

“애비의 말을 따르지 않는 자식들을 어디에 쓸 것인가. 바시슈타의 자식들처럼 너희들도 천민이 되어 천 년 동안 개고기나 먹어라.”

여하간 카우쉬카는 수나쉐파가 결코 제물이 되어 요절할 운명은 아님을 알았기에, 수나쉐파를 도와 줄 수 있는 방안을 계속 생각해 보았다. 드디어 카우쉬카는 신을 찬송하는 노래 두 구절과 함께 비결을 가르쳐 주었다.

로히타와 함께 하리슈찬드라 왕에게로 간 수나쉐파는 제단의 유파스탐바(제사 때 희생으로 바칠 제물을 묶는 성스러운 기둥)에 주문으로 정화된 끈으로 묶였다. 목에는 붉은색 화환이 걸렸고 몸에는 붉은색 물감이 칠해졌다. 드디어 그가 제물로 희생되려는 순간 그는 카우쉬카가 가르쳐준 찬송가를 부르기 시작했다. 그 찬송가는 신을 찬미하는 뜻이 지극히 깊었고 수나쉐파의 목소리는 너무나 절실했기에 모든 사람들은 일시에 숨을 죽였고 인드라와 바루나를 비롯한 모든 신들도 귀를 기울였다. 드디어 신들은 수나쉐파를 찾아 그의 무병장수를 축원해 주었으며 하리슈찬드라 왕의 죄도 용서하니 그의 마호다라병은 곧 나았다. 하리슈찬드라 왕은 자식에 대한 지나친 집착으로 신에게 지었던 죄를 뉘우치고 카우쉬카를 찾아 새로운 사람으로 다시 태어났다.

카우쉬카는 수나쉐파를 양자로 삼은 다음에 아들들을 불러 모아 그를 형으로 모시도록 했다. 그러자 어린 수나쉐파가 어떻게 자기들의 형이 될 수 있겠는가라고 모두들 반발하였다. 이에 카우쉬카는 또 화를 내어 50명의 아들들을 하층민이 되도록 저주하자 나머지 50명의 아들들은 수나쉐파를 형으로 모시겠다고 승복했다. 카우쉬카는 이를 심히 기뻐하면서 말했다.

"착한 아들들이로다. 수나쉐파를 장형으로 모시고 너희들은 일족을 이룰 것이니 카우쉬카족이라고 불리울 것이며 우리 가문은 카우쉬카 고트라로 명성을 얻게 될 것이다."

카우쉬카는 고행을 계속하여 천 년이 지났다. 이에 브라흐마는

"그대 고행의 공덕으로 이제는 라자르쉬가 아닌 리쉬가 되었느니라."

라고 말했다. 그러나 카우쉬카는 성자가 되는 것으로 만족할 수는 없었다. 브라흐마르쉬(브라흐민 신분의 성자)가 되어야만 했기 때문이었다. 그리하여 그는 북쪽으로 가서 다시 고행을 계속했다.

26. 카우쉬카의 타락

카우쉬카가 고행을 계속할수록 신들은 위협을 느꼈으며 인드라는 특히 자신의 위치에 불안을 느꼈다. 그는 그의 궁정에서 가장 예쁜 아프사라(천국의 요정. 아프사라들은 우유의 바다가 아므리타로 바뀌기 위해 소용돌이 쳤던 과정에서 태어났다)인 메나카에게 카우쉬카를 유혹하도록 지시했다.

"주인님, 카우쉬카는 지독한 고행으로 공덕이 높아 크샤트리아이면서도 자력으로 성인이 되었고 또 이미 트리샨쿠 왕을 위해

새로운 천국을 창조했을 만큼 신통력이 뛰어난 반면에, 바시슈타의 아들들은 물론 자신의 아들들까지도 저주할 만큼 성질이 급하고 화를 잘 낸다는데, 저같이 미약한 여자가 주인님께서도 두려워하시는 그를 상대로 어이 살아남기를 바랄 수 있겠습니까?"
이에 인드라는 메나카의 두려움을 진정시켜 주었다.
"내가 보장한다. 그는 너를 저주하지 않을 것이다."
"그렇다면 주인님, 만마타(사랑의 신인 카마의 또 다른 이름)와 바산타를 함께 가게 해주십시오. 그리고 만다닐라(부드럽고 향기로운 미풍)를 저희들과 함께 하도록 해주십시오. 그들과 함께라면 저의 일이 성사될 가능성이 커질 것입니다."
메나카의 임무는 성공했다. 카우쉬카는 메나카와의 사랑 속에 5년을 보냈다. 그리고 다시 5년이 지났다. 그러다가 카우쉬카는 메나카가 인드라가 보낸 여자라는 것을 알게 되었다. 아까운 10년이었고 그 사이에 그의 공력도 많이 줄어 있었다. 그러나 그는 겁에 질려 떨고 있는 메나카를 저주하지는 않았다. 그는 다시 북으로 카우쉬키 강변을 찾아 고행을 계속했다. 다시 길고 긴 세월이 흐른 후 브라흐마와 함께 나타난 천신들은 카우쉬카에게 마하르쉬(지극한 고행을 끝낸 리쉬)가 되었음을 알려 주었다.
"그렇다면 저는 이제 지텐드리야(본능적인 욕구를 완전히 극복한 경지에 이른 사람)가 된 것입니까?"
"아직 완전한 지텐드리야는 ……."
이에 카우쉬카는 가장 지독한 고행으로 들어갔다. 여름에는 다섯 개의 불, 겨울에는 꽁꽁 얼어붙은 물 가운데에서 손을 들고 몸을 굽힌 채 곡기를 끊고 공기만을 먹으며 버티어 나갔다.
인드라는 이번에는 또 다른 요정인 람바에게 카우쉬카를 유혹하도록 했다. 카우쉬카가 고행 중인 곳 옆에 있는 망고나무가지에는 람바의 사명을 돕기 위해 나이팅게일이 울었고 그 나무에는 만마타와 인드라가 함께 있었다. 그러나 카우쉬카는 이번에는 유혹에 넘어가는 대신에 그녀를 저주하여 천 년 동안 돌이 되도록 해버렸다. 그리고는 곧 자신의 수양이 부족함을 뉘우쳤다. 이 정도의 일에 이리도 쉽게 화를 내어서 본능과 감정을 억누르지 못하고서야 어떻게 아트만(자아)의 평온을 얻을 수 있단 말인가?

27. 비슈바미트라, 브라흐마르쉬

크게 뉘우친 그는 이번에는 동으로 가서 다시 고행을 계속했다. 천 년 동안 그는 침묵을 지켰다. 그의 고행은 극에 달했다. 그는 가죽이 뼈 안으로 말라들 만큼 야위어 공기만을 마시는 일조차도 지독하게 억제를 하니 호흡이 끊어진 상태가 오랫동안 지속되곤 하면서 땅과 하늘이 이로 인해 심한 고통을 받게 되었다. 카우쉬카의 머리에서는 연기가 피어나기 시작했으며 해와 불은 빛을 잃고 바닷물은 괴롭게 파도쳤으며 산들은 불을 내뿜었다. 이렇게 세상이 모두 고통에 빠지니 천신들은 브라흐마에게 우주의 파멸을 막기 위해 카우쉬카의 그 지독한 고행을 끝내게 해달라고 호소하였다. 이에 브라흐마는 서둘러 카우쉬카를 찾아 말했다.

"이제 됐도다. 브라흐마르쉬여, 그대의 노력으로 그대는 브라흐마르쉬의 경지에 이르렀으니 오래 오래 살아 번영을 누릴지로다."
카우쉬카는 브라흐마 앞에 엎드리며 말했다.
"주님의 말씀이 진심이시라면 베다들이 저를 브라흐마르쉬로 받아들이도록 해주십시오. 그리고 저의 유일한 소망은 주님의 아들인 바시슈타가 저를 브라흐마르쉬로 인정해달라는 것입니다."
이에 바시슈타는 카우쉬카에게로 와서 웃으며 말했다.
"위대한 카우쉬카, 당신은 이제 브라흐마르쉬올시다."

그러나 카우쉬카의 마음은 기쁘기보다는 담담할 뿐이었다. 그는 사람들을 위한 좋은 일에 전념하니 그에게는 우주의 친구라는 뜻인 비슈바미트라라는 이름이 붙게 되었다. 이상이 카우쉬카, 즉 비슈바미트라에 대한 사다난다의 이야기였다. 그는 이렇게 긴 이야기를 끝냈다.

"그러니까 위대하신 비슈바미트라님은 문자 그대로 고행의 화신이십니다."

라마, 락슈마나와 함께 사다난다의 이야기를 들은 미틸라 왕국의 자나카 왕은 새삼스럽게, 비슈바미트라가 자기를 찾아준 은혜를 감격해 하였다. 라마와 락슈마나는 너무나 엄청난 이야기에 말을 잊고 침묵할 뿐이었다.

28. 시바의 활

다음날 비슈바미트라의 청으로 라마는 문제의 활을 보게 되었는데 자나카는 그 활과 관계된 이야기를 들려주었다.

옛날에 다크샤(마하데바의 부인인 사티의 아버지)가 제사를 모시면서 사위인 시바에게는 제물을 올리지 않았다. 다른 천신들은 다크샤를 두려워하여 이를 모른 척 묵인하였다. 이에 시바는 그의 유명한 활을 들고 제단을 찾아 천신들에게 호통을 쳤다.

"나의 활이 너희들의 목을 너희들의 몸통에서 떼어놓으리라."

겁에 질린 천신들이 그의 발 앞에 엎드려 간곡하게 용서를 빌자, 쉽게 노하고 쉽게 풀어지는 시바는 곧 화를 풀고는 그 활을, 비데하 왕가의 유명했었던 왕 니미로부터 6대째인 데바라타에게 주었다. 그후 이 활은 미틸라 왕국의 국보가 되어 자나카에게까지 지극한 보살핌 속에 전해오고 있다는 이야기를 들려 주었다.

또 자나카 때의 일로서, 언젠가 제사를 모실려고 땅을 갈다가 쟁기질로 인하여 생긴 고랑 사이에서 한 여자아이를 얻었기에 이에 이름을 시타라고 하여 양녀로 길러왔는데, 시타는 데비 락슈미(행운과 부귀와 미의 여신. 우유의 바다가 소용돌이 치는 가운데서 출생했다)의 화신이 아닐까 의심될 정도로 모든 면에서 빼어나니 숱한 왕이며 왕자며 영웅들이 그녀에게 청혼해왔었다. 자나카는 그들에게 시바의 활을 다룰 수 있어야 시타를 신부로 주겠다고 조건을 내걸었는데 누구도 이 조건에 합격을 못하자 낙방자들은 연합전선을 형성해 사방에서 미틸라 왕국을 공격해왔었는데 자나카는 천신들의 도움으로 겨우 이들을 격퇴시킬 수가 있었더라는 이야기도 또한 들려주었다.

인간은 물론 어느 천신도 아수라도 야크샤도 간다르바도 킨나라도 락샤사도 다룰 수 없었다는 시바의 활을 보자 라마는 말했다.

"제가 쏘아 보아도 되겠습니까?"

"물론이다."

라고 비슈바미트라와 자나카가 말했다. 모든 사람들은 숨을 죽이고 라마를 보고 있었다. 라마는 왼손으로 활을 들어 올리더니 오른손으로 활을 굽혀 줄을 맸다. 순간 천지가 무너지는 소리에 땅이 흔들리며 모두들 정신을 잃었다. 정신을 잃지 않은 사람은 비슈바미트라와 자나카와 락슈마나와 라마 네 사람뿐이었다. 자나카는 기뻐 외쳤다.

"드디어 나의 딸 시타가 임자를 찾게 되었습니다. 당장 아요드햐에 사람을 보내어 청혼을 하고 싶습니다."

"그렇게 하시지요."

라고 비슈바미트라도 크게 기뻐했다.

29. 다사라타가 미틸라로 떠나다

미틸라 왕국의 청혼 사절은 사흘 낮 사흘 밤을 달려 아요드햐에 도착하여 라마가 시바의 활을 꺾었다는 쾌보와 함께 라마와 시타와의 결혼을 청하는 뜻을 전했다. 이에 다사라타도 크게 기뻐하며 바시슈타와 바마데바 및 여러 대신들과 의논하니 모두들 대찬성이었다. 이에 다사라타는 서둘러 다음날 길을 떠났다.

30. 미틸라에서

다사라타는 가족 및 수행원들과 함께 많은 보물들을 준비하여 4일만에 미틸라에 이르니 자나카는 멀리까지 마중을 나왔다. 서로 인사가 끝나자 두 왕은 자나카가 모시고 있는 희생제가 끝나면 라마와 시타의 결혼식을 올리기로 했다.

라마와 락슈마나가 다시 부왕 다사라타와 만나게 되자 이들은 서로 껴안고 눈물을 흘리며 좋아했다. 이들은 밤새 그동안의 일들을 이야기했다.

드디어 제사도 무사히 끝나자 자나카는 이크슈마티 강변 산카쉬야 도시를 다스리고 있는 그의 아우 쿠샤드바쟈를 불러 함께 다사라타를 만났다. 다사라타는 말했다.

"나의 친우 자나카 왕이시여, 나의 사제장 바시슈타께서 예절대로 절차를 밟도록 하겠습니다. 구루 바시슈타가 신랑측의 가문을 소개할 것입니다."

위대한 구루 바시슈타는 마누에서부터 시작하여 최초로 아요드햐 도시를 다스리기 시작한 이크슈바쿠를 거쳐 트리샨쿠, 유바나슈바, 만다타, 사가라, 바기라타, 카쿠스타, 라구, 아쟈에 이르기까지의 계보를 밝힌 다음에 말했다.

"…… 아쟈의 아들이 다사라타 왕인 바 다사라타 왕의 아들 라마가 폐하의 장녀와 결혼할 수 있는 광영을 베풀어주시기를 원하옵나이다."

이에 자나카도 미틸라 왕국의 창설자 니미에서부터 시작하여, 미틸라라는 왕국의 이름이 유래하게 된 니미의 아들 미티를 거쳐 스바르나로마와 그의 세 아들까지의 가계를 밝혔다.

"스바르나로마의 세 아들 중 장남인 자나카 본인은 본인의 딸 시타를 폐하의 장남 라마의 신부로 받아주시기를 청하오며, 또 하나의 딸인 우르밀라를 락슈마나의 신부로 받아주시기를 청하는 바입니다. 이 두 쌍의 젊은이들의 결혼식은 오늘부터 3일 후에 별이 우따라 팔구니에 있을 때 거행했으면 합니다."

이때 비슈바미트라가 자나카에게 말했다.

"자나카 왕이시여, 폐하의 말씀은 모두를 기쁘게 해주셨습니다. 아요드햐의 왕을 대신해 전하께 소청드리고 싶은 것은 전하의 아우 쿠샤드바쟈께도 아름다운 두 따님이 계시다는데, 그들을 다사라타 왕의 나머지 두 아들 바라타와 샤트루그나와 결혼시켰으면 한다는 것입니다."

그말에 모두들 전적으로 대찬성이었나.

31. 시타 칼랴남

결혼식 날 아침에 다사라타는 가족 및 수행원들과 함께 결혼식장으로 들어섰다. 네 왕자들은 다사라타와 함께 섰으며 바시슈타는 결혼식의 진행을 맡았다. 바시슈타는 미소와 함께 자나카에게 말했다.

"여기 다사라타 왕이 아들들과 함께 엄숙한 식을 맞을 준비를 마쳤습니다. 이들은 성스러운 카카나(팔찌)를 팔목에 끼었으니 카니야다나(신부의 아버지가 딸을 신랑에게 주는 것)의 거행을 서둘러 주셨으면 합니다."

이에 자나카는 비슈바미트라와 사다난다의 도움을 받으며 베다에 기술되어 있는 대로 헌화와 분향에 이어 번영을 축원하는 상징물들로 결혼식이 거행될 단을 장식하고 정화한 후 주문과 함께 성화를 점화하였다. 이렇게 결혼식의 준비가 모두 끝나자 드디어 시타를 데리고 나왔다. (연꽃의 꽃잎같은 커다란 눈이며 등등 시타의 미모에 대한 미사려구가 홍수처럼 넘치게 나열되면서 옷이며 장신구며 표정이며 걸음걸이며 등등의 묘사가 최상급의 용어들을 총동원하여 지루할 만큼 길게 찬사로 나오는데 여기에서는 모두 생략하기로 함.)

자나카는 시타를 라마에게 안내하면서 말했다.

"이제 나의 딸 시타는 그대의 것이 되노니, 시타는 그대와 함께 다르마의 길을 걸을 것이리라. 그대의 손에 시타의 손을 잡으라. 그리하면 두 사람이 함께 축복을 받으리라. 시타는 파티브라타(남편을 유일한 신으로 모시는 이상적인 아내)이니 그대의 그림자가 될 것이니라."

자나카는 라마의 손에 물을 부어 시타를 라마에게 넘기니 신비한 음악이 하늘에서부터 울리며 천신들은 비처럼 꽃을 뿌려 주었다.

이어서 락슈마나와 우르밀라, 바라타와 만다비, 샤트루그나와 스루타키르티의 결혼식이 거행되니, 네 쌍의 신랑 신부는 함께 불을 향해 프라다크쉬나(걸어서 우로부터 좌로 주위를 도는 것)를 한 후 의식대로 일곱 걸음을 걸었다.

결혼식이 끝난 다음날 아침 일찍 비슈바미트라는 네 쌍의 신혼부부와 모든 사람들에게 아쉬운 이별을 남기고 북으로 히마반을 향

해 길을 떠났다. 다시 그는 그의 안식처인 카우쉬키 강변으로 돌아
간 것이었다.

32. 파라수라마, 바르가바

비슈바미트라가 떠난 후 다사라타도 일행과 함께 아요드햐로 향
했다. 자나카는 멀리까지 이들을 배웅했다.

일행이 아요드햐로 길을 계속하는 도중에 새들이 놀라서 우짖고
짐승들이 겁에 질려 날뛰는 불길한 징조가 일어났다. 다사라타가
무슨 조짐인가를 묻자 바시슈타는 잠시 짚어본 다음에 말했다.

"좋지 않은 일이 닥칠 징조입니다. 그러나 짐승들이 우측으로 뛰
었으니 이는 나쁜 일이 생길망정 곧 별다른 탈이 없이 끝날 것이
라는 뜻이니 너무 걱정하지 마십시오. 무사히 지나갈 것이 확실
합니다."

이러한 이야기들이 끝나기도 전에 갑자기 일진광풍이 하늘을 가
르며 땅을 떨게 했다. 회오리바람에 태양이 어두움으로 가려지고
천지에 먼지가 가득하여 지척을 분간할 수 없으니 모두들 공포에
질려 어쩔 줄을 몰라 하였다.

흙먼지 속으로부터 헝클어진 머리카락에 고행자의 옷을 걸친 바
르가바(발리의 스승이였던 수크라. 일명 파라수라마)가 나타났다. 그는
모든 크샤트리야의 공포의 대상이었다. 그 유명한 도끼를 어깨에
메고, 손에는 눈부신 활을 든 그를 향해 바시슈타가 합장배례를 하
자 모두들 따라서 합장했다. 파라수라마는 이들의 인사에 답례한
후 라마에게로 향했다.

"라마, 나는 네가 시바의 활을 꺾었다고 들었다. 모두들 너의 이
야기뿐이다. 정말인가 믿어지지가 않아서 여기 똑같은 활을 가

저왔다. 네가 이 활을 꺾어 보인다면 나와 결투를 할 자격이 있
다고 할 것이다. 자, 무릎을 꿇을 것인가 도전을 해올 것인가?”
크샤트리아에 대한 복수심으로 펄펄 뛰는 파라수라마로부터 아
들 라마를 구하기 위해 다사라타가 나섰다.
“나는 당신이 크샤트리아에 대한 복수를 모두 끝냈고, 증오의 불
길 또한 꺼졌다고 들었는데, 나의 죄없는 어린 아들 라마에 대한
오늘의 이 분노는 어찌된 일입니까? 당신은 인드라에게 이제는
무기를 버리겠노라고 약속하신 후 마헨드라 산으로 은퇴하셨다
고 알고 있는데, 이제 우리 라마를 죽여 저희 일족을 파멸시키려
고 하심은 무슨 이유 때문입니까?”
그러나 파라수라마는 다사라타의 애절한 간청 따위는 들리지 않
는다는 듯이 라마를 노려보며 외쳤다.
“자, 여기에 시바의 활과 같은 또 하나의 활이 있다. 두 활은 모
두 비슈바카르마가 동서에 만든 것이다. 하나는 시바에게 주어
졌고 하나는 나라야나에게 주어졌는데, 내가 지금 가지고 있는
것은 나라야나에게 주어졌던 활이다. 한때 천신들은 시바와 나
라야나 중 누가 더 강한가를 알아보기 위해 창조주 브라흐마를
찾아 두 신 사이에 불화를 일으키게 했다. 이리하여 나라야나와
시바 사이에는 무서운 싸움이 벌어져 나라야나는 즈름바나라는
아스트라를 시바에게 쏘았다. 시바는 잠시 당황하였으나 곧 반
격을 가했다. 두 신들의 무시무시한 격투에 질린 천신들은 곧 그
들의 경솔했음을 뉘우치고 겨우 이들의 싸움을 진정시켰다.”
파라수라마의 호통은 계속되었다.
“시바는 그의 활을 자나카의 조상에게 주었으니 네가 꺾었다는
그 활이다. 나라야나는 그의 활을 성자 리차카에게 주었으니 리
차카의 아들 쟈마다그니는 바로 나의 부친이었다. 나의 부친이
카르타비르야르쥬나라는 크샤트리아에게 죽었기에 나는 카르타

바르야르쥬나를 죽였을 뿐 아니라 무수한 크샤트리아들을 이 활로 닥치는 대로 죽여 복수했다. 나는 한때 전 지상을 잡았다. 그러나 부친을 위한 타르파나(망인을 위한 합장배례)를 모신 후 숱한 크샤트리아들을 죽인 나의 죄를 씻기 위한 희생제를 올렸다. 그리고 이 지상을 카샤파에게 물려주고 마헨드라 산으로 들어갔었다. 그런데 갑자기 너에 대한 칭송이 하늘까지 자자해 내 너를 시험해보고 싶어진 것이다. 자, 네가 진짜 크샤트리아라면 이 활을 꺾어보인 후 나에게 도전해 보아라.”

그때까지 파라수라마의 흥분한 열변을 묵묵히 듣고만 있던 라마는 부왕 다사라타에게 걱정하지 마시라는 눈짓을 보인 후 말했다.

“바르가바, 나는 이미 당신의 고명을 익히 들었고, 또 당신의 뜻을 지금 충분히 들었습니다. 당신의 도전을 기꺼이 받아들이겠소. 당신은 나를 나약한 어린애로 보고 나를 모욕했습니다. 이제 나는 당신에게 내가 얼마나 크샤트리아다운가를 보여주어야겠습니다.”

라마는 파라수라마에게 활을 받아 가볍게 줄을 맨 다음 화살 하나를 시위에 먹였다.

“바르가바, 비슈바미트라는 나의 스승이셨는데 그분은 누이동생 사티야바티를 무척 사랑하셨습니다. 그런데 당신의 부친은 사디야바티의 아들입니다. 이에 나는 당신이 나의 스승과 무관한 사이가 아니라는 점과 또 당신이 브라흐민이라는 점 때문에 이 화살을 당신에게 겨누지 않는 바입니다. 그러나 나의 화살은 결코 실수도 허탕도 없으니 이 화살에 무엇을 걸겠습니까? 당신께서 그동안 고행으로 쌓으신 공덕을 주시겠습니까? 혹은 당신께서 얻으셨던 세상을 주시겠습니까? 당신께서 거시는 대로 나의 이 화살은 그것을 관통할 것입니다.”

브라흐마를 비롯한 천신들도 이 대단한 두 라마 사이의 대결을

내려다보고 있었다. 바르가바(파라수라마＝파라수 라마)는 그의 전신
에서 힘이 빠져 나감을 느꼈다. 그는 더듬더듬 말했다.

"라마, 나는 그동안 내가 쌓아올린 공덕을 모두 당신께 드리겠습
니다. 나는 이제 영원히 마헨드라로 돌아가겠습니다. 당신이 그
활을 잡는 순간 나는 당신이 바로 나라야나이심을 알았습니다.
나는 패했으나 결코 창피하다고는 생각하지 않습니다."

이에 라마는 화살을 거두었다. 라마는 그 활을 바다의 신 바루나
에게 바쳤다. 다사라타는 기뻐서 어쩔 줄을 모르며 라마를 껴안았
다. 일행이 아요드햐에 이르니 온 시민들은 크게 일행을 환영했다.
시타를 비롯한 네 명의 며느리들까지 모두 흠잡을 곳이 없으니 다
사라타 왕은 이제 더 바랄 것이 없었다.

2. 왕국의 음모

2. 왕국의 음모

1. 라마

카이케이는 다사라타의 가장 젊은 왕비로 바라타의 생모였다. 카이케이의 아버지는 케카야 왕국의 아슈바파티 왕이었다. 다사라타는 바라타를 케카야에 보내어 나이가 많은 외조부 아슈바파티와 외숙 유드하지트를 기쁘게 해드렸다. 바라타의 분신이나 다름없는 샤트루그나는 바라타와 함께 케카야로 갔다. 다사라타의 호의에 크게 감격한 외조부와 외숙은 두 왕자를 반갑고 따뜻하게 환대했으나 두 왕자는 부왕 다사라타에게로 돌아가고 싶은 마음뿐이었다. 그만큼 다사라타의 네 아들들은 모두 효자들이었는데 그 중에서도 특히 라마의 효심은 유별나게 시극했다.

(이하 라마에 대한 온갖 훌륭한 점이 길고 길게 열거되나 생략하기로 함.)

2. 다사라타의 소망

다사라타는 갑자기 자신도 이미 나이가 너무 많아 언제 이승을 떠날 지 모르겠다고 생각했다. 최근 가끔 일어나는 불길한 조짐들이 자신의 죽음을 예고하는 것일 거라고 생각한 다사라타는 라마를 빨리 확실한 후계자로 정해야겠다고 결심했다. 그리하여 그는 여러 왕국의 왕이며 영주들을 아요드햐로 초대했다.

여러 왕들과 영주들과 성직자들과 대소관료들이 다 모인 자리에서 다사라타는 자신의 결심을 털어놓았다.

"여러분들께서도 잘 아시다시피 이 코살라 왕국은 이크슈바쿠께서 창건하신 이래 오늘날에 이르기까지 다르마에 맞도록 선정을 계속해 왔습니다. 나 또한 조상님들의 뜻을 받들어 다르마의 길에서 벗어나지 않도록 힘써왔습니다. 그러나 왕국이라는 짐을 업고 다르마에 충실한다는 것은 어렵고 힘들고 피곤한 일이며, 나는 이미 너무 오랫동안을 그 일에 시달려 왔기 때문에 이제는 이 짐을 라마에게 넘기려고 합니다. 흰 일산을 받치고 코끼리를 타는 일은 이제는 라마의 일이 되어도 좋을 것이라고 생각합니다. 라마를 세자로 책봉하고자 하니 여러분들께서 동의하여 주셨으면 합니다. 만일 여러분들 중에 이의가 계신다면 더 좋은 방안을 제시하여 주시기 바랍니다."

다사라타의 말에 모든 사람들이 이구동성으로 찬성의 뜻을 표하자 다사라타 왕은 슬쩍 능청을 떨었다.

"여러분, 섭섭합니다. 나는 이 왕국을 맡아 기나긴 동안에 잠시도 다르마에 어긋남이 없이 나의 의무에 최선을 다 해왔거늘 지금 여러분들께서 이렇게 나를 밀어내려고 하심은 무슨 까닭입니까? 내가 무엇을 잘못했습니까?"

그러자 모두들 떠들어대기 시작했다.

"아들 때문이옵니다. 라마가 너무 훌륭하기 때문에 하루라도 빨리 그의 정치를 ……."

"라마는 인드라보다도 용감하면서도 언제나 정의로우며 ……"

"모든 사람들의 어려움을 먼저 이해하고 도와주기 때문에 ……"

"비이나며 피리며 기타 모든 악기의 연주에도 명인으로서 음률
의 진수를 ……"
"말이나 코끼리나 전차나, 그리고 활이나 창이나 칼이나 방패를
다루는 무예가 누구보다도 ……"
"어른들을 받들어 존경하며 친구들에게는 믿음이 깊어 ……"
"결코 거짓을 모르니 배신을 당할망정 배신을 할 줄을 모르기 때
문에 ……"
라마에 대한 칭송은 끝이 없었다. 다사라타는 자신에 대한 칭송
이상으로 마음이 기뻐 눈물을 흘리며 말했다.
"감사합니다. 지금은 아름다운 차이트라(1년중 첫번째의 달. 북방
의 신 쿠베라의 정원)의 달입니다. 새롭게 꽃들이 피고 신록이 우
거지기 시작하니 경사스러운 책봉식을 올리기에는 아주 좋은 때
입니다. 가능한 한 빠른 날짜에 식을 올리도록 서두르겠습니다."
모두들 다시 한 번 환성을 올리니 온 천지가 금방 축제의 분위기
로 가득했다. 왕은 바시슈타에게 서둘러 책봉식을 거행할 수 있도
록 부탁을 하자 바시슈타는 사람들을 불러 지시하였다.
"우선 궁성의 통로부터 꽃으로 장식하고, 향을 피우고 향수를 뿌
릴 것이며, 시가지를 꽃과 깃발로 덮고 음악과 춤이 넘치도록 할
것이며 ……"
왕은 곧 왕의 전차사인 수만트라에게 라마를 불러오게 했다. 라
마를 태운 전차가 시야에 들어오자 다사라타는 기쁨이 넘치는 흐뭇
한 시선을 전차에서 떼지 못했다. 라마는 왕에게는 자신의 생명 이
상이었다. 전차에서 내린 라마가 합장배례한 후에 왕 앞에 엎드리
자 왕은 따뜻하게 라마를 껴안았다.
"내아들 라마야, 너는 나무랄 곳이 없으니 나에게는 너무나 과분
한 은총이로구나. 이제 모두들 너를 세자로 책봉할 것을 원하니
달과 푸슈야 별이 만나는 길일을 택해 책봉식을 갖기로 하겠다."

라마는 아무 말도 못한 채 서 있기만 하다가 다시 엎드려 인사를
드린 후 물러났다.

이때 한 사람이 라마의 생모인 카우살리야에게 이러한 일들을 전
하자 기쁨에 넘친 카우살리야는 패물들을 측근들에게 나누어줌으
로써 자신의 기쁨을 표했다.

3. "내일"이라고 왕은 말했다

자신의 결심에 스스로 기뻐진 왕은 다시 생각했다.

"언제쯤 책봉식을 갖는 것이 좋을까? 빠를수록 좋겠다. 그렇다.
바로 내일이 길일이 아닌가. 내일이 좋겠다."

다사라타는 다시 수만트라에게 라마를 데려오라고 했다. 라마가
서둘러 부왕 앞에 엎드리자 다사라타는 말했다.

"애야, 나는 이제 많이 늙었다. 인생의 모든 기쁨도 다 맛보았
다. 나는 제사도 많이 올렸고 많은 공덕을 쌓았기에 그러한 응보
로 너같은 아들까지 얻게 되었다. 나는 이제 더 바랄 것이 없다.
마지막 남은 일이란 너를 후계자로 세우는 일뿐이다. 나는 나의
그 마지막 의무를 하루라도 빨리 끝내고 싶다. 요사이 나는 악몽
을 꾼다. 커다란 횃불이 천둥소리와 함께 땅으로 떨어지는 꿈이
니 이는 나에게 재난이 닥칠 꿈이다. 또 나의 별을 점쳐본 천문
학자들은 나의 별이 수리야의 침범을 받고 있다고들 한다. 이는
나의 죽음이나 그 이상의 재난을 뜻하는 흉조가 아니겠느냐. 나
는 어쩌면 갑자기 노망하여 건전한 사고력을 잃을지도 모른다.
그래서 나는 책봉식을 서두르고 싶은 것이다. 그런데 오늘은 달
이 푸나르바수와 함께하니 내일은 바로 달이 푸슈야와 함께하는
길일이다. 내일 책봉식을 거행하도록 하겠다. 그러므로 너는 지

라마야나 용어해설

가루다 : 비나타의 아들. 태양의 신 수리야의 전차사인 아루나의 동생으로 나라야
　　　　나를 태우고 다니는 커다란 새.

가루트만 : 가루다의 또 다른 이름.

가야트리 : 산드햐 (아침과 저녁, 또는 아침, 정오, 저녁의 때. 또는 이때에 올리
　　　　는 종교적 의식)때 반복하는 24음절로 된 찬가. 비슈바미트라가 지었음.

간다르바 : 천상계의 악사. 건달바. 건달이라는 우리말은 여기서 유래되었다.

그나티 : 친척, 동족.

기이 : 인도산 버터. 제사 때 성화에 기름으로 씀.

나라야나 : 비슈누.

나가파샤 : 나가는 뱀, 파샤는 올가미.

난디 : 마하데바 (시바)의 성우.

니르바판잘리 : 손바닥으로 물을 떠서 망인에게 공양하는 것.

다나 : 선물을 주어 일을 성사시킴.

다나바 : 귀신.

다누스 : 활.

다르마트마 : 다르마는 법, 도리, 정의, 천리 등의 뜻이며 다르마트마는 다르마를
　　　　지키며 사는 사람.

단다 : 처벌, 징계.

단다카 아라니야 : 단다카는 이크슈바쿠의 아들, 아라니야는 숲. 단다카왕이 바르
　　　　가바(=수크라=아수라들의 사제장)의 딸에게 저지른 잘못 때문에
　　　　바르가바의 저주를 받은 단다카의 왕국은 황폐화되어 숲으로 변
　　　　했다.

데바 : 천신.

데비 : 부인에 대한 경칭.

디까자 : 땅을 떠받들고 있는 네 마리의 코끼리.

라구밤사 : 라구는 라마의 부왕인 다사라타의 조부(다사라타의 부왕은 우쟈), 밤사
　　　　는 왕통이라는 뜻이니 라구밤사는 라구→우쟈→다사라타로 이어지는 수
　　　　리야밤사(태양족 왕통)를 의미함.

라마야나 : 라마 행장기(行狀記), 라마의 경력.

라자르쉬 : 라자는 왕, 르쉬는 리쉬 즉 성인, 수도자의 뜻이니 라자르쉬는 성자와
　　　　같은 왕, 경건하고 헌신적인 생활로 성자의 경지에 이른 크샤트리아(무
　　　　사계급)를 뜻함.

라크샤 : 손목에다 두르는 실이나 비단조각으로 된 부적.

락샤사 : 나찰.

락샤시 : 여자 락샤사, 나찰녀.

라후 : 9개의 유성 중의 하나. 비프라치띠와 심히카 사이에서 태어난 아들. 일식과
　　　　월식을 일으킴.

루드라 : 폭풍의 신.

리쉬 : 성자, 고행자, 성인, 수도자, 선성.

마누 : 최초의 인간.

마루트 : 바람, 특히 폭풍의 신. 언제나 무리를 지어 다니는데, 그 수와 출생에 관하여는 서로 다른 이야기들이 있음.

마야 : 환, 환상, 환각술.

마탈리 : 인드라의 전차사.

마하데바 : 힌두교의 3대신은 창조를 관장하는 브라흐마, 유지를 관장하는 비슈누, 파괴를 관장하는 시바임. 마하는 크다, 데바는 천신으로 마하데바, 즉 대천신은 시바를 말함.

마하라티카 : 대전사, 대영웅.

마호다라 : 수종병.

만마타 : 사랑의 신 카마의 또 다른 이름.

만트라 : 주문, 진언, 다라니. 신통력을 발휘할 수 있는 문구.

무드가라 : 무기의 일종.

무후르타 : 48분간에 상당하는 시간의 단위.

바나라 : 원숭이.

바다리 : 대추나무.

바라타바르샤 : 인도인들은 자기네 나라를 바라타바르샤라고 부른다. 옛날 바라타라는 위대한 왕이 다스렸던 나라. 바라타는 훗날 리쉬가 되었다.

바루나 : 지하세계와 바다의 신.

바산타 : 봄. 봄의 신.

바수 : 아아파, 드루바, 소마, 다라, 아닐라, 아날라, 프라타유샤, 프라바사의 8명의 신.

바수키 : 카두루의 아들로 뱀 세계의 왕.

바즈라 : 인드라의 무기인 금강저, 벽력.

바유 : 바람의 신.

반드히 마가드하 : 왕을 찬양하고 왕의 건강을 기원하는 노래를 불러 왕을 깨우는 가수.

발칼라 : 수도자들이 입는 나무껍질로 만든 거친 옷.

베다 : 경쟁심을 일으켜 일을 성사시킴.

베다 : 기원전 1500~1000년 경에 이루어진 것으로 보이는 인도에서 가장 오래된 신화적 제식문학의 집대성. 베다란 지식 또는 종교적 지식을 뜻하는데, 현재 남아 있는 베다 문헌은 리그베다, 사마베다, 야주르베다, 아타르바베다의 4종류가 있다.

부드하 : 수성. 찬드라밤사 (월종족 왕통)의 시조인 푸루라바스의 아버지.

브라흐마 : 창조의 신.

브라흐마로카 : 브라흐마가 살고 있는 곳.

브라흐마차리 : 독신의 브라흐민.

비마나 : 차량. 전차.

비슈누 : 우주의 유지를 관장하는 신. 카우모다키라는 이름의 샨카(홀, 직장, 권표), 수다르샤나라는 이름의 차크라(원형의 무기), 판차쟈니야라는 이름의 소라고동이 상비품임.

비슈바카르마 : 건축의 신.

비슈베데바 : 수호신의 무리.

비이나 : 인도의 대표적인 현악기. 옛날에는 모든 현악기를 비이나라고 불렀다.

비자야 : 손없는 시각. 상서로운 때. 이 때는 무엇을 잃어버려도 반드시 다시 찾게 됨.

사가라 : 이크슈바쿠 왕통의 제32대 왕.

파수파타 : 마하데바. 시바신

파야샤 : 영약.

파야삼 : 우유와 설탕으로 지은 밥.

파탈라 : 나가(사람의 얼굴을 한 신성한 뱀), 아수라(신들의 적에 대한 총칭)들이
　　　　다스리는 지하세계.

파티브라타 : 남편만을 유일신으로 모시는 이상적인 아내.

푸루라바스 : 찬드라밤사의 제1대 왕.

푸슈파카 : 하늘을 나는 전차. 원래 쿠베라의 것이었으나 라바나에게 빼앗겼다.

푸트라카마 : 아들을 구하는 희생제.

판나가 : 뱀.

프라다크쉬나 : 우로부터 좌로 걸어서 도는 예경의 표시.

프라요파베샤 : 먹는 것, 마시는 것을 끊고 자신을 제물로 바치는 자기희생. 크샤
　　　　트리아에게는 프라요파베샤가 허락되지 않음.

피나카 : 마하데바의 활.

피샤차 : 악마, 마귀.

핀다 : 망인에 대한 음식공양.

하비스 : 신에게 바치는 공양물. 번제의 제물.

유가 : 세상이 한 번 생성되어 소멸되기까지의 기간을 말하며 크리타 유가, 트레타
      유가, 드와파라 유가, 칼리 유가의 4기로 나뉨. 제1기는 4,800신년, 제2기는
      3,600신년, 제3기는 2,400신년, 제4기는 1,200신년인데 1신년은 태양력의 360년
      간에 상당함. 현재는 제4기 칼리 유가가 약 5천년 쯤 지난 시점에 와 있다고
      함. 유가의 끝에 가까워질수록 세상은 점점 험악해 진다고 함.
유바라자 : 세자.
이크슈바크 왕통 : 인도의 왕통은 수리야밤사(수리야는 태양, 밤사는 왕통이니 태
            양족 왕통 또한 일종족 왕통)와 찬드라밤사(찬드라는 달이니 태
            음족 왕통 또는 월종족 왕통)로 나뉜다. 이크슈바쿠는 수리야밤
            사의 제1대 시조. 다사라타는 이 왕통의 제57대의 왕임.
인드라 : 번개의 신. 그의 무기는 바즈라(금강저, 벼락)임.
쟈나스타나 : 단다카 숲의 일부로 락샤사의 왕 라바나가 그의 동생과 부하들을 주
          둔시켰던 곳.
차마라 : 부드러운 비단으로 만든 먼지털이. 왕권을 상징함.
차이트라 : 1년 중 첫번째의 달. 북방의 신 쿠베라의 정원.
찬달라 : 수드라(노예계급)에도 들지 못하는 불가촉천민.
찬드라 : 달, 달의 신.
초다마니 : 머리 장식품.
카르티카 : 10, 11월에 상당하는 달. 만월이 크리띠카(묘성)에 가까이 있게 되는
         달.
카마 : 사랑의 신.
카마 : 성욕, 성애, 힌두교에서는 인생의 4대 목표는 다르마(정의), 아르타(재보),
      카마(성애), 모크샤(해탈)라고 함.
카만달루 : 고행자들이 사용하는 흙 또는 나무로 만든 물통.
카샤파 : 카샤파는 브라흐마의 아들인 마리치의 아들로 아디티와 디티의 두 부인
        에게서 신들과 악마들을 낳았다.
코단다 : 활.
코비다라 : 아요드햐의 왕을 상징하는 연한 자주빛 꽃.
쿠베라 : 라바나의 이복형제. 북방을 맡은 신으로 부의 신이기도 함. 그의 정원의
        이름은 차이트라. 라바나와 싸워 패하여 푸슈파카라는 이름의 하늘을 날으
        는 비마나(차량, 수레)를 빼앗겼다.
크로다그리하 : 화가 났을 때 머무르는 방.
크로사 : 2마일 정도의 거리.
킨나라 : 천신의 일종.
타르파나 : 망인을 위한 합장배례.
타파스빈 : 타파스(정신을 집중하여 수행하는 고행)를 하는 사람.
타파스비니 : 여자 타파스빈.
티르타 : 성지, 순례지.
틸라카 : 작고 향기로운 흰색의 꽃.
파두카 : 신발.
파드마 레카 : 상서로운 표시. 여자의 발바닥에 이 선이 있으면 그녀는 수만갈리
            (남편이 생존해 있음)가 됨. 즉 과부가 되지 않음.
파디야 : 귀한 손님에게 발을 씻을 물을 내놓음.
파리브라쟈카 : 떠돌아 다니는 고행자. 탁발승, 운수승.
파샤 : 올가미.

사마 : 인내를 갖고 상대를 설득하여 일을 성사시킴.
사마디 : 삼매, 삼매경. 요가의 마지막 단계인 제8단계.
사티 : 마하데바(시바)의 신비.
사라드 : 가을.
수리야 : 해, 태양신.
수만갈리 : 유부녀, 과부가 아닌 남편이 생존해 있는 여자.
슈라르다 : 장례식.
슈라바나 : 7, 8월에 상당하는 달.
스바스티 : 재앙이 떨어지는 것을 막기 위해 주문을 반복해 외는 것.
슬로카 : 시 운율의 일종.
시따 : 아니마, 마히마, 라기마, 가리마, 프라프티, 프라카미얌, 이샤트밤, 비쉬트
     밤의 8가지 초자연적인 능력을 가진 지극히 순수한 반신적 존재.
아그니 : 불의 신.
아그니호트라샬라 : 아그니호트라 (불의 신 아그니에 대한 공양)를 위한 성화가 모
             셔져 있는 예배실.
아다르마 : 다르마가 아닌 것. 불법, 부정, 불의, 부도덕.
아다르미 : 아다르마를 저지른 사람.
아디티아 : 아디티의 12명의 아들.
아라니 : 마찰시켜 불씨를 일으키는 데 쓰는 나무조각.
아루나 : 태양의 신 수리야의 전차사.
아룬다티 : 바시슈타의 부인.
아르기야 : 경배, 공물.
아르타 : 부, 재보, 재산, 실리, 물욕.
아므리타 : 신들이 마시는 불로장생의 신주. 우유를 저어서 만든 음료.
아쉬람 : 암자, 수도장, 은자의 집, 고행장.
아슈바메다 : 말을 제물로 하여 올리는 가장 큰 규모의 제사. 마제, 마사, 마사제
         등으로 번역됨. 동아출판사의 백과사전에는, '다른 국가를 정복한 왕
         이 스스로의 권력을 과시하기 위해 행하는 제례. 마사라고도 한다. 이
         에 관해서는 리그베다에도 기록이 남겨져 있고, 마하바라타에는 싸움
         에 이긴 유디슈티라가 아슈바메다를 하였다는 사실이 씌어져 있다. 희
         생물로 선정된 말을 풀어서 1년간 자유롭게 다니도록 놓아두고 그 뒤
         를 또한 선발된 자가 따라다닌다. 이렇게 해서 1년 후 돌아온 말로써
         의례에 따라 희생제를 지낸다. 불에 구운 말 골수의 연기를 마시면 왕
         의 모든 죄는 씻긴다는 것이다.' 라고 소개되어 있음.
아스트라 : 주문을 외워 신들의 무기를 사용함. 신들의 신통력이 실린 무기.
아이라바타 : 인드라의 코끼리의 이름.
아차리야 : 영혼을 교화시키는 스승, 구루.
야크샤 : 야차.
아프라다크쉬나 : 프라다크쉬나의 반대. 역방향으로 돌기.
아프사라 : 천계의 요정.
아트만 : 자아. 영혼(개인적인 영혼).
암샤 : 신의 일부. 신의 환생.
앙가라카 : 일명 망갈라. 화성.
야마 : 죽음의 신. 염라.
야즈나 : 희생, 희생제, 희생의식.
요자나 : 4크로사에 상당하는 거리. 8~9마일쯤 됨.

금부터 바시슈타 성자의 지시대로 준비에 차질이 없도록 하라. 오늘 저녁부터 너의 아내 시타와 함께 금식도 해야 할 것이며, 길상초를 깐 마루에서 자야 할 것이며 등등 지켜야 할 일들이 많을 것이다. 좋은 일에는 마가 끼기 쉬우니 주의하고 또 주의하도록 하라. 마침 바라타가 멀리 가 있으니 얼마나 다행이냐. 바라타도 물론 착하고 어질지만 아무리 다르마에 충실한 사람일지라도 남의 행운에 섭섭할 수도 있다는 것이 현실이니라. 그러니 그가 없는 내일에 책봉식을 치루는 것 또한 심히 무방하고 무난할 것이다."

라마는 아무 말도 없이 부왕의 발에 먼지를 털어드린 후에 자리를 물러나 어머니 카우살리야를 찾았다. 순백의 명주를 입은 카우살리야는 기도실에서 눈을 감은 채 나라야나의 신비 락슈미를 찬송하는 슬로카를 읊고 있었다. 기쁜 소식을 듣고 먼저 거기에 와 있던 수미트라와 락슈마나와 함께 라마는 그녀의 기도가 끝나기를 기다렸다. 시타도 이미 거기에 와 있었다.

드디어 그녀가 눈을 떴다. 라마가 어머니 앞에 엎드려 부왕의 뜻을 이야기하자 카우살리야는 말했다.

"나는 너무나 행복하다. 나라야나님께 올렸던 나의 축원이 헛되지 않았나 보구나."

4. 준비

라마가 물러난 후 다사라타는 바시슈타에게 책봉식이 다음날 거행될 수 있도록 부탁했다. 과거, 현재, 미래를 꿰뚫어 볼 수 있는 바시슈타는 아무 말도 없이 전차를 타고 라마를 찾아 책봉식을 위한 준비를 자세히 알려준 후에 그를 축복해 주었다. 다음날 책봉식

이 거행된다는 사실이 사방에 좌악 알려지자 모두들 라마를 찾아
축하의 뜻을 표하니 궁성은 물론 온 시가지가 온통 축제의 분위기
로 바빠졌다.

5. 시녀 만타라

라마가 세자로 책봉된다는 소문에 절망에 빠진 사람이 하나 있
었으니 바로 카이케이의 곱사등이 늙은 시녀 만타라였다. 그녀는
화살처럼 재빨리 바라타의 생모 카이케이에게로 갔다. 카이케이는
침상에 누워 졸고 있었다.
　"정신을 차려요, 이 바보 왕비님. 누워만 있을 때가 아니란 말이
요. 커다란 일이 터졌는데 어찌 이리 한가하게 남의 일인듯 ……"
　카이케이는 만타라의 무례한 호들갑을 모른 척했다. 만타라는 카
이케이가 어렸을 때부터 시녀였으며 카이케이를 따라 케카야에서
아요드햐까지 왔었기 때문에 다른 시녀들보다는 약간 무례한 점이
있었던 것이다.
　"만타라, 어디 아픈 것인가?"
　너무나 태평스러운 카이케이의 물음에 늙은 곱사등이 시녀 만타
라는 기가 막혔다. 울분을 참을 수 없어서 얼마동안 말을 못하던
만타라는 숨을 헐떡거리며 라마가 세자로 책봉된다는 대사건을 이
야기했다.
　"그래? 그처럼 경사스러운 소식을 전해주다니 고맙기도 하지. 자,
이것을 가지도록 하라고. 우리 라마가 내일이면 세자가 된다니
얼마나 좋은 일이람."
　만타라는 이 멍청한 카이케이의 말에 더욱 기가 막혔다. 하는 수
없이 만타라는 세상을 훨씬 오래 살아 본 사람의 경험을 바탕으로

어렸을 때는 물론 시집을 보낸 후에까지도 자신이 보살펴 주어야
하는 이 철부지에게 차근차근 세상의 물정을 설명해 주었다. 드디
어 카이케이도 라마가 세자가 되고 다사라타가 죽으면 그 후에는
자신과 자신의 소생인 바라타는 물론 그 후손들이 얼마나 비참한
신세가 될 것인가를 알게 되었다.

6. 카이케이의 결심

"그러면 어떻게 해야 ……"
불안과 절망에 빠진 카이케이의 말에 현명하고 충성스러운 노파
는 비결을 가르쳐주었다. 바라타를 세자로 책봉하고 라마를 14년간
숲으로 추방시키면 된다는 것이었다. 만타라는 카이케이에게 옛날
언젠가의 일을 상기시키며 물었다.
"옛날 천신과 아수라 사이에 싸움이 있었을 때 대왕님께서는 인
드라의 초청을 받아 그 싸움에 나가셨는데 당시 왕비마마께서도
함께 가셨었습니다. 대왕님께서는 중상을 입고 생명이 위태했을
때 마마께서는 자신의 생명을 내던지는 용기와 지극한 간병으로
대왕님을 살리셨습니다. 그때 대왕님께서는 마마께 두 가지의 소
원을 무엇이든지 들어주시겠다고 하셨으며, 마마께서는 가볍게
웃으시며 나중에 보자고 하셨다는 이야기를 이 늙은이에게 하셨
습니다. 그러한 일이 분명히 있으셨는지요."
"맞았어. 그러한 일이 있었어."
"그러니까 그 때의 두 가지 소원을 이제 말하는 것입니다. 하나
는 라마 대신에 바라타를 왕위에 앉히는 것이고 나머지 하나는
라마를 단다카라니야(단다카의 숲)로 14년간 추방시켜달라는 것입
니다."

카이케이는 금방 크게 기뻐했으나 만타라는 고개를 흔들었다.

"불쑥 그런 말을 꺼냈다가 대왕님께서 딴전을 피우셔버리면 일은 더욱 나빠지게 될 것이므로 준비를 잘 해야 됩니다. 말을 꺼내기까지의 계획도 좋아야하겠지만, 말을 꺼낸 후에 대왕님께서 어떻게 나오실 것인가가 뻔하니까 거기에 대한 대책도 이렇게 잘 세워두셔야 합니다. 먼저 마마께서는 크로다그리하(화가 났을 때 머무르는 방)에 들어가시어 대왕님을 기다리십시오. 오늘 밤 대왕님께서는 틀림없이 마마를 찾으실 것입니다. 마마께서는 비단이며 패물들을 모두 던져버리고 누더기를 걸치고 정말로 비탄에 빠져 있어야 합니다. 절대로 결정적인 시기가 무르익기까지는 먼저 말씀을 하시지 말 것이며, 대꾸도 하시지 말아야 합니다. 대왕님께서는 마마를 사랑하시기 때문에 마마가 괴로워하시는 것을 위로하기 위하여 별별 말씀을 다 하실 것입니다. 그러나 거기에 쉽게 넘어가지 마시고 계속 마마께서는 맨바닥에 뒹구시면서 말없이 울고 불고 몸부림을 쳐서 ……"

계속해서 만타라는 별별 소리를 다 해 카이케이의 계획을 도왔다. 그러나 한번 결심이 선 카이케이는 만타라의 말이 아니더라도 나름대로의 생각이 치밀하게 정리되었다.

7. 다사라타가 카이케이를 찾다

책봉식 준비에 대한 일을 겨우 다 끝낸 왕은 이 기쁜 일을 카이케이에게도 알리고 싶어서 카이케이를 찾았다. 그러나 언제나 웃으며 그를 맞아주던 그녀는 어느 곳에도 없었다. 드디어 크로다그리하에서 카이케이를 발견했을 때의 다사라타의 충격은 너무나 컸다. 무엇이 사랑스러운 카이케이를 이처럼 괴롭게 만든 것일까?

다사라타가 아무리 위로하고 달래도 카이케이는 자신의 괴로움을 말하지 않았다. 몸이 달은 왕이 별별 소리를 다 늘어놓자 드디어 카이케이는 입을 열었다.

"폐하, 정말로 저의 소원을 들어주시겠다는 말씀입니까?"

"물론이요. 몇번이고 맹세를 할 수 있다니까. 내가 가장 사랑하는 라마의 이름을 걸어 맹세를 하겠으니 자, 빨리 당신의 소원을 말해보시오."

그제서야 카이케이는 득의의 미소를 감추며 말했다.

"분명히 약속을 하셨으니 인드라와 천신들이 폐하의 말씀을 증거하도록 해주십시오. 해와 달과 별들이 저를 증거하도록 해주십시오. 하늘과 땅이 저의 말을 듣도록 해주십시오. 그렇게 하실 수 있으십니까?"

"물론이라니까. 도대체 무슨 소원이길래 이렇게 수속이 복잡한 거요?"

"잘 생각해 보십시오. 옛날에 폐하께서 인드라의 초청으로 천신과 아수라 사이의 전투에 참전하셨을 때 저도 폐하를 따라 함께 갔었습니다. 어느 날 밤 아수라들의 기습공격에 그곳 진지에 있던 사람들은 무수히 죽어갔습니다. 폐하께서는 그들을 맞아 용감하게 싸우셨습니다. 그러다가 화살에 맞으신 폐하께서는 중상을 입으시고 정신을 잃으셨습니다. 저는 그때 폐하를 멀리 안전한 곳으로 모신 후 ……"

카이케이는 다사라타가 자기에게 두 가지 소원을 들어주겠노라고 했었던 때의 이야기를 차분하게 늘어놓은 다음에 이렇게 말했다.

"그때에 말씀을 하셨고 이제 또다시 약속을 하셨으니 이제 저의 소원 두 가지를 말씀드리겠습니다. 분명히 약속을 하셨기에 말씀을 드리겠습니다. 하나는 책봉식은 예정대로 진행시키시되 라마 대신에 바라타를 세자로 책봉해 주시라는 것이며 나머지 하나는 라마를 단다카의 숲으로 추방시키시라는 것입니다."

카이케이의 너무나 엄청난 소원에 놀란 다사라타는 처음에는 자신이 잘못 들은 것으로 알았다. 그러나 그것이 아니었다.

다음 다사라타는 카이케이가 자신을 놀리기 위해 농담을 하는 것으로 알았다. 그러나 그것도 아니었다. 몇번을 확인해도 조금도 흔들림이 없는 카이케이의 단호한 어조에 드디어 다사라타는 기가 막혀 정신을 잃었다.

다시 정신을 차린 다사라타는 자신이 악몽을 꾸고 있는 것이라고 생각했다. 그러나 결코 꿈은 아니었다. 호랑이에게 위협받는 사슴인 양 다사라타는 몸과 마음이 모두 떨려 정신을 차릴 수가 없었다.

드디어 다사라타는 울화가 치밀었다.

"이런 악마같은 여자. 내가 독사를 내 가슴에 품어주며 사랑해왔었더란 말인가?"

아무리 저주스러운 악담을 늘어놓아도 카이케이는 변함이 없었다. 다사라타는 카이케이를 동정했다.

"카이케이, 나는 당신이 이렇게 나쁜 여자가 아님을 안다. 누군가 당신에게 나쁜 생각을 넣어주었음이 틀림없다. 당신에게는 지금 악마가 씌인 것이다. 불쌍한 카이케이, 내 사랑하는 카이케이. 빨리 당신의 본성을 찾으시오. 당신은 곧 지금의 이 사악한 생각을 후회하고 부끄러워할 것이니, 불쌍한 카이케이, 어쩌다가 이렇게 나쁜 생각에 빠지게 된 것이오?"

그러나 역시 카이케이는 그대로였다. 이렇게 사정하고 화내고 동정하고 넋두리하는 가운데 밤은 지나고 새벽이 가까워오고 있었다.

"날더러 어떻게 하란 말이냐? 내가 너의 말대로 라마를 버린다면 세상은 우리를 어떻게 볼 것이냐? 카이케이, 너는 피도 눈물도 없는 마녀냐?"

"폐하, 약속을 지키신다는 것은 다르마의 기본입니다. 폐하께서 는 라마만을 편애하시고 카우살리야의 뜻만을 들어주시기 위해 아다르마(다르마가 아닌 것. 부도덕, 허위, 사악, 무신앙, 부정 등등) 의 길에 빠지실 것입니까? 폐하께서는 폐하의 입장만 생각하시 고 저의 입장에서는 전혀 생각해보시려고 않으시니 저는 차라리 독약을 마시고 죽어버리겠습니다."

"아, 내가 전생에 무슨 죄가 많아서 이러한 업보를 받아야하는 것이냐? 다르마를 지킨다는 것이 이리도 어처구니없는 것이라면 다르마를 저주하고 싶구나. 라마가 나의 뜻을 거슬릴 수 있다면, 그리하여 그가 이미 천하에 공포한 대로 세자에 책봉되기를 주 장한다면 만사는 순조로우련만, 라마는 차마 그렇게 하지를 못 할 것이니 이 일을 어찌하여야 좋단 말인가. 라마가 숲으로 떠나 면 죄없는 시타는 또 어찌될 것인가. 내가 죽어야한다. 내가 죽 어야해. 그렇게 되면 카이케이 너는 바라타를 앞세워 이 왕국을 휘두르겠지. 어허, 코살라가 과부의 다스림을 받게 되다니."

남편이 죽는다는 말에도 카이케이는 변함이 없었고 다사라타는 다시 정신을 잃었다.

8. 무서운 날이 밝아오다

어느새 날이 밝아 수타(브라흐민의 부인에게서 출생한 크샤트리아의 아들. 전차몰이나 음유시인을 직업으로 함. 여기에서는 궁정음악인을 뜻 함)들이 카이케이의 내실 앞에 와서 관례대로 왕을 깨우는 노래를 불렀다. 정신을 차린 왕은 노래를 중지시키며 탄식했다.

"아, 이러고도 다시 해가 떠오르려고 한단 말인가? 날이여, 영원히 밝지 마려무나."

그러나 카이케이는 떠오르는 태양인 양 기세가 올랐다. 그녀는 힘있게 말했다.

"폐하, 괴롭고 힘들지 않은 약속은 약속이 아닙니다. 그러기에 약속을 지킨다는 것이 그만큼 괴롭고도 고귀한 일로서 다르마의 기본이 되는 것입니다. 다르마를 지켜 그 명성을 지켜 온 이크슈바쿠의 왕통을 이으신 폐하께서 이처럼 처세하심은 폐하답지 않으신 일입니다. 자, 그만큼 밤새 괴로워 하셨으면 충분하십니다."

이렇게 다사라타를 독려한 카이케이는 계속 그에게 용기를 불어넣었다.

"폐하, 폐하께서는 이제 약속을 지키시어 다르마에 충실하셔야 할 것입니다. 이제 날이 밝았으니 라마를 추방시키시고 바라타를 불러오시면 되는 것입니다. 자, 라마를 불러오십시오. 그에게 모든 것을 말씀하십시오."

뱀에게 물린 개구리만큼이나 비참한 신세가 된 다사라타는 말을 잊었다. 한편 바시슈타는 제자들과 함께 책봉식을 올릴 준비를 마쳤고, 사람들은 식을 구경하기 위해 궁성으로 몰려들고 있었다. 바시슈타는 수만트라에게 책봉식 준비가 끝났음을 다사라타에게 알리게 했다. 수만트라는 다사라타를 찾아 카이케이의 내실로 가서 먼저 왕을 칭송하는 노래를 부른 다음에 말했다.

"폐하, 기침하십시오. 해가 이미 높이 떴습니다. 경사를 맞으실 준비를 서두르십시오. 바시슈타 성자님께서는 성화를 피우기 시작하셨고 식장에는 사람들이 초만원입니다. 그러나 폐하께서 납시지 않으신 식장이란 마치 목자가 없는 양떼요 달이 없는 밤하늘입니다."

수만트라의 명랑한 목소리는 다사라타의 마음을 더욱 아프게 했다. 새삼스럽게 다시 눈물을 쏟으며 말을 못하는 왕을 대신해서 카이케이가 말했다.

"수만트라, 빨리 라마를 데려오도록 하십시오. 폐하께서 하실 말씀이 계십니다."

수만트라는 라마의 거처로 갔다. 책봉식에 나갈 준비를 마친 라마와 시타는 부왕의 부름을 기다리고 있는 중이었다. 라마가 가장 좋아하는 코끼리 샤트룬쟈야는 라마를 식장으로 태우고 가려고 대기하고 있었다. 수만트라가 라마에게 왕명을 전하자 라마는 수만트라와 함께 전차를 타고 부왕에게로 향했다. 라마가 탄 전차를 발견한 시민들은 사방에서 환성과 갈채를 보내 라마의 세자책봉을 축하했다. 카이케이의 거처 앞에 이른 라마는 그림자처럼 그를 따르는 락슈마나를 문 밖에 세운 채 안으로 들어갔다.

9. 카이케이가 라마에게 말하다

다사라타는 침상에 앉아 있었고 카이케이는 조금 옆에 서 있었다. 부자연스러운 침묵이 방을 채우고 있었다. 뜬눈으로 밤을 새운 다사라타는 차마 라마를 쳐다볼 수 없어 눈을 감고 있었다. 자신이 왔는데도 전혀 웃음을 보여주지 않는 부왕의 초췌한 모습에 라마는 크게 놀랐다. 그는 엎드려 팔로 부왕의 다리를 감싸며 인사를 올렸다. 다음 라마는 카이케이 앞에 엎드려 같은 방법으로 인사를 올렸다. 다사라타는 눈물이 흐르는 눈을 차마 뜨지 못한 채

"라마"

라고 말했으나 그 목소리는 입술을 떠나지 못했으며 더 이상 말을 잇지 못했다. 라마는 도무지 영문을 알 수가 없었다. 다사라타의 모습은 마치 무서운 별 라후에게 먹혀든 (일식) 태양처럼 보였다. 라마는 별별 생각을 다 하다가 말했다.

"어머님, 아버님께서는 저에게 화가 나신 듯 합니다. 소자가 잘
못했습니다. 용서하여 주시고 진노를 푸시도록 해 주십시오. 아
버님께서 심려하심을 소자 차마 뵈올 수가 없습니다."
다사라타도 카이케이도 전혀 반응이 없자 라마는 다시 말했다.
"무슨 나쁜 일이 일어났습니까? 혹시 케카야로부터 바라타나 샤
트루그나에게 나쁜 소식이라도 왔습니까? 아버님은 저의 신이십
니다. 그런데 저의 신께서 불행해 하시는 것을 소자 어찌 감당할
수 있겠습니까. 어머님, 아버님께 어떤 일이 있으셨는지 말씀해
주십시오."
안타까운 목소리로 라마가 묻고 또 묻자 드디어 카이케이는 메
마른 목소리로 말했다.
"라마, 부왕께서는 너에게 화가 나신 것도 아니고, 편찮으신 것
도 아니고 바라타나 샤트루그나에게 일이 있는 것도 아니다. 부
왕께서는 너에게 어려운 일을 말씀하시고 싶으신데 차마 그 말
씀을 하시기가 어려워 이렇게 괴로워하고 계시는 것이다."
"말씀만 해주십시오. 아버님의 뜻이라면 무조건 따르겠습니다.
저에게 차마 말씀을 못하시다니 소자는 정말 죄송할 뿐입니다."
"정말로 부왕의 일이라면 무조건 따를 수 있겠느냐?"
"어머님, 물론입니다. 저는 한 번만 말하는 성질이며 두 번 반복
할 필요가 없는 성격인 것을 어머님께서도 잘 알아시잖습니까?"
이리하여 카이케이는 냉냉한 목소리로 일의 자초지종을 말했다.
자신의 말이 얼마나 저주받을 사악한 것인가를 전혀 알지도 못한
채. 라마는 끝까지 침착했고, 다사라타는 끝까지 눈을 감고 있었
다. 이야기가 끝나자 라마는 말했다.
"저의 사랑하는 동생 바라타가 세자로 책봉될 것이라는 말씀은
반가운 소식입니다. 또 제가 숲으로 가야 한다는 일은 조금도 어
려운 일이 아닙니다. 그러한 말씀들을 왜 아버님께서 직접 못하

시는 것입니까? 저의 동생을 위해 제가 도움이 될 수 있다니 얼마나 다행한 일입니까."

라마의 고분고분한 태도에 더욱 기고만장해진 카이케이는 단호한 어조로 말했다.

"케카야에 사람을 보내어 바라타를 즉시 불러올 것이니, 바라타가 오는 것을 기다릴 필요가 없이 당장 단다카로 떠나도록 하라. 부왕의 괴로우신 입장을 빨리 도와드리기 위해서도 말이다."

바라타에 대한 애정 때문에 이성이 마비되어버린 카이케이의 매정한 독촉에 다사라타는 두 손으로 귀를 막으며,

'샨탐 파팜!(제발 그만!)'

이라고 속으로 외쳤다. 다사라타는,

"이 무슨 망칙한 일이냐. 내가 이렇게 꼼짝을 못하다니. 이 무슨……"

이라고 중얼거리면서 다시 정신을 잃고 쓰러졌다. 라마는 놀라서 얼른 다사라타를 떠받들어 정신을 차리게 했다. 호의호식에 귀여움만 받고 자라 온 라마에게는 왕위를 동생에게 빼앗기고 단다카의 숲에서 14년간이나 위험하고 고생스러운 생활을 해야 한다는 것은 너무나 억울하고 원통해야 할 일이었다. 그러나 다르마가 무엇인가를 잘 알고 있는 라마는 다르마의 길을 따르기 위해 웃으면서, 그러나 안타까운 목소리로 말했다.

"아버님, 아버님께서는 어찌 아직도 저를 잘 모르십니까? 아버님의 뜻이 그러하시다면 저에게 직접 말씀하셨으면 좋으셨을 것을…… 어머님, 어머님의 뜻대로 따르겠으니 조금도 심려치 마십시오."

라마는 흐느끼고 있는 다사라타의 발 앞에 엎드려 인사를 올린 후 카이케이에게도 인사를 올리고는 방을 나왔다. 문간에서 모든 이야기를 들은 락슈마나의 눈에는 눈물이 가득 넘쳐 흐르고 있었

고, 입술은 분노로 떨고 있었다. 라마는 카우살리야의 거처로 걸음을 서둘렀고 락슈마나는 말없이 그 뒤를 따랐다.

라마는 카우살리야를 찾아 어머니의 기도실로 들어갔다. 어머니는 성화 앞에서 눈을 감고 기도를 올리고 있었다. 어머니의 옆에는 응유, 쌀, 버터, 과자, 공물, 기이, 쌀튀김, 파야삼(우유와 설탕으로 지은 밥), 꽃, 화환, 향, 성수가 들어 있는 황금의 물병 등등 기도에 필요한 물건들이 있었다. 라마는 조용히 서서 어머니의 기도하는 모습을 바라보고 있었다. 끊임없는 기도와 단식으로 어머니의 모습은 야위어 보였다.

드디어 카우살리야는 라마를 돌아보았다. 라마를 바라보는 어머니의 표정은 언제나와 마찬가지로 더없이 흐뭇해하는 표정이었다. 라마는 될 수 있는 대로 차분하게 사건을 이야기했다. 너무나 충격적인 이야기에 처음 카우살리야는 멍청하게 듣고만 있더니 드디어는 정신을 잃고 쓰러졌다. 라마는 어머니를 안아 자리에 눕혀 정신을 들게 했다.

카우살리야는 말했다.

"라마, 너를 차라리 낳지 않았던들 이러한 고통은 없었을 것이다. 너의 아버지의 사랑을 젊은 왕비들에게 빼앗긴 채 긴긴 세월 홀로 외로이 살아 왔으면서도, 그러나 지난 17년간은 너 하나를 보람으로 살아왔거늘 ……"

(여기에서 카우살리야의 넋두리는 길게 계속된다.) 드디어 카우살리야는 자신의 결심을 밝힌다. 라마가 떠난다면 하녀들까지도 자신을 냉대할 것이니 자신은 라마와 함께 숲으로 가겠다는 것이었다.

10. 락슈마나의 분노

드디어 락슈마나의 분노가 폭발했다. 카우살리야의 슬픔을 더 이상 참을 수 없게 된 락슈마나는 외쳤다. 다르마가 무엇인지를 모르게 된 왕은 노망했음이 틀림없으니 다르마와 나라를 위해 왕을 죽여버리겠노라고. 그리고 왕을 유혹하고 속인 카이케이도 죽여버리겠다고. 자기의 주인이요 신인 라마는 조금도 잘못이 없거늘 당연한 권리인 왕위계승권을 빼앗기고 14년간이나 숲으로 추방당해야 한다는 것은 도저히 있을 수 없는 일이기 때문에, 전체 아요드햐 사람들을 모조리 죽여버리는 한이 있더라도 자신은 자신의 주인인 라마를 지키겠다는 것이었다. 자신의 활과 칼은 결코 장난감이 아님을 보여주겠다는 것이었다.

락슈마나의 주장에 카우살리야는 은근히 찬성을 하면서 라마에게 말했다. 자신의 당연한 권리를 지키는 것이 어떻겠느냐고 협박했다.

그러나 라마가 부왕의 뜻에 따르는 것이 다르마라고 하자 카우살리야는 말했다. 어머니의 뜻에 따르는 것 또한 다르마인 것이니, 락슈마나의 말을 듣던지 자기도 함께 숲으로 데려가지 않는다면 자기는 이대로 굶어 죽을 것이니 어미를 숙인 죄는 모든 강물과 모든 바닷물로도 씻어낼 수 없는 죄인 것이라고 협박했다.

그러나 라마의 뜻은 확고했다. 아버지의 뜻을 거역할 힘도 없으며 그렇게 하고 싶은 생각도 없으며, 파라수라마는 그의 아버지 쟈마다그니의 뜻에 따라 그의 어머니 레누카를 죽이기도 했으니, 아버지의 뜻을 따르기 위해 어머니를 어길 수밖에 없었던 경우가 많이 있었음을 어찌할 것이냐는 것이었다. 라마는 또 락슈마나에게도 깊게 깊게 타일렀다.

"그처럼 선량하시기만 하시던 카이케이 어머님께서 갑자기 이렇게 나를 핍박하심은 전생에 내가 지은 죄에 대한 업보라고밖에 볼 수가 없다. 모든 것은 운명이니 순응해야 할 것이다. 락슈마나, 분노에 지지 말아라. 폭력은 악이다. 네가 정말로 나를 따른다면 나의 말을 들어 나를 숲으로 가도록 내버려 두어라. 나는 이미 나의 마음을 정했다. 그리고 어머니, 저를 축복해 주십시오. 그리하여 저의 결심과 순종이 좋은 결과를 얻도록 해주십시오."

11. 라마의 결심

그러나 카우살리야는 단념하지 않고 계속 라마에게 자신의 처량한 신세를 늘어놓았다. 락슈마나의 분노 또한 결코 사그러들 줄을 몰랐다. 카우살리야와 락슈마나는 계속 지루할 만큼 자신들의 뜻을 반복하여 주장했다. 그러나 라마의 결심은 결코 흔들림이 없었다. 어머니의 눈물로도 동생의 분노로도 꺾을 수 없는 것이 라마의 다르마였다. 그리고 이는 아버지 다사라타에 대한 존경과 복종이었다.

12. 어머니의 축복

라마는 카우살리야에게 간청했다. 부인은 남편을 지키는 것이 다르마이니 자신을 보내고 슬퍼해하실 부왕을 어머님이 아니면 누가 위로해 드릴 것인가라고.
드디어 카우살리야는 성화에 공물과 기이와 버터를 넣으면서 아들을 위하여 기도를 올렸다.
"천국의 주인 인드라께서 브리트라와 싸우러 나섰을 때 모두들 그를 축복해 주었다. 그러한 축복이 너에게도 함께 하기를. 가루다가 아므리타를 가지러 천계로 떠날 때 그의 어머니 비나타는 그의 사명이 성공하도록 축복해 주었다. 그러한 축복이 너에게 도 함께 하기를. 천신과 아수라 사이에 싸움이 벌어졌을 때 아 디티는 아들 인드라에게 축복을 주었다. 그 축복이 나의 아들아, 네가 숲으로 갈 때에도 함께 하기를. 바마나가 삼계를 돌려받기 위해 발리의 제사에 가면서 받았던 것과 같은 축복이 있기를 이 어미는 축원한다. 숲과 숲의 모든 것들이 너에게 좋은 일만 해주 시기를 이 어미는 축원한다.”

축원을 끝낸 카우살리야는 어느 정도 평정을 찾은 듯했다. 카우 살리야는 라마의 이마에 틸라카(작고 향기로운 하얀 꽃)를 놓으며 팔 에다 라크샤(비단이나 실로 된 부적)를 묶어주었다. 그리고는 라마를 따뜻하게 껴안으며 말했다.

“아가, 가거라. 그리고 나에게 다시 돌아오너라. 건강하기를 바 란다. 네가 다시 아요드햐의 거리를 걷게 될 날을 나는 기다리겠 다. 14년 후에 네가 이크슈바쿠 왕통을 이어 옥좌에 앉는 것을 나는 보겠다. 너는 틀림없이 그렇게 될 것이다. 나의 기도는 결 코 헛되지 않을 것이니 너는 다시 나에게로 오게 될 것이다.”

카우살리야는 눈물 속에 스바스티(재앙을 막기 위하여 주문을 반복 하여 욈)의식을 끝내고는 몇 번이고 라마를 껴안았다. 라마는 엎드 려 어머니의 발을 잡고는 몇 번이고 발의 먼지를 털어 드렸다. 그 리고는 차마 뒤돌아 보지 못한 채 어머니의 앞을 물러나왔다.

13. 라마와 시타

라마는 자신의 거처로 가서 시타에게 작별을 고했다. 라마는 시 타에게 부왕과 어머니들을 잘 돌봐드려 달라는 이야기며, 한 마디

충고를 하자면, 높은 자리에 있는 사람은 자기에 대한 칭찬 이외에 남에 대한 칭찬을 듣기 싫어하니까 결코 바라타가 있는 곳에서는 라마 자기에 대한 장점을 말하지 말 것 등등 많은 일들을 당부했다.

라마의 이야기를 끝까지 말없이 듣고만 있던 시타는 라마의 길고 긴 이야기가 다 끝나자 자신의 뜻을 밝혔다. 아내가 남편을 따르는 것은 당연한 이치이니 자신은 라마를 따라 숲으로 함께 가겠다는 것이었다.

라마가 숲의 위험과 고생을 하나 하나 말해주자 시타는 도리어 라마와 함께 맞게 될 숲속의 강이며 호수며 나무며 꽃이며 맹수며 새며 등등에 대한 호기심으로 눈을 빛냈다.

라마가 아무리 시타를 떼어 놓으려고 해도 시타는 기어이 자기의 주인이요 신인 라마와 함께 가겠다고 주장하였다. 시타는 이러한 말도 했다. 라마와 결혼하기 전에 어떤 현인이 시타 자신은 얼마 동안을 숲에 살 것이라는 예언을 했었더라고. 여하간 아무리 화려한 궁성에서 호의호식을 해도 라마가 없다면 이는 지옥이요, 라마와 함께라면 어떤 험난한 곳이라도 시타 자신에게는 천국인 것이라고.

드디어 라마는 자신의 진심을 털어 놓았다.

자신도 시타가 함께 숲으로 가 주기를 바랐던 것이니 수바르찰라가 그녀의 주인인 수리야를 따르듯 자신의 일부분인 시타는 항상 자기와 함께 있어야 할 것이라고.

라마는 시타에게 함께 숲으로 가기 위해 자신들이 가진 것을 모두 브라흐민과 가난한 사람과 시녀와 하인들에게 나누어 주도록 했으며, 시타는 곧 그대로 했다.

14. 락슈마나의 요청

락슈마나 또한 라마를 따르겠다고 했다. 라마는 락슈마나가 남아야 할 이유를 들려주었으나 락슈마나는 함께 가야할 이유를 굽히지 않았다. 결국 라마는 락슈마나에게도 함께 갈 것을 허락했다. 라마는 락슈마나에게 자나카의 희생제에서 바루나로부터 받은 병기들을 챙기게 했다. 이는 두 개의 강한 신궁과 두 벌의 깨뜨릴 수 없는 갑옷과 써도 써도 다함이 없는 두 개의 전통과 보석들이 박힌 태양처럼 눈부시게 빛나는 두 자루의 칼이었다.

15. 다사라타의 앞에서

라마는 시타, 락슈마나와 함께 하직인사차 부왕을 찾았다. 왕은 왕비들을 비롯한 여러 사람들을 모이게 했다. 라마는 잠시 숲에 갔다가 곧 다시 돌아오겠으니 그 사이 만수무강하시라고 인사를 올리며, 시타와 락슈마나가 함께 가기를 원하니 허락해 주시기를 청했다. 왕은 말했다.

"경솔한 약속에 얽매어 죄없는 자식을 추방해야 한다니 이 얼마나 통탄할 일이냐. 나는 카이케이에게 속았다. 카이케이, 이 악마같은 원수! 라마야, 꼭 가야만 하는 것이냐? 그래, 가거라. 그러나 곧 다시 오너라. 너는 온 세상의 축복을 받을 것이니 너의 영광과 명성은 삼계에 떨칠 것이며, 너는 라구 혈통의 보배요 다르마와 진리의 표상이 될 것이다. 라마야, 애비의 분별 없었던 약속을 지킨 후 자랑스럽게 아요드햐로 돌아 오너라. 나는 어느 무엇도 너의 결심을 바꿀 수 없음을 알게 되었기에 더 이상 너를 붙들 수가 없구나. 그러나 부디 하룻밤만 더 여기에 머물렀다가

가거라. 네가 숲으로 가는 길에는 우리 코살라 왕국의 모든 군대
가 너를 호위하도록 하겠다. 비단이며 금은보화를 잔뜩 실어 가
져가게 하겠다. 고생을 모르고 금지옥엽으로 자란 시타가 숲에
서 고생을 ……"

다사라타는 눈물을 흘리며 별별 말을 다 하면서 정신을 잃기도
했으나 라마는 끝내 침착하게 즉시 떠나겠노라고 말씀을 올렸다.

16. 카이케이가 발칼라를 가져오다

라마는 부왕에게 자신은 왕위나 호화생활이나 금은보화에 뜻이
없으니 삽 한 자루와 바구니 하나만 주시기를 청했다. 그러나 왕은
라마의 사양을 안타까워 하면서 모든 좋은 것을 주려고 했다.

여기에서 다시 카이케이는 악역을 떠맡고 나섰다. 그녀는 세 벌
의 발칼라(수도자들이 입는 나무껍질로 만든 거치른 옷)를 가져와서는
라마와 시타와 락슈마나에게 입게 했다. 그리고는 빨리 빈손으로
떠나는 것이 약속에 맞는 일이라고 발악했다. 라마는 그 말이 옳다
고 했다.

그러나 다사라타는 기어이 시타에게 최고급 옷을 입히도록 명령
했다. 카이케이가 그럴 수가 없다고 하자 드디어 바시슈타가 카이
케이에게 언성을 높였다. 시타는 다사라타의 약속에 얽매일 필요가
없는 몸이니 숲으로 가건 말건 자의에 따를 문제며 따라서 억지로
발칼라를 입힐 수는 없다는 것이었다. 도리어 라마가 왕위를 비우
고 추방되어야 한다면 그 왕위를 이어받아 옥좌에 앉아야 할 사람
은 남편 라마와 일심동체인 시타가 되어야 할 것이라고 말했다.

17. 괴로운 작별

시타에게는 최고급 옷이 입혀졌다. 시타의 모습은 여신 락슈미처럼 눈부시게 빛났다. 모든 사람들은 다시 한 번 시타의 미모와 위엄에 압도되었다. 시타는 모든 사람들에 대하여 바로 여신이었다. 다사라타는 기어이 많은 보물을 시타에게 주었다. 다사라타는 말했다.

"분명 나는 전생에 많은 아이들을 부모들과 헤어지게 하는 죄를 지었었나보다. 내가 왜 이리 오래 사는가 했더니 전생의 업보를 금생에서 다 받고 떠나라는 신의 뜻이었나보다. 이 기막힌 일이 모두 자업자득이라면 누구를 원망하고 어찌 피하기를 바랄 것인가. 수만트라, 나의 전차에 가장 좋은 말을 매어 문간에 대기시켜라."

궁성을 떠나기까지의 이별에는 많은 이야기가 따랐다. 드디어 라마, 시타, 락슈마나는 수만트라가 모는 다사라타의 전차에 실려 숲으로 향했다.

길옆에서, 창문에서, 베란다에서, 지붕에서 이를 보고 있던 아요드햐의 시민들은 카이케이와 다사라타를 욕하고 라마를 동정하면서 라마의 뒤를 따르기 시작했다.

"지금쯤 책봉식이 끝나서 흰 일산을 받친 코끼리를 타고 수많은 병사들을 더불어 시가행진을 하셔야 할 귀하신 몸이 죄없이 추방당해야 한다는 것은 ……"

"우리는 모두 라마를 따라 숲으로 갈 것이니 숲에는 아요드햐가 생길 것이요, 아요드햐는 카이케이 혼자 사는 숲이 될 것이다."

"라마가 없는 아요드햐가 무슨 소용인가."

시민들의 운집은 전차의 속도를 죽였다. 라마는 시민들에게 다르마가 무엇인가를 역설하며, 바라타의 훌륭함과 그를 의지하고 따를 것을 강조하면서 계속 전차를 몰아나갔다.

다사라타는 창문에 몸을 내민 채 라마가 탄 전차가 시야에서 사라진 다음에도 계속 그대로 있었다. 라마는 수만트라에게 빨리 전차를 몰도록 독촉했으나, 인파 때문에 전차는 더 이상 나아갈 수가 없었다.

결국 라마는 전차에서 내려 시민들에게 다사라타와 바라타를 잘 따라줄 것을 당부하며 길을 계속했다. 시타와 락슈마나도 전차를 내려 함께 걸었다.

18. 다사라타의 절망

다사라타가 쓰러지자 카우살리야와 카이케이가 양쪽에서 떠받들었다. 그러나 다사라타는 핏발이 선 눈으로 카이케이에게 퍼부었다.

"너와는 인연을 끊겠다. 내 앞에서 썩 꺼져라. 내 몸에 손대지 말아라. 참을 수가 없다. 바라타는 아버지며 형을 대하는 다르마를 알 것이니 너의 뜻대로 사악한 짓을 하지 않을 것이다. 만일에 바라타가 너의 못된 뜻을 따른다면 그 녀석은 나의 장례식에 못 오게 할 것이다."

이어서 다사라타는 카우살리야에게 말했다.

"당신의 거처로 가겠소. 라마가 없는 이 궁성은 텅빈 슬픔이니 당신이라도 곁에 있어주어야겠구려."

카우살리야의 거처로 옮겨진 다사라타는 비단 침상에 눕혀졌다. 밤이 깊어도 다사라타는 라마의 이야기만 하면서 카우살리야까지도 슬프게 만들었다.

수미트라는 두 사람을 옆에서 위로해 주었다. 라마는 선량하면

서도 용감하고 어질면서도 지혜로운데다가 비슈바미트라 대성인으
로부터 별별 아스트라들을 다 전수받았으니 아무 걱정을 할 필요가
없질 않느냐는 것이었다.

19. 타마사 강의 뚝 위에서

라마 일행이 타마사 강에 이르렀을 때 해가 저물었다.

라마는 그를 따르는 사람들에게 아요드햐로 돌아갈 것을 몇번이
고 당부했으나 누구도 라마의 말을 들으려고 하지를 않았다. 그들
은 라마의 말을 듣기는커녕 라마에게 아요드햐로 돌아갈 것을 졸라
댔다. 브라흐민들이며 노인들은 말했다.

"라마, 이렇게 불씨까지 싸가지고 나온 것이 보이지 않는단 말이
야? 우리와 함께 돌아가지 않는다면 우리가 라마를 따라가겠다
는 것이야."

해가 지자 라마는 락슈마나가 준비한 자리에 누웠다. 강뚝에 나
뭇잎을 깐 잠자리였다. 시타도 그 옆에 누워 곧 깊은 잠에 빠졌으
나 락슈마나와 수만트라는 잠을 이루지 못한 채 밤새 라마의 이야
기만 했다. 사람들도 모두 차례로 잠이 들었다.

다음날 일찍 잠을 깬 라마는 사람들이 잠들어 있는 사이에 조용
히 길을 서둘렀다. 그는 속임수를 써서 그가 아요드햐로 돌아간 것
처럼 보이게 했다. 라마에게 속은 줄 안 사람들은 라마를 비난할
것이 뻔했지만, 그렇게라도 하여 사람들이 더 이상 자기를 따라오
지 않게 하는 것이 좋겠다고 라마는 생각했던 것이다.

20. 먼 여행의 시작

라마는 계속 전차의 속도를 높이도록 독촉했다. 그럴수록 사랑하는 아요드햐는 점점 멀어졌으나 라마는 이를 악물고 그 찢어지려는 슬픔을 참았다.

전차는 남으로 남으로 달려 베다스루티 강에 이르렀다. 강을 건너 전차는 계속 달려 고마티 강에 이르렀고, 이어 일행은 샨디카 강도 건넜다. 라마는 시타에게 주변의 지역에 대한 이야기들을 들려주면서, 어떻게 옛날에 인간의 조상인 마누가 그의 아들 이크슈바쿠에게 그 일대의 땅을 주어 왕국을 세우게 했는가의 역사도 들려주었다. 드디어 남으로 코살라 왕국의 국경선에 이른 라마는 전차에서 내려 북으로 아요드햐를 향해 합장했다.

"내 사랑하는 아요드햐, 나는 이제 너와 이별을 한다. 나를 지켜주시던 신들과도 이별이다. 그러나 나는 약속한 기간이 지나면 다시 너를 찾아 아버지와 어머니를 모시고 행복하게 살게 될 것이다. 아요드햐의 여러분, 여러분들의 뜻은 감사합니다. 그러나 다르마의 길을 정진하는 것이 여러분의 뜻에 대한 보답이 될 것입니다. 여러분들께 곧 돌아가겠습니다."

라마의 눈에는 눈물이 고였다. 코살라를 떠난 일행은 최고로 성스러운 강인 강가에 이르렀다. 삼계를 흐르는 성스러운 강. 온 세상의 모든 죄를 씻어주는 신령스러운 강. 고행자들이 특히 숭배하는 여신 강가. 따라서 강가의 주변에는 수도장들이 많았고, 천신이며 다나바며 간다르바들도 즐겨 강가를 찾았다.

성스럽고 아름답고 장려한 강가에 취한 라마 일행은 그곳에서 하룻밤을 지내기로 하였다.

21. 사냥꾼들의 우두머리, 구하

강가 강뚝에는 슈링기베라푸라라는 도시가 있었다. 그곳의 왕 구
하는 사냥꾼들의 우두머리였는데 라마와는 절친한 사이였다. 라마
에 대한 소문은 그곳에까지 퍼져 구하는 많은 음식을 준비하여 라
마를 찾았다. 그러나 라마는 자신은 이제 호의호식을 삼가야할 몸
이라고 말하며 이를 사양했다. 그러나 구하는 라마에게 슈링기베라
푸라를 대신 맡아서 다스려줄 것을 청하는 등 어떻게든지 라마를
도우려고 했다. 그러나 라마는 구하의 모든 고마운 뜻을 사양하고
는 전차를 몰고 온 말들을 잘 먹여줄 것과 니야그로다나무의 수액
을 청했다. 라마와 락슈마나가 니야그로다나무의 수액을 머리에 발
라 문지르니 그들의 머리칼은 거미들이 집을 지은 양 헝클어졌다.
머리모양까지 그렇게 변하니 라마와 락슈마나는 영락없는 젊은 고
행자의 모습이 되었다.

라마는 웃옷을 허리에 묶은 후 강물로 들어가 지는 해를 향하여
저녁기도를 올렸다. 그는 락슈마나가 가져 온 물을 마신 후 락슈마
나가 준비한 풀잎 위에 누워 잠이 들었다. 시타도 그 옆에서 잠이
들었다.

그러나 락슈마나와 수만트라는 잠을 이루지 못했다. 구히기 자
신과 자신의 병사들을 믿고 좀 쉬라고 했으나 락슈마나와 수만트라
는 끝내 잠을 자지 않은 채 구하와 함께 라마의 이야기로 밤을 지
새웠다.

다음날 새소리에 잠을 깬 라마는 아침기도를 드린 후 구하가 준
비해준 배로 강가를 건너기로 했다. 라마는 구하와 수만트라에게
작별인사를 했으나 수만트라는 함께 가겠다고 간청했다. 라마는 수
만트라에게 부왕과 왕비들을 도와드리도록 당부하면서 부왕과 어
머니들에게 올릴 말씀들을 전했다. 그리고 바라타에게 전할 말도

당부하였다. 라마는 모든 사람들의 행복을 축원하였다.

그러나 락슈마나의 말은 노골적이었다.

"왕은 나의 형이 무슨 잘못을 저질렀다고 단다카숲으로 그를 추방하는 것인가. 카이케이 왕비의 비위를 맞추기 위해 우리를 이렇게 괴롭히는 것이다. 왕이 이렇게 불공정한 일을 저질렀기 때문에 이제 나는 더 이상 왕을 아버지로 생각하지 않기로 했다. 나에게는 라마만이 있을 뿐이니, 라마는 나의 아버지요 주인이요 형이요 신이다. 라마는 누구에게도 사랑을 받아왔다. 라마는 정의와 사랑의 화신이었다. 그런데 이러한 라마를 쫓아냄으로써 왕은 스스로 만인에게서 따돌림을 받게 되었다. 이제 무슨 낯으로 왕이라고 주장할 수가 있단 말인가?"

라마 일행은 구하의 부하가 젓는 배를 타고 강가를 건넜다. 강의 중간에 이르렀을 때 시타는 합장하고 기도를 올렸다.

"강가 여신님이시여, 저의 주인인 다사라타의 아들이 무사히 강을 건널 수 있게 해주십시오. 그리고 14년 후에 저희 세 사람이 다시 이곳을 무사히 돌아가게 해주십시오. 돌아가는 길에 다시 기도를 드리겠습니다. 저는 저의 기도를 들어 주시리라고 믿습니다. 정의롭고 은혜로우신 여신님, 이렇게 엎드려 비옵나니 저의 기도를 들어 주십시오. 저의 주인이 다시 아요드햐에 돌아가게 되면 여신님을 기쁘게 해드리기 위해 브라흐민들에게 황금과 황소를 올리겠습니다. 저희들이 다시 아요드햐로 돌아갈 수 있도록 허락해 주십시오."

강가 남쪽에 이른 라마 일행은 맨 앞에 락슈마나가 서고 다음을 시타, 그리고 뒤를 라마가 지키면서 조심스럽게 숲으로 들어가기 시작했다.

강가의 북쪽 뚝에 남은 구하와 수만트라는 라마 일행이 시야에서 사라진 다음에도 계속 그 자리에서 움직일 줄을 몰랐다.

22. 추방 3일째의 밤

저녁이 가까워오자 라마 일행은 큰 나무 밑에서 하룻밤을 지내기로 했다.

라마는 갑자기 엄습해오는 불안감 때문에 안절부절하였다.

"바라타가 왕세자가 된다면 카이케이가 부왕을 그대로 두지 않을지도 모르겠다. 카이케이의 음모가 없더라도 억지로 아들을 쫓아낸 선량한 부왕은 이제 누가 옆에서 돌보아드리는 사람도 없이 외로움과 괴로움 때문에 건강을 상하시고 ……"

라마의 근심걱정은 끝이 없었다. 라마는 락슈마나에게 말했다.

"너는 빨리 돌아가서 너의 어머니와 나의 어머니를 카이케이의 구박으로부터 보호해드려야겠다. 또 바라타가 다르마에서 벗어나지 않도록 해야겠다."

그러나 락슈마나는 이렇게 라마를 위로하면서 자신의 결심을 굽히지 않았다.

"너무 슬퍼하지 마세요. 시타와 저까지 슬퍼진단 말입니다. 그러나 저는 슬프지 않습니다. 저는 라마만 옆에 계시면 그것으로 족합니다. 부왕도 어머니도 샤트루그나도 보고 싶지 않습니다. 바라타는 부왕이나 어머님들을 잘 모실 것이 틀림없으니 너무 거정하지 마세요."

23. 바라드바쟈의 아쉬람

다음날 아침 일찍 일어나 가야트리(24음절로 된 찬가)를 읊어 떠오르는 태양에 예배를 올린 일행은 길을 재촉하여 숲속으로 뚫고 들어갔다. 도시에서는 도저히 볼 수 없었던 대자연의 경이가 일행의 탄성을 계속 불러 일으켰다.

길은 그렇게 험하지 않았고, 일행은 야무나 강이 강가와 만나는 상가마 지역으로 길을 계속했다. 황금색 강가의 물과 심청색 야무나의 물이 합치는 소리가 점점 가까워지면서 일행은 계속 바라드바쟈의 아쉬람을 찾아 걸음을 재촉했다. 갑자기 시원한 바람에 눈을 들어보니 따갑던 태양도 어느새 서쪽으로 기울었고 바라드바쟈의 아쉬람이 눈 앞에 가까워졌다.

일행이 아쉬람에 이르자 아쉬람에 사는 새들과 사슴들이 놀라서 소란을 피웠다. 일행이 바라드바쟈를 찾아 엎드려 인사를 올리며 자신들의 신분을 밝히고 위대한 성자의 축복을 구하자 바라드바쟈는 이들을 만나게 된 것을 크게 기뻐하며 식사와 숙소를 준비해 주었다.

바라드바쟈는 라마에게 그곳에 머물기를 권했다. 그러나 라마는 그곳이 아요드햐와 가까워 시민들이 자주 찾아 올 염려가 있기 때문에 더 깊숙한 곳으로 들어가고 싶다고 말하며 적당한 곳을 가르쳐주기를 청했다. 바라드바쟈는 그곳으로부터 10크로사(1크로샤는 1/4 요자나, 1요자나는 8~9마일)거리에 간다마다나(메루의 동쪽에 있는 향기로운 숲으로 유명한 산)만큼이나 아름다운 치트라쿠타라는 산이 있다고 알려주었다.

"치트라쿠타 주위에는 나무가 울창하고 폭포와 호수들로 경치가 그만이며, 누구나 치트라쿠타의 영봉을 한 번 본 사람은 그 신령스러운 정기에 눌려 감히 다시는 사악한 생각을 할 수 없을 것이니 이 아니 축복받을 일이겠느냐. 그곳은 수행자들 사이에서는 구원의 곳으로 유명하니 숱한 코끼리며 사슴이며 원숭이들이 있으며 새들의 노랫소리가 끊이지 않을 것이니 너희들이 머무르기는 가장 이상적인 곳이 될 것이다. 이곳에 나와 함께 머무르는 것만은 못하겠지만."

다음날 이들이 하직인사를 올리자 바라드바쟈는 치트라쿠타에 이르는 길을 자세히 알려주었다.

"두 강이 만나는 상가마에 이르면 동쪽을 향해 야무나의 강변을 따라 가거라. 사람들의 왕래가 적지 않아 길이 나 있을 것이다. 적당한 곳에서 뗏목을 만들어 강을 건넌 다음 길을 계속 가면 커다란 니야그로다나무를 만날 것이다. 이 나무는 신령스러운 나무로 시따들 또한 예배를 드리는 나무이니 쉬야마라는 이름으로 불리운다. 굉장히 큰 거목이기 때문에 쉽게 찾을 수 있을 것이다. 시따는 이 나무를 돌면서 기도를 드리도록 해라. 계속 1크로사쯤 더 가면 팔라사와 바다리나무들이 빽빽하고 야무나 강변을 따라 무성하게 자란 대숲으로 하늘이 가려진 곳에 이를 것이다. 이곳은 ……"

바라드바쟈는 이들의 여행이 무사하기를 비는 축원문을 읊으며, 부모가 자식을 떠나보낼 때처럼 길을 조금 함께 해주었다.

야무나 강의 물살은 세었으나 비교적 흐름이 완만한 곳이 있었다. 락슈마나는 솜씨좋게 뗏목을 만들어 그 중앙에다 연한 덩쿨과 풀잎으로 시따의 자리까지 멋있게 준비했다. 강을 건너면서 시따는 강가를 건널 때와 마찬가지로 야무나에게 기도를 올렸다. 무사히 강을 건넌 일행은 야무나 강의 건너편 뚝, 야무나 바나라는 이름이 붙은 강뚝을 따라 계속 걸었다.

일행이 니야그로다나무에 이르자 시따는 바라드바쟈가 시킨 대로 나무를 돌면서 기도를 올렸다.

"오, 신령스러운 나무님, 이렇게 치성을 드리오니 저의 남편을 보살펴주십시오. 저희들이 무사히 아요드햐로 돌아가 어르신들을 다시 모실 수 있도록 해주십시오."

시따의 기도가 끝나자마자 라마는 길을 재촉했다. 이름도 모를 처음 보는 꽃이며 나무며 덩쿨에 대해 시따는 계속 물었고 라마는 친절히 가르쳐 주었다. 모래언덕을 감고 흐르는, 물새들과 꽃들이 떠있는 강물은 온 몸이 떨릴 만큼 아름다웠다. 새들의 노래며 물결 치는 소리는 감미롭고도 웅장한 대자연의 합창이었다. 일행은 날이 저물자 공작과 원숭이들이 뛰노는 강뚝에 쉴 곳을 잡았다.

24. 드디어 치트라쿠타에

다음날 일찍부터 길을 서두른 일행은 바라드바쟈가 가르쳐준 대로 치트라쿠타를 향해 걸음을 재촉하였다. 길을 가는 도중 라마는 시타에게 말이 많았다.

"저 팔라사나무를 좀 봐. 추운 계절 동안 잎들이 다 떨어졌다가 이제 꽃들이 가지마다 만발하니 마치 나무 전체가 새빨간 불길 같잖아. 팔라사나무는 말이야 ……"

"시타, 이 나무에 주렁주렁 열린 열매를 좀 보라고. 이런 정도라면 일생을 따먹어도 충분하겠어."

"시타, 이 향기, 산비탈을 물결처럼 뒤덮은 저 풀꽃들의 취할 듯한 향기, 치트라쿠타에 가까울수록 점입가경이라는 말이 생각나잖아. 저기 저 코끼리 떼를 좀 ……"

드디어 치트라쿠타에 이른 일행은 우선 발미키의 아쉬람에 들려 인사를 드린 후 조금 더 깊숙한 곳으로 들어가 자신들이 머무를 만한 곳을 찾았다. 라마가 위치를 정하자 락슈마나는 곧 최대한 솜씨를 발휘해 제법 크고 멋있는 오두막을 지었다.

라마는 락슈마나에게 사슴을 잡아오게 한 후 불을 피워 사슴고기를 구웠다. 그날이 길일이었기에 라마는 관습대로 절차에 따라 액막이 고사를 지내기로 한 것이다. 목욕재계한 후에 주문을 읊어 모든 천신들에게 기도를 올린 후 불길 속에 사슴고기를 넣어 공양을 한 후에야 신축한 오두막 안으로 들어갔다. 그는 루드라, 나라야나, 비슈베데바(수호신)들에게 기도를 다 드린 후에 절차대로 다시 목욕을 했다.

오두막이기는 했지만 기도실도 있고 휴게실도 있는데다가 또 주위의 기막힌 경치며 풍성한 열매들 때문에 결코 불행하다고만 할 수 없는 추방생활이 시작되었다.

25. 수만트라는 아요드햐로 돌아가다

라마가 강가를 건넌 후에도 구하와 수만트라는 오랫동안 강뚝에 남아서 라마의 이야기를 했다. 구하는 부하들에게서 라마가 바라드바쟈의 아쉬람에 들렸다가 치트라쿠타로 향했다는 등의 일을 보고받았다.

구하와 헤어진 수만트라는 아요드햐로 향했다. 해질녘의 인적이 끊긴 아요드햐는 폐허인 양 적막했다. 그러나 수만트라의 전차를 발견한 시민들은 곧 거리로 쏟아져 나와 수만트라에게 라마가 어디 있는가를 물었다.

"강가의 강변에서 헤어져 ……"

고개를 숙인 채 궁성에 이른 수만트라는 다사라타 앞에 엎드렸다. 그 사이에 몰라볼 만큼 늙어버린 왕은 수만트라에게 라마의 일을 묻고 또 물었다. 시타와 락슈마나에 관해서도 묻고 또 물었다.

"수만트라, 나를 라마에게로 …"

다사라타는 수만트라에게 사정을 하다가 두 손을 모아 카우살리야에게 빌면서 말했다.

"카우살리야, 이렇게 빌고 또 빌테니 나를 용서해줘요. 당신은 나를 용서할 수 없겠지. 그래도 화를 거두고 나를 용서해줘. 당신까지 나를 ……"
카우살리야는 당황했다.
"이러시지 마십시오. 남편은 결코 아내에게 용서를 청하는 법이
없는 것입니다. 용기를 내십시오. 슬픔을 잊으십시오. 슬픔은 용
기를 잃게 하고, 용기를 잃으시면 세상을 잃으시는 것입니다."

26. 어느 성자의 저주

그날 밤 늦게까지 잠을 못이루던 다사라타는 갑자기 카우살리야
를 불러 가까이 오게 했다.
"사람은 좋건 나쁘건 자신의 업보를 피할 수 없는 법. 나도 잊고
있었던 옛날 이야기를 하나 들려주겠소. 옛날 내가 젊었을 때 나
는 궁술에서 샤브다베디라는 어려운 기술을 익히게 되었소. 그
것은 소리만 듣고서도 사냥감을 정확히 쏘아 맞출 수 있는 기술
이었소. 소리만 듣고서도 나는 백발백중이었기에 모두들 나를 부
러워했으며 나도 나 자신을 대단히 자랑스럽게 생각했었소. 그
런데 개구리 소리가 요란한 어느 장마철에 나는 사라유 강변의
수풀 속에서 새끼 코끼리가 물을 마시는 소리를 듣고는 화살을
날렸었소. 그런데 사람의 비명소리가 들려온 것이었소. 코끼리
로 생각했었던 것은 물을 긷고 있던 한 고행자였소. 놀라서 뛰어
가 용서를 비는 나에게 그 고행자는 말했소. 눈이 먼 자기의 부
모님이 목이 말라 물을 기다리고 계신다고. 그 고행자는 숨을 거
두었고 나는 브라흐민을 죽인 죄인이 되어 물 항아리를 갖고 아
쉬람을 찾아 눈 먼 두 노부부에게 사실대로 이야기를 하지 않을
수 없었소. 그들은 나를 앞세워 강변으로 아들의 죽음을 찾았소.
아들의 장례식을 마친 후 두 노인은 만일 내가 찾아가 사죄하지

않았더라면 나의 몸이 그들의 저주로 수천 조각으로 찢어졌을 것이라고 말했소. 그러나 비명횡사한 자식에 대한 슬픔을 이길 수가 없었던지 그들은 나도 그들처럼 자식과 헤어지는 슬픔속에 죽어갈 것이라고 저주를 하고는 타오르는 불길 속으로 들어가버렸소. 카우살리야, 지금까지 잊고 있었던 그 저주가 이제 이루어지려나보오. 내 눈이 이렇게 어두워지다니 나의 최후가 이른 모양이요. 카우살리야, 브라흐민의 말은 틀림이 없는 법. 생각해봐요. 아무리 나쁜 짓을 해도 차마 자식을 쫓아낼 수 없는 것이 아비인 것이요. 그런데 내가 라마를 그렇게 했다는 것이 있을 수 있는 일이요? 이는 내가 저주에 걸렸다는 것 외에는 설명할 길이 없는 불가사의일 것이요. 이제 눈조차 보이지 않으니 내 사랑하는 라마를 다시는 볼 수 없게 되나보오. 그래도 손이라도 한 번 더 만져 보았으면. 여보, 카우살리야, 자, 당신의 손이라도 이리 주구려. 라마, 너는 내가 가장 너를 필요로 할 때에 나를 떠나가 버렸구나. 라마, 락슈마나, 시타, 라마, 락슈마나, 시타, 너희들이 다시 아요드햐로 돌아오는 것을 보게 될 사람들은 복인들이로다.”

27. 다사라타의 죽음

다음날 아침 반드시 마가드하(아침에 노래를 불러 왕을 깨우는 사람)들이 왕의 침실 앞에서 아무리 왕을 찬양하는 노래를 불러 올려도, 시녀들이 물이랑을 떠받들고 아무리 기다려도 다사라타는 끝내 일어나지를 않았다. 밤새 숨을 거둔 것이었다. 네 명의 뛰어난 아들들을 두어 그리도 자랑스러워하던 그는 끝내 어느 한 아들도 옆에 있지 않을 때에 숨을 거두고 말았다. 화불단행이라더니, 라마가 떠나고 왕이 숨지고 다음은 또 어떤 재난이 닥칠 것인가? 왕비들의 곡성이 터지니 궁성은 물론 온 아요드햐 전부가 기막힌 슬픔 속으로 빠져들었다.

그러나 그러한 속에서도 바시슈타를 비롯한 성직자와 대신들은 왕위를 오래 비워둘 수 없다고 생각해 케카야의 수도 라자그리하로 바라타를 부르러 사람을 보내기로 했다. 시따르타, 비쟈야, 아쇼카, 난다나 등이 북으로 길을 서둘렀다.

28. 바라타의 악몽

외조부 아슈바파티와 외숙부 유드하지트의 사랑 속에 바라타는 라자그리하에서 세월 가는 줄을 모르고 있었다. 아요드햐의 부왕 다사라타며 라마며 어머니들이 보고 싶은 마음이 없는 것은 아니었으나 늙으신 외조부께 작별인사를 올린다는 것도 결코 쉬운 일이 아니었다. 그러던 어느 날 새벽 바라타는 정말로 뒤숭숭한 몹쓸 꿈을 꾸었다.

꿈에 부왕 다사라타는 낡은 옷에 머리칼을 바람에 휘날리면서 산꼭대기에서 저 밑 수렁으로 떨어져 기름투성이가 되는 것이었다. 그리고 또 부왕은 손으로 기름을 떠서 마시기도 했으며, 바다는 물이 마르고 달이 땅으로 떨어지고 천지가 어두워지고 코끼리의 몸통이 터지고 부왕은 진홍색 화환을 목에 걸고 검은 옷을 입고 쇠로 된 의자에 앉아 있었다. 또 부왕이 당나귀가 끄는 수레를 타고 서둘러 남쪽으로 가는 것이었다.

그리고 그날 아요드햐에서 온 사절들은 아무 일도 없는 듯 케카야의 왕 아슈바파티에게 값진 예물을 올린 후 바라타의 귀국을 독촉했다. 바라타가 불안한 마음으로 아무리 물어도 아요드햐의 사절들은 시원한 대답을 않은 채 바라타의 귀국만을 재촉했다. 외조부 아슈바파티와 외숙부 유드하지트는 바라타와 샤트루그나에게 준마 며 코끼리며 비단이며 보석 등등 많은 선물을 잔뜩 주었다.

29. 바라타의 귀국

불안한 예감을 떨쳐버리지 못한 채 서둘러 아요드햐에 이른 바 라타는 아름다운 바이쟈안타 성문을 지나 시가로 들어섰으나 시가 전체가 초상집처럼 무거운 분위기였다. 궁성으로 들어갔으나 부왕 도 라마도 웃으며 맞아주는 것이 아니었다. 부왕의 방은 텅 비어 있었다. 서둘러 그를 맞아준 것은 카이케이였다. 그러나 바라타는 어머니의 옷에서 패물들이 없음을 보았다. 바라타가 카이케이 앞에 엎드려 인사를 올리자 카이케이는 바라타를 일으켜 세운 후 자랑스 럽게 안아주면서 외조부와 외숙부 등의 안부를 물었다. 바라타는 이들이 모두 안녕하시다고 답한 후 부왕 다사라타와 라마의 안부를 물었다. 그리고 왜 자기가 갑자기 불리워 오게 되었는가를 물었다.
부왕의 죽음을 알게 된 바라타는 엄청난 재난에 충격을 받아 몸 부림을 치다가 그대로 정신을 잃었다. 겨우 다시 정신을 차린 바라 타는 웃옷으로 얼굴을 가린 채 한참을 통곡한 다음에,
"그렇다면 어머님, 부왕의 뒤를 이어야 할 라마는 어디 있습니 까? 그는 이제 저의 형이요 아버지입니다. 이제 저와 우리 모두 는 그에게 의지할 수밖에 없습니다. 그런데 어머님, 아버님께서 돌아가시면서 무어라고 하셨습니까? 저에게는 무슨 말씀을 남기 셨습니까?"
라고 물었다. 이에 대한 카이케이의 대답은 싸늘했다.
"그 훌륭하신 아버님께서는 라마, 락슈마나, 시타라고 셋만 찾으

셨다는구나. 그들이 다시 아요드햐로 돌아오는 것을 볼 사람들
은 복인들일 것이리라는 것이 아버님이라는 분의 마지막 말씀이
었다는구나.”

“그렇다면 라마가 여기에 없다는 말씀입니까? 락슈마나도? 시타
도? 도대체 무슨 말씀입니까?”

이에 카이케이는 남의 말을 하듯이 말했다.

“바라타, 내 아들아, 라마는 단다카숲으로 추방되었고, 락슈마나
와 시타는 그를 따라 갔단다. 이제 네가 왕위에 오르는데 방해가
될 것은 아무것도 없단다.”

그 말에 바라타는 두 손으로 귀를 막고 몸을 떨더니 어떻게 해서
그런 일이 일어났는가를 다그쳐 물었다. 이에 카이케이는 자기가
얼마나 바라타를 사랑하는가를 강조한 다음에 자기가 바라타를 위
해 얼마나 대단한 일을 했는가를 자랑스럽게 늘어놓았다.

“아가, 이제 과거는 과거다. 언짢은 점이 있더라도 이제는 모두
잊고 이 엄마가 얻어낸 왕국을 갖도록 하렴.”

30. 바라타의 분노와 슬픔

바라타는 카이케이의 말을 들으면서 뜨거운 납이 자신의 귀에 부
어넣어지는 것처럼 느꼈다. 그는 귀를 막고 바닥에 쓰러져

“라마! 라마! 나의 신 라마!”

라고 외쳤으나 더 이상 말을 잇지 못하고 목이 막혔다.

다시 억지로 몸을 일으켜 카이케이 앞에 버티어 선 채 한참 동안
을 노려보다가 비통하게 외쳤다..

“나는 이제 끝장이다. 나의 이름은 영원히 씻을 수 없게 더럽혀
졌다. 누가 당신에게 그런 일을 시켰습니까? 내가 왜 당신의 아

들이어야 합니까? 나는 당신을 죽여야 합니다. 그러나 그렇게 되면 라마가 나를 용서치 않을 것이오. 그러니 스스로 독약을 마시든지 목을 매든지 물이나 불에 뛰어 드시오. 그렇게 해도 당신의 죄는 씻어지지 못할 것이오. 부왕을 죽이고 형을 쫓아낸 여자는 이제 더 이상 나의 어머니가 아니오. 내가 어떠한 사람인가 그렇게도 몰랐단 말이오? 라마를 대신하여 왕위에 오르느니 차라리 죽어버리기를 바랄 것이라는 것을 왜 모른단 말이오? 외조부님이나 외숙부님은 모두 그렇게도 정의로우신 분들인데 어찌 당신 같은 여자가 그러한 가문에서 태어날 수 있는 것이지요? 두고 보시오. 나는 라마를 모셔다가 왕위에 앉힌 후 대신 내가 14년간 숲으로 갈 것이오. 당신은 이곳을 떠나시오. 당신은 이제 더 이상 나의 어머니가 아니란 말이오. 당신의 어리석은 행위 때문에 카우살리야 어머님께서 받고 계실 고통을 생각이나 해보았소? 당신은 이승에서 뿐만 아니라 저승에서까지도 고통을 받아야 할 것이오.”

31. 바라타의 맹세

바라타는 그를 기다리고 있는 대신들에게
“저를 믿어 주십시오. 저는 결코 왕이 되지 않을 것입니다.”
라고 말하면서 카우살리야를 찾아 걸음을 재촉했다. 한편 바라타의 떠드는 소리를 들은 카우살리야도 바라타를 찾아 방을 나섰다. 카우살리야와 바라타는 도중에서 만났다. 바라타는 카우살리야에게로 달려가서 엎드렸다. 카우살리야는 바라타를 내려다보면서 차갑게 말했다.
“어머니를 잘 둔 덕분에 쉽게도 왕국을 얻게 되었으니 복도 많구

나. 이제 나는 아요드햐에 머무를 일이 없어졌으니 나까지 숲으로 쫓아주었으면 고맙겠다. 어미를 잘못 만나 숲으로 쫓겨난 내 아들만 불쌍하지.”

이에 바라타는 두 손으로 카우살리야의 다리를 껴안으며 섧게 울면서 말했다.

“어머님, 어머님마저도 저를 그렇게 생각하십니까? 만일 제가 왕국을 탐냈다면 이는 베다에 나와 있는 잠든 황소를 발로 찬 죄보다도, 하인에게 일을 시키고 삯을 주지 않은 주인의 죄보다도, 백성들의 돈을 빼앗는 왕의 죄보다도, 수행자를 존경하지 않은 죄보다도, 어른들의 흉을 본 죄보다도, 처자식을 굶기고 혼자서만 먹은 죄보다도, 왕이나 여인이나 노인이나 어린애를 지키는 대신 그들을 죽인 죄보다도 더 큰 죄를 짓는 것이 될 것입니다. 어머님, 제가 얼마나 라마를 좋아하는가를 어머님께서도 잘 알고 계시지요? 어머님, 라마는 저의 형이요 부친이요 신입니다.”

이에 카우살리야는 바라타를 껴안으며 말했다.

“울지 말아라. 아가야. 내가 말을 잘못했으니 나를 용서해다오.”

바라타는 그날 밤을 카우살리야 옆에서 밤새 라마와 부왕의 이야기만 하면서 지새웠다.

32. 왕의 장례식

바시슈타는 바라타에게 부왕의 장례식을 치루게 했다. 장자인 라마가 없는 현실에서는 차남인 바라타가 맡을 수밖에 없다는 것이었다.

일주일이나 기름에 적시어 길상초 위에 안치되어 온 다사라타의 시신은 약간 누렇게 보였다. 왕의 시신 앞에서 바라타는 울고 또

울었다. 바시슈타는 바라타를 달래어 장례식을 치루어 나갔다.

왕이 매일처럼 예배를 올렸던 불씨가 궁성에서 옮겨져왔다. 바라타는 묵묵히 시키는 대로 했고, 샤트루그나는 그림자인 양 그 옆을 따랐다. 드디어 꽃과 비단으로 꾸민 가마로 왕은 화장터로 향했다. 예법대로 사마 베다의 독경 속에 장례행렬은 궁성을 떠났다. 왕비들은 가마를 타고 그 뒤를 따랐다.

바라타는 향나무 장작더미에 성화를 붙였다. 드디어 다사라타는 원소로 되돌아갔고, 사람들은 사라유 강에서 목욕을 한 후 궁성으로 돌아갔다. 왕비들과 바라타와 샤트루그나는 땅바닥에서 밤을 지냈다. 그리하여 12일째 되는 날에 장례식이 있었고, 13일째 되는 날에는 빈자와 브라흐민들에게 소며 염소며 집이며 의복이며 음식들이 나누어졌다.

또 13일째 되는 날 바라타는 화장터로 가서 부왕의 뼈를 거두어야했다. 한 줌의 재와 몇 개의 뼈 앞에서 바라타는 생전의 부왕의 사랑을 생각하며 넋을 잃었다.

"아버님, 지금까지 저희들은 고생이 무엇인지, 고통이 무엇인지 모르고 살아왔습니다. 항상 아버님의 따스한 눈길과 손길 속에서 호의호식만 해왔을 뿐입니다. 그런데 이제 아버님은 어디 계시는 것입니까? 아버님도 라마도 없는 아요드하는 아무 소용이 없습니다. 아버님, 저도 아버님을 따라 이승을 하직하거나 라마를 찾아 숲으로 가겠습니다. 아버님, 아버님께서 이렇게 떠나셨는데도 왜 세상은 이리도 여전할 수가 있는 것입니까? 왜 땅이 꺼지고 하늘이 무너지지 않는 것입니까? 아버님, 아버님께서 ……"
한없이 흐느끼는 바라타에게 바시슈타는 말했다.
"바라타, 아낙네처럼 슬퍼만 할 수는 없는 것 아니냐. 너에게는 네가 맡아야 할 막중한 의무가 기다리고 있다. 이제 그만 슬픔을 잊고 평정을 찾도록 해라. 인간에게는 배고픔과 목마름, 슬픔과 아픔, 출생과 사망의 3중고가 불가피한 것이다. 이 3중고의 진체를 깨달아 그 3중고 또한 덧없음을 알고 불가항력적인 자연의 철칙을 인정, 순응하면서 자신의 의무를 지켜나가는 것이 현인의 취할 길이란다."

바시슈타는 여러가지 말로써 바라타를 위로했고, 수만트라 또한 자신의 슬픔을 누르고 바라타를 위로했다.

드디어 형제는 눈물을 그치지 못한 채 부왕의 뼈를 거두어 바시슈타가 정한 자리에서 강물에 던졌다. 그리고 그들은 부왕의 영혼을 향해 명복을 비는 기도를 올린 후 궁성으로 돌아왔다.

33. 만타라의 수난

2주간에 걸친 장례식이 끝난 후 샤트루그나는 바라타와 함께 새삼스럽게 그의 쌍둥이 형제 락슈마나를 원망하고 있었다. 라마가 죄없이 추방당하는 것을 왜 보고만 있었느냐는 것이었다. 그러한 때에 곱사등이 시녀 만타라가 문간에 나타났다. 그녀는 비싼 비단옷에 눈부신 패물들을 주렁주렁 달고 보라는 듯이 뽐내고 있었다. 문지기가 의분을 못이기겠다는 듯 만타라의 머리칼을 잡아 바라타 앞으로 끌어오면서 말했다.

"왕자님, 바로 이 노파가 요물입니다. 카이케이 왕비님께 나쁜 생각을 불어넣은 것이 바로 이 요물입니다."

락슈마나만큼 성질이 급한 샤트루그나는 만타라의 머리칼을 휘잡고 마구 내휘둘러댔다. 만타라는 비명을 올리며 모여든 사람들에게 살려달라고 애걸복걸했으나 누구 하나 그녀를 도와주려고 하지 않았다.

늦게서야 그 자리에 나온 카이케이는 바라타에게 매달렸다.

바라타는 샤트루그나에게 말했다.

"샤트루그나, 라마를 생각하자. 내가 왜 카이케이를 죽이지 못하는지 알아? 라마가 싫어할 것이기 때문이다. 라마는 여자를 벌하는 것을 싫어한다. 라마를 생각해서 그 여자를 놓아주어라."

샤트루그나가 만타라를 놓아주자 그녀는 카이케이의 발에 매달려 눈알이 튀어나오도록 울었다. 카이케이는 그녀를 달래면서 데리고 갔다.

34. 왕위는 그대의 것

다음날 대신들은 바라타를 찾아 왕위에 오르기를 청했다. 바라타가 아무리 불가하다고 해도 대신들의 의지와 논리는 확고했다. 결국 즉위식장으로 간 바라타는 흰 일산이며 성수가 담긴 물병들을 비롯한 많은 준비물들을 프라다크쉬나한 후에 여러 사람들이 보이도록 단으로 올라서서 말했다.

"여러분들께서 저에게 권하시는 일은 우리 이크슈바쿠 왕가에서는 전례가 없는 일입니다. 왕위는 당연히 장자인 라마에게로 전해져야 합니다. 저는 이제 숲으로 가서 라마에게 쿄살라의 왕위에 오르게 하고서 제가 대신 14년간 숲에서 살겠습니다. 한 여인의 사악한 계교에 휘말릴 생각은 추호도 없습니다. 자, 함께 숲으로 가시지 않겠습니까? 군대들도 함께 가기로 하겠습니다. 자, 서두릅시다."

너무나 단호한 바라타의 선언에 사람들은 몸을 떨었다. 너무나 시원하고 너무나 순수한 바라타의 마음이 모두를 감동시켰던 것이다. 그러나 바시슈타를 비롯한 많은 대신들이 바라타의 뜻이 현실적으로 불가함을 몇번이고 말했으나 바라타의 뜻을 꺾을 수는 없었

다. 바라타는 즉위식에 필요한 모든 것들을 준비하게 한 다음에 숲
으로 길을 떠났다. 모두들 바라타를 따라 숲으로 향했다. 카우살리
야, 수미트라, 카이케이도 바라타를 따랐고 아요드햐의 모든 병사
들도 바라타를 따랐다.

35. 숲으로 가는 바라타

바라타는 타마사 강에 이르러서도 쉬지 않고 길을 계속했다. 슈
링기베라푸라의 왕으로 라마의 절친한 친구인 구하는 바라타가 병
력을 이끌고 숲으로 향하고 있다는 정보에 크게 긴장했다. 그는 최
악의 경우 바라타를 공격하도록 그의 부하들에게 지시한 후에 바라
타를 찾아 번왕(속국의 왕)이 제왕을 알현하는 의식에 따라 바라타
에게 예를 올렸다.
　"이 소국은 폐하의 속령입니다. 이렇게 갑자기 임어하시니 영광
일 뿐입니다. 무엇이든지 소신께 하명하여 주시기 바랍니다."
이에 바라타는 적절히 답례를 한 다음에 말했다.
　"수만트라로부터 라마와는 절친한 친구라고 들었습니다. 그리고
이곳 지리에도 밝으시다고 들었습니다. 라마를 찾아가는데 길을
좀 가르쳐 주셨으면 합니다. 그리고 강가를 건너도록 도와주셨
으면 합니다."
　"알겠습니다. 그러나 이렇게 많은 병사들을 더불어 라마를 찾으
시니 불안합니다. 라마에게 나쁜 일이 아니었으면 합니다."
　"감사합니다. 라마는 이제 저의 아버지가 되었고 우리는 지금 그
를 우리의 왕으로 모시러 가는 길입니다."
　"정말이십니까? 이렇게 훌륭하신 아드님들을 두셨다니 다사라타
대왕님은 정말로 다복하고 위대하신 분이셨습니다그려. 기꺼이

길을 안내해 드리겠습니다. 있는 대로 배를 모두 끌어 모아 전원이 안전하고 빠르게 강을 건너실 수 있도록 하겠습니다.”

바라타는 강가의 강변에서 그날 밤을 묵기로 했다. 구하는 바라타에게 지난번 라마가 지나갔을 때의 일을 이야기했다. 라마와 락슈마나와 시타의 이야기를 묻고 또 물으면서 바라타는 눈물을 흘렸다. 그리고는 바라타는 구하에게서 들은 이야기를 카우살리야에게 들려주는 것이었다.

“어머님, 바로 이 나무가 라마가 쉬었다 갔던 나무라고 하는군요. 락슈마나는 밤새 자지도 않고 라마를 지키면서 아버님과 어머님을 걱정하더랍니다. 그리고 라마는 …, 그리고 라마는…, 그리고 라마는……”

다음날 일행은 구하가 준비한 배로 강가를 건넜다. 바라타는 스와스티카라는 배로 카우살리야, 수미트라, 카이케이, 샤트루그나 및 바시슈타를 비롯한 성직자들과 함께 건넜다. 강을 건넌 일행은 곧 야무나와 강가가 만나는 상가마에 이르렀고 이어서 멀리 바라드바쟈의 아쉬람이 보였다.

36. 바라타가 바라드바쟈를 만나다

바라타는 아쉬람으로부터 1크로사쯤의 거리에 병사들을 머무르게 한 다음에 바시슈타를 비롯한 몇몇 사람과 함께 아쉬람으로 향했다. 그리고 아쉬람 안으로는 바시슈타하고만 들어섰다. 바시슈타를 본 바라드바쟈는 크게 반색했다. 바라타는 얼른 바라드바쟈의 발 밑에 엎드려 인사를 올렸다. 바라드바쟈는 말했다.

“바라타, 이제 아요드햐의 왕이 되었을 텐데 숲을 찾으심은 무슨 연유이지요? 행운을 축하드리는 바이오.”

바라드바쟈의 말은 바라타의 마음을 다시 슬프게 했다. 눈물 속에 더듬거리며 변명을 하자 바라드바쟈는 말했다.

"그대에게 그대의 다르마를 깨우치게 해주고 싶었을 뿐이었소. 이미 스스로 깨우치고 있다니 내세의 복이 무궁하리라. 자, 라마가 있는 치트라쿠타에 이르는 길을 내가 가르쳐 드리지. 여하간 오늘밤은 이곳에서 쉬도록 하시오. 그런데 왜 함께 온 병사들을 멀리 떼어 놓았소? 이리 가까이 오도록 하시오."

"아쉬람의 평온을 방해하는 것은 옳지 못하다고 배웠습니다. 어느 왕이나 왕자라도 아쉬람에 대하여는 그곳의 새나 짐승들까지도 놀라지 않게 조심해야 한다고 배웠습니다."

"그러나 내가 일행을 대접하고 싶으니 모두들 가까이 오시게들 하시오."

바라타가 그렇게 하자 바라드바쟈는 물을 만지며 비슈바미트라를 불러냈다. 바라드바쟈가 비슈바미트라에게 자신의 뜻을 말하자 비슈바미트라는 인드라의 궁성으로부터 천계의 요정들과 함께 내려와 곧 푸짐한 잔치상들을 준비해 아요드햐의 병사들을 크게 대접했다. 요정들은 춤과 노래로 잔치분위기를 한껏 돋우었다.

다음날 바라타는 몇번이고 바라드바쟈에게 감사의 인사를 올렸다. 바라드바쟈는 말했다.

"가르쳐준 대로 가면 치트라쿠타가 나올 것이고, 거기 만다키니 강변에 라마의 아쉬람이 있을 것이오. 그리고 카이케이 어머니를 너무 비난하지 마세요. 나는 앞일을 좀 볼 줄 아는데, 라마의 추방은 결코 나쁘기만 한 일도 아니며, 알고보자면 그대의 어머니야말로 피해자일 수도 있기 때문이오."

37. 락슈마나의 흥분

바라타는 일행을 이끌고 길을 서둘렀다. 치트라쿠타에 가까워질
수록 절경이 전개되었다. 그러나 라마의 아쉬람은 쉽게 나타나지를
않았다. 바라타는 정찰병들을 내보내 라마의 아쉬람을 찾게 했다.

한편 라마, 시타, 락슈마나는 새로운 생활에 도리어 행복을 느끼
고 있었다. 그러던 어느 날 짐승들과 새들이 어지럽게 쫓기는 일이
생겨 그들을 긴장시켰다. 대규모의 사냥꾼들이 오고 있다고 생각한
락슈마나는 곧 높은 나무 위로 올라가서 산아래를 살폈다. 드디어
그는 산을 향해 가까워오는 큰 무리의 병사들을 발견했으며 그들의
깃발은 락슈마나에게는 너무나 낯익은 코비다라(연한 자주빛 꽃으로
아요드햐의 왕을 상징함) 깃발이었다. 바라타는 라마에게 소리소리 질
렀다.

"라마, 큰일났어. 아요드햐의 군대야. 카이케이의 자식놈 바라타
가 아요드햐의 왕위를 빼앗고 이제 우리를 없애려고 오고 있어.
시타를 안전한 곳으로 피신시키고 빨리 활에 시위를 매라고. 빨
리 불을 끄고 연기를 죽여. 빨리 갑옷을 입고 싸울 준비를 하자
고. 놈들을 우리의 화살로 환영해주자고. 내 화살에 녹이 슬려고
하는 참에 잘 되었어. 고약한 카이케이의 아들녀석을 죽여없애
자고. 그러면 왕국을 다시 찾을 수 있겠지?"

그러나 라마는 침착하고 부드러운 목소리로 흥분해 있는 락슈마
나를 진정시켰다.

"락슈마나, 너는 아직도 내가 왕국에 미련이 있다고 오해하고 있
구나. 너는 또 바라타를 오해하고 있어. 바라타의 욕을 하는 것
을 내가 싫어하는 것을 모르느냐? 하물며 너는 형제를 죽이고 어
머니를 죽이겠다니. 바라타는 결코 우리를 해칠 리가 없다. 너는
그리도 바라타의 사람됨을 모르느냐?"

락슈마나도 라마의 말이 옳다고 생각했다.

"그러나 그렇다면 왜 바라타가 이리로 오는 것일까? 혹시 부왕께서 라마를 보고 싶으셔서 이렇게 오시는 것일까?"

"그럴지도 모르지."

"그러나 부왕의 흰 일산은 보이지 않는단 말이야."

"그래, 그렇구나. 그런데 부왕께서 애지중지하시던 두 마리의 말이 보이는데. 그리고 봐라, 저기 나의 코끼리 샤트룬쟈야도 함께 왔구나."

38. 바라타의 접근

연기를 발견했다는 정찰병의 보고를 받은 바라타는 그곳이 라마의 아쉬람임에 틀림없다는 확신 속에 병사들을 그곳에 머무르게 한 다음 샤트루그나, 수만트라, 바시슈타, 드리티 등과 함께 길을 서둘렀다. 드디어 라마의 아쉬람을 발견한 바라타는 바시슈타에게

"저는 한시라도 빨리 라마를 보고 싶어 이대로 가겠습니다. 스승께서는 어머님들을 모시고 천천히……"

라고 말하면서 화살처럼 달렸다.

39. 바라타, 라마와 만나다

드디어 바라타는 라마의 아쉬람 가까이에 이르렀다. 제법 잘 지어진 오두막 한쪽에는 나뭇단이 쌓여 있었고, 예배에 쓰기 위한 것인 듯 꽃다발도 보였다. 나뭇가지에는 옷들도 널려 있었고, 연료로 쓰기 위해 소똥들을 모아 놓은 것도 보였다. 문간에는 금을 입힌

활이며 화살들이 가득한 전통이며 보석들이 박힌 황금의 칼집에 들어있는 칼이며 방패며 장갑들이 놓여 있었다.

라마는 헝클어진 머리에 사슴가죽과 나무껍질을 걸치고 다르바 풀을 깔고 불 앞에 앉아 있었으며 라마의 옆에는 락슈마나가 팔짱을 끼고 서 있었다.

바라타는 라마에게로 달려들어 그 앞에 쓰러지면서 울음을 터뜨렸다. 자기 때문에 일어난 이 엄청난 재난에 대해 용서를 비는 말들이 쉴새없이 흘러나왔다. 샤트루그나 또한 라마 앞에 쓰러져 엎드렸다. 라마는 그들을 일으켜 세운 후 함께 눈물을 흘리며 서로 껴안았다. 형제가 함께 있는 장면은 마치 해와 달이 만난 것 만큼이나 눈부신 것이었다.

라마는 눈물을 닦은 후 바라타를 보고 또 보았다. 바라타 또한 사슴가죽과 나무껍질을 걸치고 헝클어진 머리를 하고 있음을 알았다. 또 바라타는 몰라볼 만큼 야위어 있었다. 라마는 다시 바라타를 껴안아 자기 무릎 위에다 앉히며 말했다.

"얘야, 네가 이렇게 숲으로 오는 것은 옳지 못한 일이야. 너는 아버님을 모시고 있어야지. 너마저 이렇게 잠깐이나마 아버님을 떠난다면 얼마나 허전해 하시겠니. 그래, 아버님께서는 평안하시겠지? 세 분 어머님도 다 안녕하시고? 우리의 스승 바시슈타는? 수드한바는 우리에게 무예를 가르쳐 주셨지. 그분도 안녕하시냐? 아요드햐의 여러분들 이야기를 좀 해봐. 너는 대체 왜 숲으로 왔지?"

"라마, 장남이 있는데도 왕위에 오르려고 했다는 죄를 뉘우치기 위해 이렇게 숲으로 왔어. 라마는 빨리 아요드햐로 가서 아요드햐를 구해주어야해. 아요드햐는 이제 고아가 되었어."

"고아? 부왕께서 계시는데 어찌……"

"아니야. 아버님께서는, 아버님께서는……"

바라타는 다시 울면서 부왕의 죽음을 이야기했다. 라마는 정신을 잃었다. 천하의 영웅이라는 라마도 부왕의 죽음은 너무나 큰 충격이었다. 동생들과 시타가 물을 뿌리자 겨우 다시 정신을 차린 라마는 바보처럼 말했다.

"시타, 당신의 시아버님이 돌아가셨다는 거야. 락슈마나, 너의 아버님이 돌아가셨어."

라마의 통곡이 어느 정도 진정되자 그는 말했다.

"락슈마나, 나의 웃옷을 가져온. 강으로 가서 아버님께 타르파나(망인을 위한 합장배례)를 올려야겠다. 인구디 열매로 만든 과자도 가지고 가자. 시타가 앞장을 서는 것이 옳겠다."

수만트라는 강물로 들어가는 라마를 붙들어주었다. 형제들은 만다키니 강으로 들어가 목욕을 한 후에 손바닥에 물을 떠서 올리며 말했다.

"아버님, 저희들의 기도를 받아주십시오."

강에서 나온 라마는 인구디 과자에 바다리(대추나무)열매를 섞어 길상초 위에 놓고 핀다(망인에 대한 음식공양)를 올렸다. 그리고 음복을 했다.

40. 바라타의 호소

강에서 아쉬람으로 올라 온 라마는 동생들을 붙들고 다시 한 번 부왕을 잃은 슬픔으로 울었다. 바시슈타는 왕비들과 함께 아쉬람을 향해 걸음을 서둘렀고 라마의 아쉬람이 발견되었다는 소식에 병사들도 라마를 보기 위하여 아쉬람을 향해 서로 앞을 다투었다.

라마와 시타와 락슈마나는 왕비들, 바시슈타, 대신들, 성직자들, 시민들에게 인사를 올렸다. 모두들 라마를 중심으로 모이기는 했으나 누구도 무어라고 더 이상 말이 없으니 길고 긴 침묵이 계속되었다.

드디어 바라타가 입을 열었다. 그는 라마에게 자신의 죄를 면해 주기 위하여, 모든 아요드햐 시민들의 뜻을 이루어주기 위하여, 코살라 왕국과 이크슈바쿠 왕통을 살리기 위하여 라마가 왕위에 올라줄 것을 간절히 호소했다. 그러나 라마의 대답은 부드러우면서도 단호했다. 부왕께서 이미 정하신 일이기에 아들은 아버지의 뜻을 따라야 한다는 것이었다.

아무리 바라타가 간절히 애원해도 라마의 뜻은 조금도 흔들림이 없이 해는 지고 밤이 되었다. (그동안 오고 간 지루할 만큼 긴 논설은 역시 생략.)

다음날 바라타는 다시 말했다. 부왕께서 자기에게 계승권을 주셨다는 것을 인정한다는 전제 하에, 자신은 자신의 의지로 그 계승권을 라마에게 넘기겠다는 것이었다. 이유는 자신과 라마의 능력은 당나귀와 준마, 참새와 가루다의 차이이기 때문에 왕국과 왕실과 백성들을 위해 자기의 생각은 너무나 당연한 것이 아니겠느냐는 것이었다.

라마는 여기에서 운명이라는 것에 대해 길게 이야기를 전개했다. 넓은 바다에서 나무조각 두 개가 우연히 서로 만났다가 다시 헤어지는 것이 운명이라느니, 회자정리는 자연의 법칙이라느니 등의 이야기로써 라마는 이승의 덧없음과 운명의 기구함을 역설하기도 했다. 그러므로 인간은 현실에만 너무 집착하지 말 것이며 멀리 내세를 생각해야 할 것이라고 내세의 일을 끌어들인 다음에, 인과응보의 법칙에 따라 부왕 다사라타는 내세에 만복을 받으실 것이라고 단언했다. 라마는 다사라타가 얼마나 지혜롭고 자애롭고 정의로운 일생을 보냈었던가를 강조했다. 그러니 이제는 그만 부왕의 죽음을 슬퍼만하지 말라고 바라타를 위로한 다음에, 그러니 바라타도 내세를 위해 자신의 의무에 충실해야 할 것이라고 말했다. 바라타는 결코 라마 자기보다 손색이 없는 자질을 가졌으니 부왕께서 맡기신 의무를 회피하려고 하지 말라고 결론지었다.

그러나 바라타의 생각은 달랐다. 사람은 죽음이 가까우면 이성이 흐려진다는 속담이 있듯이 부왕께서도 마지막에 그만 깜빡 한 번 생각을 잘못하셨음은 천하가 다 알고 있는 사실이니 부왕의 유일했던 잘못을 바로잡아 부왕의 명예를 회복시켜드리기 위해서도 라마가 왕위에 올라야 한다는 것이었다.

이에 대한 라마의 생각은 또 달랐다. 아버지의 결정이 결코 잘못되었다고만 할 수는 없는 것이니, 옛날 케카야의 왕 야슈바파티가 딸 카이케이 공주를 다사라타 왕에게 시집보낼 때, 케카야의 소생으로 코살라 왕국의 왕위를 잇게 하기로 약속이 있었다는 것이었다.

드디어 바라타는 배수의 진을 쳤다. 라마와 함께가 아니라면 자기도 결코 아요드햐로 돌아가지 않겠다는 것이었다. 라마는 좋은 말로 바라타를 타일렀으나 바라타는 조금도 굽히려고 하지 않았다.

드디어 바시슈타가 나섰다. 그는 라마에게 아요드햐로 돌아가 왕국을 맡아야할 것이라고 말했다. 그러나 라마는 그렇게 할 수가 없음을 말했다.

바라타는 수만트라에게 길상초를 가져와 바닥에 깔게 했다. 그리고 여러 사람들을 향해 말했다.

"여러분, 왜 조용히만 계십니까? 라마는 숲이 아니라 아요드햐에 있어야 한다고 생각하지 않으십니까?"

모두들 바라타의 말이 옳다고 했으나 라마는 계속 그렇지 않다고 했다. 바라타는 수만트라가 깔아놓은 길상초를 가리키면서 말했다. 라마가 고집을 부린다면 자기는 그곳에 드러눕고 말겠다고. 라마는 당황해서 말했다.

"바라타, 그 무슨 엉뚱한 말이냐? 빨리 손에다 물을 만진 후 그 말을 취소하도록 해라."

이에 바라타는 손에 물을 만진 후 말했다.

"온 세상이여, 나의 말을 듣고 증거해 주십시오. 나는 라마가 왕위에 올라야 한다고 믿습니다. 왕위는 라마의 것이기 때문입니다. 그리고 나는 라마를 대신하여 14년간을 숲에서 살겠습니다."

"바라타, 너의 뜻은 장하고도 고맙다. 그러나 일이란 그렇게 한다고 풀리는 것이 아니다. 네가 나를 위하고 좋아한다면 나의 말을 따르도록 해라."

모든 사람들은 라마의 뜻이 너무나 확고함에 기세가 꺾였다. 드디어 수행자들이 바라타에게 말했다. 라마의 뜻을 따를 수밖에 없겠다고. 이에 라마는 안도의 한숨을 쉬면서 수행자들에게 감사의 인사를 보냈다.

41. 바라타는 신발을 원하다

그러나 바라타는 계속 라마 앞에 엎드려 애원했다. 라마는 바라타를 일으켜 세운 후 바라타를 자기의 무릎에다 앉히고는 말했다.

"능력이 없다느니 등의 이유로 일을 어지럽히지 말아라. 너는 잘 해낼 수 있음을 내가 알아. 또 여러분들께서 너를 도와주실 것 아니겠어. 우리 어찌 감히 위대하셨던 부왕의 명령을 바꿀 수 있단 말이냐. 너는 부왕께서 너에게 맡기신 것을 지켜야 한단 말이다."

드디어 바라타는 말했다.

"알겠어. 이제는 라마가 아버지가 되었으니 라마의 뜻에 따르겠어. 그러나 나는 절대로 왕위에는 오르지 않을 것이야. 나는 이

제 아요드햐로 돌아가겠으니 그 전에 라마도 나의 소원을 들어
주어야겠어. 라마의 즉위식을 위해 가져 온 신발을 잠깐 신어 줘.
그렇게 해준다면 나는 라마 대신에 그 신발을 모시고 아요드햐
로 돌아가겠어."

바라타는 라마의 즉위식을 위해 가져 온 많은 물건들 가운데 금
으로 세공을 박아 넣은 파두카(신발)를 꺼내어 라마 앞에 놓았다.
라마는 웃으면서 바라타가 권하는 대로 동쪽을 향해 선 채 잠시 그
신발을 신었다. 바라타는 조심스럽게 그 신발을 머리 위로 받들어
모시면서 말했다.

"라마, 잘들어 둬. 라마가 헝클어진 머리를 풀어 빗고, 사슴가죽
과 나무껍질을 벗어 던지기 전에는 나도 계속 이렇게 헝클어진
머리에 사슴가죽과 나무껍질을 걸치고 지낼 것이야. 그리고 나
또한 나무열매와 풀뿌리 만을 먹을 거야. 나는 이 신발을 라마
대신 옥좌에 모시겠어. 14년 후 우리는 아요드햐에서 만나야 하
며 그때는 이 신발의 주인은 신발 대신에 옥좌에 앉아야 하는 거
야. 만일 그때에도 라마가 아요드햐에 오지 않는다면 나는 나대
로 물이나 불 속으로 들어가겠어. 알겠지?"

"그래, 알겠다."

라고 라마는 바라타를 안아주면서 속삭였다.

"바라타, 카이케이 어머님을 잘 모시겠다고 나와 시타의 이름을
걸고 약속해 주겠지?"

"…… 알았어."

라마는 샤트루그나도 안아주었다. 바라타는 라마의 신발을 머리
위에 모신 채 라마의 주위를 세 바퀴 도는 프라다크쉬나를 행한 후
자세를 바로 했다. 라마는 모두들에게 차례로 작별인사를 했다. 마
지막으로 그는 눈물을 글썽거리며 어머니들에게 인사를 올렸다.

섭섭하기 그지없는 이별이었으나 돌아오는 길의 바라타의 마음

은 한결 가벼웠다. 일행은 만다키니 강을 건너 치트라쿠타 산을 돌아 동쪽으로 길을 계속했다. 일행은 다시 바라드바쟈의 아쉬람에 이르렀다. 바라타는 그날 밤을 그곳에서 묵으면서 바라드바쟈가 묻는 대로 일의 전말을 말했다. 바라드바쟈는 크게 감탄했다.

"허어, 어쩌면 그렇게도 형제들이 모두 선량하고 지혜롭단 말인가. 다사라타 왕이 더욱 우러러 보이는구나."

아요드햐로 돌아온 바라타는 대신들에게 말했다.

"저는 이제부터 난디그라마로 가겠습니다. 아요드햐는 라마의 곳이기 때문입니다."

모두들 바라타의 생각을 이해해 주었다. 바라타는 어머니들께 인사를 올린 후 샤트루그나와 함께 아요드햐의 동쪽에 있는 조그마한 곳인 난디그라마로 떠났다. 대신들과 많은 시민들이 바라타를 따랐다. 난디그라마에 이른 바라타는 라마의 신발을 옥좌에 모신 후 흰 일산을 그 위에 씌웠다.

3. 유배생활

3. 유배생활

1. 라마는 치트라쿠타를 떠나다

바라타가 다녀간 후의 라마의 마음은 심히 우울하고 허전했다. 시타와 락슈마나도 마찬가지였다. 그처럼 아름답고 풍성하던 치트라쿠타의 경관도 전과는 다르게 변해버린 듯 했다. 바라타와의 가슴아픈 사연들이 연상되어 치트라쿠타는 이제 괴로운 곳일 뿐이었다. 이러한 때에 또 이상한 분위기가 느껴졌다. 주위에 있는 아쉬람의 수행자들이 어딘가 안절부절해 하는 듯이 보였으며 자기네들끼리 수근거리는 듯이 보였던 것이다. 드디어 라마는 한 수행자에게 공손하게 물어보았다.

"무슨 일이 있으십니까? 저희들이 무슨 잘못을 저지른 것 같은데 저희들을 위해 사실대로 말씀해 주셨으면 합니다."

"아닙니다. 라마님과는 전혀 관계가 없는 일입니다."

"여하간 무슨 일이십니까?"

"락샤사의 왕 라바나에게 카라라는 동생이 있습니다. 그런데 최근 카라의 졸개들이 우리들을 괴롭히기 시작한 것입니다. 그들은 잔혹하면서도 둔갑술에 능해 어떻게 해볼 수가 없습니다. 그들은 성화를 갑자기 꺼뜨린다거나 제기를 흔적도 없이 감추어버린다거나 하는 등으로 우리들의 예배를 방해하기 때문에 우리들은 여기에서 멀지 않은 곳에 있는 말리니 강변의 칸바 아쉬람으로 옮길 것을 생각하고 있습니다."
"전에는 그러한 일이 없었단 말씀이시지요?"
"그렇습니다."
"그렇다면 그들은 저를 노리는 것입니다. 비겁한 존재들. 직접 나에게 오지 않고 괜한 분들을 괴롭히다니."
"그렇습니다. 그들은 라마님과 시타님을 노리고 있는 것 같습니다. 우리들과 함께 이곳을 떠납시다."
"알겠습니다. 락샤사들과 싸워 살생을 저지르고 싶은 생각이 없으니 저희들이 조용히 이곳을 떠나겠습니다. 저희들만 떠난다면 문제는 없어지는 것 아니겠습니까? 이곳은 또 아요드햐의 사람들에게도 알려졌기 때문에 언제 또 저희의 어머니들이라도 찾아오실지 모르는 곳이란 말입니다."
이러저러한 이유로 결국 라마는 치트라쿠타를 떠나기로 했다.

2. 아트리와 아나수야

치트라쿠타를 떠나 단다카숲 더 깊은 곳으로 길을 나선 라마 일행은 도중에 유명한 성자 아트리의 아쉬람을 지나게 되었다. 일행은 아쉬람에 들려 무척도 나이가 많은 아트리에게 인사를 올렸다.
아트리의 부인은 아나수야였는데, 그 부인은 여자이면서도 1천 년 동안이나 고행의 공덕을 쌓은 대단한 존재로 그 이름이 삼계에 알려져 있었다. 그 위대한 타파스비니(여자 타파스빈, 정신집중의 수행을 하는 사람)는 대단한 신통력을 갖고 있었으니 10년 동안이나 계속된 가뭄으로 세상이 고통을 받았을 때 강가의 물을 넘치게 해 땅을 비옥하게 만들어 과일과 곡식을 풍성하게 하여 사람들을 이롭게 하기도 했다.

라마와 시타의 이야기를 이미 알고 있던 아트리는 일행을 따뜻하게 맞아주면서, 라마에게 시타는 안으로 들어가서 아나수야를 만나보는 것이 어떻겠느냐고 했다. 라마가 그 뜻을 시타에게 전하자 시타는 곧 안으로 아나수야를 찾아 인사를 올렸다.

아나수야는 시타와 같은 금지옥엽이 남편을 따라 숲속을 헤매며 고생을 감수하는 것을 크게 칭찬하면서 시타에게 어려서부터의 이야기를 계속 물었다. 시타로부터 시타에 관한 이야기를 모두 들은 아나수야는 크게 시타에게 호의를 보이면서 말했다.

"시타, 나는 오랜 고행의 공덕으로 누구의 어떠한 소원이라도 들어줄 수 있는 힘이 있단다. 너의 소원이 무엇이냐? 말만 해라, 내가 들어주겠으니."

"어머니, 저는 지금 이 상태로 흡족합니다. 더 이상 무엇을 바라서는 안 될 것으로 생각합니다."

라고 시타는 말했다.

"그래? 라마의 부인이 되었으니 더 바랄 것이 없다고도 하겠지. 그래, 내 너를 진심으로 축복하는 바이니 일마다 행운이 따를 것이다. 자, 그럼. 내가 선물로 옷과 꽃과 패물과 향과 향수를 주겠으니 몸단장을 잘 해 남편을 기쁘게 해주려무나."

어느새 저녁이 짙어지니 새들이 시끄럽게 떠들며 둥지를 찾아 돌아오고, 수행자들도 강에서 목욕을 한 후 물통에 물을 채워 아쉬람으로 돌아왔다. 숲은 어둠 속에 묻혀가니 짐승들도 쉴 곳을 찾아 몸을 웅크리고 천지는 점점 적막 속으로 빠져들었다.

아나수야는 시타에게 말했다.

"시타, 보아라. 달도 밝구나. 별들이 저리도 밝으니 밤이 꽤 깊었구나."

3. 단다카 숲

다음날 라마 일행은 단다카 숲으로 계속 들어갔다. 거기에도 많은 아쉬람과 수행자들이 있었으며 길상초와 아름다운 나무들이 많이 있었다. 사슴들이 여기저기 한가히 노닐고 있었고 베다를 낭송하는 소리들이 숲을 감돌았다.

라마는 이곳의 수행자들에게서도 환영과 존경과 동정을 받았다. 그곳에서 하룻밤을 지낸 일행은 다음날 다시 더 깊은 숲속으로 들어갔다. 깊이 들어갈수록 주위는 점점 살벌하게 변해갔다. 나무들도 험하게 엉켜 있었고 짐승들도 호랑이나 여우나 물소로 바뀌었으며 호수의 물들도 검푸른 색깔이 되어 깊이를 알 수가 없었다. 새들의 지저귀는 소리까지도 치트라쿠타에서와는 달랐다. 금방이라도 무슨 무서운 일이 일어날 듯한 예감을 그들은 뼈속으로부터 느꼈다.

4. 비라다를 죽임

갑자기 거대한 괴물이 앞을 막았다. 호랑이 가죽을 걸치고 눈이 깊숙이 박힌 흉칙한 모습의 괴물은 짐승들의 사체가 꿰뚫려 꽂혀 있는 삼지창을 들고 있었다. 라마 등이 미처 그 괴물을 제대로 알아보기도 전에 그 괴물은 시타를 나꿔채 가버렸다. 징그러운 목소리가 숲을 울렸다.

"명을 짧게 타고난 놈들이구나. 감히 단다카숲에 들어오다니 명재촉을 하려는 놈들이지. 복장은 수행자같은데 무기를 가졌다? 거기에다 예쁜 계집까지 달고 다니다니 이거 순 땡땡이로구나. 이 계집은 내 마누라로 삼고 두 놈은 죽여 피를 마셔야겠다."

괴물의 손에 잡힌 시타는 낙엽처럼 떨고 있었고 라마는 어쩔 줄을 모른 채 발만 동동 구르며 울음을 터뜨렸다.

"불쌍한 시타, 불쌍한 시타, 이 일을 어쩌면 좋단 말이냐?"

그러나 락슈마나는 달랐다. 그는 발에 밟힌 코브라처럼 독이 올라서 화가 머리끝까지 치솟아 있었다.

"라마, 라마답지 않게 무슨 짓이야. 인드라만큼 용맹한 사람이 저따위에게 기가 죽다니. 또 내가 옆에 있잖아. 저따위 녀석은 죽여버리자고. 바라타에게 화풀이를 못해 속병이 생기려던 판에 저 녀석에게라도 화풀이를 좀 해야겠어."

그러면서 락슈마나는 괴물에게 외쳤다.

"이 무식한 녀석아, 너 이제 살아서 돌아가기는 틀렸으니 어떤 놈인지 알아나 보자. 너 누구냐?"

"너희 두 놈들이 어떤 놈들인가부터 말해봐라."

이에 라마는 점잖게 말했다.

"우리는 이크슈바쿠 왕통에 속하는 라마와 락슈마나라는 사람으로 올바르게 살아가려고 힘쓰는 크샤트리아올시다. 당신은 누구십니까?"

"나는 비라다라는 락샤사다. 아버지는 자야, 어머니는 샤타라다. 브라흐마는 나에게 어떠한 무기에도 죽지 않으리라는 특전을 주셨으니 나에게 반항할 생각은 버려라. 이 계집을 얻었으니 너희들은 그냥 살려서 보내줄까?"

드디어 라마는 화살을 뽑았다. 독수리 깃이 달린 황금의 화살촉 일곱 개가 비라다의 가슴에 꽂혔다. 비라다는 시타를 버리고 삼지창을 휘두르며 라마에게 달려들었다. 계속 화살들이 비라다를 꿰뚫었으나 그는 끄떡도 하지 않았다. 라마는 화살로 삼지창을 끊어버렸다. 라마와 락슈마나는 칼을 빼들고 비라다와 뒤엉겼다. 드디어 라마와 락슈마나는 비라다의 왼쪽 팔과 오른쪽 팔을 꺾어 그를 땅

위에 쓰러뜨렸다. 그러나 비라다는 결코 죽지를 않았다.

"락슈마나, 구덩이를 파라. 목을 졸라 죽인 후 묻어버려야 할까 보다."

그 순간 활이며 칼에도 결코 숨이 끊어지지 않던 비라다가 말했다.

"그렇게 해주십시오, 감사합니다. 이제야 알겠습니다. 당신네들은 분명히 라마와 락슈마나라고 하셨지요? 카우살리야의 아들 라마가 맞습니까? 그리고 라마의 충직하고 용감한 아우 락슈마나? 그렇다면 저 부인은 요조숙녀로 이름이 높은 시타시겠군요. 몰라 뵌 죄를 용서해주십시오. 사실은 저는 원래 툼부루라는 간다르바였습니다. 쿠베라의 저주로 락샤사가 되었습니다. 다사라타의 아들 라마에게 죽음을 당하는 순간에야 저주가 풀려 다시 천국으로 돌아갈 수 있다는 것이었습니다. 드디어 오늘 당신을 만나 저주가 풀리게 되니 감사합니다. 빨리 저를 죽여서 묻어주십시오. 그리고 계속 한 요자나 하고도 반 쯤을 더 가시면 샤라방가라는 위대한 성자의 아쉬람이 있으니 꼭 그 분을 뵙고 그 분의 축복을 받도록 하십시오."

라마와 락슈마나가 비라다의 소원대로 목을 졸라 죽인 후 구덩이에다 묻자마자 비라다는 락샤사의 형상에서 간다르바로 변해 라마, 락슈마나, 시타에게 인사를 올린 후에 하늘로 올라갔다.

세 사람은 모두 기진맥진해 있는 상태였지만, 샤라방가라는 위대한 성자를 만날 수 있다는 희망에 피로도 잊고 걸음을 재촉했다.

5. 성인 샤라방가

그들이 샤라방가의 아쉬람에 가까이 이르렀을 때 라마는 전차에서 내리는 눈부신 무엇을 보았다. 그 자태는 아쉬람 안으로 사라졌다. 라마는 말했다.

"보았지? 발이 땅에 닿지 않고 허공을 밟으며 들어갔어. 저 분은 인드라에 틀림없어. 밖에 머물러 있는 전차도 바퀴들이 허공에 떠 있잖아. 전차를 끄는 네 필의 말이 초록색인 것을 보아도 인드라임에 틀림이 없다고. 여기에 좀 기다리고 있어 봐. 내가 좀 더 가까이 가서 알아보고 올께."

라마가 조심스럽게 아쉬람으로 가고 있을 때 인드라는 아쉬람을 나오고 있었다. 그는 그의 수행원들에게 말했다.

"라마가 이리로 오고 있다. 자, 지금은 때가 빠르니 모른 척 빨리 떠나자."

인드라는 서둘러 전차에 올라 하늘로 떠나갔다.

라마는 최면에 걸린 듯 멍청하게 그 찬란한 전차가 하늘 끝으로 사라질 때까지 그 자리에 굳어 있다가 락슈마나와 시타가 있는 곳으로 돌아왔다. 이들이 아쉬람으로 들어가자 샤라방가는 이들을 따뜻하게 맞아주었다. 이들의 명성은 이미 본인들이 생각하고 있는 것 이상으로 널리 퍼져 있었던 것이다. 라마가 샤라방가에게 조금 전의 일에 대해 물어보자 그는 말했다.

"인드라였어. 나를 브라흐마로카(창조의 신 브라흐마가 살고 있는 곳. 최고의 진리를 체득한 경지에 이른 사람만이 갈 수 있는 곳)로 데리고 가겠다는 것을 거절했다. 라마와 같은 귀빈이 곧 나를 찾아올 것을 알면서 그냥 떠날 수가 있어야지. 이제 라마를 만나 보았으니 대단한 영광이구먼. 내가 브라흐마로카에 갈 수 있기까지는 대단한 고행이 있었지. 라마, 나의 그 모든 고행의 공덕을 너에게 주고 싶구나. 그렇게 해준다면 나는 한없이 기쁠 것이다."

"저에게 브라흐마로카에 들어가 살 수 있다는 공덕을 넘겨 주시겠다는 말씀 정말 감사합니다. 그러나 저는 그러한 공덕을 저 자

신의 힘으로 얻도록 노력해 보겠습니다. 그리하여 저는 천천히
들어가기로 하겠습니다. 만일에 그렇게 될 수 있게 된다면 말입
니다. 지금으로서는 당분간 단다카숲에서 락슈마나와 시타와 함
께 살아가야 하기 때문에 다른 살 곳은 생각하지 않겠습니다.”
“그래? 그렇지. 그러면 이 단다카숲에서도 어느 곳에 거처를 정
하는 것이 좋을까? 그렇지. 이 만다키니 강을 거슬러 쭈욱 가면
수티이크슈나의 아쉬람이 나올 거야. 찾아가서 물어보면 살 만
한 곳을 알려줄 것이야. 그런데 라마, 가기 전에 좋은 일 좀 해
주겠냐? 불을 좀 피워주려무나. 나는 이제 뱀이 허물을 벗듯이
이 육신을 벗어나야겠어.”
라마가 불을 피워 올리자 샤라방가는 그 불 속으로 들어갔다. 불
길들은 샤라방가의 늙고 평온한 모습을 휩쌌다. 얼마 후 불길이 꺼
지면서 마치 불의 화신인 양 눈부시게 빛나는 젊은 모습이 나타나
더니 하늘로 올라갔다. 브라흐마가 그를 환영하여 맞아주었다.
샤라방가가 브라흐마로카로 승천한 후 부근 아쉬람의 많은 수행
자들이 라마를 찾아와서 말했다.
“라마, 그대는 무적의 용사요 우리들의 왕입니다. 그런데도 우리
들은 락샤사의 위협 앞에 불안합니다. 저기 하얀 산을 보십시오.
락샤사들이 우리 수행자들과 우리의 제자들을 잡아먹고 쌓아놓
은 뼈들입니다. 라마, 그대가 단다카숲으로 오신다는 이야기를
듣고 우리들은 신에게 감사를 드렸습니다. 그대밖에 우리의 보
호자는 없습니다.”
라마는 공손하면서도 단호하게 말했다.
“수행자님들께서 그렇게 말씀하심은 심히 불가하십니다. 저는 수
행자님들의 종이기 때문입니다. 명령을 내려주십시오. 저는 주
인님들이 시키시는 대로 하겠습니다. 명령을 내리셨으니 저는 이
곳 숲속의 락샤사들을 없애버리겠습니다.”

이에 수행자들은 기뻐하면서 그들의 아쉬람으로 돌아갔고 라마는 수티이크슈나의 아쉬람을 찾아 길을 나섰다. 몇몇 수행자들은 조금이라도 더 라마와 함께 하고 싶어서, 길을 가르쳐 주겠다고 한참을 동행했다.

수티이크슈나의 아쉬람은 깊숙한 곳에 외따로 있었으나 과일나무들이 이를 감싸고 있었고 꽃들이 주위를 넘쳐흐르고 있었으며 대기는 부드럽고 평화스러웠다.

6. 성자 수티이크슈나

라마가 조심스럽게 아쉬람에 들어가 수티이크슈나에게 인사를 올리자 그는 라마를 껴안아주면서 말했다.

"네가 올 줄 알고 기다렸다. 인드라가 브라흐마로카로 데려가겠다고 하는 것을 너 때문에 거절했지. 자, 나의 공덕을 너에게 돌려주겠으니 락슈마나와 시타와 함께 그곳으로 가지 않겠니?"

"성자님, 그곳은 성자님의 몫입니다. 저의 몫은 저의 힘으로 얻도록 하겠습니다."

"그래? 그렇다면 이 아쉬람이라도 갖지 않겠니? 먹을 것도 많고 꽃들도 많이 풍성하고 조용한 곳이니 세 사람이 머무르기에는 안성맞춤일 것이야. 강물은 쉴새없이 노래하고 사슴들은 떼를 지어 놀러오지. 하기야 사슴 외에는 다른 방문객들은 없지만."

"성자님, 크샤트리아라는 저의 출신성분 때문에 언제 충동적으로 사슴을 사냥함으로써 이 성스러운 아쉬람을 더럽히는 죄를 지을까 심히 두려워 감히 이곳에 오래 머무르기가 불안합니다. 저희들은 조금 더 숲을 다니면서 아쉬람들을 찾아보고 싶습니다."

그곳에서 그날 밤을 묵은 라마는 다음날 새벽 일찍 일어나 연꽃

향기가 풍기는 차가운 강물에 목욕을 한 후 수티이크슈나에게 작별
인사를 올리고 길을 나섰다.
  "순례를 마친 다음에 곧 다시 여기에 들리도록 하려무나."
  "예, 그렇게 하겠습니다."

7. 시타의 충고

  길을 걸으면서 세 사람은 이런 이야기 저런 이야기들을 하다가
다르마에 관하여도 의견들을 나누었다. 이때 시타는 잠깐 자신의
의견을 말했다.
  "다르마에 이르기 위하여 피해야 할 세 가지가 있다고 들었습니
다. 하나는 거짓을 말하는 것이니 이는 커다란 죄악이요, 다음
더 큰 죄는 남의 부인을 욕심내는 것, 그리고 이 두 가지보다도
더 큰 죄인 세 번째의 것은 자기를 괴롭히지 않는 상대를 해치는
것이라고 했습니다. 라마 당신은 결코 허위를 말하는 죄에 빠진
일은 없었습니다. 앞으로도 그러한 일은 없을 것으로 확신합니
다. 두 번째 죄에도 당신은 해당이 없을 것입니다. 걱정이 되는
것은 세 번째의 죄입니다. 당신은 락샤사들을 없애버리겠다고 수
행자들 앞에서 말씀하셨습니다. 나는 걱정이 됩니다. 이렇게 숲
속으로 자꾸 들어가시는 것은 락샤사들과 싸우시기 위해서입니
까? 나는 걱정이 됩니다. 숲에 계시는 동안은 수행자들처럼 살생
을 멀리하실 수는 없겠습니까? 지금 하고 계시는 옷차림에 맞추
셔서 말입니다. 아요드햐에 돌아가시어서는 다시 크샤트리아의
직분으로 돌아가시더라도 말입니다."
  여기에 대한 라마의 반응은 이러했다.
  "다르마에 대한 당신의 의견은 모두 대단해. 나를 위한 좋은 충

고 정말로 고맙소. 그러나 시타, 수행자들의 고난을 생각해봐요. 그분들은 나밖에 믿을 사람이 없다고들 하셨소. 그리고 나는 이미 수행자들에게 약속을 했었잖소. 나는 이곳 단다카숲의 락샤사들을 죽여 이곳을 평화로운 곳으로 만들어야할 것이라고 이미 결심을 했었던 것이오. 그러나 당신의 충고를 명심하여 내가 먼저 그들을 공격하는 일이 없도록 조심하도록 해보겠소."

8. 아가챠의 위대함

고개를 넘고 잡목숲을 뚫고 개울을 건너고 사라사새들과 차크라바카새들이 떼지어 있는 모래언덕을 지나 연꽃이 만발한 호수와 사슴, 들소, 멧돼지의 떼들을 보면서 길을 계속한 일행은 해질 무렵에는 시원하고 깨끗한 물에 수많은 물새들이 놀고 있는 호수에 이르렀다. 그 주변에는 많은 아쉬람들이 있었으며 그곳의 수행자들도 라마 일행을 진심으로 환영해 주었다. 계속 라마 일행은 많은 아쉬람들을 찾아보면서 세월을 보냈다. 어느 곳에서나 라마는 환영을 받았으니 라마는 이미 모든 사람들에게 대단한 인물로 유명해져 있었던 것이다.

그렇게 많은 세월을 보낸 후 다시 수티이크슈나의 아쉬람을 찾은 라마는 그곳에서 얼마동안 머무른 후에 아가챠 대성인의 아쉬람을 찾아 나섰다.

남으로 4요자나쯤의 거리에 있는 아가챠의 동생의 아쉬람에서 하룻밤을 보낸 일행은 다음날 다시 1요자나쯤 더 남쪽에 있는 아가챠의 아쉬람으로 향했다. 도중에 라마는 그곳 남쪽에는 아가챠의 위력 때문에 락샤사들이 날뛰지 못하게 된 내력을 다음과 같이 들려주었다.

옛날에 일발라와 바타피라는 잔인한 형제 락샤사가 있어 브라흐민들을 잡아먹었다. 그런데 그 방법이 심히 교묘했다. 형 일발라는 브라흐민의 복장을 하고서 공손한 말씨로 숲을 지나는 브라흐민들을 집으로 초대하는 것이었다. 그리하여 양으로 변신한 동생 바타피를 요리해 양고기를 대접하는 것이었다. 양고기를 다 먹은 손님이 자리를 일어서려고 하면 일발라는,

"바타피! 나오너라!"

하고 외치는 것이었다. 그러면 바타피는 손님의 배를 터뜨리고 나오는 것이었고, 형제는 죽은 손님을 먹어 치우는 것이었다. 이러한 악행은 소문도 없이 길게 계속되었다.

어느 날 드디어 아가챠가 손님으로 걸려들었다. 일발라는 아가챠에게 양고기로 변한 동생을 먹인 다음에 외쳤다.

"바타피! 나오너라!"

그러나 아무리 외쳐도 소용이 없었다. 아가챠는 웃으며 말했다.

"동생까지 삶아 대접해준 호의가 고마워 완전히 소화시켜버렸으니 소용이 없을 것이오."

흉계가 깨어진 것을 깨달은 일발라는 크게 격분하여 아가챠를 죽이려고 했다. 그러나 아가챠가 노한 눈으로 일발라를 쏘아보자 일발라는 재로 변해버리고 말았다.

아가챠의 아쉬람은 아주 경치가 좋은 곳에 있었고 나무들은 잘 손질되어 있었으며 사슴들은 길이 잘 들어 있었다. 아쉬람에 이른 라마는 락슈마나를 보내 자신의 방문을 아뢰게 했다.

9. 아가챠의 아쉬람

락슈마나가 안으로 들어서니 아가챠의 제자 하나가 보였다. 락

슈마나는 그 제자에게 말했다.

"다사라타라는 코살라 왕국의 왕의 아들인 라마가 그의 부인 시타와 함께 대성인 아가챠님 발의 먼지를 털어드리기를 바라며 밖에서 기다리고 있습니다. 저는 라마의 아우 락슈마나입니다."

제자는 아그니호트라샬라(불의 신 아그니를 예배하기 위한 성화가 모셔져 있는 예배실)로 가서 아가챠에게 이를 알렸다.

"그렇잖아도 기다리고 있는 중이었다. 왜 함께 모시고 오지 않았느냐?"

라고 아가챠는 서둘렀다. 제자는 곧 락슈마나와 함께 라마에게로 가서 세 사람을 아가챠에게로 안내했다. 아가챠는 밖에까지 나와서 이들을 맞아주었다. 너무나도 유명한 아가챠를 뵙게 된 감격에 라마는 얼른 그의 발 앞에 엎드렸다. 이들의 인사를 받은 아가챠는 이들에게 자리를 내주어 앉게 한 후에 여러가지 이야기를 묻다가 식사를 대접했다. 그리고 식사가 끝난 후에 아가챠는 아주 대단해 보이는 활을 하나 내놓았다.

"자, 보아라. 황금세공을 박아넣고 보석들로 장식한 이 신궁은 비슈바카르마가 설계를 한 비슈누의 활이었다. 이 활은 브라흐마에 의해 나라야나에게 주어졌다. 옛날 나라야나는 하늘에서 아수라들과 싸울 때 이 활을 썼었다. 나는 또 인드라에게서 빌은 뽑아도 뽑아도 다함이 없는 전통을 두 개 가지고 있다. 나는 또 은으로 된 칼집이 있는 칼을 한 자루 가지고 있다. 인드라는 또 나에게 어떠한 무기도 뚫을 수 없는 갑옷도 주었다. 이제 나는 이 모든 것들을 너에게 주겠다. 지금 당장은 아니겠지만 라마 너는 훗날 이러한 무기들이 필요하게 될 것이다. 그때가 되면 너는 전차도 필요하게 될 것인 바, 그때는 마탈리(인드라의 전차사)가 너에게 인드라의 전차를 갖다 줄 것이다."

그리고 다음날 아침 일찍 일어난 라마는 아가챠의 새벽 목욕재계가 끝나기를 기다려 인사를 올렸다. 아가챠는 다른 수행자들이며 제자들과 함께 자리하면서 말했다.

"라마, 부왕께서 명하셨던 14년도 곧 끝날 것이다. 어려움을 참고 묵묵히 순종하는 아들을 둔 다사라타는 대단한 복인이로다. 자신을 희생시켜 부왕의 약속을 지켜드리니 부왕은 아들 때문에 천국에 이르셨을 것이요 아들의 명성은 영원히 빛날 것이다."

"부끄럽습니다. 고생은커녕 이곳 저곳 아쉬람들만 찾아 여러 수행자님들에게 폐만 끼쳤으니 면목이 없습니다. 이제부터라도 저희들만의 아쉬람을 짓고 아요드햐에 돌아가기까지 조용히 근신하도록 하겠습니다."

"라마가 아쉬람을 지을 곳은 내가 나중에 가르쳐주기로 하고 먼저 단다카숲에 관한 이야기부터 들어보라고. 옛날 너의 조상 이크슈바쿠의 아우였던 단다카는 바르가바의 저주에 걸려 이 숲을 버렸지. 그로부터 이 숲은 단다카의 숲이라는 이름이 붙은 저주받은 황무지가 되어버렸어. 빈디야 산맥까지 5백 요자나에 걸친 지역이 짐승들조차도 살지 않는 버림받은 곳이 되고 말았다. 구름도 모이지 않았으니 비도 내리지 않았고 바람조차도 불지 않았다. 어느 수행자도 이곳에 아쉬람을 지을 수가 없었다. 단지 락샤사들만이 이곳을 차지하고 기승을 부렸었다. 그러한 황량했던 세월이 오래도록 지난 다음에 나는 우연히 내가 살고 있던 히마반으로부터 이곳을 찾게 되었다. 내가 이곳에 이르자 처음으로 다시 비가 쏟아지기 시작했다. 나는 이곳에 퍼져 있던 야마의 사자들인 질병들을 없앴다. 히마반으로부터 나무들을 옮겨 이곳에서 자라게 했다. 강에는 다시 물이 흘렀고 수면에는 다시 연꽃들이 피어났다. 호수와 저수지들이 생겨났고 새와 짐승들이 모여들기 시작했다. 이곳은 드디어 열매와 뿌리가 풍성한 곳으로 바뀌었다. 그러나 바르가바의 저주는 풀리지 않았기에 숲은 여전히 무섭고도 위험한 락샤사들의 소굴로 남아 있었다. 그러나 라마가 이 숲에 오게 됨으로 드디어 단다카숲의 저주는 끝났다. 이제 이곳은 평화롭고 밝은 신천지가 될 것이다. 그러나 그렇기 때문에 락샤사들은 최후의 발악을 할 가능성이 많다. 이미 그들은 라마가 이 숲으로 들어 온 날로부터 심상치 않아졌다. 이제는 라마가 락샤사들을 없애야할 때가 가까워오고 있다. 라마의 건투를 축원하는 바이다. 나는 또 시타에 관하여도 말을 좀 하고 싶다. 남편이 잘될 때는 여자는 남편을 잘 모시지만 남편이 가난해지거나 병들면 여자는 그를 외면하거나 버린다고들 말한다. 또 여자의 마음은 번개처럼 재빨리 잘도 변한다는 말도 있고, 서슴치않고 내뿜는 독설은 날카로운 칼날에 비유되기도 하며 행동이 날쌔기는 독수리나 바람같다고도 말한다. 그런데 시타는 남편과 고생을 함께 하겠다고 여자의 몸으로 숲속까지 따라 나섰으니 이 얼마나 대단한 일편단심인가. 라마, 시타가 언제나 행복하도록 잘 지켜주어라. 어느 여신인들 시타만큼 헌신적이고 사랑스러울 수가 있단 말이냐.”

자신을 칭찬하는 말에 시타는 어쩔 줄을 몰라했다. 이러저러한 이야기 끝에 아가챠는 라마 일행이 머무를 만한 곳을 추천해 주었다.

그곳으로부터 두 요자나 떨어진 곳인 판차바티에는 과일과 풀뿌리가 풍부하고, 고다바리 강이 옆을 흘러 물이 가깝고 사슴들이 많이 있다는 것이었다. 그리고 그곳은 앞으로 라마가 큰 사건을 치루도록 운명지워져 있는 곳이기 때문이라는 것이었다.

10. 판차바티

라마 일행은 판차바티를 향해 길을 나섰다. 도중 니야그로다나무 위에 거대한 독수리가 앉아 있는 것을 만났다. 일행은 그 독수리가 락샤사임이 틀림없다고 믿었다. 그러나 라마는 공손하게 물었다.

"당신은 누구십니까?"

그 새는 일행을 보자 무척 반가워하면서 말했다.

"애들아, 나는 너희들의 부친과 절친한 친구였단다."

부왕과 친구였다는 말에 라마는 크게 기뻐했다. 독수리는 자신을 소개했다.

"카샤파 프라쟈파티의 딸 중의 하나에 쉬예니가 있었다. 또 비나타에게는 태양의 전차사인 아루나와 나라야나를 태우고 다니는 가루다의 두 아들이 있었다. 아루나와 쉬예니가 결혼해 두 독수리 형제를 낳으니 삼파티와 쟈타유인데 내가 바로 동생 독수리인 쟈타유다. 이 숲은 매우 위험한 곳이니 내가 너희들과 함께 살면 너희들에게 도움이 될 것 같은데 어떻게 생각하니? 라마가 락슈마나와 함께 나가기라도 한다면 내가 시타와 남아 시타를 지켜줄 수도 있을 것이고 말이다."

라마는 쟈타유를 껴안아 애정을 표시하면서 함께 살아주기를 청했다.

판차바티는 아가챠의 말 이상으로 아름다운 곳이었다. 라마가 가장 좋은 곳을 찾아 위치를 정하니 락슈마나는 곧 성심껏 아쉬람을 짓기 시작했다. 드디어 아쉬람이 완성되자 라마는 얼마나 그 아쉬람이 마음에 들었던지 락슈마나를 안아주며 말했다.

"락슈마나, 너는 정말로 나를 위해 모든 것을 너무나 잘해주는구나. 얼마나 든든하고 고마운지 모르겠다. 나는 가끔 부왕께서 돌아가신 것이 아니고 너의 형체를 빌려 나를 돌보아주고 계시는 것이 아닐까라는 생각이 들 때도 있단다."

라마가 눈물까지 흘리며 락슈마나에게 고맙다는 뜻을 표하자 락슈마나는 당황하여 어쩔 줄을 몰라했다.

이리하여 그들 넷은 판차바티에서 제법 오랫동안 평온하게 지냈다. 시타는 꽃도 심고 새들이며 사슴이며 공작들을 사귀기도 하였다. 세월은 흐르고 흘렀다.

어느 헤만타의 계절에 차가운 고다바리 강에서 목욕을 하던 락슈마나는 불현듯 바라타를 생각했다.

"라마, 바라타도 지금 사라유 강에서 이렇게 차가운 물에서 목욕을 하면서 계속 고행자의 생활을 고집하고 있겠지? 생각해보면 바라타도 성실하고 선량한 사람이란 말이야. 틀림없이 바라타도 내세에는 천국으로 가겠지? 사람들은 말하기를 아들은 어머니를 닮는다는데, 카이케이같은 나쁜 여자가 어떻게 바라타의 어머니가 되었을까?"

이에 라마는 말했다.

"애야, 어머니의 이야기를 그렇게 하면 안 되잖아. 나는 싫다. 바라타의 이야기만 하자. 바라타만 생각하면 옛날 치트라쿠타에서 야박하게 그를 되돌려보냈던 일이 나를 슬프게 하는구나. 신발을 머리에 얹고 눈물을 흘리며 돌아서던 그 힘없던 모습. 우리는 언제 다시 함께 만나 옛날처럼 행복해질 수 있을까?"

이와같이 지난날이며 헤어진 사람들이며 아요드햐의 이야기들로 마음이 울적할 때도 많았지만 그러나 판차바티에서의 생활은 대체적으로 평온하고 경건하고 행복한 나날이었다.

11. 슈르파나카

그러던 어느 날 우연히 라마의 아쉬람 근처를 지나던 한 락샤시가 그만 라마의 늠름한 모습에 반하여 넋을 잃었다. 그 락샤시는 락샤사의 왕 라바나의 여동생 슈르파나카였다. 슈르파나카는 그 늙고 흉칙한 모습을 불쑥 라마 앞에 나타냈다. 그녀는 생긴 것만큼이나 징그러운 목소리로, 그러나 자기 딴에는 라마에게 호감을 보이면서 말했다.

"당신은 이곳에서 무엇을 하지요? 복장은 수행자같은데 칼이랑 활을 가졌다니 얼른 짐작이 가지를 않거든요. 당신은 누구시지요?"

이에 라마는 자신들의 신분을 밝힌 다음에 물었다.

"……당신은 락샤시 같은데 누구십니까? 왜 여기에 오셨습니까?"

이에 슈르파나카는 자랑스럽게 말했다.

"라마라고 하셨지요? 나의 신분을 밝혀드리지요. 나의 이름은 슈르파나카. 비슈라바스의 딸. 락샤사의 왕 라바나가 바로 나의 오빠지요. 라바나 대왕님 말고도 오빠들이 많아요. 잠꾸러기지만 용맹무쌍한 쿰바카르나도 있고, 락샤사답지 않게 언제나 철저하게 정의를 따지면서 자신의 언행에서 정의만을 고집하는 비비샤나, 그리고 또 다른 두 오빠 카라와 두샤나는 유명한 맹장인데 지금 나와 함께 이곳 쟈나스타나에 살고 있지요. 쟈나스타나에는 엄청나게 많은 락샤사들이 있어요. 그러니까 원칙적으로 이 부근에는 사람들이 얼씬거릴 수가 없는 곳인데……. 그러나 여하간 좋아요. 이것도 인연일 테니 내가 라마를 받아들이기로 하겠어요. 라마 당신을 나의 남편으로 모시겠다는 것이예요."

너무나 어처구니 없는 수작에 더 두고 볼 수가 없어,

"라마, 당신처럼 괜찮은 남자에게는 나처럼 가문 좋고 용감하고 예쁜 여자가 천생배필이겠지요. 시타라는 저 여자는 당신의 마누라로는 어울리지 않네요. 생긴 것도 별로인데다가 허리도 너무 가늘어 문제가 있겠어. 허리란 남자고 여자고 이렇게 나처럼 굵기가 좀 있어야 든든한 것인데."

라마는 그만 피식 웃었다. 그 웃음은 염치도 눈치도 없는 슈르파
나카에게 결정적인 용기를 주었다. 그녀는 결론을 내렸다.

"내가 좋으면서도 선뜻 내게로 못오는 것은 마누라와 동생 눈치
때문이지요? 걱정하지 마세요. 내가 간단히 도와드릴게. 시타라
는 마누라부터 먼저 잡아먹어 주겠어. 동생은 락슈마나라고 했
던가요? 제법 통통한 게 맛있게 생겼어."

슈르파나카는 시타에게 달겨들었다. 화가 난 락슈마나는 칼을 빼
어 슈르파나카의 귀와 코를 베어버렸다. 슈르파나카는 비명을 지르
면서 피투성이의 얼굴로 락샤사들의 소굴인 쟈나스타나로 가서 그
곳의 총책임자인 오빠 카라에게 하소연을 늘어놓았다. 이야기를 다
듣기도 전에 카라는 크게 노했다.

"어느 미련한 놈이 감히 잠자는 코브라를 건드렸어? 그놈은 최소
한 능지처참이다. 화환인 줄 알고 올가미를 목에다 걸고서 우쭐
대는 놈이야. 인드라도 내 앞에서는 꼼짝을 못하는데 감히 인간
의 새끼가 겁없이 까불어? 그 녀석은 이제 독수리와 매들의 입맛
을 돋우어주는 일만 남았어."

카라는 곧 그의 부하들 중 가장 용감한 전사 14명을 뽑아 슈르파
나카에게 주었다. 슈르파나카는 애증이 교차하는 갈등을 느끼며 이
들을 데리고 자신만만하게 라마의 아쉬람으로 향했다. 그러나 결과
는 너무나 간단했다. 서로 싸움이 붙었는가 했더니 순식간에 14명
의 락샤사들은 라마의 화살에 한꺼번에 쓰러져버리고 말았다.

12. 카라, 두샤나, 트리쉬라스

겨우 생명을 구해 다시 카라를 찾은 슈르파나카는 상대가 결코
만만치 않음을 카라에게 말했다. 카라는 곧 두샤나를 불러 1만 4천

의 병력을 출동시켰다. 자신도 호화롭게 꾸민 그의 전차에 올랐다. 12명의 용장들이 그를 호위했고 여기에다 다시 마하카팔라, 스툴라크샤, 프라마티, 트리쉬라스의 4대 명장이 뒤를 받쳤다. 1만 4천의 대군의 행렬은 마치 거대한 강물의 흐름과 같았다.

도중 이들은 많은 불길한 징조들과 만났다. 하늘에 갑자기 진홍색 구름이 모이더니 소름끼치는 비가 뿌려졌다. 평탄한 길에서 말이 발을 헛디디며 쓰러졌다. 태양 주위에 검은 테두리가 나타났다. 군기 위에 독수리가 내려앉았다. 그리고도 많은 조짐들이 모두 다 대재난을 예고하는 심히 불길한 것들이었다.

그러나 카라는 이러한 조짐들을 웃어버렸다.

"흔히 있을 수 있는 자연현상을 놓고 길흉화복을 말하는 따위는 겁쟁이들이나 하는 짓. 겨우 인간새끼 두 놈과 한 년을 잡으러 가는데 무슨 징조가 필요해."

카라의 말에 모든 락샤사들도 전적으로 동감이었다. 카라의 대군은 점점 라마의 아쉬람으로 가까이 나아갔다. 하늘에서는 천신, 시따, 차라나, 간다르바들이 숨을 죽인 채 지상을 내려다보고 있었다.

"나라야나께서 라마로 변신하시어……"

"이제 드디어 라바나와 벌일 대결전의 전초전이……"

"제발 라마에게 승리가 있기를!"

이들의 공격을 대비하고 있던 라마 또한 많은 조짐들을 보았다. 라마는 락슈마나에게 말했다.

"락슈마나, 모두 락샤사들에게 심히 불길한 조짐들뿐이다. 내가 알아서 락샤사들을 맡을 것이니 너는 빨리 시타를 모시고 입구가 가려진 동굴 속으로 피하도록 해라. 빨리 몸을 숨겨 내가 시타 때문에 생각이 분산되는 일이 없도록 하라니까."

락슈마나는 라마가 시키는 대로 했다. 라마는 활에 줄을 걸고 갑옷을 입고 전통을 어깨에 맸다. 락샤사들을 노려보는 라마의 모습은 연기없는 불길처럼 눈부셨다. 손에 든 신궁 피나카의 시위를 퉁기자 천지가 진동했고, 노기를 띄운 라마의 이마에는 제3의 눈이라도 생긴 듯이 보였다.

드디어 라마에게 접근해온 카라는 전차를 몰아 라마에게 돌진하면서 화살들을 쏘아댔다. 뒤를 따르는 무수한 락샤사들도 구름처럼 앞으로 내달으면서 화살이며 낫이며 도끼며 삼지창 등등을 소나기처럼 내던졌다. 라마는 처음 몇 곳에 상처를 입으면서도 그대로 서 있더니 드디어 그의 활을 둥글게 당겼다. 시위를 떠나기 시작한 라마의 화살들은 폭풍이 풀잎들을 쓰러뜨리듯 락샤사들을 눕혀대기 시작했다. 언제 전통에서 화살이 뽑혀 언제 시위에 먹여졌다가 언제 쏘아지는지 천신들도 분간을 못하도록 라마의 손놀림은 놀라울 뿐이었다.

수십, 수백의 락샤사들이 줄지어 쓰러져갔다. 전차를 끌던 말들이며 코끼리들도 픽픽 쓰러졌다. 날리카, 나라차, 비카르니 등의 이름을 가진 화살들은 특히 위력이 대단하여 락샤사들의 물결을 비질하듯 쓸어넘어뜨리니 락샤사들의 물결은 겁에 질려 멈칫거렸다.

그러자 카라는 대열을 재정비하여 다시 기세를 올렸다. 라마는 간다르바 아스트라를 불러냈다. 라마의 활에서는 화살들이 홍수처럼 쏟아져나갔다. 화살들 하나 하나는 다섯 개의 머리를 가진 뱀으로 변해 락샤사들을 죽이니 카라의 병사들은 무더기로 땅위에 깔렸다. 분을 못이긴 두샤나가 앞으로 돌진하자 5천의 용사들이 그를 호위했다. 그러나 라마의 화살은 두샤나를 용서하지 않았다.

두샤나의 허무한 죽음에 눈이 뒤집혀 앞으로 뛰어 나가려는 카라를 트리쉬라스가 막았다. 트리쉬라스는 난폭하게 전차를 몰아 라마를 덮치며 라마의 이마에 세 개의 화살을 명중시켰으나 라마는 그따위 상처에는 끄떡도 하지 않은 채 트리쉬라스의 전차며 말이며 트리쉬라스 자신까지도 산산조각으로 부숴버리고 말았다.

드디어 카라는 자신이 직접 나섰다. 카라의 용맹 또한 대단해 라마는 갑옷이 뚫리고 활이 부러졌다. 그러나 라마는 아가챠에게서 받았던 활을 바꿔 잡으면서 말했다.

"카라, 죄없는 사람을 물어죽인 독사처럼, 이 단다카숲에서 죄없는 사람들을 해쳐왔던 너의 죄값이 오늘에야 청산이 되는구나. 인과응보는 철칙이니 죄값을 피할 길이 없겠지."

그러나 역전의 맹장 카라에게는 라마의 호통 따위는 우습지도 않았다.

"건방진 녀석, 해도 지려는데 좀 쉬셔야겠다. 너를 당장 박살을 내버린 후에 말이다."

카라는 그의 손에 들고 있던 지팡이를 무서운 기세로 던졌다. 지팡이는 라마를 향해 불꽃을 일으키며 꽂혀들었다. 라마는 그의 화살로 이 지팡이를 깨뜨려버리면서 말했다.

"소원대로 빨리 쉬게 해줄 테니 걱정 말아라."

화가 난 카라는 커다란 살라나무를 뿌리채 뽑아 힘껏 내던졌다. 라마는 이를 가볍게 막으면서 카라에게 화살을 날렸다. 화살을 맞으면서도 카라는 라마에게로 돌진해 들었다. 라마가 인드라의 이름으로 마지막 화살을 날리니 드디어 카라 또한 피를 뿜으며 쓰러져 더 이상 움직일 줄을 몰랐다. 하늘에서부터 라마에게 꽃비가 쏟아졌고 락슈마나는 동굴에서 나와 라마 앞에 엎드렸다. 시타 또한 라마에게 매달려 기쁨의 눈물을 계속 흘렸다.

13. 라바나가 쟈나스타나의 일을 보고받다

카라를 비롯한 1만 4천의 대군이 라마 한 사람에게 몰살당했다.

이 싸움에서 겨우 생명을 구한 아캄파나라는 이름의 한 락샤사는 즉시 멀리 랑카로 락샤사의 왕 라바나를 찾아 사건의 자초지종을 보고했다. 노발대발한 라바나가 당장 병력을 이끌고 쟈나스타나로 가서 라마를 박살내 버리려고 하는 것을 아캄파나는 말렸다.

"대왕님, 라마를 죽일 수 있는 간단한 방법이 있습니다. 라마와 정면대결을 한다는 것은 아군에게도 막대한 피해가 예상된다는 점을 인정하셔야 할 것입니다. 그러나 시타를 조용히 잡아올 수 있다면 라마는 시타를 너무나 사랑하기 때문에 라마는 곧 미쳐 죽어버릴 것입니다."

그 말에도 일리가 있다고 생각한 라바나는 혼자서 공중을 나는 전차를 타고 랑카를 떠나 바다를 넘어 타타카의 아들 마리차의 아쉬람을 찾았다. 갑자기 나타난 라바나 앞에 마리차는 어쩔 줄을 몰랐다. 그러나 능수능란한 라바나는 웃으면서 부드럽게 말했다.

"숙부님, 자나스타나의 일을 들으셨습니까?"

"아닙니다. 거기에 무슨 일이 있었습니까?"

"싸움에 져서 쑥밭이 되어버렸다는군요."

"예? 거기에는 카라, 두샤나들이 있어서 천하무적일 텐데요."

"그러게 말입니다. 더구나 라마라는 인간 하나 때문에 1만 4천이라는 우리의 병력이 몰살을 당했다니 있을 수 있는 일이겠습니까?"

라마라는 이름이 나오자 마리차는 몸을 부르르 떨었다.

"대왕님, 라마라고 하셨습니까? 라마라면 능히 그렇게 하고도 남을 것입니다."

마리차는 자신이 비슈바미트라의 제사를 방해하려고 했다가 라마에게 당했던 이야기를 했다.

"그의 화살을 맞고 저는 공중으로 1백요자나를 날아 바다 속으로 떨어졌었습니다. 라마는 저를 죽일 생각이 없었기에 그런 정도

에서 끝났던 것입니다. 당시에 그의 나이는 겨우 16세. 지금은
더더구나 보통이 아닐 것이니 쟈나스타나의 일이 납득이 갑니다.
그 후로도 저는 한 번 더 라마를 상대할 기회가 있었습니다. 다
른 두 명의 동료와 함께 사슴으로 변신해 있다가 날카로운 뿔로
동시에 그를 급습했었습니다. 그런데 어느새 세 개의 화살이 우
리를 맞췄습니다. 두 동료는 즉사했으나 저는 겨우 생명을 건져
도망쳤습니다. 그 때문에 저는 이렇게 아쉬람을 짓고 숨어 살면
서 모든 바깥 활동을 끊게 된 것입니다.”

“알았어요. 제법 활깨나 쏘는 모양인데, 그러길래 나는 라마를
직접 상대하는 대신에 그의 생명이나 다름없는 시타를 잡을 생각입
니다. 어떻게 하면 시타를 잡을 수 있겠습니까?”

라바나의 말에 마리차는 펄쩍펄쩍 뛰었다.

“누굽니까? 누가 대왕님께 그런 말씀을 드렸습니까? 당장 그놈을
잡아 죽이십시오. 그놈은 대왕님을 파멸시키려는 놈입니다. 대
왕님과 원수를 맺은 일이 없는 놈이라면 어찌 감히 라마를 건드
리도록 대왕님께 말씀을 드릴 수가 있단 말입니까? 대왕님, 목숨
을 걸고 말씀을 드리겠습니다. 라마를 건드린다는 것은 곧 죽음
을 뜻합니다. 라마를 제발 건드리지 마십시오.”

14. 슈르파나카의 읍소

마리차의 태도가 너무나 단호했기에 라바나는 시타를 빼앗으려
던 모험을 포기하고 랑카로 돌아왔다. 그러나 이번에는 누이동생
슈르파나카가 울며 불며 복수전을 독촉하는 것이었다. 슈르파나카
는 갑자기 소심하고 비겁해진 오빠를 걱정하고 욕하여 라바나의 자
존심에 불을 질렀으며 시타가 얼마나 미인인가를 강조함으로써 라

바나의 욕심을 불러일으켰다.

사실 라바나는 삼계에서 무적이었다. 브라흐마의 증손자로 태어난 그는 대단한 고행으로 브라흐마를 기쁘게 해드렸으며, 그 은총으로 천신이나 다나바나 간다르바나 피샤차(악마)나 기타 등등 어느 무엇으로부터도 죽음을 당하지 않는다는 특권을 얻었다. 다만 하도 시시한 것들이기에 사람과 원숭이 따위는 대상에 넣지 않았던 것이 훗날 실수라면 실수였다.

여하간 그는 모든 무예는 물론 아스트라에까지도 통달해 삼계의 최강자가 되어 지하세계까지도 휩쓸어 그곳의 왕 바수키와도 싸웠고, 이복형제 쿠베라를 치고 푸슈파카라는 공중을 나는 전차를 빼앗았으며, 쿠베라의 정원 차이트라와 인드라의 정원 난다나를 사정없이 휘저어버렸으니, 인드라까지도 라바나를 어떻게 할 수가 없음이 사실이었다.

라바나는 무예와 용맹과 지략 등이 삼계에서 최고봉이었을 뿐 아니라 인물 또한 최고의 미남에다가 때로는 관대한 성품에 뛰어난 언변이며 온갖 예술에도 정통했다. 비이나의 반주에 맞추어 사마를 노래하여 시바를 기쁘게 했었던 일도 있었다. 남자들은 물론 여자들에게 당연히 인기가 있었을 만 했으니, 어느 여자든지 한 번만 그를 보면 곧 호감을 가졌기에 그에게는 진심으로 그를 따르는 많은 부인들이 있었다. 그 또한 마음에 드는 여자를 부인으로 맞아들이는 일에 결코 실패해본 일이 없었다. 이러한 것을 잘 알고 있는 슈르파나카는 라바나의 가슴에 결정적인 불을 질렀다.

"시타야말로 오빠에게 꼭 어울리는 최고의 미녀야. 그 길고 부드러운 머리칼이며 연꽃잎 같은 눈이며 촉촉하게 예쁜 입술이며 한 주먹밖에 되지 않을 만큼 가느다란 허리며 또 ……"

슈르파나카는 모든 미사려구를 다 동원하여 시타를 최고로 미화시켰다.

"그러한 삼계에 최고의 미녀는 당연히 오빠의 부인이 되어야지 라마 따위의 여편네가 될 수는 없단 말이야. 라마란 놈은 비록 활은 좀 잘 쏜다고 하겠지만 오빠와는 비교가 될 수 없다고. 얼마나 불효막심하여 다르마에서 벗어난 일을 많이 했으면 세자의 자리에서 쫓겨나 숲으로 추방을 당했겠느냐 말이야. 그러한 자에게는 시타같은 미녀는 절대로 과분해. 그래서 내가 시타를 오빠에게 갖다 주려다가 그만 이렇게 락슈마나에게 당했단 말이야. 오빠, 이 동생의 원수를 갚아 라마를 없애달라고. 그렇게 되면 시타는 저절로 오빠의 것이 될 것 아니겠어. 도대체 라마 따위를 그대로 놓아두어 우리 쟈나스타나의 락샤사들이 몰살을 당하게 했다는 것은 오빠답지 않은 일이란 말이야."

모두들 옆에서 슈르파나카의 말이 옳다고들 떠들어댔다. 그러나 라바나는 결코 그렇게 경솔한 성격도 아니었다. 그는 모두들을 물러가게 한 다음에 혼자서 조용히 생각하고 또 생각했다. 여러가지 방안들을 하나씩 하나씩 체계적이고 구체적으로 검토해 본 다음에 드디어 가장 쉽고도 확실한 방법을 확정했다.

15. 다시 마리차의 아쉬람으로

라바나는 푸슈파카를 타고 다시 마리차의 아쉬람으로 갔다. 라바나는 그의 계획을 말하며 마리차의 도움을 청했다. 마리차는 결사적으로 라바나의 생각을 막으려고 했다. 그러나 라바나가

"숙부님, 지금 나는 당신의 황제로서 명령을 하는 것입니다."

라고 내려 누르자 마리차는 드디어 라바나가 시키는 대로 할 수밖에 없었다. 그러나 마리차는 끝까지 한 마디했다.

"폐하의 뜻에 따른다는 것은 저의 죽음을 뜻합니다. 그리고 곧

이는 폐하의 파멸로 이어질 것입니다. 저는 최근의 고행으로 지옥은 면할 것입니다. 그러나 폐하께서는 끝까지 다르마를……."

16. 황금사슴

마리차는 라바나의 지시대로 황금사슴으로 변해 라마의 아쉬람 근처로 갔다. 진짜 사슴들은 황금사슴의 정체를 알았기에 모두들 놀라서 도망쳐버렸다.

드디어 황금사슴은 예배에 쓸 꽃을 꺾으러 나온 시타의 눈에 띄었다. 시타는 라마와 락슈마나를 불렀다. 락슈마나는 라마에게 황금사슴은 진짜 사슴이 아니고 마리차가 둔갑한 것이라고 했으나 시타는 락슈마나의 말을 믿지 않으면서 라마에게 황금사슴을 잡아달라고 졸랐다.

"마리차라고 해도 상관없잖아. 시타가 모처럼 이렇게 원하니 내가 쫓아가 붙잡아올께. 그러니까 락슈마나 너는 절대로 시타 옆을 떠나지 말고 시타를 지키고 있어."

17. 마리차를 죽임

황금사슴은 잡힐듯 잡힐듯 쉽게 잡히지 않았다. 드디어 라마는 자기가 아쉬람에서 너무 멀리까지 왔음을 알았다. 마리차 또한 이제는 라마를 충분히 멀리까지 끌어냈다고 생각했다. 그는 그가 죽을 때가 되었다고 생각했다. 그는 라바나가 시킨 대로 라마의 목소리를 흉내내어 비명을 올렸다.

"시타! 락슈마나!"

정신이 번쩍 든 라마는 어느새 화살을 날려 황금사슴을 관통시켰다. 황금사슴은 본색을 드러내 마리차의 모습으로 죽어가면서 계속 비명을 올렸다.

"시타! 락슈마나! 시타! 락슈마나……"

갑자기 시타의 안전이 불안해진 라마는 서둘러 왔던 길을 되돌아섰다. 그는 서두르고 또 서둘렀으나 아쉬람까지는 너무나 먼 거리였다.

그러나 라마의 목소리를 흉내낸 마리차의 목소리는 마술의 힘이 실린 목소리였기에 멀리멀리 아쉬람까지 전해졌다. 비명처럼 구원을 청하는 라마의 목소리에 시타와 락슈마나는 깜짝 놀랐다.

시타는 락슈마나에게 빨리 라마를 구하러 떠나라고 했으나 락슈마나는 시타의 말을 들으려고 하지 않았다. 라마에 대한 걱정으로 정신이 뒤집힌 시타는 락슈마나에게 별별 소리를 다했다. 무지막지한 시골 아낙네처럼 땅바닥을 뒹굴며 가슴을 치면서 입에서 거품을 뿜었다.

"라마를 위한다고 굽실대더니 이제야 본색이 나왔어. 저 비명소리를 듣고도 태연하다니 이 순간을 기다리고 있었어요? 카이케이의 부탁을 받고 우리를 따라왔었던 것이지요? 라마가 죽기를 기다려 나를 차지할 생각인가요?"

너무나도 심한 시타의 말에 락슈마나는 드디어 라마를 찾아 아쉬람를 떠났다.

18. 탁발승 라바나

아쉬람 근처에 숨어 기회를 기다리던 라바나는 마리차가 외치는 라마의 목소리도 들었고, 얼마 후에 락슈마나가 아쉬람을 떠나는 것도 보았다.

라바나는 노란 색깔의 탁발승의 복장으로 라마의 아쉬람으로 향했다. 헝클어진 머리에 나막신을 신고 어깨에는 지팡이를 걸치고 손에는 우산과 물통을 들었다.

베다를 읊어대는 소리에 시타는 문간으로 나와 관습대로 탁발승에게 길상초를 깔아주며 앉기를 권했다. 시타는 탁발승에 대한 정성이 부족할 경우 저주가 있을까 두려웠던 것이다. 라바나는 시타의 미모가 슈르파나카의 설명이나 자신의 상상보다도 훨씬 아름다움에 대단한 충격을 받았다. 그는 당장 시타를 어떻게 해버리고 싶은 충동을 꾸욱 참으며 점잖게 물었다.

"이렇게 위험한 숲속에 여인 혼자서 살고 있다니 무슨 연유가 있습니까? 황제의 궁성에서 호사를 다해도 부족할 듯한 미인께서 근심스러운 표정에 눈물자국까지 있음은 어인 일입니까?"

이에 시타는 자신의 신분을 밝히며 자신은 라마와 함께 있기 때문에 조금도 불만이나 불편이 없다고 말했다. 이에 라바나는 자신의 본색을 나타내면서, 자기가 라마보다 얼마나 위대한가를 역설했다.

"시타, 삼계에 이름이 높은 용맹무적의 라바나를 들어보았을 것이요. 내가 바로 그 라바나요. 하찮은 인간인 라마 따위는 빨리 버리고 얼른 나에게로 오시오. 라마는 고생밖에 무엇을 가졌소? 나는 일백 요자나의 넓은 바다로 둘러싸인 랑카에 어마어마하게 큰 규모의 궁성을 갖고 있으며, 그 궁성은 인드라도 접근할 수 없도록 튼튼하고 천국보다도 더 화려하며 헤아릴 수 없이 많은 락샤사들이 나의 명령대로 따르고 있소. 이 많은 것들을 다 당신에게 바치겠으니 나를 따르시오. 수천의 후궁들이 모두 당신의 시녀가 될 것이며……"

라바나의 무례한 말에 시타는 크게 노하여 그를 꾸짖었다. 말로

써는 쉽게 성사가 되지 않을 것임을 판단한 라바나는 강제로 시타를 잡아 푸슈파카에 태워 남으로 향했다.

19. 쟈타유의 죽음

강제로 끌려가면서 라마의 이름을 외치는 시타의 비명에 근처 나무 위에서 잠자고 있던 쟈타유는 곧 사태가 심각함을 알았다. 늙은 독수리는 쏜살같이 라바나의 전차에 돌진하여 그 커다란 날개며 날카로운 부리와 발톱으로 라바나를 맹렬하게 공격했다. 라바나는 많은 상처를 입었다. 그러나 결국 쟈타유는 라바나의 칼에 두 날개가 잘리면서 땅에 떨어지고 말았다.

라바나는 계속 서둘러 전차를 남으로 랑카로 몰았다. 도중 시타는 원숭이들이 산 위에 있는 것을 보고는 자기가 차고 있던 보석들을 떨어뜨렸다. 자신의 행방을 알리기 위해서였다.

랑카에 이른 라바나는 곧 많은 락샤사들에게 시타를 감시하게 한 후, 8명의 심복을 쟈나스타나로 보내어 라마를 없애버리도록 임무를 주었다.

20. 라바나의 도시에서의 시타

라바나는 계속 시타를 찾아 별별 좋은 말을 다 늘어놓으면서 시타의 마음을 돌리려고 했으나 소용이 없었다.

"내가 이렇게 체면까지 버리고 사정을 했으면 그만 고집을 부려야지. 다른 여자들 같으면 이미 끝났을 일인데 이건 조금 지나쳐. 내가 말이야……"

그러나 끝내 시타가 굽히지 않자 라바나는 말했다.

"지독한 년, 어디 두고 보자. 1년 시한을 줄 테니 결정을 해. 나의 부인이 되어 여왕이 될 것이냐, 그렇지 않으면 나에게 잡혀 먹힐 것이냐를."

21. 라마의 한탄

사슴으로 둔갑했던 마리차를 죽이고 서둘러 아쉬람으로 향하던 라마는 도중에 락슈마나를 만나자 더욱 불안해졌다. 라마는 자신의 부탁을 저버리고 시타를 혼자 남겨 놓은 락슈마나를 꾸짖었다. 하는 수 없이 락슈마나는 시타가 자기에게 퍼부었던 악담을 일부 전하면서 자신을 변명했다. 그러나 시타에 대한 걱정이 너무나 컸던 라마는 락슈마나의 입장을 이해하려고 하지 않았다.

"여자란 멋대로 지껄일 수도 있다는 것을 몰랐단 말이야?"

불안은 적중했다. 아무리 아쉬람을 뒤져도 시타가 없자 라마는 미치광이가 되다시피 했다.

"음모가 있었어. 계획적이었어. 락샤사들이 시타를 잡아먹었음에 틀림없어."

형제는 몇 번이고 아쉬람을 안팎으로 뒤지고 또 뒤졌으나 시타의 흔적은 찾을 수가 없었다. 죄책감에 어쩔 줄 모르는 락슈마나의 눈은 쉴새없는 눈물로 눈이 벌겋게 되었다. 라마는 가슴을 치며 통탄했다.

"도대체 다르마가 무어야? 누가 인과응보를 믿겠어? 내가 도대체 무슨 잘못을 저질렀다고 이렇게 고통을 받아야한단 말이냐? 세자의 자리를 빼앗기고, 숲으로 추방당하고, 아버지께서는 돌아가시고 그러고도 부족해서 시타까지 잃어야 한단 말이야? 락슈마나, 내가 바보였다. 생각해보니 나는 다르마에 충실했었던 것이 아니라 우유부단한 비겁자였어. 너의 말대로 숲으로 추방당하는 대신에 모조리 쓸어버렸어야 했었어. 내가 조금만 용기가 있었더라면 일은 간단했을 거야. 나는 바보였어. 내가 비겁했어. 바보같은 나 때문에 시타가 일을 당한 거야. 어느 놈이냐? 시타를 해친 놈이 누구냐?"

22. 소용없는 수색

라마가 그처럼 슬퍼하는 것을 처음 본 락슈마나는 어떻게 라마를 위로할 말을 찾을 수가 없었다. 아무리 찾아보고 생각해보아도 시타의 행방을 알 수가 없었다. 이때 사슴들이 자꾸 남쪽을 향해 머리를 쳐들어댔다.

"라마, 사슴들을 좀 보라고. 남쪽을 찾아보라는 뜻인 것 같아."

형제는 남쪽으로 향했다. 그들은 시타가 떨어뜨렸을 것으로 보이는 꽃잎들과 또 라바나의 커다란 발자국을 몇 개 발견했으나 더 이상 시타의 행방을 알 수는 없었다.

다시 슬픔과 분노가 치민 라마는 세상을 저주하며 닥치는 대로 모든 것을 부숴버리려고 했다. 락슈마나는 라마 앞에 엎드려 두 손을 모아 빌고 또 빌면서 제발 라마답게 냉정을 되찾도록 사정했다. 락슈마나의 간청으로 겨우 냉정을 되찾은 라마는 말했다.

"추태를 보여서 미안하다. 자, 이제 어떻게 할 것이냐? 나는 슬픔과 낙담으로 사고력까지 마비가 되어버렸나보다. 락슈마나, 이제부터 어떻게 해야지? 네가 좀 잘 생각해 보아라."

23. 쟈타유를 만남

다시 또 여기저기를 찾아보는 중에 피를 흠뻑 뒤집어쓴 채 땅바닥에 웅크리고 있는 쟈타유가 보였다.

"락슈마나, 바로 저놈이다. 저 락샤사가 독수리로 둔갑해 우리에게 접근했다가 기회를 노려 시타를 잡아 먹은 것이다. 저놈이 뒤집어 쓴 피는 시타의 피다. 내 저 악마를 죽여버리겠다."

라마가 화살을 뽑아들고 쟈타유에게로 접근하자 쟈타유는 꺼져가는 소리로 말했다.

"라마, 시타를 찾고 있는 것이겠지? 내 말을 좀 들어보아라."

쟈타유는 시타가 라바나에게 잡혀 간 이야기와 자신이 라바나에게 당한 이야기를 겨우겨우 이어갔다. 라마는 울면서 쟈타유를 껴안았다.

"라마, 남쪽으로 갔다. 너는 틀림없이 라바나를 죽이고 시타를 찾을 것이다. 남으로, 남으로……"

쟈타유는 숨을 거두었다. 라마와 락슈마나는 쟈타유의 시체를 고다바리 강변으로 옮겨 예법대로 화장했다. 명복을 비는 독경과 함께 안잘리도 올려 저승길이 편하도록 했고, 고다바리강에서 목욕을 한 후에는 경전에 나와 있는 대로 쟈타유를 위해 다시 영결시을 행했다.

24. 아요무키와 카반다

라마와 락슈마나는 남으로 길을 재촉했다. 주위의 경치에도 관심이 없었고 서로 말도 없이 묵묵히 걸음만 서둘렀다. 단다카 숲을 지나 크라운차라니야 숲으로 들어섰다.

그곳 한 동굴 앞을 지나려는데 거대한 락샤시 하나가 전에 슈르
파나카가 라마에게 달려들 듯 락슈마나에게 달려들면서 말했다.

"잘생긴 젊은이, 나는 아요무키라는 락샤시야. 내가 이제 그대를
나의 남편으로 삼겠으니 기뻐하라고. 우리는 이제 함께 신나게
이 숲을 누비는 거야."

락슈마나는 그녀의 말이 끝나기도 전에 칼을 빼어 그녀의 코와
귀를 베어버렸다. 아요무키라는 락샤시는 비명을 지르며 숲속으로
도망쳐버렸다.

다시 남으로 남으로 길을 계속했다.

"라마, 내 왼팔이 저리고 예감이 좋지 않은 것이 불길해. 조심을
해야겠어. 반쥴라카 새가 지르는 소리를 들으니 위험을 무난히
넘길 것이라고는 하지만 말이야."

이때 갑자기 우뢰같은 소리에 놀라 사방을 둘러보니 바로 앞을
어느새 거대한 괴물이 막고 있었다. 다리도 머리도 없는 그 괴물은
눈은 가슴에 있었고 동굴같은 입은 배에 뚫려 있었는데 길이가 일
요자나 씩이나 되는 두 팔을 양쪽으로 벌리고 있어서 도저히 어떻
게 빠져나갈 수가 없었다.

"내 이름은 카반다라는 락샤사다. 오늘은 오랫만에 한꺼번에 두
사람이나 먹을 수 있게 되다니 정말 좋은 날이구나. 먹어치우기
전에 이름이나 좀 들어볼까?"

우뢰같은 소리와 함께 어느새 괴물의 두 팔은 각각 라마와 락슈
마나를 붙잡아 동굴같은 입으로 가져가고 있었다. 라마와 락슈마나
는 옆에 있는 나무며 바위며를 붙들면서 버티었으나 소용이 없었
다.

"라마, 정말 이렇게 죽어야 하는 거야? 나는 좋으니 라마라도 빨
리 몸을 빼서 시타를 찾으라고."

락슈마나는 비명을 올렸으나 증오심으로 열화가 끓고 있던 라마

는 의외로 침착했다.

"겁낼 것 없어. 아무것도 아니잖아. 자, 팔을 잘라 버리자고."

어느새 형제는 카반다의 팔을 하나씩 잘라버렸다. 카반다는 비명과 함께 기뻐 외쳤다.

"라마라고 했는가? 다사라타의 아들 라마가 틀림없는가? 확실하게 말해주시오."

"그렇다. 다사라타 대왕의 아들 라마와 그의 동생 락슈마나다."

"살았다. 살았다. 감사합니다. 나의 이야기를 좀 들어보십시오. 나는 원래 흉칙한 락샤사가 아니었습니다. 다누라는 이름의 잘생긴 신이었습니다. 장난이 심했던 나는 무서운 형상이 되어 숲속의 수행자들을 놀려주는 것을 재미있어 하다가 한 수행자의 저주에 걸려 그대로 흉칙한 모습으로 굳은 채 락샤사가 되어버렸습니다. 아무리 용서를 빌었지만 라마 이전에는 저주가 풀릴 수 없다는 것이었습니다. 나는 또 인드라의 노여움까지 입어 그의 바즈라에 두 다리까지 잃었습니다. 인드라의 이야기도 라마 당신만이 나의 저주를 풀어 줄 것이라는 것이었습니다. 라마, 나를 빨리 화장을 시켜 옛날 모습으로 돌아가게 해주십시오."

"알겠습니다. 그런데 당신께서는 여기에 오래 계셨을 것이니 나의 아내 시타의 행방을 알 것입니다. 라바나에 대하여도 아는 대로 알려주십시오. 나는 라바나를 죽이고 시타를 찾아야 합니다."

"내가 다시 태어난다면 나의 기억력도 되살아날 것입니다. 그렇게 되면 나는 당신에게 도움이 되는 말을 할 수 있을 것입니다. 당신을 도울 수 있는 사람을 알려 드릴 수 있을 것 같습니다."

25. 다누의 조언

라마와 락슈마나는 카반다가 원하는 대로 크고 깊은 구덩이를 파서 나무를 절반쯤 채운 후에 카반다를 끌어다 올려놓고 다시 더 많은 나무더미로 카반다를 덮었다. 라마와 락슈마나는 여기에다 불을 붙였고 불은 오랫동안 타올랐다. 드디어 불이 다 탔을 무렵 구덩이로부터 단정한 모습의 신이 나타났으며 그를 데려가기 위한 전차가 내려왔다. 다누는 라마에게 말했다.

"어떠한 일의 결론을 도출해내기 위한 일반론을 말씀드려 보겠습니다. 어떤 일의 진실을 파악하기 위하여는 여섯 가지 요소가 필요합니다. 첫째는 프라티야크샤이니 이는 현재까지 알려진 것, 즉 현상파악을 말합니다. 다음 아누마나는 현상파악을 기초로 한 추론을 뜻합니다. 세번째 우파마나는 비교분석을 뜻하며 네번째 샤브다는 평판이나 소문에 대한 분석입니다. 다섯번째의 아누팔라프라프티는 불필요하거나 무관한 것을 제외시키는 것이며 마지막 여섯번째의 아르타프라프티는 위의 다섯 가지 요소들을 조화시켜 진실을 파악하는 것을 말합니다. 또 동병상련이라는 말이 있으니 이는 끼리끼리 통하고 돕는다는 뜻입니다. 서로 어려운 처지에 처한 사람들끼리 서로 돕는다는 것은 서로를 위해 필요하고도 유익한 일입니다. 그러한 의미에서 내가 지금부터 말씀드리는 원숭이의 왕 수그리바는 당신들께 크게 도움이 될 것입니다. 그를 찾아 그와 친구가 되도록 하십시오. 이 길로 곧장 서쪽으로 가시면 팜파라는 이름의 이 세상에서 가장 아름다운 호수가 나올 것입니다. 거기에 이르시면 그곳에서 수행자들의 시중을 들고 있는 샤바리라는 노파를 만나보십시오. 그 노파는 라마 당신을 만나보고 죽는 것이 평생의 소원이기 때문입니다. 다음은 리쉬야모오카 산을 올라가야 하는데 그 산은 죄를 지은 사

람은 오를 수가 없다는 이야기가 전합니다. 그 산꼭대기거나 혹
은 어느 동굴에 당신들께서 만나셔야 할 수그리바가 있습니다.
수그리바는……"
　다누는 필요한 이야기들을 서둘러 다 들려준 다음에 기다리고 있
던 전차를 타고 사라져 버렸다.

26. 샤바리의 아쉬람

　다누의 조언으로 한 줄기 가능성을 찾은 형제는 그가 말한 대로
서쪽으로 서쪽으로 길을 걸어 조그만 아쉬람에 이르렀다. 다누가
이야기했었던 샤바리의 아쉬람이었다.
　샤바리는 너무나 기뻐서 어쩔 줄을 모르며 라마에게 엎드려 경
배를 올린 후 락슈마나 앞에도 엎드렸다.
　"라마님은 주님의 환생이심을 저는 압니다. 이제 이렇게 주님을
뵙게 되었으니 여한이 없습니다. 그동안 수행자님들을 정성껏 시중
들었던 보람으로 이렇게 주님을 뵙게 되는 광영을 얻었으니 새삼스
럽게 저의 한평생이 자랑스럽습니다."
　샤바리는 준비해두었던 과일들로 라마를 대접했다.
　"주님, 이제는 이승을 하직하고자 합니다."
라고 샤바리가 청하자 라마는 말했다.
　"당신께서 쌓으신 고행의 공덕으로 당신께는 천국이 준비되어 있
습니다. 당신께서 여기에서 정성껏 돌보아드렸던 수행자들께서
가 계시는 곳으로 당신께서도 가 보십시오."
　이에 샤바리는 손에 물을 만진 후에 불의 신에게 묵념을 올렸다.
샤바리의 몸에서는 저절로 불길이 일어났다. 전신을 휩싼 불길 속
에서 나오는 샤바리는 늙은 노파가 아닌 하늘 나라의 천녀였다. 천

녀가 된 샤바리는 라마 앞에 엎드렸다. 샤바리는 원래 여자 사냥꾼이었으나 결국은 선녀가 되어 라마와 락슈마나가 보는 앞에서 하늘로 올라갔다.

27. 팜파라는 이름의 호수

샤바리가 생전에 수행자들을 모셨던 일대는 마탕가바나라는 이름으로 불리웠으니 공덕높은 수행자들 때문에 그곳은 성스럽고 경건한 기운이 가득해 호랑이와 사슴이 함께 놀고 있었다. 라마마저도 그곳의 분위기에 휩싸여 시타를 잃은 슬픔과 절망을 잠시 잊을 수 있을 정도였다.

수그리바를 찾아 리쉬야모오카 산으로 향하던 형제는 마탕가사라스 호수에 이르러 목욕을 한 후 다시 길을 계속하여 팜파라는 이름의 호수에 이르렀다. 호수 옆 언덕에는 아쇼카, 틸라카, 푼나가, 바쿨라 등등의 나무가 무성해 꽃향기가 넘쳤으며, 그 아래의 풀밭은 짙은 융단을 깔아놓은듯이 고왔고 호수의 물은 수정처럼 투명한데 수면에는 연꽃이 만발해 있었으며 새들은 망고나무 사이에서 노래하고 공작들은 호숫가에서 춤을 추니……

너무나 아름다운 경치에 취한 듯 라마는 땅바닥에 주저앉아 버리더니 락슈마나에게 말했다.

“나는 더 못가겠다. 너 혼자 리쉬야모오카 산으로 가서 수그리바를 만나거라.”

28. 라마의 슬픔

너무나 아름다운 경치에 라마는 시타가 생각났었던 것이다.
"시타와 함께 있었더라면 얼마나 좋았을까?"
라는 생각이 그만 라마를 슬프게 했던 것이다.

때는 시타가 가장 좋아했던 바산타의 첫번째 달인 마드후였다. 새들도 모두 짝을 지어 노래하고, 수공작은 꼬리를 펴서 암공작 앞에서 뽐내며, 미풍에 흔들리는 나뭇가지들까지도 서로 얽혀 어루만지 듯하니, 보이는 것, 들리는 것 모두가 오직 시타를 생각나게 할 뿐이었다.

락슈마나는 라마의 심정을 충분히 이해할 수 있었다. 그러나 그는 라마에게 말했다.

"라마, 이처럼 허약한 감상은 라마에게는 어울릴 수가 없어. 감정적으로는 이해하고도 남지만 우리는 지금 그렇게 사치스러운 입장이 아니란 말이야. 라마는 서슴치 않고 왕국도 버렸고 14년 간의 고생도 택했어. 내가 라마를 좋아하는 것은 그러한 위대함 때문이야. 시타를 위해서라도 우리는 이지적이어야 하고 용감해야 해. 우리는 원수를 찾아 죽이러 가는 길이란 말이야. 어떠한 어려움이 있더라도 극복해 나가자고. 투쟁이 없이는 성취도 없다고 했어. 끊임없는 투쟁만큼 위대한 것도 없다고 했어. 우리는 용감해야 돼. 우리는 자랑스럽게 아요드햐로 돌아가야 해. 우리는 결코 나약한 감상주의자나 동정받는 패배자가 될 수는 없어. 우리는 해내야 돼. 해낼 수 있잖아. 우리는 이겨야 돼. 라마는 무엇이든지 이길 수 있어. 시타를 찾아야 해. 지상을 다 뒤져도 없다면 지하나 천상을 다 뒤져서라도 찾아야 돼. 찾아내고야 말 겠어. 이승에 없다면 저승에라도 가서 기어이 찾아내는 거야. 어딘가에 있을 것이라고. 있으니 찾을 수 있어."

락슈마나는 계속 설득했다. 락슈마나의 말에 위안과 용기를 얻은 라마는 드디어 이를 악물고 리쉬야모오카 산을 오르기 시작했다.

4. 키슈킨다 왕국

4. 키슈킨다 왕국

1. 수그리바가 라마에게 하누만을 보내다

수그리바는 산 위 높은 곳에 하누만, 날라, 니일라, 트하라의 네 명의 부하 원숭이들과 앉아 있었다. 그는 곧 산을 기어오르고 있는 라마와 락슈마나를 발견했다. 형 발리에게 쫓겨 몸을 피하고 있는 그에게는 낯선 사람들의 접근은 심히 두려운 일이었다. 그는 부하들 중에서 가장 믿음직한 하누만에게 말했다.

"하누만, 잘 보아라. 복장은 수도승인데 무기를 가졌다. 발리와 그 일당은 이산에 못오르도록 되어 있기 때문에 발리가 저 사람들을 대신 보내어 나를 해치려는 것인지도 모르겠다. 자, 우리 빨리 안전한 곳으로 피하자."

이에 하누만은 말했다.

"선량한 사람일지도 모르겠습니다. 선량한 사람들이었으면 좋겠습니다."

"그렇다면 얼마나 좋겠어. 다행히 저들이 좋은 사람들이라면 친구가 되어 서로 도울 수도 있을 텐데. 자꾸 이쪽으로 오고 있다. 하누만, 그대는 언변과 무예와 학식과 기지에 능하니 저들에게 가서 자세히 알아보도록 해라."

바람의 신 바유의 아들 하누만은 브라흐마차리(독신의 브라흐민)

의 모습으로 변장한 후에 나무에서 나무로, 바위에서 바위로 몸을 날려 곧 라마와 락슈마나 앞에 섰다. 그는 예를 올린 후 말했다.

"이렇게 인적이 못 미치는 곳을 찾아오심은 무슨 일이십니까? 지금까지 두 분께서 오시는 것을 쭈욱 보고 있었습니다. 두 분은 라자르쉬이신 듯하고 형제 사이이신 듯하며 해와 달처럼 빛나시니 이곳 일대에 광명이 넘치는 듯 합니다. 갖고 계시는 병장기는 하늘의 것이요, 갖고 계시는 분은 삼계에 대적할 자가 없는 대용사이신 듯한데 슬픔과 근심의 그늘이 드리워 계시니 모를 일입니다. 이렇게 말씀드리는 저는 사실은 원숭이입니다. 저희의 왕 수그리바께서는 형 발리에게 쫓기시어 몸을 피하고 계시니 저는 그분의 신하로 바유의 아들인 하누만입니다. 수그리바 대왕께서는 당신들의 접근을 불안해 하셨으나 당신들이 선인이라고 믿어지기에 이렇게 모든 것을 말씀드렸습니다. 당신들이 선인이시라면 친구가 될 수도 있다는 것이 수그리바 대왕님의 뜻이시라는 것을 아울러 전해드리는 바입니다."

하누만은 말을 끊고 라마의 대답을 기다렸다. 라마는 락슈마나에게 말했다.

"우리는 수그리바 대왕님을 찾아 여기에 왔는데 이렇게 먼저 친구가 될 수도 있다고 제안을 해오시니 이 얼마나 순조로운 인연이냐. 그런데 나는 우선 하누만이라는 사절에 놀랐다. 얼마나 듣기 좋은 목소리며 얼마나 조리 있는 언변이냐. 문장 하나하나가 조금도 문법에 어긋남이 없으니 대단히 학식이 높으신 분임에 틀림이 없다. 이처럼 훌륭한 분의 모심을 받고 있다니 수그리바 대왕님은 무척 행복하시다고 하겠다."

이에 락슈마나는 자신들의 신분을 밝히며, 수그리바를 찾게 된 사연을 이야기하자 하누만은 기이한 인연에 크게 감탄을 하면서, 형 발리에게 키슈킨다 왕국과 부인 아무르를 빼앗기게 된 수그리바의 이야기를 들려주었다. 이야기의 대강은 이러하였다.

키슈킨다라는 원숭이의 왕국이 있었다. 왕에게는 발리와 수그리바라는 두 왕자가 있었다. 동생 수그리바는 용맹한 형 발리를 무척 존경했고 형 발리는 착한 동생 수그리바를 매우 사랑했다. 왕이 죽자 형인 발리가 왕위에 올랐다. 그런데 아야비라는 아수라가 있었다. 그는 둔두비의 장남이었다. 발리는 이미 아야비의 아버지 둔두비를 죽였던 일이 있었으며, 거기에다가 아야비와는 어떤 여자 때문에 서로 다투고 있었다. 어느 날 밤 모두들 깊이 잠들어 있을 때에 아야비는 발리를 찾아 결투를 신청했다. 잠을 자고 있던 발리는 잠도 제대로 깨지 않은 채 싸우러 나갔다. 발리의 부인이 말려도 소용이 없었고 동생 수그리바가 재삼 말려도 소용이 없었다. 걱정이 된 수그리바는 발리를 따라 함께 나갔다. 형제가 나오는 것을 본 아야비는 도망을 치기 시작했으며 발리는 그 뒤를 쫓았다. 그리고 수그리바는 발리의 뒤를 따랐다. 멀리멀리 깊은 산 속으로 계속 도망을 치던 아야비는 어둠 속에 덤불 속으로 숨어버렸다. 덤불 안에는 깊이를 모를 동굴이 있었다. 발리는 동굴 속으로 아야비를 쫓아 들어갔다. 수그리바가 아무리 말려도 소용이 없었다. 발리는 수그리바에게 자기가 나올 때까지 동굴 밖에서 기다리도록 명령했다. 수그리바는 명령대로 밖에서 기다렸다. 기다리다 기다리다 1년이 지나갔다. 그런데 폭우가 쏟아져 동굴 안에서부터 홍수가 나오던 어느 날 동굴 속으로부터 아야비의 고함과 발리의 희미한 비명이 들려 나왔다. 수그리바는 형 발리가 아야비에게 당했음을 알았으나 형의 원수를 갚을 만한 용기가 없었다. 그리하여 수그리바는 동굴 입구를 돌로 단단히 막아버린 다음에 발리의 명복을 빌었다.

수그리바가 혼자서 키슈킨다로 돌아오자 대신들은 수그리바를 왕위에 앉혔다.

그런데 얼마 후 발리가 나타났다. 그는 왕위에 올라있는 수그리바를 향해 크게 화를 내면서 대신들을 투옥하고 수그리바를 죽이려고 했다. 자기가 아야비를 이기고 동굴을 나오려고 하는 것을 수그리바가 동굴 입구를 돌로 막아버렸다는 것이었다. 그는 지친 몸으로 겨우 입구를 막은 돌을 깨고 간신히 살아왔다는 것이었다. 아무리 수그리바가 해명해도 소용이 없었다. 억울하게도 수그리바는 천하에 나쁜 동생이 되어버렸다. 발리가 수그리바에게 가한 형벌은 지독했다. 수그리바는 발리에게 복수를 맹세하며 겨우 도주에 성공하여 생명을 구했다. 그를 따르는 무리는 하누만, 날라, 니일라, 트하라 겨우 넷뿐이었다. 발리는 수그리바를 잡으려고 뒤를 쫓았다. 온 세상을 다 돌아다니며 쫓기고 쫓기던 수그리바는 발리가 들어올 수 없는 곳인 리쉬야모오카 산으로 몸을 숨겼다.

이상이 수그리바에 대한 하누만의 이야기였다.

하누만은 두 사람을 그의 넓은 등에 태우고 수그리바에게로 갔다. 수그리바가 머물고 있던 봉우리는 말라야라고 불리웠다. 하누만은 수그리바에게 라마에 관한 이야기를 들은 대로 전했다.

2. 우정의 맹세

라마 형제가 발리가 보낸 사람들이 아니라는 것을 알게 된 수그리바는 겨우 마음을 놓았다. 더구나 서로 친구가 되기를 원한다는 말에 크게 기뻐했다. 이리하여 라마와 수그리바는 서로 손을 잡고 함께 껴안았다. 브라흐마차리의 위장을 벗어버린 하누만은 아라니(서로 마찰을 시켜 불을 일으키는 나무조각)로 불을 일으켜 이 불 앞에 꽃을 놓고 기도를 올린 후 그 불을 라마와 수그리바 앞에다 놓았다. 라마와 수그리바는 그 불을 돌면서 서로 영원한 친구가 될 것을 맹세했다.

“이제 서로 친구가 되었으니 기쁨도 슬픔도 같이 나눕시다.”

“마치 옛날부터 절친했던 친구가 오랫동안 헤어졌다가 다시 만난 듯한 기분입니다.”

수그리바는 살라나무의 가지를 꺾어 라마가 앉을 자리를 만들어 주었고, 하누만은 백단나무의 가지를 꺾어 락슈마나가 앉을 자리를 만들어 주었다.

수그리바가 자신의 억울함을 이야기하면서 눈물을 흘리자 라마는 자기가 발리를 죽여 수그리바의 원수를 갚아 주겠다고 맹세했다. 이어 라마가 자신의 이야기를 하자 수그리바는 얼마 전에 있었던 일을 이야기했다. 수그리바를 비롯한 다섯 명의 원숭이들이 산 꼭대기에 있을 때 검은 구름같은 락샤사가 남으로 하늘을 지나갔는데,

“라마! 락슈마나!”

라고 외쳐대는 여자의 목소리와 함께 노란 비단으로 묶은 패물이 떨어져 내렸다는 것이었다.

“시타의 것이 틀림없습니다. 빨리 나에게 좀 보여주십시오.”

라고 라마가 서두르자 수그리바는 곧 동굴로 가서 노란 비단끈으로 묶은 패물을 가져왔다. 이것을 보자마자 라마는

“시타!”

라고 외치면서 울음을 터뜨렸다. 수그리바를 비롯하여 모두들 함께 눈물을 흘렸다. 라마는 수그리바에게 더욱 자세한 이야기를 들어보려고 했으나 수그리바는 말이 막혔다. 수그리바는 말했다.

“안타깝게도 현재로서는 더 이상은 모릅니다. 그러나 나는 이제부터라도 자세한 것을 알아보도록 하겠습니다. 우리는 모든 수단과 방법을 다해 그 악마에 관한 모든 것을 알아내도록 하겠습니다. 그리고 나는 확신합니다. 그 불의의 악마는 곧 당신의 손에 죽을 것입니다.”

3. 발리와 수그리바

이어 이야기는 수그리바가 그의 형 발리에게 얼마나 억울하게 고
통을 받았으며, 계속 어떻게 생명의 위협을 받고 있는가 하는 이야
기가 계속되었다. 수그리바가 억울함과 불안감에 눈물을 흘리자 라
마는 수그리바에게,

"내 곧 발리를 죽여 우리의 우정에 보답할 것을 약속하겠습니다."
라고 말하면서 수그리바를 위로하고 안심시켰다.

4. 발리의 용맹

"라마, 나는 당신이 결코 헛장담을 하는 분이 아님을 알고 있습
니다. 내가 발리의 용맹을 이야기한다고 해서 당신의 무용을 의
심한다고 생각하시지는 마십시오. 나는 다만 당신께서 발리의 용
맹이 어떠한가를 참고로 들어두시는 것이 도움이 될 것이라는 의
미에서 발리에 관한 이야기를 들려드리고 싶습니다."
라고 하면서 수그리바는 다음과 같은 이야기를 라마에게 들려주
었다.

1천 마리의 코끼리보다도 강한 둔두비라는 아수라가 있었다. 그
는 물소의 모습으로 변신하는 것을 좋아했다. 그는 자신의 용맹을
뽐내기 위해 바다의 신 바루나를 찾아 싸움을 걸었다. 그러나 바루
나는 둔두비가 자기보다 세다는 것을 인정하면서, 둔두비와 맞설
수 있는 상대로는 산들의 왕인 히마반밖에 없을 것이라고 말했다.
둔두비는 히마반을 찾아 싸움을 걸었다. 히마반은 자기는 싸움에는
문외한이기 때문에 둔두비와는 상대가 될 수 없다고 꼬리를 내리면
서 키슈킨다에 사는 원숭이들의 왕인 발리라면 둔두비의 맞수가 될

수 있을 것이라고 말했다. 둔두비는 물소의 모습으로 하늘을 날아 키슈킨다에 이르러 발리에게 싸움을 걸었다. 발리는 둔두비에게

"살아남고 싶으면 조용히 물러가라!"

라고 말했으나 둔두비가 그 말을 들을 리가 없었다. 곧 둘 사이에는 무시무시한 싸움이 벌어졌다. 결국 발리는 둔두비를 땅바닥에다 내려 꽂았다. 그리고는 피를 쏟으며 죽어가는 둔두비를 들어 힘껏 내던져버렸다. 얼마나 세게 내던져버렸던지 둔두비는 1요자나 밖으로 나가 떨어졌다. 그런데 이 둔두비의 시체가 공중을 날아가는 동안 시체에서 떨어진 피가 성자 마탕가의 아쉬람으로 떨어졌다. 마탕가는 자신의 아쉬람이 피로 더러워진 것에 크게 노하여,

"나의 아쉬람에서 1요자나 이내에 발리나 그의 일당이 발을 들여놓는다면 그들은 죽음을 면치 못할 것이다."

라고 저주했다. 발리는 마탕가를 찾아 용서를 빌었으나 마탕가는 끝내 저주를 풀지 않았다. 리쉬야모오카 산도 마탕가가 선포한 구역 안에 들기 때문에 수그리바는 리쉬야모오카에 몸을 피하게 된 것이었다.

이러한 이야기 외에도 수그리바는 발리가 얼마나 무용이 뛰어난가에 대해 많은 이야기를 했다. 화살 일곱 개를 차례로 쏘아 화살 하나하나가 일곱 그루의 살라나무를 꿰뚫었다는 이야기도 했다.

5. 수그리바의 불안

수그리바의 이야기를 듣고 있던 락슈마나는 말했다.

"수그리바께서는 라마가 발리를 못이길까 보아 불안하게 생각하시는군요."

이에 수그리바는 사실은 그러한 불안감이 전혀 없는 것도 아니

라고 말했다.

"그렇다면 불안감을 덜어드리기 위하여 무언가를 보여드리겠습니다. 어떻게 보여드리면 안심을 하실 수 있으시겠습니까?"

라고 락슈마나가 묻자 수그리바는 라마를 둔두비의 유골이 있는 곳으로 안내했다. 둔두비의 유골은 어마어마하게 컸다. 라마는 발가락으로 이 유골을 들어올려 10요자나 밖으로 던져버렸다. 수그리바는 라마의 엄청난 힘에 크게 놀라면서도 완전히 밝은 표정이 되지는 않았다.

"물론 지금의 유골은 뼈만 남았기에 당시보다는 훨씬 가벼울 것이며, 또 당시의 발리는 무척 피곤한 상태였는데도 1요자나 밖으로 던졌다니 쉽게 발리와의 우열을 가리기가 어려우시겠지요."

라고 하면서 라마는 활을 들더니 화살 하나를 살라나무를 향하여 쏘았다. 그 화살은 차례로 일곱 그루의 살라나무를 꿰뚫은 후에 다시 라마의 화살통 안으로 되돌아왔다. 이 무서운 힘과 재주를 본 수그리바를 비롯한 다섯 원숭이들은 크게 놀라면서 그제서야 안심하는 표정이 되었다.

"라마께서 발리를 이기실 수 있다는 것을 이제는 조금도 걱정하지 않겠습니다. 지금 당장 발리를 처치하러 가셨으면 합니다."

라고 수그리바는 말했다.

6. 발리를 죽임

이리하여 일행은 서둘러 키슈킨다로 갔다. 수그리바는 성문 앞에서 커다란 목소리로 발리에게 싸움을 걸었고 라마와 락슈마나는 근처 숲속 나무 뒤에 몸을 숨기고 있었다.

수그리바가 싸움을 걸어왔다는 것을 안 발리는 잘 되었다는 듯이 밖으로 나와 곧 이에 응했다. 수그리바와 발리는 서로 뒤엉켜 필사적인 싸움을 계속했다. 그런데 둘은 어찌나 서로 닮았는지, 또 어찌나 맹렬하게 싸워대는지 누가 누구인지를 분간할 수가 없을 정도였다. 발리를 향해 화살을 쏘려고 기회를 노리고 있던 라마는 잘못하여 수그리바를 맞추게 될까 보아 끝내 화살을 쏠 수가 없었고, 힘이 부족해 흠뻑 얻어맞고 잔뜩 상처를 입은 수그리바는 죽어라고 발리가 쫓아올 수 없는 마탕가의 아쉬람 근처의 숲속으로 도망해버렸다. 라마, 락슈마나, 하누만 등은 수그리바에게로 갔다. 수그리바는 라마에 대하여 원망하고 실망하는 표정을 숨기지 않았다. 라마는 말했다.

"수그리바, 어찌나 발리와 모든 것이 닮았던지 전혀 구분이 어려웠습니다. 무언가 표시를 하고 다시 한 번 싸우신다면 이번에는 틀림없이 발리를 죽이겠습니다."

라마는 락슈마나에게 꽃이 만발한 가쟈푸슈피 덩굴을 가져다 수그리바의 목에다 화환처럼 걸게 했다. 수그리바는 다시 키슈킨다로 가서 성문 앞에서 발리에게 싸움을 걸었으며 라마는 첫번째와 같은 곳에 몸을 숨겼다.

발리가 다시 수그리바와 싸우기 위해 밖으로 나가려고 하자 발리의 아내 타라는 발리를 말렸다.

"무인가 이상합니다. 방금 전에 져서 도망했다가 다시 왔다는 것은 준비가 있다는 것인데 이는 라마의 협조를 뜻할 것입니다. 수그리바는 현명하기 때문에 결코 필승의 비책이 없이 이렇게 곧 다시 올 리가 없습니다. 숲을 감시중인 첩자들의 보고에 의하면 다사라타 왕의 두 아들 라마와 락슈마나가 수그리바에게로 갔다고 했습니다. 라마는 용맹무쌍할 뿐 아니라 약자를 돕기를 좋아한다니 그는 틀림없이 수그리바를 돕기로 한 것 같습니다. 라마가 수그리바를 돕기로 했다면 승산이 없습니다. 당신은 라마를 상대할 수는 없습니다. 수그리바와 화해하여 라마와의 충돌을 피하시는 것이 옳을 것입니다. 이제는 그만 형제간의 불화를 끝내시고 수그리바를 용서하시고 그를 후계자로 정하시도록 하십시오."

그러나 화가 나 있던 발리는 타라의 말을 듣지 않았다.

"나쁜 놈, 수그리바와는 형제간이라고 하기도 싫다니까. 또 라마는 물론 대단히 용맹하다고 들었지만 그것보다는 다르마에 벗어남이 없는 사람이라는 것으로 삼계에 더욱 유명한 사람이기 때문에 자기를 전혀 해친 일이 없는 상대를 자기가 먼저 해치는 일은 결코 없을 것이야. 여하간 도전해온 녀석과 화해를 생각한다는 것은 나같은 용사들에게는 어울리지 않는 비겁한 짓이란 말이야."

발리는 그대로 밖으로 나가 다시 수그리바와 싸움이 붙었다. 발리와 수그리바 형제는 부드하와 앙가라카(수성과 화성)가 서로 대결하는 것 같았다. 발리는 자신의 강한 팔을 휘둘러 수그리바를 공격했고, 수그리바는 살라나무를 뿌리채 뽑아 휘두르면서 이에 맞섰다. 라마는 혹시나 수그리바가 이길지도 모르겠다고 기대하면서 기다려 보았으나 시간이 갈수록 수그리바가 불리해지기 시작하였다. 드디어 라마는 활을 당겼다. 시위소리가 천지를 진동하며 화살은 무서운 소리로 공기를 가르면서 순식간에 발리의 가슴에 깊숙하게 박혔다. 발리는 그대로 땅위에 쓰러졌다.

7. 발리의 비난

라마와 락슈마나는 나무 그늘에서 나와 발리에게로 가까이 갔다. 발리는 죽음을 앞에 두고도 인드라의 아들답게 의연했다. 그는 조금도 흥분하거나 화를 내지 않은 채 나지막하나 힘있는 목소리로 라마에게 말했다.

"당신은 황제의 아들로 고귀한 가문에서 태어나 용감하고 위대하며 선량하고 관대하며 정의롭고 친절하며 결코 다르마에서 벗어난 일이 없는 분으로 삼계에 이미 이름이 높으신 분입니다. 그런데 조금도 당신을 해쳤거나 해칠 생각이 없는 나를 이렇게 나무 뒤에 숨어서 해치시다니 믿을 수가 없는 일입니다. 당신은 다르마를 지킨다면서 거짓을 내세운 아다르미입니다. 나는 당신의 그릇된 명성에 속아 당신을 잘못 믿었기 때문에 타라의 말을 듣지 않아 이렇게 죽게 되었습니다. 당신은 풀로 가려놓은 함정만큼 나쁩니다. 노출되어 있는 함정은 차라리 떳떳합니다. 라마 당신은 죄없는 나를 죽였습니다. 이는 다르마에 어긋납니다. 만일 당신께서 나에게 정면으로 도전해왔더라면 나는 당신을 이겼을 것입니다. 그러나 당신은 풀숲 속에 숨어 있다가 잠자는 사람을 물어죽인 독사처럼 나를 공격했습니다. 그렇게까지 하면서 수그리바를 도와줄 이유가 있었습니까? 수그리바의 도움으로 부인을 찾기 위해섭니까? 그런 문제라면 왜 나에게 이야기하지 않았습니까? 나에게 먼저 이야기했었더라면 나는 장담코 하루 만에 당신 부인을 찾아올 수 있었을 것이며 라바나의 목에 올가미를 씌워 끌고 왔을 텐데 말입니다. 당신은, 왕자는 사냥꾼처럼 동물을 죽일 권리가 있다고 말씀하실지 모르겠습니다. 그러나 동물도 동물 나름입니다. 나같은 원숭이를 사냥할 이유가 있습니까? 사슴처럼 가죽을 쓸 수도 없으며 뼈나 털이 쓸모가 있는 것도 아닙니다. 브라흐민과 크샤트리아도 짐승고기를 먹을 수 있지만 그것도 다섯 발가락이 있는 짐승의 고기에 한합니다. 그런데 나는 거기에 속하는 것도 아닙니다. 왕이나 브라흐민이나 소를 죽이거나, 남의 재물을 훔치거나, 짐승을 해치는 것을 즐기거나, 신을 믿지 않거나, 형보다 먼저 결혼하거나, 세상에 비밀을 흘리거나, 탐욕스럽거나, 믿고 있는 친구를 배신하거나, 스승의 아내를 욕심내거나 하는 자들은 모두 커다란 죄인들이 되어 지옥에 떨어진다고 했습니다. 이제 내가 죽으면 수그리바가 왕위에 오를 것입니다. 그것은 있을 수 있는 일입니다. 그러나 당신이 나를 죽였다는 것은 있을 수 없는 일입니다. 당신은 당신의 잘못을 어떻게 생각하십니까? 마지막으로 당신의 변명이나 들어보고 눈을 감고 싶습니다."

8. 라마는 그의 행위를 정당화했다

라마는 발리의 비난을 끝까지 참고 들었다. 발리의 말은 그가 발리의 가슴에 꽂았던 화살보다도 더 아프게 라마의 가슴을 꿰뚫었을 것이다. 그러나 라마는 그것이 아니었다. 드디어 라마는 조심스럽게 입을 열었다.

"발리, 그대의 말은 다 옳소. 그러나 당신은 큰 잘못을 저지르고 있소. 다르마란 그렇게 단순하고 상식적인 관점에서 판단될 수 있는 것이 아니고 보다 깊고 넓은 관점에서 해석되어야 할 필요가 있으며 전문적인 지식에 정통한 분들의 의견을 경청해야 하는 것이오. 그런데 그대는 그러한 분들의 심오한 의견을 전혀 경청한 바가 없이 자기 나름대로 다르마를 아전인수격으로 쉽게 해석하니 이는 큰 잘못이오. 나는 그대에게 다르마에 관한 강론을 하려는 것은 아니오. 그러나 나에 의한 그대의 죽음은 결코 그대의 입장에서 억울한 것만은 아니라는 점은 밝혀드리겠소. 이곳은 우리 왕실의 지배권이 미치는 곳이며, 나는 신상필벌의 원칙에 따라 이곳에 속하는 모든 것들에 대해 포상과 처벌을 할 수

있소. 그대는 동생 수그리바를 멋대로 오해해서 박해했으며, 동
생의 아내 아무르를 빼앗는 죄를 범했소. 그 죄에 대한 벌은 죽
음이라고 되어 있소. 죄를 짓고도 벌을 피하기 원한다면 그것이
야말로 다르마에 벗어난 것이오. 나무 뒤에서 그대를 쏘았다는
것도 조금도 이상할 것이 없소. 그대는 짐승이고 나는 크샤트리
아이기 때문에 크샤트리아가 짐승을 잡기 위해 덫을 놓거나 그
물을 쓰거나 나무 위에나 뒤에서 활을 쏘는 것은 비난받을 이유
가 될 수가 없소. 그리고……"

라마는 하나하나 발리의 비난에 대한 답을 말했다. 드디어 발리
는 합장을 하면서 말했다.

"신들 중의 신이시여, 저같은 미물이 고통과 원통함으로 멋대로
떠들었던 망언들을 용서해 주십시오. 이제야 저는 참다운 다르
마가 무엇인가를 짐작하게 되었으며 모든 것이 자업자득의 인과
응보요 운명이라는 것을 깨닫게 되어 참으로 감사하고 기쁩니다.
저를 용서하고 축복해 주십시오. 그리고 저의 아들 앙가다, 앙가
다를 보살펴주시고 저의 아내 타라가……"

발리의 목소리는 점점 약해졌다. 라마는 발리를 위로하고 안심
시켜 주었다.

9. 타라의 슬픔

발리가 라마에게 죽었다는 소문이 퍼지자 키슈킨다의 원숭이들
은 공포에 빠졌다. 그들은 모두 발리의 부인 타라에게 아들 앙가다
와 함께 몸을 피하도록 권했다. 그러나 타라는

"남편이 죽었는데 어찌 내가 살기를 바라며, 왕국이 무슨 소용이
며 자식은 또 무슨 소용이 있겠는가? 오직 남편을 따라 죽을 뿐

이오."

타라는 미친듯 키슈킨다를 나와 발리가 쓰러져 있는 곳으로 향했다. 타라에게는 발리가 죽었다는 말이 믿어지지가 않았다. 발리는 지금까지 숱한 강적들과의 싸움에서 한 번도 진 일이 없었다. 그는 숱한 아수라들을 죽였으며 인드라가 금강저를 던지면 발리는 산만큼 커다란 바위를 맞던질 만큼 인드라에게도 끓리지 않는 용사였던 것이다. 그러나 라마와 락슈마나가 내려다보고 있는 가운데 땅위에 쓰러져 있는 것은 틀림없는 발리였다. 타라는 가슴에 라마의 화살이 꽂혀 있는 발리를 껴안고 몸부림을 치기 시작했다.

"여보, 나 타라요. 당신의 타라예요. 당신의 아내가 이렇게 왔는데 왜 모른 척 하십니까? 자, 빨리 일어나시어 함께 돌아갑시다. 여보, 당신 내 말이 들리지 않으세요? 당신 정말 이승을 떠나 이 곳 키슈킨다보다도 더 좋은 천국으로 가시려는 것입니까? 그렇다면 저의 심장이 천갈래 만갈래로 터져서 저 또한 당신 뒤를 따라야 옳거늘 이렇게 나의 심장은 여전히 팔딱거리고 있다니 이럴 수도 있는 것입니까? 여보, 제가 그렇게 말렸는데도 고집을 부리시더니 이 무슨 청천벽력입니까? 여보, 여기에 당신의 외아들 앙가다가 왔어요. 여보, 제발 앙가다에게……"

타라의 통곡은 차마 옆에서 보고 있을 수가 없었다. 드디어 타라는 발리를 따라 함께 죽겠다고 몸부림을 쳤다. 하누만이 타라를 위로하였다.

"앙가다 왕자님을 위해서라도 자중하십시오. 생사는 불가항력이요 일생유한이니 이렇게 지나치게 슬퍼하심은 옳지 못하십니다. 죽음 앞에서 슬퍼함은 도리어 가소로운 일이라고도 했습니다. 자신 또한 죽어야할 운명이기 때문입니다. 우리는 운명을 거역할 수는 없습니다. 인과응보의 윤회전생 속에서 이제 발리 대왕님께서는 평생에 쌓으신 용맹과 선행으로 좋은 곳으로 가실 것이니 애통해하실 일만도 아닐 것입니다. 우리는 모두 남의 죽음 앞에 슬퍼하고 허무해하는 대신에 자신의 내세를 위해 선행을 힘써야 할 것입니다."

그러나 하누만의 말도 소용이 없었다. 타라는 계속 죽기를 작정하고 몸부림을 쳤다. 이때 발리는 겨우 입을 열어 수그리바에게 말했다.

"수그리바, 형이 너그럽지 못해 너를 못살게 굴었으니 미안하다. 이제 너는 모든 것을 맡아 잘 해나가기 바란다. 앙가다를 네 아들처럼 잘 대해주고, 또 라마와의 약속을 지켜 라바나를 기어이 찾도록 해라. 그 일에 앙가다를 앞장세우면 그는 기대에 어긋나지 않을 것이다. 수그리바, 자 내 목에 있는 황금목걸이를 벗겨 너의 목에 걸도록 해라. 내가 죽기 전에 옮겨야 목걸이의 신통력이 유효할 것이니 서둘러라."

수그리바는 발리가 시키는 대로 하였다. 발리는 또 앙가다에게도 말했다.

"얘야, 사정이 바뀌어졌음을 알아라. 이제는 지금까지처럼 좋은 대우를 받을 수 없게 되겠지만 이는 세상의 당연한 이치일 것이니 거기에 따르도록 해라. 너에게 섭섭하게 하는 일이 있어도 너무 신경을 쓰지 말아라. 행운도 불운도 담담하게 받아들이고 지나침을 피하여 중용을 취할 것이며 수그리바 숙부님만이 너의 유일한 보호자임을 명심해라."

발리는 가슴의 화살을 붙들고 최후의 고통에 몸부림을 치다가 숨을 거두었다. 타라와 앙가다의 통곡은 위로할 길이 없었다. 니일라는 발리의 시체에서 조심스럽게 화살을 뽑았다. 수그리바는 눈물을 흘리며 말했다.

"라마, 내가 잘못했습니다. 발리는 몇번이고 나를 죽일 수 있는 기회가 있었는데도 나를 놓아주었었습니다. 그런데 이 미련하고 탐욕스러운 나는 그것을 모르고 당신에게 형을 죽여달라고 했습니다. 나는 왕국도 싫고 재보도 싫습니다. 리쉬야모오카 산에 계속 남아 참회와 속죄로 여생을 마치겠습니다. 아니, 나는 더 이상 살고 싶지 않습니다. 불에 뛰어들어 죽어야겠습니다."
수그리바의 눈물은 더욱 거세어졌다. 타라는 타라대로 라마 앞에 엎드려 외쳤다.
"당신께서는 자비롭고 친절하시다니 저를 불쌍히 여기시어 저의 남편을 쏘셨던 그 화살로 저도 쏘아 죽여주십시오. 부인을 멀리 둔 남편의 심정을 당신께서는 잘 알고 계실 것이니, 발리를 위해 저를 그에게로 보내 주십시오. 그이는 지금 저를 찾고 계십니다. 저는 그이를 따라가야 합니다. 여자를 죽였다고 누구도 당신을 비난하지 못할 것이니 제발 저의 소원을 들어주십시오."
괴로운 심사를 참으며 라마는 부드럽게 타일렀다.
"당신은 영웅의 부인이십니다. 베다의 가르침에 의하면 만사는 운명이요 브라흐마신의 뜻이라고 했습니다. 삼계의 모든 중생들은 베다가 말하는 대로 운명에 모든 것을 맡겨야 합니다. 우리 모두 운명이 맡긴 각자의 역을 해내고 있을 뿐입니다. 당신의 아들 앙가다는 아버지 발리에 못지 않은 영웅입니다. 영웅의 아내요 어머니인 당신은 슬퍼만 하실 것이 아니라 보다 냉철한 지혜로 사태를 극복하셔야 하실 것입니다."
주위에서 모두들 위로의 말을 퍼부어 그런 대로 발리의 장례식부터 치루기로 했다. 발리의 시체는 가마에 안치된 후 화장터로 옮겨졌다. 백단향을 비롯한 향목들의 더미에 발리의 시체가 눕혀지자 앙가다가 여기에 불을 붙였다. 그들은 근처 강물에서 목욕을 했다. 그리고 발리의 명복을 비는 기도를 올린 다음 키슈킨다로 향했다.

10. 수그리바와 앙가다의 대관식

키슈킨다로 통하는 길에는 굴이 있었다. 이 굴 앞에 이른 라마는 걸음을 멈추었다. 모두들 라마의 주위에 선 채 함께 걸음을 멈추었다. 하누만이 라마에게 함께 키슈킨다로 가서 앞으로의 일을 어떻게 수습하는 것이 좋을까를 지시해 주기를 청하자 라마는 말했다.

"부왕의 명에 의한 14년간의 추방기간 동안은 나는 마을이나 도시에는 들어갈 수가 없습니다. 수그리바께서는 왕위에 오르셔야 할 것이고, 앙가다는 왕세자로 책봉됨이 좋을 것입니다. 그리고 이제 우계가 시작되는 첫번째의 달인 슈라바나(7, 8월에 상당하는 달)가 되었습니다. 비가 계속해서 내릴 것이니 모두들 꼼짝할 수가 없을 것입니다. 넉 달 후 카르티카의 달이 돌아오면 나를 도와주시기 바랍니다. 그동안 나는 락슈마나와 함께 이 산의 동굴에서 우기가 끝나기를 기다리기로 하겠습니다."

수그리바는 키슈킨다로 가서 왕위에 올랐고 동시에 앙가다를 세자로 책봉했다. 수그리바는 그의 부인 아무르를 다시 만나게 되었다.

11. 프라스라바나의 라마와 락슈마나

수그리바 등을 키슈킨다로 보낸 후 라마는 프라스라바나라는 이름의 산으로 가서 한 동굴을 찾아 자리를 정했다. 비에 갇혀서 넉 달을 기다려야 하는 라마의 심사는 심히 초조한 것이었고, 락슈마나는 이러한 라마의 심사를 위로하느라고 많은 신경을 썼다. 라마는 이렇게도 말했다.

"락슈마나, 너는 너무도 나만 생각해주는구나. 어쩌면 꼭 필요한 때에 그렇게 알맞는 말만 골라서 해주지. 맞다. 너의 말이 맞아. 한탄을 한다는 것은 사람의 기력을 죽이는 일이야. 너무 초조하게 생각하지 말고 가을이 오기를 참으며 기다리는 수밖에.“

그럭저럭 넉 달의 우계가 지나고 하늘은 다시 맑게 개었다. 그러나 그동안 오랜 세월을 방랑으로 굶주렸던 수그리바는 주색에 빠져 라마와의 약속을 잊고 있었다. 이제나 저제나 수그리바에게서 무슨 조치가 있기를 기다리던 하누만은 드디어 별궁에만 박혀 있는 수그리바를 찾았다. 하누만은 조심스럽게 라마의 일을 이야기하면서 우계가 지났음을 알렸다. 수그리바 또한 아무리 주색에 빠졌을망정 라마와의 약속을 잊을 수는 없었다. 그는 니일라를 불러오게 했다. 그리고는 니일라에게 말했다.

“모든 병사들을 모조리 키슈킨다로 모이도록 하라. 전 세계 모든 바나라(원숭이)들에게 나의 뜻을 전하라. 기간은 앞으로 15일 이내다. 나의 뜻을 거역하는 자 처벌이 엄할 것이다. 앙가다에게 나를 대신해서 병력을 집결시키는 것에 관한 모든 업무를 집행하도록 하라.”

그리고는 수그리바는 다시 별궁으로 들어가버렸다.

12. 라마의 안달

우계가 끝나니 하늘은 맑고 높아졌고, 밤이면 달빛까지 밝아 시타의 생각은 더욱 간절한데, 일각이 여삼추로 기다리는 수그리바로부터의 연락은 도대체 기미가 없는 채 하루가 가고 하루가 가고 또 하루가 갔다. 드디어 라마의 인내는 한계에 이르렀다. 라마는 락슈마나를 불러 수그리바에게 자신의 뜻을 전하게 했다.

“수그리바에게로 가서 나의 분노를 전하라. 발리가 들어갔었던 저승의 문이 아직도 닫히지 않고 있음을 상기시켜 주어라. 마지막으로 기회를 주는 것이라고 전하라."

그동안 라마의 초조함을 달래주느라고 애써왔었던 락슈마나의 인내심 또한 한계에 이르러 있었다. 그는 자신의 성급한 본성을 그대로 드러내고 말았다. 그는 활과 화살을 챙기면서 말했다.

"역시 믿을 것이 없는 원숭이 녀석이야. 내 녀석을 무조건 죽여버리겠어. 수그리바 녀석은 죽여버리고 발리의 아들 앙가다에게 시타를 찾도록 해야겠어."

라마는 락슈마나의 성급함을 타이르느라고 애를 먹었다. 라마는 말했다.

"아까 내가 했었던 말을 취소한다. 내가 아까는 너무 성급했었다. 수그리바에게 나의 우정을 전하고 우계가 지났다고만 전해라."

락슈마나는 그렇게 하겠노라고 약속은 했으나 그의 표정은 험악했으며 그의 발걸음은 심히 거칠었다.

13. 락슈마나의 분노

키슈킨다로 통하는 굴 앞을 지키던 원숭이 파수병들은 락슈마나의 성난 모습에 겁을 집어먹고 우선 나무토막이며 돌멩이들을 들어 락슈마나를 막으려고 했다. 락슈마나의 분노는 곱으로 되었다. 그의 표정은 세상의 마지막 날의 죽음의 신만큼이나 험악하게 변했다. 파수병들은 왕궁으로 도망쳐서 락슈마나의 접근을 알렸다. 락슈마나가 오고 있다고 보고를 해도 타라를 껴안고 술에 녹아 떨어진 수그리바는 들은 척도 하지 않았다. 초조해진 대신들은 이리 뛰고 저리 뛰면서 어쩔 줄을 몰라 했다. 앙가다는 모든 출입구의 경비를 강화한 후에 병사들을 이끌고 성문을 나섰다.

병사들의 출동에 락슈마나의 분노는 극에 이르렀다. 그의 두 눈은 붉게 충혈되었다. 앙가다는 재빨리 단신으로 락슈마나에게로 나섰다. 앙가다는 무어라고 말을 하려고 했으나 혀가 입천정에 붙어 말을 할 수가 없었다. 락슈마나가 말했다.

"앙가다. 수그리바 대왕께 내가 왔다고 전하시오. 라마가 나를 사자로 보냈다고 왕에게 보고하고 그 답을 받아와 주시오."

앙가다는 곧 왕에게로 가서 락슈마나의 말을 전했으나 왕은 여전히 눈도 제대로 뜰 수 없을 만큼 취해 사태의 심각성을 알지 못했다. 그러나 왕을 제외한 모든 원숭이들은 곧 세상의 종말이라도 온다는 듯이 이리 뛰고 저리 뛰면서 비명을 질러댔다. 이 비명소리에 수그리바는 약간 정신을 차렸고 대신들은 사태의 심각성을 다투어 떠들어댔다. 이에 수그리바는 말했다.

"이상하잖아. 내가 라마에게 무슨 나쁜 짓을 했단 말인가? 갑자기 찾아와 화를 낸다고? 화를 내면 내가 락슈마나건 라마건 겁낼 줄 알아? 친구를 하기로 했는데 싸운다는 것은 이상하잖아?"

하누만이 말했다.

"그렇습니다. 서로 친구가 되어 돕기로 했습니다. 그래서 라마께서는 대왕님께서 시타를 찾는 일을 빨리 도와주셨으면 하는 것일 것입니다. 그러니 대왕님께서 이미 병력의 집결을 명령하셨다고 말씀하신다면 라마와 락슈마나는 도리어 감사할 것입니다. 저는 항상 대왕님을 위하는 쪽입니다. 그래서 말씀드립니다마는 락슈마나를 공손히 맞아들이시어 사정을 잘 말씀드린다면 라마의 분노도 가라앉을 것입니다."

하누만의 말을 옳게 여긴 수그리바는 그렇게 하도록 했다. 락슈마나는 공손하게 궁성으로 안내되었다. 그러나 궁성문에 이른 락슈마나는 악기소리며 노랫소리며 숱한 여인들과 짙은 화장품 냄새에

다시 화가 치솟았다. 그는 활시위를 힘껏 당겼다. 성난 시위소리는
온 키슈킨다를 진동시켰다.

14. 락슈마나의 진정

시위소리에 수그리바는 몸을 떨었다. 그는 침상에서 몸을 일으
켜 타라에게 말했다.

"락슈마나가 몹시 화가 나 있는 모양이오. 당신이 나가서 잘 진
정시켜 보시오. 그는 여자에게는 화를 내지 못할 것이니까."

이에 타라는 락슈마나에게로 가서 라마의 안부부터 늘어 놓으면
서 부드럽게 말을 걸었다. 타라의 흐트러진 옷매무새에 락슈마나는
외면을 하면서 건성으로 대꾸했다. 한참 수다를 떨던 타라는 왜 화
난 얼굴이냐고 물었다. 락슈마나는 말했다.

"당신의 남편을 위해 나를 진정시키려고 하지만 소용이 없소. 내
가 왜 화가 났는지 몰라서 묻는 것입니까? 당신의 남편이 라마를
돕겠다는 약속을 잊고 있기 때문이오. 친구를 돕겠다는 약속을
잊고 주색에만 빠져 있다는 것은 친구로서의 가치가 없다고 할
것이요. 다르마를 잊으면 신벌이 따를 뿐이오."

그러나 타라는 계속 부드럽게 말했다.

"화를 거두시고 조금만 들어보십시오. 수그리바는 라마님의 친
구임과 동시에 신하입니다. 수그리바는 라마님의 위대하심에 비
하면 모든 점에서 너무나 부족함이 많은 미물입니다. 수그리바
가 욕정을 못이겨 이렇게 다르마에 충실치 못했음을 용서해주십
시오. 수행중의 성자들께서도 욕망을 못이겨 파계하시는 일이 있
을 만큼 욕망은 다르마보다도 강력하거늘 긴긴 세월을 쫓겨다녔
던 미물이 다시 왕위에 올랐으니 어이 욕정에 끌리지 않겠습니

까. 그러나 그러면서도 수그리바는 라마님을 돕기 위해 온 세상의 바나라들에게 이곳 키슈킨다로 집결하도록 이미 명령을 내려놓았습니다. 저의 말이 사실인가를 확인해보신 다음에 화를 내셨으면 합니다. 자, 안으로 드시어 자세한 말씀을 들어 보십시오.”

락슈마나는 타라를 따라 내전으로 들어갔다. 온갖 보석들을 주렁주렁 매단 채 황금의 침상에서 아무르에게 두 팔을 감고 있던 수그리바는 락슈마나를 보자 자리에서 일어나서 락슈마나 앞에 합장했다. 락슈마나는 말했다.

“일국의 왕으로서 은혜를 잊고 약속을 저버리다니 있을 수 있는 일입니까? 불을 두고 맹세한 우정이 이것입니까? 라마의 화살이 당신을 겨누고 있으며 발리가 들어갔었던 문이 당신을 기다리고 있습니다.”

이에 다시 타라가 끼어들었다.

“락슈마나님, 수그리바는 라마님을 위해 왕국이고 아내고 그리고 생명까지도 바칠 각오가 되어 있음을 믿으십시오. 그리고 이미 라마님을 돕기 위하여 모든 병사들에게 집결명령을 내렸음을 참작해 주십시오.”

타라의 말에 락슈마나의 표정이 약간 풀리는 것을 본 수그리바는 말했다.

“그렇습니다. 어찌 제가 라마님의 우정과 은혜와 약속을 잊을 수가 있겠습니까. 화살 하나로 일곱 그루의 살라나무를 꿰뚫으신 분을 도울 수 있는 영광을 제가 어이 등한히 할 수가 있겠습니까. 저는 저의 모든 것을 다 바쳐……”

수그리바의 말이 어찌나 간절했던지 락슈마나의 분노는 어느새 사라져버리고 말았다. 도리어 락슈마나는 이렇게 수그리바에게 말했다.

"대왕님께서 그렇게 생각하고 계시다니 감사할 뿐입니다. 저의 무례했음을 용서해 주십시오."

의기양양해진 수그리바는 하누만에게 말했다.

"하누만, 15일 안에 총집결이라고 했었소. 벌써 닷새가 지났소. 앞으로 열흘 안으로 온 세상의 모든 바라나들이 이곳에 와 있어야 할 것이오. 추호도 차질이 없도록 독려하도록 하시오."

그리고 수그리바는 가마를 불러 락슈마나와 함께 타고서 프라스라바나로 라마를 찾았다. 라마는 그를 일으켜 세운 후에 따뜻하게 그를 껴안았다. 라마는 부드럽게 웃으면서 수그리바에게 다르마와 아르타(재물, 부)와 욕망은 서로 균형을 이루어야 한다는 것에 관하여 이야기했다.

15. 수색전의 개시

그로부터 10일이 되자 모든 병사들은 집결을 끝내고 명령을 기다렸다. 수그리바는 자신의 계획을 라마에게 보고한 후에 명령을 내렸다. 그는 먼저 비나타를 대장으로 삼아 그에게 병력을 주면서 말했다.

"그대는 동쪽을 맡아 시타를 찾으라. 수풀이며 동굴이며 강변이며 산봉우리며 모조리 뒤져라. 강가, 야무나, 사라스와티, 신두, 손나를 건너서……"

그는 동쪽에 관한 지역을 자세히 설명해준 다음에 이렇게 명령을 끝냈다.

"기한은 1개월, 1개월 이내에 끝내지 못할 경우에는 사형이다. 성공을 빈다."

타라의 아버지 수쉐나에게는 서쪽이 맡겨졌고, 샤타발리에게는 북쪽이 맡겨졌다. 그리고 남쪽은 앙가다에게 맡겨졌는데 하누만은 그곳에 배속되었다. 수그리바는 하누만에게 말했다.

"하누만, 그대에게 남쪽을 맡긴 것은 그대에게 대한 기대가 크기 때문이오. 남쪽이 가장 가능성이 높은 곳이니 부디 좋은 결과를 얻기를 기다리고 있겠소."

그러자 라마도 하누만에게 말했다.

"나도 같은 생각이오. 자, 여기 나의 반지를 그대에게 맡기노니 시타를 찾거던 신표로 이 반지를 주어 시타를 안심시키도록 하시오."

하누만은 두 손을 모아 그 반지를 받더니 머리 위로 치켜 올리면서 라마 앞에 꿇어 엎드렸다.

모든 병사들이 사방으로 떠나간 후에 라마와 락슈마나는 다시 1개월을 더 프라스라바나에 머물면서 결과를 기다리기로 했고 수그리바는 키슈킨다로 돌아가기로 했다. 이때 라마는 물었다.

"나의 친구여, 그대는 네 곳으로 병력을 보내면서 동서남북 각곳의 지형을 땅끝까지 자세히도 설명을 해주었는데 어떻게 온 세상 곳곳을 그리도 잘 알고 계십니까?"

"아, 말씀드리겠습니다. 형 발리에게 쫓겨서 이리저리 도망치다가 보니까 온 세상을 다 돌아다닌 셈이 되었던 것입니다. 그러다가 결국은 바로 가까운 곳인 리쉬야모오카에서 안전지대를 찾았던 것입니다."

16. 남쪽 끝에 이른 원숭이들

앙가다가 이끈 남방 담당군은 빈드야 산맥 일대를 다 뒤졌으나 소용이 없었다. 강을 건너고 숲을 지나고 산을 넘으며 남으로 남으로 구석구석을 다 찾아보았으나 시타와 라바나의 종적은 찾을 수가 없었다.

저주의 땅을 지나면서 찾아보기도 했다. 그곳은 강에는 물이 없었고 숲에는 풀이나 꽃이 없었으며 새도 짐승도 없는 곳이었다. 다만 그 황량한 곳의 중앙에 칸두라는 이름의 성자가 살고 있는 곳에만 물과 나무가 있었다. 칸두가 16세 되는 그의 아들을 잃은 슬픔으로 저주를 해서 일대가 그렇게 되었다는 것이었다.

그러는 사이에 이들은 소득도 없이 지시받은 1개월을 넘기고 말았다. 책임자인 앙가다의 심사는 심히 착잡했다. 그는 자기를 미워하는 수그리바가 군령을 어긴 것을 이유로 자신을 처형할 것임을 잘 알고 있었기에 자결을 각오했다. 그러나 주위의 만류로 앙가다는 다시 힘을 내어 수색을 재개했다. 설령 기한을 넘겼더라도 결과가 좋으면 문책을 당하지 않을 것이라는 것이 중론이었다.

그러다가 목마름에 지친 이들은 물새가 나오는 것을 보고는 리크샤빌라라는 이름의 동굴에 들어가기도 했다. 그곳은 금은보화가 가득하고 물과 과일이 풍부한 별천지였다. 그곳은 마야라는 이름의 아수라가 만든 곳으로 처음에는 마야가 그곳에 살았었다는 것이었다. 그러나 어떤 부인의 문제로 다툼이 있어 인드라가 금강저로 마야를 죽인 후 브라흐마는 그 동굴을 헤마라는 여자에게 주었는데, 헤마의 친구며 메루사바르니의 딸인 스와얌프라바가 동굴을 지키고 있었다.

17. 원숭이들의 절망

동굴을 나온 원숭이들은 남쪽 끝 해변에 이르렀다. 그곳의 이름은 마호다디였다. 거치르게 물결치는 성난 파도를 앞에 두고 모두들 절망에 빠지자 앙가다는 회의를 열어 앞으로의 일을 논의했다.
기일은 지났고 성과는 없으니 그대로 키슈킨다로 돌아간다는 것은
죽음밖에 없을 것이라는 앙가다의 말에 모두들 공감했다.

대신들 중의 하나인 트하라는 리크샤빌라 동굴로 들어가 숨어버
리자고 주장했다.

그러나 하누만은 다른 의견을 제시했다. 그렇게 숨어봤댔자 라
마나 락슈마나의 화살은 그 동굴을 단번에 박살내버릴 것이기 때문
에 소용이 없을 것이라는 것과 또 처자식들을 키슈킨다에 남긴 채
헤어져 살아야 한다는 것은 현실적으로 어려운 일임을 강조하면서,
최후까지 최선을 다한다면 기한을 넘기고 소득이 없어도, 수그리바
는 정의롭고 관대하기 때문에 결코 처벌을 당하지는 않을 것이라고
주장했다. 그러나 수그리바가 결코 자기에게 호의적이 아니라고 믿
고 있는 앙가다는, 하누만이 수그리바의 심복이기 때문에 그러한
소리를 하는 것이라고 속으로 생각해서 쉽게 하누만의 의견을 따르
려고 하지 않았다. 앙가다는 락슈마나가 키슈킨다를 방문했을 때의
일을 예로 들어 수그리바의 이기적이고 게으르고 탐욕스럽고 교활
함을 지적하면서 키슈킨다로 돌아가느니 남쪽 끝 바닷가에서 죽는
것이 낫다고 고집했다.

드디어 앙가다가 울음을 터뜨리자 모두들 함께 목을 놓아 울어
대기 시작했다. 그들은 물을 만진 후 길상초를 깔고 죽을 준비를
했다.

18. 늙은 독수리 삼파티

바닷가에 높이 솟은 산에 있는 동굴에 살고 있던 늙은 독수리 삼
파티는 그의 먹이인 원숭이들이 잔뜩 모여 있는 것을 보고는 너무

나 기분이 좋았다.

"이리도 많은 먹이들이 모여 있다니 이 무슨 횡재냐?"

하고 삼파티는 혼잣말로 감탄했다. 그러나 혼잣말을 한다고 하였지만 그 소리는 매우 커서 모든 원숭이들에게 들리고 말았다. 거대한 독수리가 산 위에서 노려보고 있음을 알게 된 원숭이들은 자신들의 신세가 너무나 기구함에 기가 막혔다.

"우리는 왜 이리도 기구한 운명이냐?"

"좋은 일을 위해 죽어라고 고생만 했거늘……"

"라마님을 위한다는 것이 독수리의 먹이로 끝나야 하는 것이야?"

"같은 독수리라도 쟈타유는 라마님을 위해 자신의 생명까지 바쳤거늘……"

"저 독수리는 라마님을 돕지는 못할망정 도리어 우리들을 잡아먹겠다니 저 독수리는 틀림없이 악마의 변신일 것이야."

원숭이들이 멋대로 떠들어대는 소리를 듣고 있던 삼파티는 크게 외쳤다.

"쟈타유라고 했는가? 또 라마라고 했는가? 자세히 이야기를 좀 해보아라. 쟈타유는 나의 동생이다. 쟈타유가 죽었단 말이냐?"

이에 앙가다는 코살라 왕국의 다사라타 왕으로부터 시작해 라바나가 시타를 납치해 가는 것을 막으려다가 쟈타유가 죽은 일이며 그리하여 자기네들이 시타를 찾으러 나서게 된 일에 이르기까지 자초지종을 들려주었다. 삼파티는 그의 늙은 두 눈에서 눈물을 흘리며 말했다.

"내가 조금만 젊었고, 또 두 날개가 온전하다면 당장 라바나에게로 가서 동생의 원수를 갚을 수 있으련만……"

"그렇다면 삼파티님은 라바나가 있는 곳은 알고 계신단 말씀입니까?"

라고 앙가다가 물었다. 이에 삼파티는 여유있게 말했다.

"물론 알고 말고. 나는 삼계의 일을 모르는 것이 없지. 나는 바마나가 세 걸음으로 삼계를 거두어 들이는 것도 보았고, 우유의 바다가 소용돌이 치면서 아므리타로 변하는 것도 보았다. 나는 이곳에서만도 천 년을 머물렀으니 최근에는 시타가 붙잡혀 가는 것도 보았어. 그녀는 랑카로 잡혀가면서도 라마와 락슈마나의 이름을 불러 댔었지. 랑카는 이곳에서부터 남으로 꼭 1백 요자나 떨어진 곳에 있는 섬에 있어. 시타는 지금 그곳에 갇혀 있다. 우리 독수리들은 눈이 좋아서 1백 요자나 밖의 것도 볼 수가 있지."

여기에서 삼파티는 1천 년 전에 동생 쟈타유와 함께 태양을 향해 날아 오르다가 태양열에 타서 날개를 상한 채 그곳 동굴에서 살게 되었던 일이며, 몇 번이고 자살을 생각하기도 했지만 자살은 죄악이라는 말 때문에 또 근처에 살고 있던 어느 성자가, 언젠가 라마를 위해 큰 일을 하면 불에 탔던 날개가 다시 돋아나 옛날처럼 힘을 되찾을 수 있을 것이라는 말에 지금까지 참고 살아왔노라는 등의 이야기를 했다. 그러자 삼파티의 거대한 몸에 새로운 날개가 돋기 시작하였다. 삼파티는 새로운 날개를 힘껏 휘저으며 까마득하게 높이 솟아 어디론가 사라져 버렸다.

19. 어떻게 바다를 건널 것인가?

원숭이들은 금방이라도 랑카에 가서 시타의 소식을 알아올듯이 서둘러댔다. 그러나 누가 무슨 재주로 1백 요자나 밖에 있는 섬을 갔다 올 수가 있단 말인가? 다시 실망의 침묵이 해안을 덮었다.

앙가다가 아무리 목소리를 높여 지원자를 찾았으나 누구도 선뜻 나서지를 않았다. 이에 앙가다는 각자의 뜀뛰기 실력을 밝히게 했다.

가쟈, 가바크샤, 드비비다 등등의 이름과 함께 60요자나 70요자나, 80요자나 까지가 나왔다. 쟘바반은 늙은 몸이지만 90요자나 까지는 뛸 수 있겠다고 했다. 그러나 안타깝게도 1백 요자나에는 못 미쳤다.

드디어 앙가다는 자신이 갔다 오겠다고 나섰다. 아버지 발리 만큼이나 용감하고 힘이 센 앙가다는 능히 1백 요자나를 건너 뛸 수가 있었다. 그러나 대장이 부대를 떠난다는 것은 있을 수 없다는 것이 중론이었다. 앙가다는 다시 실의에 빠졌다.

20. 위대한 하누만

드디어 하누만이 나섰다. 그의 두 눈은 결의에 불탔다. 그는 서서히 몸을 부풀리기 시작했다. 모두들 경이의 눈으로 하누만을 쳐다보았다. 거대하게 몸을 부풀린 하누만은 사자처럼 몸을 한 번 부르르 떨었다. 그는 앙가다와 장노들에게 인사를 올린 후 말했다.

"저는 바유의 아들이기 때문에 건너뛰기에는 자신이 있습니다. 저는 또 메루 산을 1천 바퀴나 돌 수도 있으며, 이 산을 밀어 바다 속으로 넣을 만한 힘도 있습니다. 아침부터 시작해서 저녁까지 태양을 따라 세상을 동쪽 끝에서 서쪽 끝까지 태양과 함께 달릴 수도 있습니다. 제가 랑카에 가서 시타의 소식을 알아오겠습니다. 만일 랑카에 없다면 하늘끝까지 뒤져서라도 시타의 소식을 알아오겠습니다. 지금 당장 다녀오겠습니다."

"장하오, 하누만. 우리는 여기에서 그대의 성공적인 귀환을 기다리고 있겠소. 우리들 모두의 생사가 그대에게 달려 있음을 명심해 주기 바라오."

라고 늙은 쟘바반이 말했다.

"명심하겠습니다. 그런데 제가 땅을 박차고 뛰어오르면 땅이 꺼질 것이니, 저기 단단한 바위로 된 마헨드라 산으로 가서 뛰기로 하겠습니다."

하누만이 마헨드라 산으로 오르기 시작하니 그의 힘찬 발걸음에 산이 흔들리는 듯했다.

5. 시타여 시타여

5. 시타여 시타여

1. 건너뛰기

하누만은 목을 힘껏 위로 뺀 들소처럼 보였다. 그는 산꼭대기를 거닐면서 몸을 풀었다. 산에 살고 있던 온갖 짐승들이며 야크샤들이며 킨나라들이 놀라서 이리 뛰고 저리 뛰었다. 뱀들이 함부로 독을 뱉으니 바위들이 독에 타서 연기를 뿜었다. 코끼리들도 떼를 지어 우왕좌왕했다.

하누만은 수리야, 인드라, 브라흐마 신들에게 기도를 올린 후에 동쪽을 향해 그의 아버지인 바유에게 인사를 올렸다. 그리고는 라마와 락슈마나에게도 인사를 올렸다. 바다와 강에게도 인사를 올렸다.

남쪽을 향해 방향을 잡은 그는 몸을 웅크리며 다리에 힘을 주었다. 그의 발밑에서 산이 함께 웅크러들었고, 바위들이 깨지면서 먼지가 피어 올랐다. 그가 천둥처럼 외치며 꼬리를 흔들어대니 그의 꼬리는 가루다가 끌어당기는 거대한 뱀처럼 보였다. 그는 허리를 움츠리고 다리를 모았다. 그리고는 목을 뽑아 균형을 잡으면서 시선을 수평선 너머에다 꽂고 숨을 깊게 들이마셨다. 드디어 그는 대단한 기세로 힘껏 몸을 솟구쳤다. 그러자 그 반동으로 흙먼지와 바위 덩어리들과 함께 뿌리까지 뽑힌 나무들이 하늘로 날아올랐고,

하누만은 강풍에 밀리는 소나기 구름처럼 하늘을 날아 남으로 향했다. 하늘의 신들도 이 굉장한 광경을 내려다 보느라고 정신이 없었다. 그는 인드라에게 날개가 잘리기 전에 하늘을 날아 다녔던 산처럼 보였다. 하늘에서부터 그에게 꽃들이 비처럼 쏟아졌다.

태양에 가깝게 뛰어오른 하누만이 뜨거워 할까 보아 태양은 그의 열기를 줄여주었고, 바람의 신이며 그의 아버지인 바유는 부드러운 미풍으로 하누만을 격려해 주었다.

그가 이렇게 바다 위를 나르자 바다의 신은 그에게 경의를 표하려고 했다. 바다를 있게 한 사가라가 이크슈바쿠 왕통이었기에 바다의 신은 이크슈바쿠 왕통에 속하는 라마의 사자인 하누만에게 호의를 갖고 있었던 것이다. 그는 바다 속에 잠겨 있는 마이나카 산을 불러 수면 위로 떠오르도록 했다. 마이나카 산은 히라냐나바라는 이름의 황금 봉우리를 수면 위로 내밀어 하누만에게 쉬어가기를 청했다.

"감사합니다마는 쉬지 않아도 충분합니다."

하누만은 웃으면서 계속 날았다. 천신들은 하누만을 시험해보기 위해 악마들의 어머니인 수라사를 불러 하누만의 길을 막아보도록 했다. 수라사는 거대한 락샤시로 변해 하누만의 앞을 막으며 말했다.

"배가 고프던 참에 좋은 먹이가 걸려 들었구나. 자, 나의 입 안으로 들어오너라."

하누만은 두 손을 모아 빌면서 말했다.

"굉장히 중대한 일로 길을 서두르고 있으니 그냥 지나가게 해주십시오. 일을 끝내고 돌아오는 길에 당신의 입 안으로 들어가 드리겠습니다."

"그럴 수는 없다. 브라흐마께서는 누구도 나의 입을 통하지 않고는 나를 지나갈 수 없도록 나에게 특권을 주셨다."

이에 하누만은 화가 났다.

"그 조그만 입으로 내가 어떻게 들어갈 수 있단 말이냐?"

하누만은 최대한으로 몸을 부풀렸다. 이에 따라 수라사도 최대한으로 입을 크게 벌렸다. 하누만은 순간적으로 자신의 몸을 엄지손가락만큼 작게 줄여서 수라사의 입 안으로 들어갔다가 그대로 밖으로 빠져나와 버렸다. 그리고는 다시 종전의 크기로 되돌아갔다.

"자, 분명히 너의 입 안으로 들어갔다가 나왔으니 더 이상 잔소리는 못하겠지? 잘 있거라, 나는 간다."

이에 수라사는 기뻐하며 말했다.

"성공하고 돌아오십시오."

하누만은 계속 남으로 날았다. 이번에는 심히카라는 락샤시가 바다로부터 나와서 하누만을 향해 입을 벌렸다. 하누만은 몸집을 크게 부풀려 벼락치듯 심히카의 입 안으로 뛰어들어 심히카를 죽여버린 후 다시 종전의 몸집으로 돌아갔다.

드디어 랑카가 눈 앞에 가까워졌다. 말라야 산 위에 수목이 울창한 정원이 보였다. 하누만은 몸집을 작게 줄여서 락샤사들의 눈에 띄지않도록 했다. 그리고는 람바언덕 꼭대기에 착지했다.

2. 하누만이 랑카에 들어가다

람바에서 트리쿠타 언덕 위에 있는 랑카를 바라보며 지형 정찰을 끝낸 하누만은 조심스럽게 랑카로 접근했다. 랑카는 높은 성벽으로 둘러싸인 대단히 아름답고 규모가 무척 큰 도시였다. 곳곳에는 험악하게 생긴 락샤사들이 경비를 하고 있었다.

하누만은 해가 지기를 기다린 다음에 새끼 고양이만큼 몸을 줄인 후 어둠이 더욱 짙어지기를 기다렸다가 랑카의 성문 쪽으로 향했다. 하늘에는 달이 떠오르고 있었다.

랑카의 성벽은 높았다. 하누만은 누구 누구가 이 성벽을 넘을 수 있을 것인가를 헤아려 보았다. 쿠무다, 앙가다, 수세나, 마인다, 드비비다, 수그리바, 쿠사파르바, 잠바반, 케투말라, 그리고 하누만 자기 정도가 가능할 것으로 생각되었다. 여기에다가 라마와 락슈마나가 가세한다면 이 삼엄한 철옹성을 깨뜨릴 수 있을 것인가?

갑자기 한 여신이 하누만의 앞을 막으면서 말을 걸었다.

"너는 누구냐? 너는 원숭이인 것 같구나. 왜 여기에 왔느냐?"

"안녕하십니까. 저야 여기 살고 있는 평범한 원숭이인데 이렇게 좀 돌아다니기로서니 무슨 잘못이 있습니까?"

"뭐라고? 나는 다 알아. 모두들 속을지 몰라도 나는 안 속아. 이실직고하지 않으면 생명을 잃을 것이다."

이에 하누만은 계속 공손하게 말했다.

"사실대로 말씀드리겠으니 먼저 당신이 누구이신가를 말씀해주십시오. 왜 저같이 시시한 것을 붙들고 신경을 쓰십니까?"

여신은 화를 냈다.

"건방진 녀석, 말이 많구나. 나는 락샤사의 왕 라바나의 명으로 이 도시를 지키고 있는 랑카의 수호천사인 여신 랑키니다. 너는 랑카에 들어갈 수 없는 수상한 원숭이다. 나는 너를 죽이겠다."

그러나 하누만은 계속 공손하게 말했다.

"이 도시가 하도 아름다워 잠깐 구경만 하고 곧 다시 떠나겠습니다. 좀 들어가도록 해주십시오."

그러나 랑키니는 길을 비켜주는 대신에 목소리를 높였다.

"이 멍청이 원숭이 새끼야, 꼭 들어가고 싶다면 나를 이겨보아라."

"이러시지 마시고 제발……"

그러나 하누만의 말은 끊기고 말았다. 랑키니가 손바닥으로 하

누만을 갈겼던 것이다. 드디어 화가 난 하누만은
"이기면 들여보내 주겠다고?"
라고 하면서 왼손으로 랑키니를 갈겼다. 전력을 다한 것도 아니
었지만 하누만이 워낙 괴력의 소유자인데다가 상대는 여자였기 때
문에 랑키니는 쓰러져버렸다. 랑키니는 말했다.
"제가 졌습니다. 이렇게 끝장이 오는군요. 브라흐마께서 말씀하
시기를 무패무적인 내가 언젠가는 원숭이에게 질 것이니 그때는
락샤사들의 종말이 되었음을 알라고 하시었습니다. 드디어 그때
가 이른 모양입니다. 시타를 훔쳐 왔을 때부터 나는 종말이 이르
렀다고 생각했었습니다. 나는 당신이 시타를 찾으러 왔음을 알
고 있습니다. 자, 나를 이겼으니 마음대로 들어가서 하고 싶은대
로 하십시오. 나는 더 이상 당신을 막을 수가 없습니다."
랑카의 수호천사 랑키니는 영원히 그곳을 떠나버렸다.

3. 랑카

하누만은 높은 성벽을 날쌔게 넘어 안으로 들어가서 차례차례 변
두리에서부터 구석구석 시내를 뒤지기 시작했다. 밤이었음에도 거
리는 꽃과 진주들로 화려하고 집집마다 음악소리가 감미롭고 흥겨
우니 랑카는 미려라는 말 그대로 미려의 도시였다. 하누만은 난간
에서 난간으로 건너 뛰면서 시타의 행방을 찾아 집집마다 이리저리
기웃거려 보았다. 집집마다 넘쳐흐르는 명랑한 웃음소리며 푸짐한
음식 냄새며 여자들의 화장 냄새며 비단옷이 끌리는 소리며 노랫소
리며 악기소리며 휘황한 등불들이며 이를 받아 빛나는 장식품 들이
며 …….
많은 미녀들이 보였지만 시타라고 생각되는 여자는 찾을 수가 없

었다. 하누만은 점점 중심부로 들어가서 드디어는 궁성 안으로 들어갔다.

4. 하누만은 만도다리를 보다

하누만은 흰 일산 밑에 수정과 상아와 백단과 금으로 된 침대에 자고 있는 라바나를 발견했다. 그의 잠옷은 황금레이스로 장식되어 있었으며 귀에는 황금귀걸이가 빛나고 있었다. 넓은 가슴, 튼튼한 팔, 남성미가 넘치는 얼굴은 인드라보다도 더 당당해 보였다. 삼계에 최고의 영웅이라고 하기에 조금도 손색이 없는 위풍이 넘치고 있었다. 백색 비단으로 절반쯤 덮인 그의 가슴은 조용하고 규칙적으로 호흡하고 있었다. 그의 옆에는 다른 여자들보다도 더욱 아름다운 여자들이 함께 깊이 잠들어 있었다.

하누만은 거기에서 조금 떨어진 곳의 침대에 잠들어 있는 최고로 아름다운 여인에게 눈이 멈추었다. 드디어 시타를 발견한 하누만은 어깨를 들썩거리고 꼬리에 입을 맞추면서 기둥 위로 올라갔다 내려왔다 하는 등 이리 뛰고 저리 뛰면서 기뻐서 어쩔 줄을 몰라했다.

(감미롭고 화려한 랑카의 야경, 궁성의 호화찬란함이며 라바나의 위풍당당함이며 등에 대한 미려한 묘사 때문에 라마야나의 제5권에는 순다라, 즉 미려라는 제목이 붙게 되었다고 함.)

그러다가 하누만은 다시 생각했다. 시타가 저렇게 태평스럽게 잠을 자고 있을 수가 있을까? 시타가 저렇게 얼굴색이 좋을 수가 있을까? 결국은 그 여자는 시타가 아니라고 결론을 내렸다. 사실 그 여자는 라바나의 왕비인 만도다리였다.

하누만은 다시 궁성 구석구석 부엌이며 술창고며 다락까지 찾아

보았으나 끝내 시타는 찾을 수가 없었다. 결론은 시타는 죽은 것이라는 것이었다. 하누만은 기둥 꼭대기에 앉아서 절망에 빠졌다. 별별 생각이 다 나면서 라마와 락슈마나와 수그리바의 모습이 차례로 떠올랐다. 시타가 죽었다는 것이 알려지면 라마도 더 이상 살려고 하지 않을 것이다. 다음은 락슈마나, 다음은 바라타, 그리고 다음은……

하누만은 이제 라바나를 죽여버리거나, 혹은 산 채로 끌고 라마에게로 데려 갈 것을 생각했다.

이때 하누만은 저만큼 떨어진 곳에 있는 정원에 눈이 멈추었다. 아쇼카바나라는 이름의 정원이었다. 하누만은 마지막 남은 그 정원에 희망을 걸었다. 그 정원 안에 시타가 있을 것이라는 확신이 영감처럼 떠올랐다. 그는 여덟 바수(아아파, 드루바, 소마, 다라, 아닐라, 아날라, 프라티유샤, 프라바사의 8명의 신), 열 하나의 루드라, 열 둘의 아디티야(아디티의 12명의 아들들), 일곱 마루트들을 부르며 정성으로 기도를 올렸다. 그는 라마, 락슈마나, 바유, 수리야(태양의 신), 찬드라(달의 신)에게도 기도를 올렸고 수그리바도 생각했다. 그는 조심스럽게 아쇼카바나로 통하는 길을 찾아 쉼슈파나무 위에 몸을 숨겼다. 그 정원은 라바나의 궁성 안에서도 가장 아름다운 곳이었으니 기화요초가 무성하였고, 사슴, 공작, 거북 등등이 살고 있었으며, 조그만 개울도 흐르고 있었고 크고 작은 못들에는 연꽃이 가득했다.

5. 하누만은 시타를 보다

하누만은 나무 위에 몸을 숨긴 채 아침이 오기를 기다렸다. 시타는 틀림없이 그 동산 부근에 있을 것이며, 아침이 오면 그 시내를 찾아 시냇물을 만진 후 동쪽으로 햇님을 향해 기도를 올릴 것이라고 믿었던 것이다.

그러다가 하누만은 정원 안에 있는 사원처럼 생긴 건물에 눈이 멈추었다. 많은 백색 기둥들로 떠받쳐져 있는 그 건물은 전체가 카일라사의 봉우리처럼 백색이었다. 계단은 산호였으며 표면은 금박으로 덮여 있어서 어둠 속에서도 달빛에 눈이 부셨다. 자세히 그 건물 안을 들여다본 하누만은 드디어 진짜 시타를 보았다.

사냥개들에게 포위된 사슴인 양, 무시무시한 락샤시들에게 둘러싸여, 헝클어진 머리에 눈물을 흘리며 맨바닥에 쭈그려 앉아 있는 마르고 가냘픈 처량한 모습은 시타, 바로 진짜 시타임에 틀림이 없었다. 먼지 투성이의 누런 누더기는 라마가 말했던 황금빛 비단옷임에 틀림이 없었다. 하누만은 라마를 마음 속에 떠올리며 속으로 그의 앞에 엎드리며 말했다.

"드디어 시타를 찾아냈습니다."

그러나 신중한 하누만은 앞으로 어떻게 하는 것이 좋을까를 생각해보기 위해 쉼수파나무 가지에 앉아 오랫동안 깊은 생각에 잠겼다.

6. 라바나가 오다

달이 기울면서 새벽이 찾아오려고 했다. 멀리서 미풍에 실려 베다를 낭송하는 소리가 들려왔다. 이때 아쇼카바나를 찾아 들어오는 한 무리가 있었다. 새벽 일찍 잠을 깬 라바나가 시타를 찾아 온 것이었다. 횃불이며 차마라(부드러운 비단으로 만든 먼지털이 같은 모양의 물건)며 기타 왕의 권위를 상징하는 물건들을 든 많은 미녀들과 함께, 흰 비단옷에 각종 장신구를 매단 라바나는 시타가 있는 건물로 향했다. 시타는 몸을 웅크렸다. 라바나는 사랑이 가득한 목소리로 부드럽게 말했다.

"밤 사이 좀 쉬었소? 알고보면 나만큼 순진한 남성도 없을 것이오. 나의 이 애타는 눈을 좀 보시오. 당신은 나를 정의롭지 못하다고 비난하지만 우리 락샤사들에게는 이러한 약탈결혼은 예법에 나와 있는 일이오. 나는 당신을 강탈할 수도 있지만 진정으로 당신을 좋아하기 때문에 당신이 자발적으로 나의 뜻에 따라주기를 기다려 온 것이오. 이제 그만 고집을 버리고 나의 사랑을 받아주시오. 젊음은 짧고 한 번 흘러간 물은 다시 돌아오지 않는다고 했소. 이런 정도로 고집을 부렸으면 요조숙녀로서의 당신의 체면은 충분히 살린 것이오. 너무 지나쳐도 좋지 않다고 했소. 당신은 이렇게 헝클어진 머리에 더러운 옷을 입고 맨바닥에 있을 필요가 없는 몸이오. 당신이 나의 뜻만 받아준다면 당신은 나의 왕비가 되어 나의 왕국은 모두 당신의 것이 될 것이며 금은보화에 호의호식은 물론 모든 미녀들은 모두 당신의 시녀가 될 것이니 이 얼마나 대단한 일이오. 라마 따위는 이제 잊어버리시오. 그 사슴가죽에 나무껍질을 걸친 거지같은 녀석은 지금도 숲속에 추방되어 방랑하고 있을 터이니 그에게 왕국이 있다는 것이요, 재물이 있다는 것이오? 인물이나 용기나 명성이나 나하고는 비교조차할 수가 없는 녀석이란 말이오."

라마의 험담을 더 이상 못 듣겠다는 듯이 시타가 싸늘하게 말했다.

"광명이 태양에서 분리될 수 없듯이 저는 라마와 떨어질 수 없습니다. 지금이라도 저를 라마에게 보내주십시오. 그리고 라마에게 용서를 구하시는 것이 당신이 살아남는 길입니다. 다르마를 벗어난 길을 걸으시면서 어찌 벌을 면할 수 있으리라 요행을 바라십니까. 당신은 일국의 왕이시면서도 당신 밑에는 다르마가 무엇인가를 간언하는 충신도 없으십니까? 저는 더 이상 불결한 말씀을 듣고 싶지 않으니 혼자 있게 놔두십시오.”

“다른 누구가 그따위 소리를 했다면 한 마디 만으로도 최소 능지처참이련만 내 당신을 워낙 사랑하기 때문에 모두 귀엽게 받아들이겠소. 자, 이제는 그만 고집을 버리고 나에게 웃어보여도 좋을 때가 된 것 같소.”

그러나 시타가 아무런 반응이 없자 라바나는 화를 터뜨렸다.

“다시 말하지만 1년 시한에서 열 달이 지나갔다. 앞으로 두 달 안에 내 품으로 기어들지 않으면 주방장에게 명령하여 잘게 썰어서 먹어버리고 말 것이다. 자, 마지막으로 할말이 없는가?”

“마지막이라면 한 마디 하겠습니다. 불의를 버리고 다르마를 지키십시오. 저는 저의 공력으로 당신을 불태워버릴 수도 있지만 저의 주인이신 라마의 뜻을 몰라서 참고 있는 것입니다. 저를 납치한 순간에 당신은 죽음의 신에게 납치를 당했던 것임을 왜 모르십니까? 영웅이라고 뽐내시면서 왜 라마를 피해 저를 납치했습니까? 당신께서도 라마를 두려워하신다는 증거가 아니겠습니까? 라마가 한번 화를 내면 누구도 삼계에 숨을 곳이 없음을 아셔야할 것입니다.”

“당장 죽여버리겠다.”

라바나는 칼을 빼들었다. 그러나 얼마 후에 다시 칼을 거두더니 시타를 지키고 있는 락샤시들에게 말했다.

“지금까지 함께 있으면서 무엇들을 했느냐? 수단방법을 가리지 말고 시타의 마음을 돌리도록 만들어라. 죽이거나 살리거나 알아서들 해라.”

라바나의 후궁 중 하나인 다니야말리니가 거기에 와서 두 팔로 라바나를 껴안으며 말했다.

“저따위 인간 여자 때문에 괜히 화를 내시면서 기분을 상하실 필

요가 무엇이예요. 자, 잊어버리시고 저와 함께 가시자고요. 대왕
님을 싫다는 여자가 다 있다니 세상에 별 이상한 것도 다 보겠
네.”
이리하여 라바나는 돌아갔고, 시타는 새삼스럽게 눈물을 쏟았다.
숨어서 이를 바라보는 하누만의 가슴은 찢어지는 것 같았다.

7. 한 줄기의 희망

락샤시들은 시타를 괴롭히기 시작했다. 그녀들은 별별 소리를 다
하면서, 또 별별 짓을 다하면서 시타를 못살게 굴었다.
“아무리 해도 소용없어요. 나를 죽일 수는 있어도 나의 뜻이 바
뀔 수는 없을 것이오.”
라는 시타의 말에 락샤시들은 더욱 흥분했다.
시타는 그들을 떠나 하누만이 있는 쉼수파나무 가까이에 있는 아
쇼카나무로 와서 기대어섰다.
락샤시들은 시타를 잡아먹어버리기로 의견을 정하고 그 방법을
논의하기 시작했다. 이때 트리쟈타라는 현명하고 착한 락샤시가 이
들에게 말했다.
“그런 이야기들 그만두어요. 배가 고프다면 나를 잡아먹어요. 시
타는 성스러운 분이란 말이예요. 나의 꿈 이야기를 들어 보겠어
요? 라마가 하얀 비단옷에 흰 꽃으로 된 화환을 걸고 백조가 끄
는 상아로 된 전차를 타고 락슈마나와 함께 시타를 찾아 왔어요.
반면 라바나는 검은 옷을 입은 채 푸슈파카(하늘을 나는 전차)에
서 떨어져 기름을 마시는데 비비샤나가 흰 일산을 쓰고……”
트리쟈타는 횡설수설 꿈이야기를 늘어놓더니 말했다.
“내 생각으로는 라마가 라바나를 죽이고 시타를 구할 꿈이라고

요. 그러니까 시타에게 잘해주라고요. 훗날 라마가 라바나를 죽인다면 우리들은 어떻게 되겠어요?"

한편 실컷 운 시타는 이제 더 이상 흘릴 눈물도 없어지자 자기의 긴 머리카락을 올가미로 삼아 나뭇가지에 목을 맬 준비를 했다. 락샤시들은 저만큼 자기네들의 이야기에만 열중하여 시타에게는 관심도 없었다.

갑자기 시타는 몸을 떨었다. 무언가 좋은 일이 있을 것이라는 생각이 불현듯 전신을 스쳐갔던 것이다. 오른쪽 눈이 떨린다는 것은 좋은 일이 생길 것이라는 징조가 아니겠는가. 거기에다 이어서 오른쪽 어깨와 오른쪽 넓적다리까지 떨리는 것이었다. 보통으로 좋은 일이 생길 징조가 아니었다.

한편 하누만은 하누만대로 생각이 많았다. 시타를 발견한 것 만으로 임무를 완수했다고 생각하여 그대로 돌아갈 수는 없을 것 같았다. 시타에게 라마의 구원이 가까웠음을 알리고 조금만 더 참고 기다리도록 당부를 하고서 떠나가야 할 것이라고 생각되었다. 그런데 시타에게 접근하는 방법이 문제였다. 아무리 진실을 이야기해도 시타는 결코 쉽게 믿으려고 하지 않을 것이라는 것을 하누만은 생각했던 것이다. 라마가 맡긴 반지를 보여 주어도 그것은 마찬가지일 것이다. 그러다가 하누만은 드디어 좋은 방법을 생각해냈다. 라마에 관한 이야기를 시타에게만 들리도록 읊어가겠다는 것이었다.

8. 하누만은 시타를 만나다

"옛날에 코살라 왕국 아요드햐에, 다사라타 대왕님이라는 라자르쉬가 계셨는데, 이크슈바쿠 왕통의 위대함을 이어받아, 왕들 중의 성자로 용감하고 진실하셨네. 보다 더 훌륭한 네 분 왕자

두셨는데, 그중에서 왕자 라마는 특별히 뛰어났으니, 달님처럼 빛난 얼굴에 용맹하고 정의로워 다르마의 수호자로 삼계에 이름 나니, 부왕의 사랑이야 더 말할 것 없으련만, 호사다마 청천벽력 여자마음 독하구나, 세자책봉 앞에 두고 추방명령 웬말인가.”

하누만은 계속해서 라마의 이야기를 읊어 나갔고, 시타는 자기도 모르게 하누만의 이야기에 귀를 기울이고 있었다. 시타는 소리가 나는 곳을 향해 고개를 쳐들어 보았다. 이에 하누만은 자리를 조금 옮겨 시타에게 자신의 모습을 보여주었다.

“이건 꿈이야. 그런데 꿈에 원숭이를 보면 불길하다고 했는데 또 무슨 나쁜 일이 생길 것인가?”

하누만은 계속 라마의 이야기를 읊어 나갔다. 그러나 시타는 조그만 원숭이가 라마의 이야기를 읊고 있다고는 믿을 수가 없었다.

“이건 환청이야. 이제는 내가 헛소리까지 듣게 되다니. 너무 라마만 생각하고 라마만 불러댔었던 때문일 거야. 이러다가 미치게 되는 모양이지.”

하누만은 이야기를 계속했다. 시타의 납치와 쟈타유의 죽음, 수그리바와의 친교와 수색대의 파견 및 삼파티의 이야기와 하누만이 바다를 건너 뛰어 아쇼카바나 정원에 잠입한 것까지 이야기는 계속되었다.

이야기를 끝낸 하누만은 나무에서 내려와 시타 앞에 엎드려 인사를 올렸다.

“시타님, 제가 바로 라마님의 심부름꾼인 하누만입니다.”

9. 시타가 라마에 관하여 듣다

그러나 시타는 이를 라바나의 장난으로 의심했다.

"라바나, 전에는 탁발승으로 꾸며 나를 속이더니 이번에는 원숭이로 변해 속일 셈인가?"

이에 하누만은 라마가 맡긴 반지를 내놓았다. 그러자 시타는 반가워 어쩔 줄을 몰라하면서 하누만에게 라마에 관한 이야기를 묻고 또 물었다. 그러나 그러다가도 갑자기 하누만을 못믿겠다는 듯이 의심을 하곤 하는 것이었다. 드디어 시타가 완전히 하누만을 믿게 되었을 때 하누만은 말했다.

"제가 돌아가서 라마님께 보고를 올리면 라마님께서는 곧 대군을 이끌고 시타님을 구하러 오실 것입니다. 조금만 더 참고 기다려 주십시오. … 아니, 지금 당장 저의 등에 업히십시오. 제가 함께 모시고 돌아가면 만사는 끝나는 것 아니겠습니까?"

처음에는 반색을 하던 시타는 힘없이 말했다.

"만약 이것이 라바나의 음모라면? 물론 이제 하누만을 믿습니다. 그러나 만일에 도중에 락샤사들과 싸움이라도 벌어진다면 나로 인하여 심히 어려운 곤경에 빠질 수가 있을 것입니다. 또 바다를 건너 뛰실 때에 나는 그 높이와 속도를 못이겨 바다로 빠질 가능성이 높습니다. 그러나 가장 불가한 이유는 내 비록 억지로 라바나에게 끌려오는 치욕을 당했을망정, 자발적으로 라마 이외의 누구에게 업힐 수는 없다는 점입니다."

"알겠습니다, 시타님. 그런데 라마님께 전해드릴 말씀은 없으십니까?"

이에 시타는 말했다.

10. 시타가 라마에게 전하는 말

"치트라쿠타 언덕, 만다키니 강변에서 라마가 나의 무릎을 베고

누워 있을 때 허기진 까마귀 한 마리가 나를 쪼았습니다. 라마가
놀랄까 보아 그대로 있었더니 까마귀는 계속 나를 쪼았고 나는
피를 흘리면서도 참았습니다. 그때 눈을 뜬 라마는 까마귀에게
크게 화를 냈습니다. 인드라의 아들이었던 그 까마귀는 바람보
다도 빠르게 어디론가 도망쳐버렸습니다. 그러나 라마는 결코 그
까마귀를 용서하려고 하지 않았습니다. 내가 잊자고 해도 나를
위해 잊지 못하겠다는 것이었습니다. 라마는 깔고 있던 길상초
에서 풀잎 하나를 집더니 브라흐마스트라를 내쏘았습니다. 풀잎
은 불덩이가 되어 까마귀를 쫓았습니다. 까마귀는 온 삼계를 다
도망다녔으나 어느 성자도, 심지어 까마귀의 아버지인 인드라도
라마의 분노를 말릴 수는 없었습니다. 드디어 까마귀는 라마 앞
에 엎드려 용서를 빌었습니다. 이에 라마는 말했습니다. '너 죽
을 죄를 지었으나 용서를 비니 생명만은 살려주겠다. 그러나 브
라흐마스트라는 한번 내쏘면 그대로 거두어 들일 수는 없는 것.
어떻게 했으면 좋겠느냐?' '저의 바른쪽 눈을 희생시키겠습니다.'
그렇게 되어 까마귀는 바른쪽 눈을 잃고 돌아갔었습니다. 라마
에게 꼭 전해주십시오. 까마귀 한 마리에게도 브라흐마스트라를
쓰시던 분이 이 악랄한 라바나에게는 도대체 10개월이 지나도록
아무런 조치가 없으시다니 그 점이 저는 원통한 것이라고 말입
니다. 라마는 이제 저를 잊으신 것입니다."
"아닙니다, 시타님. 라마께서는 시타님을 찾기 위해 최선을 다해
오셨음을 아셔야 합니다. 그리하여 지금 제가 여기에 있는 것입
니다. 또 라마께서는 잠시도 시타님을 잊지 못하셨음을 삼계의
삼라만상이 모두 알고 있습니다."
하누만이 여러가지 말로써 시타를 위로하자 시타는 옷끝을 풀더
니 초다마니(머리 장식품)를 꺼내어 하누만에게 주면서 말했다.
"이것을 라마에게 전해주십시오. 그리고 앞으로 나는 한 달 이상

을 더 살아있지 않을 것임을 전해주십시오.”

하누만은 그 패물을 공손하게 받아들고 시타에게 프라다크쉬나(우로부터 좌로 걸어 돌며 예경을 표하는 의식)를 한 후 두 손을 모았다.

11. 아쇼카바나를 부수어버리다

시타에게 엎드려 인사를 올린 후 드디어 귀로에 오르려던 하누만은 그러나 그대로 떠나기에는 무언가 아쉬움이 있었다.

‘부여받은 임무는 충분히 성공적으로 끝낸 셈이지만, 이대로 떠나기에는 미진한 점이 있다. 라바나를 만나서 한바탕 해주고 싶다. 락샤사들과 한번 붙어 그들의 실력을 알아보는 것도 다음을 위해 필요할 것 같다. 그렇다, 한바탕 일을 벌려야만 나의 직성이 풀릴 것 같아.’

하누만은 곧 아쇼카바나를 부숴버리기 시작했다. 나무들을 모조리 뽑아버렸고, 덩굴들을 모조리 거두어버렸으며, 돌들은 모조리 뒤집어버렸고, 연못들은 다 메워버렸다. 그처럼 아름답던 정원은 시타가 앉아 있는 나무 하나만을 빼놓고는 모조리 파괴되어 버리고 말았다.

하누만은 입구 꼭대기에 올라 앉아 다음에 벌어질 일들을 기다리고 있었다. 한 마리 원숭이의 난동을 보고받은 라바나는 크게 노하여 8만의 병력을 보내 하누만을 잡아오게 하였다. 8만의 락샤사들은 겹겹으로 하누만을 포위하여 사방에서 그를 공격하기 시작했다. 하누만은 몸을 크게 부풀린 다음에 커다란 손바닥으로 어깨를 치면서 우뢰처럼 외쳤다.

“라마와 락슈마나 형제는 수그리바와 함께 이곳을 찾아 너희들

의 죄를 물을 것이다. 나 하누만은 바유의 아들로 라마의 종이
다. 너희들 따위는 수백만이 달려들어도 우습지도 않다."

하누만은 문간을 받치고 있던 기둥을 뽑아 몰려드는 락샤사들을
모조리 죽여버렸다.

믿을 수 없는 결과를 보고받은 라바나는 대신 프라하스타의 아
들인 잠부말리에게 대군을 주어 제2차 공세를 펴도록 했다. 그러나
결과는 마찬가지였다.

라바나는 5명의 용장들을 뽑아 다시 새로운 병력을 주어 제3차
공격을 가하게 했다.

"이제 곧 나보다 더 용맹한 수천, 수만의 원숭이들이 너희들을
모조리 쓸어버리려고 올 것이다."

라고 외치면서 하누만은 제3진도 박살을 내버렸다.

라바나는 그의 아들 중의 하나인 아크샤를 보냈다. 아크샤는 황
금갑옷을 입고 전차를 몰아 하누만을 덮쳤다. 하누만과 아크샤 사
이에는 치열한 싸움이 벌어졌다. 땅이 흔들리고 태양이 가리워졌으
며 바람도 불기를 멈췄고 산도 떨었으며 서로 외치고 부딪치는 소
리만이 천지에 가득했다. 하누만은 아크샤가 마음에 들었다. 차마
죽이기 아까운 젊은이라고 생각했다. 그러나 그렇다고 자신이 죽을
수는 없는 일이었다. 하누만은 아크샤의 전차를 몰고 있는 말들을
죽이고 전차를 부숴버렸다. 아크샤는 부숴진 전차를 버리고 하늘로
뛰어 올랐다. 하누만은 가루다가 뱀을 채듯이 아크샤를 나꿔채서는
사정없이 내휘두르다가 땅바닥에다 내던져 죽여버렸다.

슬픔과 분노로 미칠 지경이 된 라바나는 또 다른 아들인 인드라
지트를 불렀다. 인드라지트는 인드라를 생포했을 만큼 무예에 정통
하고 대단히 용맹할 뿐 아니라 브라흐마로부터 아스트라까지 받은
무적의 용장이었다.

12. 브라흐마스트라

기다렸다는 듯이 전차에 오른 인드라지트는 하누만에게로 돌진했다. 둘 사이에는 처절한 격투가 벌어졌다. 일진일퇴, 용호상박. 용맹무쌍의 두 영웅은 한 치의 빈틈도 없이 사력을 다했다. 소나기처럼 쏘아대는 인드라지트의 활솜씨는 가위 환상적이었다. 그런데 아무리 화살을 날려도 하누만이 꿈쩍도 하지 않자 화살로 하누만을 죽일 수 없음을 알게 된 인드라지트는 브라흐마스트라로 하누만을 묶어버리기로 했다. 브라흐마에 대한 존경심 때문에 하누만은 그 아스트라를 피하지 않기로 했다. 아스트라에 묶여도 곧 다시 풀려날 수 있는 특전을 브라흐마에게서 받았기 때문에 하누만은 인드라지트가 쏘아보낸 브라흐마스트라를 조금도 걱정하지 않았다. 아스트라에 묶인 하누만은 그대로 땅에 떨어져 잠깐 정신을 잃었으나 곧 다시 깨어났다. 인드라지트를 따르던 락샤사들은 재빨리 모든 밧줄들을 동원하여 하누만을 꽁꽁 묶어버렸다.

다른 것으로 묶는 순간 아스트라의 효력이 없어져버린다는 것을 인드라지트는 알고 있었으나, 이미 때가 늦어 어쩔 수가 없었다. 여하간 인드라지트는 하누만을 묶어 끌고 라바나에게로 갔다.

13. 라바나 궁전의 하누만

라바나가 있는 궁전으로 묶여 끌려간 하누만은 그의 앞에 버티고 앉아 있는 라바나의 당당한 모습에 다시 한 번 또 감탄하였다. 여하간 라바나의 모습은 볼수록 위대했다. 그가 만약 다르마에 충실했더라면 천계의 지배자가 되고도 남았을 것이라는 것이 하누만의 솔직한 생각이었다. 그런데 하누만을 내려다보고 있던 라바나는 놀란 듯 몸을 뒤로 하더니 이렇게 중얼거렸다.

"이 녀석이 혹시 시바를 모시는 난디가 아닐까? 언젠가 내가 카일라사 봉우리를 들어올렸을 때 내가 난디를 혼내주었더니 나를 저주했었단 말이야. 원숭이가 되어서 나를 죽이겠노라고. 이 녀석이 바로 그 난디가 변한 원숭이가 아닐까?"

라바나는 옆에 서 있던 대신 프라하스타에게 말했다.

"무엇하는 놈이고 무엇하러 왔으며 왜 난동을 부렸는지 이실직고하도록 시키시오."

이에 프라하스타는 라바나의 말을 받아 하누만에게 횡설수설 물어댔다.

"이 원숭이야, 너무 겁에 질리지 말고 사실대로만 이야기를 해라. 그렇다면 너를 살려주겠다. 인드라가 너를 보냈느냐? 사실이 그렇다면 너를 이대로 놓아 보내주겠다. 바이슈라바나가 보냈느냐? 야마냐? 쿠베라냐? 왜 왔느냐? 나라야나가 보냈느냐? 너는 진짜 원숭이가 아니지? 너의 정체는 무엇이냐? 거짓이 있으면 당장 죽일 것이다. 왜 정원을 파괴했느냐? 왜 우리의 병사들을 적대하여……"

하누만은 프라하스타 따위는 상대하기도 싫다는 듯이 라바나를 향해 외쳤다.

"나는 태어났을 때부터 원숭이였소. 나는 인드라나 야마나 바루나가 보낸 것이 아니라 라마가 보내서 왔소. 내가 정원을 부순 것은 이렇게 일부러 잡혀와서 라바나 당신에게 라마의 뜻을 전하기 위해서였소. 브라흐마스트라는 나에게는 효력이 없소. 또 그렇지 않더라도 당신네 졸개들이 나를 묶는 순간 아스트라의 효력은 없어지는 것이었소. 그러나 내가 이렇게 묶이어 못이기는 척 하고서 끌려온 것은 라마의 뜻을 직접 전하기 위해서였소. 다시 한 번 말하거니와 나는 라마의 사자요. 라마의 뜻은 간단명료

합니다. 당신처럼 위대하신 분이 남의 아내를 탐한다는 것은 심히 다르마에 어긋나는 일인 바 당장 시타를 돌려 보내고 과거를 사죄하고 바른 길을 걸으라는 것. 이 마지막 경고를 어기면 라마와 락슈마나와 수그리바는 무수한 원숭이와 곰들을 휘몰아 당신과 이곳을 완전히 쓸어버리겠다는 것이니, 당신은 데바나 아수라나 락샤사나 다나바나 간다르바나 야크샤나 판나가(뱀) 등등에게는 불사무적의 은혜를 입었으나 원숭이나 인간 등은 그 범위에 속하지 않음을 명심해야 할 것이오. 내가 굳이 싸움을 벌여 나의 힘을 보여준 것은 겨우 한 마리의 원숭이일망정 얼마나 락샤사들에게 무서운 존재인가를 경고하기 위해서였소. 마지막으로 단언하거니와 시타는 당신에게는 죽음의 신이요, 목을 조르는 올가미인 것이오. 라마는 삼계에 대적할 자가 없는 무쌍의 용사로 그를 적대하고서는 삼계에 몸을 피할 곳이 없소. 라마는 전 우주를 다 파괴해버리고 다시 새로운 우주를 창조할 수도 있을 만큼 위대한 존재임을 이미 알고 계실 것이오. 속죄하고 생명을 구하시오. 이제 이렇게 라마의 뜻을 전했으니 당신의 뜻을 밝히실 차렙니다.”

“발칙한 놈, 당장 죽여버려라.”

라고 라바나는 명령을 내렸다. 그러나 라바나의 동생인 비비샤나는 말했다.

“하찮은 원숭이 한 마리를 죽여서 무엇하시겠습니까? 사자를 죽이는 법은 없으니 노여움을 푸시고 명령을 거두어주시기 바랍니다.”

그러나 라바나는 듣지 않았다.

“이따위 건방진 원숭이에게는 죽음도 싸다.”

“아닙니다. 사자를 죽이실 수는 없습니다. 대신 죽음보다도 더 가혹한 처벌은 하실 수 있으십니다. 볼기를 친다거나 얼굴에 먹물을 넣는다거나 머리털을 깎아버린다거나······."

14. 랑카의 대화재

"그래? 좋다. 비비샤나 너의 말이 옳다. 사자를 죽일 수는 없다. 대신 죽음보다 더 가혹한 고통을 주겠다. 원숭이 녀석들은 꼬리를 제일 자랑하니까 이 녀석의 꼬리를 태워버리도록 하라. 그리고 이 녀석을 시내 곳곳에 끌고 다니면서 온 시민들에게 구경을 시키도록 하라."

모든 락샤사들은 라바나의 기발한 처벌방법에 크게 환성을 올렸다. 그들은 면으로 된 헝겊들로 라바나의 꼬리를 잔뜩 감싸 붙들어매고는 여기에다 기름을 흠뻑 끼얹었다. 그리고 라바나의 꼬리에 불을 붙인 후 거리로 끌고 나가서 시민들에게 구경을 시키기 시작했다. 랑카의 시민들은 여자도 어린애도 노인도 모두 밖으로 나와서 이 대단한 구경거리에 환성을 올렸다. 거리마다 남녀노소 락샤사들이 몰려 나와서 조롱을 퍼부어대는 바람에 하누만은 화가 머리끝까지 올랐다. 그러나 하누만은 속으로 중얼거렸다.

"참자. 이따위 모두 털어버리고 한바탕 휘저어버릴 수도 있지만 참자. 그리고 이녀석들이 끌고 다니는 대로 시가지를 두루두루 보아둔다는 것도 다음에 크게 도움이 될 것이니 참자. 어젯밤에 대강 보아는 두었지만 낮에 한 번 더 보아둘 필요가 있으니까."

한편 한 락샤시로부터 하누만이 꼬리에 불이 붙어 온 시가지를 끌려다닌다는 이야기를 들은 시타는 울면서 아그니에게 기도를 올렸다.

"신이시여, 만일 저에게 큰 잘못이 없다면, 제가 저의 남편을 유일한 신으로 믿어왔음이 사실이라면, 저의 모든 언행이 순수했다면, 라마가 조금이라도 저를 사랑하고 있음이 사실이라면, 저에게 조금이라도 희망이 남아 있다면, 저를 다시 라마와 함께 있도록 해주시려고 하신다면, 신이시여, 하누만을 당신의 힘으로 보호해 주십시오. 하누만이 불에 타지 않도록 보호해 주십시오.”

시타의 간절한 기도에 아그니는 곧 이를 들어주기로 하니, 하누만의 꼬리에 붙은 불길은 꼬리를 감싼 헝겊의 기름만을 태울 뿐 하누만의 꼬리는 전혀 태우지를 않았기에, 하누만의 꼬리는 조금도 뜨겁지 않고 도리어 백단향을 바른 듯 시원하기까지 했다. 바유 또한 그의 아들에게 부드러운 바람을 불어주었다.

하누만은 아그니가 라마에 대한 존경과 시타에 대한 동정과 아버지 바유에 대한 우정 때문에 자신을 보호해주고 있음을 알았다.

거리를 이곳저곳 끌려 다니면서 볼 것을 다 둘러본 하누만은 드디어 크게 한소리 외치면서 공중으로 뛰어올라 높은 지붕 위로 올라갔다. 그는 기둥을 뽑아서 그를 잡으러 올라오려는 락샤사들을 모조리 휘저어버리면서 생각했다.

‘이제 할 일은 다 한 셈인데 무언가가 또 더 남아 있을까? 화풀이를 좀 해야 속이 풀리겠단 말씀이야. 그렇다. 내 꼬리에 붙어 있는 불은 나 때문에 그동안 제대로 먹이를 먹지 못했으니까 이제 내가 잔뜩 먹을 것을 주어야겠다.’

하누만은 곧 온 시가지를 지붕에서 지붕으로 뛰어 다니면서 닥치는 대로 불을 붙였다. 곧 라바나의 궁성까지도 모조리 불길에 휩싸였다. 온 랑카 시내는 순식간에 지옥불이 가득히 날뛰는 아비규환의 아수라장으로 변해버렸다. 드디어 랑카를 빠져나온 하누만은 트리쿠타 언덕의 꼭대기에 섰다. 그는 바다로 가서 꼬리를 바닷물에 넣어 불을 껐다. 그러다가 그는 갑자기 더럭 겁이 났다.

“아뿔사, 내가 큰 실수를 했구나. 시타가 위험할 것을 미처 생각하지 못했어. 큰일났다. 이 무슨 실수냐. 내가 경솔했어. 원숭이

란 이렇게 경솔해서 탈이야. 큰일났다 큰일났어. 시타가 걱정이
다. 또 시타가 아니더라도 아무리 화가 날망정 시가지를 불태우
는 짓은 참았어야 했어. 현명한 자는 마음을 다스려 분노를 진정
시킨다고 했는데, 나는 엉뚱한 짓을 저질러 화풀이를 했으니 이
무슨 경솔한 원숭이냔 말이야."

그러다가 하누만은 또 이렇게 자신을 위로하기도 했다.

"시타님은 영광스럽고 신성하신 분이니 불길이 시타님을 피했을
거야. 나같은 원숭이까지 보호해주시는 아그니께서 시타님을 해
치셨을 리가 없을 거야."

이때 하누만은 하늘을 날아가는 차라나들이 나누는 이야기를 들
었다.

"정말 굉장한 대화재였어."

"모조리 다 타버렸어."

"그런데도 시타 한 사람에게만은 전혀 불길이 접근하지 않았다
니 신기한 일이지?"

"그러게 말이야."

하누만은 안도의 한숨을 내쉬면서, 그러나 직접 확인해보기 위
해 서둘러 아쇼카바나 정원으로 시타를 찾았다. 하누만이 무사한
것을 본 시타는 크게 기뻐했다. 시타는 말했다.

"정말 대단하셨어요. 이제 라마에게로 가시어 빨리 와주시기를
고대하고 있노라고 전해주십시오."

"알겠습니다. 라마님께서 원숭이들과 곰들을 데리고 곧 오실 것
이니 조금도 염려하시지 마시고 조금만 더 참고 계시기 바랍니
다."

다시 시타 앞에 엎드려 인사를 올린 하누만은 라마에게로 돌아
가기 위해 아리슈타 언덕의 꼭대기에 섰다. 북쪽 수평선 너머를 노
려 본 다음 몸을 크게 부풀리고 숨을 크게 들이마신 후 몸을 구부

려 힘을 다졌다가 언덕을 박차고 하늘 높이 뛰어 올랐다.

하누만은 달에 닿을 듯이 높이 올랐으며 태양의 옆을 무척 가까운 거리에서 지나갔다. 그가 일으킨 바람 때문에 구름들이 그의 뒤를 끌려 따라왔다. 마이나카 산은 그때까지도 그를 도울 것이 있을까 하여 그대로 바다 위에 머리를 내밀고 있었다. 하누만은 마이나카 산에게 웃으며 인사를 보냈다. 성공적으로 임무를 완수하고 돌아오는 길은 그만큼 몸이고 마음이고 가벼웠던 것이다.

드디어 그가 출발지로 삼았던 마헨드라 산이 보이기 시작했다. 그가 크게 소리를 내지르니 그 소리는 사방으로 퍼지면서 메아리를 불러 일으켰다. 그를 기다리고 있던 원숭이들도 하누만의 힘찬 외침을 들었다. 쟘바반은 말했다.

"저렇게 힘차게 외치는 것을 보니 성공을 했다는 뜻이야."

이에 모든 원숭이들은 하누만이 땅에 도착하기도 전에 서로 붙들고 기뻐 날뛰며 춤추고 뒹굴어댔다.

15. 돌아온 하누만

하누만이 마헨드라 산에 내리니 모든 원숭이들이 그에게로 달려가 그를 에워쌌다. 그들은 다투어 하누만에게 과일과 뿌리들을 내놓았다. 하누만이 쟘바반과 앙가다에게로 가서 인사를 올리면서,

"시타님이 계신 곳을 알아냈습니다."

라고 보고를 하자 모든 원숭이들은 다시 한 번 더 기뻐서 날뛰기 시작했고, 앙가다는 장황할 만큼 여러가지 말로써 하누만에게 찬사를 보냈다. 쟘바반은 모두들 앉게 한 다음에 하누만에게 자세한 이야기를 들려주기를 청했다. 하누만은 남쪽을 향해 시타에게 인사를 올린 후에 그동안에 있었던 이야기들을 들려주기 시작했다. 하누만

의 대단한 활약상에 모든 원숭이들은 마치 자신이 그렇게 대단한
일을 직접 하기라도 했다는 듯이 기뻐 날뛰면서 소리를 질러대고
공중으로 뛰어 오르면서 꼬리에 입을 맞추고 또 맞추는 것이었다.
　하누만의 신나는 이야기가 끝나자 앙가다는 말했다.
　"쟘바반을 총책임자로 모시고 당장 랑카로 가서 끝장을 내버립
시다. 나는 브라흐마, 아인드라, 바야브야 등등의 아스트라를 알
고 있으니 라바나와 그 자식들은 내가 맡아 죽여버리겠습니다.
하누만도 계시고 파나사, 니일라, 드비비다, 마인다 등등 쟁쟁한
분들이 계시니 그까짓 락샤사들은 문제가 될 것이 없습니다. 시
타님을 찾았는데 그냥 왔습니다 하는 것과 시타님을 찾아 모시
고 왔습니다 하는 것 중에서 어느 것이 더 라마님이나 수그리바
대왕님을 기쁘게 해드리는 것이 되겠습니까?"
　이에 쟘바반은 크게 기뻐하면서 그러나 이렇게 말했다.
　"좋은 말씀이십니다. 전적으로 동감입니다. 우리는 우리의 힘과
용기로 충분히 라바나를 이길 수 있을 것입니다. 그런데 하누만
의 이야기에 의하면 시타님은 라마님께서 자신을 구하러 와 주
시기를 바란다고 하셨다니까 라마님께 기회를 드려야하지 않을
까라고 생각이 됩니다. 그러니까 일단 라마님께 상황을 보고한
후 그의 결정을 따르는 것이 좋을 것 같습니다."
　앙가다는 쟘바반의 말이 옳다고 했다. 이에 모두들 일단 서둘러
키슈킨다로 돌아가기로 했다.

16. 수그리바의 포도원

　키슈킨다 교외에 이른 원숭이들은 숲처럼 넓으면서도 잘 가꾸어
진 포도원을 지나게 되었다. 그곳은 바로 수그리바의 정원으로 왕

의 숙부인 다디무카가 관리를 맡고 있었는데 그 정원은 포도주가
유명했다. 정원을 지나면서 원숭이들은 그곳에 들어가 포도주를 맛
보고 싶다고 앙가다를 졸라댔다. 앙가다가 쟘바반과 하누만에게 병
사들의 소망을 말하니 그들은 병사들의 소망을 들어주자고 했다.
그리하여 앙가다가 병사들의 소망을 허락하자 원숭이의 대군은 순
식간에 무법자가 되어 구름처럼 포도원을 덮쳐 마음껏 포도주를 마
셔대기 시작했다. 노래하고 춤추고 웃어대고 비틀거리고 서로 싸우
고 나무에서 나무로 건너뛰어 다니는 등 정원은 순식간에 난장판이
되어 버렸다.

왕으로부터 관리책임을 맡은 다디무카는 정원의 경비들과 함께
이 무법자들을 쫓아내려고 했으나 술취한 대군에 밀려 도리어 이들
이 쫓겨나고 말았다.

다디무카는 수그리바 왕에게로 갔다. 그때 왕은 라마를 찾아 프
라스라바나에 가 있었다. 그곳까지 왕을 찾아가 왕 앞에 엎드려 떨
기만 하면서 말을 못하는 다디무카에게 수그리바는 무슨 일이 생긴
것인가를 물었다. 다디무카는 더듬더듬 앙가다가 이끌고 돌아온 원
숭이 떼가 신성한 왕의 정원인 포도원을 난장판으로 만들어버린 일
을 보고하였다.

"좋은 일입니다. 잘한 일입니다. 더 마음껏 즐기도록 해주셨으면
합니다."

라고 수그리바는 크게 기뻐했다. 락슈마나가 의아해하는 눈빛을
보이자 수그리바는 말했다.

"기한까지 넘기고 돌아온 주제에 감히 나의 특급 포도주 창고가
있는 정원을 침범했다는 것은 그들이 그렇게 해도 좋을 만큼 대
단한 성과를 얻어 왔다는 뜻일 것입니다. 동방, 북방, 서방으로
갔던 탐색대들은 기한 안에 돌아왔지만 성과가 없었습니다. 남
방 탐색대는 기한은 넘겼으나 성과가 있는 모양이니 얼마나 좋

은 일입니까?"
그리고 수그리바는 다디무카에게 말했다.
"숙부님, 포도원이 쑥밭이 되었다니 정말 다행한 일입니다. 녀석
들은 대단한 개선자축연을 벌였습니다그려. 녀석들의 성과가 자
못 궁금하니 빨리 그들을 이곳으로 오도록 해주십시오."

17. 하누만의 보고

다디무카가 다시 포도원에 이르러보니 울고 있는 놈, 잠자고 있
는 놈, 서로 싸우는 놈, 악쓰며 돌아다니는 놈 등등 여전히 어수선
한 난장판이었다. 그가 앙가다를 찾아 왕의 뜻을 전하자 앙가다는
곧 전군을 불러 모았다. 놀랍게도 모든 원숭이들은 마치 한 마리가
움직이는 듯이 순식간에 집결을 마치더니 수그리바가 있는 곳을 향
해 마지막 행군을 서둘렀다. 모든 원숭이들은 자기가 바로 대단한
전공을 세웠다는 듯이 보무도 당당하게 왕 앞으로 나아갔다. 왕 앞
에 엎드리는 앙가다며 잠바반이며 하누만의 표정은 의기양양 바로
그것이었다.
"시타님이 계신 곳을 찾아냈습니다."
라고 그들은 보고했다.
이어 하누만은 자초지종을 자세하게 보고하기 시작했다. 하누만
의 이야기를 들으면서 라마와 락슈마나는 기뻐했다가 걱정했다가
계속 표정이 바뀌었다. 하누만이 시타로부터 받았던 머리 장신구를
전하자 라마는 반가워서 눈물을 흘리며 말했다.
"이것은 인드라가 시타의 아버지께 주신 것으로 자나카 대왕님
께서는 다시 이것을 시타에게 주셨답니다. 시타는 이것을 우리
의 결혼식 때 달았었지요. 정말로 그때 시타는 얼마나 아름다웠

던지. 그런데 시타는 아직도 만나지 못한 채 이것만을 만나야 한
단 말입니까? 아, 그런데 그리고, 그리고 그 다음은 어떻게 되었
습니까?"
라마는 하누만의 이야기에 일희일비하면서 좀더 자세히, 좀더 자
세히라고 묻고 또 물었다.

6. 대결전

6. 대결전

1. 준비

하누만의 이야기가 다 끝나자 모두들 그의 굉장한 활약과 성과
에 칭송을 아끼지 않았다. 특히 라마는 여러가지 말로써 하누만의
지혜며 용기며 담력이며 신중함이며 충성심이며 등등에 감탄을 한
다음 이렇게 말했다.

"그런데 하누만, 나를 슬프게 하는 것이 하나 있습니다. 온 천지
를 다 드려도 나의 감사한 마음을 나타내기에는 부족할 터인데
도 나는 지금 아무것도 가진 것이 없으니 이 일을 어떻게 하여야
좋겠습니까. 대신 이렇게라도 하고 싶습니다."

라마는 눈물을 흘리며 두 팔을 벌려 하누만을 껴안아 감사의 뜻
을 표했다. 이 숙연한 장면에 모두들 가슴이 뭉클함을 느꼈다. 그
리고 어느 정도 서로 흥분이 가라앉게 되자 모두들 랑카를 공격할
계획을 세우기 시작했다. 하누만의 이야기는 훌륭한 정보가 되었고
그들은 실전을 위한 치밀한 계획을 제법 그럴 듯하게 세울 수가 있
었다.

2. 남쪽으로의 대진군

　모든 준비는 다 끝났는데 한 가지가 남아 있었다. 어떻게 그 넓은 바다를 건널 것인가? 여러가지 방안이 나왔으나 조금씩 문제가 있었다.

　"이렇게 여기에서 시간을 지체할 것이 아니라 현지에 가서 결정을 하십시다. 최악의 경우 라마님의 공덕으로 바닷물을 전부 말려버릴 수도 있을 것 아니겠습니까? 자, 빨리 출발부터 서둘렀으면 합니다."

　"모두들 명령만 기다리고 있습니다. 라마님, 빨리 당장 출발명령을 내려 주십시오."

　이에 드디어 라마는 말했다.

　"오늘의 별은 우따라, 내일의 별은 하스타. 날은 오늘이 아주 좋은 날입니다. 그리고 지금은 태양이 하늘 꼭대기에 이르렀으니 시각으로는 비쟈야(상서로운 시각. 이 시각에는 무엇을 잃더라도 반드시 다시 찾게 됨)입니다. 오른쪽 눈이 떨리는 것이 성공을 예언해 주는 다시없이 좋은 길조이니 자, 그럼 당장 남으로 진군을 시작합시다. 먼저 니일라는 선발대를 맡아 진로를 개척하면서 식량과 식수를 확보하도록 하십시오. 우리들의 진군을 알고서 적이 식량과 식수에 독을 푸는 일이 있을 지도 모르니 거기에 대하여도 주의하도록 시키십시오. 그리고 계획대로 가쟈, 가비야, 가바크샤, 리샤바에게 각각 부대를 맡겨 차례로 출발하게 하십시다. 하누만과 앙가다는 나와 락슈마나와 함께 대왕님의 본진을 따르게 해주십시오."

　수그리바는 라마의 말대로 했다. 원숭이의 대군은 차례로 홍수처럼 프라스라바나 산을 떠나 신나게 떠들어 대면서 남으로 남으로 뛰듯이 행군을 계속했다. 산을 넘고 강을 건너고 숲을 뚫고 황무지를 지나 다시 넘고 건너고 또 넘고 건너 드디어 이들은 남쪽 끝 마헨드라 산 밑에 이르렀다.

라마는 마헨드라 산에 올라 남쪽을 바라보았다. 멀리멀리 수평선 너머까지 검푸른 바다만 넘실거리는데 발밑 바닷가에는 원숭이들의 바다가 넘실대고 있었다. 서쪽으로 사라지는 태양을 향해 기도를 드리는 라마의 심사는 시타에 대한 그리움으로 심히 비통하였다.

3. 라바나의 걱정

라마의 남진을 들은 라바나는 곧 중신들을 소집하여 회의를 열어 말했다.

"옛부터 이르기를 왕에게는 세 종류가 있다고 했습니다. 최상의 왕이란 왕을 진심으로 위하는 현명한 보좌역들을 두어 그 보좌역들의 의견을 최대한 경청하는 왕이라고 했습니다. 다음 차선의 왕이란 자신의 독단적인 생각으로 다르마의 길을 고집하는 왕이니 담대함과 신속함은 있을망정 독단에 빠지는 폐해가 있으니 앞의 중지를 모으려는 왕만은 못하다고 했습니다. 그리고 세번째 최악의 왕은 다르마도 내세도 무시하고 즉흥적이고 단편적인 독단으로 서두르기만 하는 왕이라고 했습니다. 보좌역인 신하에게도 세 종류가 있다고 했습니다. 모든 것을 경전의 뜻에 따라 그의 왕을 보좌하는 신하가 최상이라고 했습니다. 다음은 자신의 생각을 내세워 논쟁을 불러일으키지만 현명한 결론에 승복하는 신하라고 했습니다. 마지막 최악의 신하란 끝까지 자기의 생각만 고집해 다른 의견에는 따르려고 하지 않는 부류라고 했습니다. 이제 라마가 원숭이와 곰들과 더불어 이곳을 향하고 있다는 정보원의 보고에 접하여, 우리 랑카의 안전을 위해 우리가 취해야할 방안들을 기탄없이 말씀해 주시기 바랍니다."

그러자 중신들은 다투어 말했다.

"라마 따위 때문에 이렇게 회의까지 여신다는 것은 대왕님의 영예에 도리어 흠이 될 만한 일이라고 사료되는 바입니다."

"저들이 아무리 많은 숫자가 온다고 하더라도 우리의 군세가 막강하니 조금도 염려하실 바가 아니라고 아뢰옵니다."

"대왕님께서는 바루나의 수도 보가바티에 가셔서 대왕님께 맞서려는 바루나의 아들들을 죽이셨고 또 그곳의 뱀들을 모조리 죽여버리신 일도 있으셨으며, 대천신 시바의 친구로 카일라사 산 꼭대기에 살면서 용맹무쌍을 공인받아왔던 쿠베라를 굴복시켜 그의 전차 푸슈파카를 빼앗아 삼계의 무적임을 보여주셨으며, 아수라의 왕 마야도 대왕님께 굽히어 그의 딸 만도다리를 대왕님께 바쳤으며, 악마의 왕 마두도 대왕님께 잡히어 이곳에 노예로 끌려왔으며, 파탈라의 주민들까지도 대왕님을 두려워하거늘 라마라는 사람의 종류가 어찌 대왕님의 상대가 될 수 있으리라고 생각이나 하십니까?"

"대왕님께서는 싸움터에 나가실 필요도 없으시니 인드라지트 왕자님만 나가셔도 충분하고도 남을 것입니다."

인드라지트의 원래 이름은 메가나다였으며 만도다리의 아들이었다. 신들에 대한 제사와 찬송의 공덕으로 신들로부터 많은 은총을 받았다. 브라흐마로부터 아스트라(브라흐마스트라)를 얻은 것도 그중의 하나였다. 락샤사들과 천신들 사이에 싸움이 벌어졌을 때 메가나다는 부왕 라바나를 따라 참전해 인드라를 생포하는 용맹을 떨쳐 인드라지트라는 이름을 얻었다. 인드라는 브라흐마의 청으로 석방이 되어 천계로 되돌아갈 수가 있었다. 인드라지트는 라바나가 가장 사랑하고 자랑하는 아들이었다.

"그렇습니다, 대왕님. 인드라지트 왕자님을 보내시어 두 마리의 인간과 오합지졸 원숭이녀석들을 쓸어버리게 하신다면 문제는 끝일 것입니다."

"대왕님의 잠꾸러기 동생 쿰바카르나를 깨우시어 내보내시는 것도 하나의 방안으로 생각되옵니다. 쿰바카르나는 잠에서 깨어나기만 하면 삼계에 무적임을 대왕님께서도 잘 알고 계실 것입니다. 대왕님, 우리편만 너무 강하니 도리어 라마인지 무엇인지 하는 사람의 종류가 불쌍한 생각이 듭니다."

"대왕님, 천신들도 아수라도 간다르바도 피샤차도 모두 대왕님께 굴복하였거늘 한갓 미미한 인간과 원숭이 따위야 무슨 문제가 되겠습니까? 지난 번에 난장판을 피운 원숭이의 일은 저희들이 너무 허술하게 대했던 탓입니다. 그러나 다시는 그러한 실수가 없을 것임을 다짐하오니 저를 싸움터로 내보내 주십시오. 라마 따위는 단숨에 죽여버릴 것이며, 지상의 모든 원숭이들도 모조리 쓸어버리도록 하겠습니다."

다른 대신들도 차례로 라바나의 위대함을 칭송하면서 자신들이 싸움터를 맡겠다고 다투어 떠들어댔다. 라바나는 심히 마음이 흐뭇했다. 그런데 이때 라바나의 동생으로 언제나 진실과 정의만 찾아대는 비비샤나가 나섰다.

"일을 성사시키기 위한 방법 중 응징은 최악의 수단입니다. 운명이 저버리기 전에 그는 먼저 건방지고 부주의하고 다르마에서 벗어나는 짓을 한다고 했습니다. 그런데 운명이 라마를 버릴 것으로 생각하십니까? 운명이 버리지 않으면 그를 처벌할 수는 없을 것입니다. 라마는 겸손하고 정의로운 다르마의 화신이라고들 합니다. 우리가 운명이 사랑하는 사람을 적대한다면 운명은 도리어 우리를 벌할 것입니다. 이번 일은 대왕님께서 쟈나스타나에서 시타를 훔쳐왔기 때문에 발단된 것입니다. 남의 부인을 욕심냈다는 것은 이유가 아무리 부득이한 무어라고 해도 합리화될 수 없는 추악한 행위이며 파멸에 이르는 독으로 또다른 죄악을 부르게 됩니다. 라마는 결코 평범한 인간이 아님도 아셔야 할 것입니다. 그는 쟈나스타나에서 카라와 두샤나와 트리쉬라스 등의 용장들은 물론 1만 4천의 우리 병력들을 혼자서 죽였습니다. 또 하누만이라는 한 마리 원숭이가 그 넓은 바다를 건너 뛰어서 온 랑카를 뒤흔들어 놓았었습니다. 진실로 형제간의 우애 때문에, 진실로 형님을 위해 말씀드립니다. 이번 일에 대한 최선의 해결책은 시타를 라마에게 돌려보내는 것뿐입니다. 화는 판단력을 흐리게 합니다. 화를 내시지 말고 냉정하게 생각해보십시오. 이번 일은 명분이나 세력에 있어서 승산이 없습니다. 설령 승산이 있더라도 전쟁은 피해야 합니다. 평화란 어떠한 대가를 치루어서라도 지켜나갈 만한 가치가 있는 최고의 선이기 때문입니다. 다르마의 길을 걸으십시오. 이는 대왕님을 살릴 뿐만 아니라 이 나라와 이 백성을 살리는 길이기 때문입니다. 죄없는 백성들과 그들의 처자식들을 형님의 추태로 죽게 하지 마십시오. 시타를 라마에게 돌려보냄으로써 그들을 살려주십시오."

비비샤나의 말에 라바나는 아무런 답을 하지 않은 채 회의를 끝내버렸다.

다음날 아침 일찍 비비샤나는 라바나의 내실을 찾아 자신의 뜻을 다시 한 번 이야기한 다음 말했다.

"형님, 시타가 랑카에 온 이후로 여러 가지 불길한 조짐들이 끊이질 않고 있습니다. 마법의 등불은 계속 그을음이 나고 있습니다. 하비스(신에게 바치는 공물)에는 개미들이 들끓곤 합니다. 암소들에서는 우유가 잘 나오지 않고 있으며 코끼리들은 힘을 잃고 먹이를 가까이 하지 않습니다. 가축들은 까닭없이 눈물을 흘리며 까마귀들은 전차에 앉아 목쉰 소리로 울어댑니다. 매나 독

수리 등 육식조류들이 하늘을 맴돌고 자칼들이 밤마다 슬픈 소
리로 짖어댑니다. 모두 다 흉하고 불길한 징조들뿐입니다. 그런
데도 대신들은 누구 하나 이러한 사실을 형님께 말씀드리지 않
고 있습니다. 결코 신하의 도리가 아닐 것입니다. 그런데 형님은
그러한 대신들의 엉뚱한 아첨에 판단력이 흐려져 계십니다. 문
제는 간단하고 해결책도 간단합니다. 형님께서 잘못을 저지르셨
습니다. 그러니까 시타를 라마에게 되돌려드리는 것만이 해결책
입니다."
그러나 라바나는 듣지 않았다.
"내가 라마를 겁내야 옳단 말이냐? 인드라며 기타 모든 신들이
라마를 도와도 나는 겁날 것이 없음을 너는 잘 알 것 아니냐. 내
가 라마를 피했다고? 그의 마누라를 빼앗아 오기가 미안해서 피
했을 뿐이지 두려워서 피한 것은 아니었다. 나는 결코 겁쟁이가
아니다. 너야말로 비겁한 겁쟁이다. 겁쟁이의 우는 소리는 나에
게는 필요가 없다."
라바나는 자리를 털고 일어서면서 비비샤나에게 그만 나가라는
손짓을 했다.

4. 라바나는 비비샤나를 잃다

라바나는 다시 회의를 소집했다. 대신들뿐 아니라 시민의 대표
들까지 참석하는 대규모 회의였다. 비비샤나도 참석했고, 라바나의
또다른 동생으로 잠꾸러기이면서도 삼계에 무적인 쿰바카르나도 억
지로 잠을 깨어 회의에 참석했다. 라바나를 따라 천신이며 다나바
들을 무찔렀던 역전의 용장들과 시민대표들도 참석했다. 라바나는
말했다.

"라마가 시타를 구출하겠다고 원숭이들과 함께 랑카로 오고 있
습니다. 원숭이들의 왕 수그리바가 라마와 락슈마나의 두 인간
형제를 돕고 있습니다. 이제 그들은 바다를 건너 랑카로 올 것입
니다. 여기에 대한 여러분들의 기탄없는 의견을 들어보고자 합
니다."

그러자 잠꾸러기로 유명한 라바나의 동생 쿰바카르나가 불만스
럽게 말했다.

"시타를 데려오면서는 전혀 우리들과 상의가 없더니 일이 꼬이
자 의견을 구하시는군요. 왕이란 그렇게 멋대로 행동해도 되는
것은 아닐 텐데 말입니다. 여하간 감히 라마의 여편네를 훔쳐 오
고서도 아직도 살아계시다니 명은 길게 타고 나셨습니다. 그러
나 지나간 일은 지나간 일. 나는 대왕님을 위해 싸워드리겠습니
다. 라마를 죽여 대왕님의 실수를 수습해드려야지요. 그까짓 라
마 정도야 내가 한 손으로도 눌러버릴 것이니 대왕님께서는 전
선에 나서실 필요도 없으십니다. 삼계에 무적인 내가 나서겠다
고 했으니 형님은 이제 걱정을 놓으십시오. 라마는 이제 없어진
것이나 마찬가지이니 시타는 형님의 것이 확실하겠습니다."

너무나 노골적인 쿰바카르나의 말에 라바나는 불쾌한 기색이 되
어 아무 말도 하지 않았다. 대신 중의 하나인 마하파르슈바가 싸움
의 결과야 보나마나 뻔한 것이 아니겠느냐고 일장열변을 토한 다음
에 슬쩍 덧붙였다.

"그런데 대왕님, 시타에게 왜 그렇게 사정만 하고 계십니까? 억
지로라도 시타를 대왕님의 여자로 만들어버리셨더라면 구출이니
무어니 하는 소리도 나오지 않았을 텐데 말입니다. 여자란 강제
로 자기 것을 만들어버리면 끝나는 것 아닙니까?"

마하파르슈바의 고무적인 열변에 약간 마음이 풀어진 라바나는
말했다.

"굳이 그렇게 물으시니 사실을 말씀드리겠습니다. 나는 여자를 강제로 빼앗을 수 없는 이유가 있습니다. 언젠가 나는 푼치카스 탈라라는 요정이 별들의 길을 따라 브라흐마에게로 가는 것을 강제로 그렇게 했었던 일이 있었습니다. 이것을 알게 된 브라흐마는 나를 저주했었습니다. 한 번만 더 그런 짓을 한다면 나의 머리가 수천 개의 조각으로 박살이 날 것이라고. 마하파르슈바, 내가 시타에게 사정조로 나가는 이유는 바로 그 때문입니다. 나의 용기는 바다처럼 강하고 나는 바람의 신 바유만큼 힘이 셉니다. 라마는 하룻강아지 범 무서운 줄 모르고 감히 동굴에서 잠자는 사자를 건드리겠다는 것입니다. 원숭이 따위를 데리고 감히 나에게 도전해오다니 그의 생명도 이제는 끝났다고 보아야 할 것입니다. 그는 아직 나의 화살의 뜨거운 맛을 모르는 모양이니 이번에 내가 그를 나의 화살로 태워버리겠습니다. 태양 앞에 별이 죽듯이 라마는 내 앞에서 빛을 잃을 것입니다. 감히 인간 따위가 나에게 맞서려고 하다니 분수를 모르는 가소로운 짓입니다."

그러나 이때 비비샤나는 말했다.

"대왕님, 시타는 대왕님께는 독사요, 독약이요, 올가미임을 왜 모른 척 하십니까? 시타를 라마에게 돌려보내십시오. 라마의 화살은 인드라의 금강지와 같으니 그의 회살은 사정없이 우리를 죽일 것입니다. 그가 한번 노하면 누구도 삼계를 통털어 피할 곳이 없을 것이니 신들도 우리를 지켜주지 못할 것입니다. 여러분들은 모두들 잘못 말씀들을 드리고 계십니다. 여러분들은 라마의 진면목을 잘 모르시면서, 혹은 어쩌면 잘 알고들 계시면서도 대왕님께는 듣기 좋은 말씀들만 올리고들 계십니다. 천성이 정직하고 지혜로운 왕도 주위의 아첨에 자신과 나라를 망치는 수가 있거늘, 천성이 결코 정의롭다거나 지혜스럽다고만 할 수 없는 우리 대왕님께서는 여러분들의 아첨 때문에 파멸의 길로 달리고 계시는 중입니다. 여러분들께서는 이구동성으로 시타를 라마에게 돌려보내시라고 충언하셔야 옳을 것입니다."

그때까지 조용히 참고 듣고만 있던 라바나의 아들 인드라지트가 말했다.

"아버님, 아버님의 동생되시는 분의 말씀에 오직 놀라울 뿐입니다. 이는 한 마디로 겁쟁이의 잠꼬대일 뿐입니다. 지금 이 시점에서 그리고 이 자리에서 그러한 말씀이 어떻게 어울린단 말씀입니까? 우리 왕실에 이러한 분이 계신다는 것이 창피할 뿐입니다. 가장 못난 락샤사도 가장 잘났다는 인간 따위를 간단히 이길 수 있는 것이어늘 하물며 락샤사 중의 락샤사요, 삼계에 대적할 자가 없는 대왕님께 어찌 그런 허약한 말씀을 올릴 수 있단 말입니까? 천신들의 왕인 인드라까지도 잡아온 제가 있다는 것을 왜 일부러 모른 척 하시는 것입니까?"

이에 비비샤나는 안타깝다는 듯이 조카에게 말했다.

"메가나다, 애야, 너는 아직도 세상을 잘 모른다. 네가 알고 있는 것이 세상의 전부가 아니고 너의 생각이 언제나 옳은 것은 아니다. 너는 지금 부왕을 위한답시고 아전인수격으로 너의 생각을 뽐내지만, 이는 사실은 부왕을 파멸시키는 독이다. 그것을 너는 모르지만 나는 알고 있으니 그것이 너와 나의 차이인 것이다. 용기보다도 강한 것이 다르마임을 알아야 한다. 다르마는 최고의 선이요 최후의 승리인 것이다. 모두들 다르마를 입버릇처럼 내세우는 것은 그만한 무엇이 있기 때문이다. 최후의 승패를 가름하는 것은 누가 더 다르마에 충실했느냐 하는 것이다. 너는 그러한 관점에서 이번 일을 생각해보았느냐?"

비비샤나의 그러한 말에 라바나는 말했다.

"적과는 친선을 유지할 수 있어도, 친한 척 적을 돕는 자와는 함께 살 수 없다는 말의 뜻을 이제는 알게 되었다. 나는 가족이란 모두 친한 것이라고 관념적으로 생각해왔었는데, 결정적인 순간에 등뒤에서 칼을 뽑겠다는 것이냐? 행운은 소에게 있고, 감정의 억제는 브라흐민에게 있고, 변덕은 여자에게 있으며, 위험은 그 나티(친척)의 마음 속에 있다는 옛말이 틀린 것이 없어. '연잎에 구르는 물방울이 끝내 따로 놀듯이, 자기를 떠받쳐주는 것의 고마움을 모르는 비열한 자의 마음 또한 끝내 집안 어른의 뜻을 거스르도다' 라는 말이 이런 때를 두고 한 말이렸다. 벌은 꽃에서 꿀만 훔칠 뿐 결코 꽃에 머무르지는 않는다고 했으니 너 또한 벌과 같은 놈이다. 비비샤나, 만일 그따위 말을 다른 누가 했다면 최소한 즉석에서 사형이다. 자, 나의 마음이 더이상 화나기 전에 빨리 이곳을 떠나거라. 너는 나에 대한 반역자요 가문의 수치이니 더이상 너를 보고싶지 않다."

그러자 비비샤나는 땅으로부터 공중으로 솟아올랐다. 네 명의 락샤사들이 그를 따라 함께 공중으로 솟았다. 공중에 머무른 채 비비샤나는 말했다.

"대왕님, 형님이시니까 동생으로서 어쩔 수가 없습니다. 그러나 동생의 말도 경청하셔야 할 때가 있습니다. 어려움에 처해 있을 때 눈치만 살피며 적당히 듣기좋은 말로 넘기려는 자들은 얼마든지 있겠지만, 싫더라도 진실을 말하는 자를 갖기란 어렵다고 했습니다. 이는 곤경에 처해 있고 죄에 빠졌을 때일수록 진실을 사실대로 말하기가 거북하고 괴로운 것이기 때문입니다. 저의 눈에는 여기 용기를 뽐내시는 여러분들이 이미 라마와의 싸움에서 죽어 들판에 흩어져 있는 것이 보입니다. 대왕님, 제발 다르마를 지키시어 이 나라와 자신을 파멸과 죽음에서 구하도록 하십시오. 안녕히 계십시오. 저는 이제 멀리 가겠습니다. 제가 없어지면 손톱 밑의 가시가 빠진 것만큼이나 시원하실 것입니다."

5. 비비샤나와 라마

비비샤나는 랑카를 떠나 바다를 건너 건너편 해변에 있는 라마에게로 갔다. 경계를 하고 있던 원숭이들은 다섯 명의 락샤사들을 보고는 곧 싸울 태세를 취했다. 이에 비비샤나는 공중에 머무른 채 크게 말했다.

"나는 락샤사의 왕 라바나의 동생 비비샤나올시다. 나는 라바나에게 시타를 되돌려주도록 충언했으나 용납되지 못해 라마께 몸을 맡기러 왔으니 나의 뜻을 라마께 전해주십시오."

이 일은 곧 라마에게 보고되었다. 라마는 수그리바, 락슈마나, 앙가다, 하누만 등에게 의견을 물었다. 대부분의 의견들은 속임수가 있을지도 모르겠다는 불안스러움이었다. 그러나 하누만은, 자기가 라바나에게 끌려가서 죽음을 당하려고 했을 때 비비샤나가 진실과 정의를 주장했었던 일을 이야기하면서 비비샤나의 귀순은 진정일 것이라고 말했다. 그리고도 많은 찬반 의견들이 나왔다. 한 번형을 배신한 자 다시 배신이 없겠느냐는 의견도 나왔다. 모든 이야기를 다 들은 다음에 라마는 말했다.

"그가 거짓으로 귀순해 왔더라도 감히 나를 해칠 수는 없을 것입니다. 거짓이건 진실이건 구원을 청하는 자는 받아주는 것이 다르마에 맞는다고 했습니다. 거짓귀순이라면 그런대로 방도가 있겠으나, 만일 진심으로 구원을 청하는 자를 쫓았다가는 그 실수는 어떻게 보상할 방법이 없을 것입니다. 그를 받아들이는 것이 옳겠습니다. 그리하여 그의 사정을 직접 들어본 다음에 다시 생각해도 늦지는 않을 것입니다. 여하간 위장된 귀순일 망정 받아들이고 싶다는 것이 나의 뜻임을 말씀드립니다."

라마의 확고한 의지에 모두들 공감을 표했다. 수그리바는 비비샤나가 공중에 머물러 있는 곳으로 가서 라마의 뜻을 전했다. 비비샤나는 땅에 내려오자 라마에게로 가서 엎드려 인사를 올렸다.

"이제 저는 랑카를 불의와 죄악에서 구하기 위해 라마님의 종이 되겠습니다."

라마는 웃으면서 그를 일으켜 세웠다.

6. 전투 준비

비비샤나는 자기가 라마를 찾아 오게 된 사연을 이야기한 다음에 랑카의 군사력에 관한 모든 것을 말했다. 그는 또 라바나, 프라하스타, 쿰바카르나, 인드라지트 등을 비롯한 라바나 측의 많은 전사들에 관한 용맹과 특기도 자세히 이야기했다.

주의깊게 이야기를 다 들은 라마는 말했다.

"많은 이야기 잘 들었습니다. 나는 맹세합니다. 나는 라바나를 죽이겠습니다. 천상이건 지하건 삼계의 구석구석을 다 뒤져서라도 기어이 그를 찾아 죽일 것입니다. 그리고 프라하스타로부터 시작해 그의 추종자들을 모두 죽이고 그의 아들들과 그의 병사들과 그의 일족들을 모조리 죽이겠습니다. 그들의 죄는 더 이상 잘 곳이 없을 만큼 이미 넘치고 있기 때문입니다. 랑카에 악의 무리가 청소가 되면 비비샤나 당신이 좋은 정치를 펴나가야 할 것입니다. 나는 당신에게 랑카의 왕위를 맡기겠습니다. 이러한 나의 약속이 지켜지지 않는 한 나는 결코 아요드햐로 돌아가지 않을 것이며, 나는 나의 이 약속을 나의 세 동생들의 이름을 걸어 맹세합니다."

이에 비비샤나는 말했다.

"랑카를 불의와 죄악으로부터 구하기 위해 저는 라마를 도와 함께 싸우겠으며, 저의 이 결심을 모든 착하고 진실한 것의 이름으로, 다르마의 이름으로 맹세합니다."

라마는 비비샤나를 껴안으며 락슈마나에게 바닷물을 가져오도록
했다. 락슈마나가 물을 가져오자 라마는 즉석에서 즉위식을 거행하
여 비비샤나를 락샤사의 왕위에 오르게 했다. 모든 원숭이들은 새
로운 락샤사의 왕을 위해 크게 환호성을 올렸다.

즉위식이 끝나자 수그리바와 하누만은 비비샤나에게 바다를 건
널 수 있는 좋은 방법이 없겠는가를 물었다. 비비샤나는 말했다.

"바다의 신은 우리들의 왕 라마에게 호감을 갖고 있을 것입니다.
바다는 사가라 형제들 때문에 존재하게 되었고 그의 이름 또한
그들로부터 연유하게 되었으며 그의 물은 바기라타가 끌어들였
던 것인 바 이들은 모두 라마의 조상님들이셨으니, 바다의 신께
서는 이처럼 애타는 입장에 처한 라마를 반드시 도와주시리라고
믿습니다."

모두들 그렇다고 생각해 그 뜻을 라마에게 전했다. 이에 라마는
모래밭에 길상초를 깔고 그 위에 엎드리려고 했다.

그런데 이때 라바나의 첩보원인 샤르둘라라는 락샤사가 해변가
에 몰려 있는 수그리바의 원숭이 대군을 발견하고는 곧 랑카로 가
서 라바나에게 이를 보고했다. 이에 라바나는 수카라는 락샤사를
수그리바에게 보내어 자신의 말을 전했다. 수카는 수그리바를 찾아
라바나의 말을 전했다.

"오. 바나라들의 왕이시여, 그대는 고귀한 가문에 리크샤라쟈스
의 아들로 태어나 힘과 용맹으로 이름이 드높아 나와는 형제간
같은 사이이거늘 어찌 아요드햐의 두 인간에게 속아 하등의 이
득도 없는 이번 일에 관여하려고 하시는 것입니까? 랑카는 난공
불락의 철옹성이니 괜히 나와 나쁜 관계를 맺지 마시고 키슈킨
다로 돌아가실 것을 간절히 바랍니다."

그러나 수카가 그말을 전하자 원숭이들은 사방에서 수카를 두들

겨 패기 시작했다. 수카는 라마의 이름을 부르며 살려달라고 외쳐 댔다.

"라마님, 라마님, 저는 단지 사자일 뿐입니다. 사자를 이렇게 때려 죽이는 법이 어디 있습니까? 저는 저의 주인의 뜻을 전했을 뿐, 이는 결코 저 자신의 뜻은 아니었습니다. 살려주십시오. 라마님, 살려주십시오."

라마는 원숭이들에게 그만 수카를 놓아주도록 했다. 수그리바는 수카에게 말했다.

"내 말을 그대로 전하라. 당신은 라마의 적이 되었다. 그러니 당신과 당신의 일족은 나의 손에 죽어야 한다. 곧 랑카에 이를 것이니 랑카는 폐허가 될 것이다. 라마에게 죄를 얻으면 삼계에 숨을 곳이 없을 것이라고."

그러나 앙가다는 수카는 사자가 아니라 첩자이니 체포해야 할 것이라고 말했다. 이에 많은 원숭이들이 달려들어 수카를 잡았다. 그러나 라마는 말했다. 포로로 잡아두는 것은 좋으나 고문을 해서는 안 된다고.

7. 라마의 분노

라마는 바닷가 모래 위에 깐 길상초 위에 엎드렸다. 그는 팔 위에 머리를 얹고 정신을 통일해 바다의 왕에게 길을 내줄 것을 기도했다.

사흘 낮 사흘 밤이 지나도 바다의 왕 사무드라는 라마의 프라요파베샤(음식을 끊고 스스로를 제물로 바치는 자기희생)에 반응이 없었다. 드디어 라마의 분노는 한계에 이르렀다.

"락슈마나, 세상에 일을 성사시키는 방법에는 사마(인내를 갖고

상대를 대화로 설득시킴), 다나(선물을 주어 일을 성사시킴), 베다(경
쟁심을 유발시켜 일을 이룸), 단다(처벌, 징계)의 네 가지가 있다고
했다. 락슈마나, 나의 활을 가져오너라. 선의와 성실과 인내도
이를 알아주는 상대에게나 뜻이 있는 것이지, 무식하고 건방진
상대에게는 허약한 자의 비굴함으로 오해되는 모양인데, 사마가
통하지 않을 상대라면 다나와 베다를 시도해볼 필요도 없이 단
다를 쓰는 것밖에 약이 없다고 생각한다. 이 긴박한 처지에서 참
는 것도 한계가 있지.”

라마는 힘껏 활시위를 당겨 바다를 향해 무서운 기세로 분노의
화살들을 쏘아 붙였다. 점차 바다는 몸부림을 치기 시작했으며 뱀
이며 고래들이 공포에 떨기 시작했다. 라마는 계속 성난 화살들로
바다를 쪼갰다. 바다는 고통으로 태산같은 파도를 일으키며 바닥까
지 뒤집힐 만큼 괴로워했다. 놀란 락슈마나가 이를 말리려고 했으
나 소용이 없었다. 라마는 브라흐마스트라를 불러 이를 바다에다
퍼부어댔다. 하늘과 땅도 함께 흔들리니 산봉우리들도 나뭇잎처럼
흔들렸다. 해와 달이 궤도를 벗어나면서 천지는 어두워지고 강과
호수는 뒤집혀 흙탕물이 넘쳤다. 지상의 동물들은 움직이지도 못한
채 비명을 질러댔고 산봉우리들은 낙엽처럼 꺾여 날렸다. 바닷물은
1요자나나 뒤로 움츠러들었다. 그러나 라마의 분노는 그칠 줄을 몰
랐다. 세상의 종말이 와서 삼계가 파멸에 이른 듯했다.

드디어 바다 가운데서 바다의 왕 사무드라가 메루 산처럼 거대
한 웅자를 드러내더니 두 손을 모아 공손하게 합장을 한 후 두 손
을 머리 위에 높이든 채 라마 앞으로 와서 인사를 올리며 말했다.
“라마, 평화와 평온을 사랑하시는 것으로 이름이 높으신 라마답
지 않게 이렇게 무작정 화를 내심은 난감한 일입니다. 시타를 향
한 조급한 사랑은 이해를 합니다. 그러나 만사가 운명이요 길흉
화복은 인과응보일진데 너무나 조급하게 서두르심 또한 순리가

아닐 것입니다. 진실을 말씀드리겠습니다. 하늘과 땅, 물과 불, 비와 바람 등 모든 것은 창조의 원리와 자연의 법칙에 지배를 받고 있습니다. 바다의 원리는 넓고 깊고 평평하고 흐르는 것이니 바닥을 드러내어 길을 낸다거나 그대로 수면을 밟고 건넌다는 것은 창조의 법칙에 어긋나는 것으로 창조주도 이 법칙을 무시할 수는 없습니다. 그러나 자연의 법칙에 맞는 방법으로 바다를 건널 수는 있으니 배를 탄다거나 다리를 놓는다는 것입니다. 당신께서 그러한 방법을 쓰신다면 나는 당신의 길로부터 악어나 고래를 몰아내고 또 파도를 잠재워드릴 수는 있습니다.”

그러나 사무드라의 말이 계속되려는 것을 라마가 끊었다.

“급한 일이 우선 있습니다. 이미 브라흐마스트라는 발출되었는데 그대로 거두어 들일 수는 없습니다. 어떻게 해야 좋겠습니까?”

“북쪽에 드루마쿨리야라는 유명한 못이 있는데 그곳은 나에게는 무척 성스러운 곳입니다. 그런데 아비라라는 죄많은 무리들이 나의 물을 더럽히는 것입니다. 당신의 아스트라를 그들에게 맞춰주십시오.”

라마가 화살로 드루마쿨리야를 맞추니 굉장한 소리와 함께 땅이 쪼개지면서 그 사이로 파탈라의 물이 솟았다. 하늘에서도 이를 크게 기뻐했다. 그 샘의 이름은 브라나코오파가 되었으며 바다처럼 물이 고였다. 그러나 아스트라 때문에 그곳의 물이 모두 마르니 그곳은 또 마루칸타라라는 이름도 얻게 되었다. 라마가 그곳에 축복을 주니 우유와 같은 감미로운 물이 차면서 약초가 자라게 되어 그곳은 성지가 되었다.

8. 다리의 건설

사무드라는 라마에게 말했다.

"당신이 전군을 이끌고 이 바다를 건널 수 있는 방법을 말씀드리겠습니다. 여기 바로 당신의 옆에 있는 날라는 천신들 중에서도 건축가셨던 비슈바카르마의 아들로 부친에 못지 않은 건축술을 가진 아주 솜씨가 뛰어난 지혜로운 건축전문가입니다. 그에게 다리를 놓도록 하십시오. 그렇다면 나는 그 다리를 보살펴 어떠한 일이 있어도 그 다리가 부숴지는 일이 없도록 해드리겠습니다."

말을 마친 사무드라는 바다 속으로 사라져 버렸다. 라마는 그의 옆에 있던 날라를 쳐다보자 날라는 말했다.

"사무드라의 말은 사실입니다. 제가 자진해서 나서기는 쑥스러워서 참고 있었지만, 사무드라까지 저를 믿어주고 밀어주겠다니 제가 다리를 놓겠습니다. 저에게 명령만 내려주십시오."

라마는 날라의 겸손에 호감이 갔으며 확신에 찬 요청이 매우 믿음직했다. 이리하여 라마가 날라에게 다리의 건설을 지시하자 날라는 모든 원숭이들에게 건설에 필요한 목재와 석재를 모아오게 했으며, 이것들을 다듬고 맞추어 다리를 만들어가기 시작했다. 바다를 건너지르는 다리를 놓는다는 전대미문의 대공사에 대한 흥분으로 모든 원숭이들은 정신없이 열을 올렸다. 첫날 14요자나 길이의 다리가 건설되더니 다음날은 20요자나로 능률이 올랐다. 드디어 닷새만에 다리가 완성되니 이는 마치 하늘을 가로지르는 은하수같았다. 그동안 다리의 건설공사를 구경하던 천신들도 다리가 완성되자 크게 기뻐했으니 위에서 내려다본 그 다리는 여인의 검은 머리를 갈라놓은 가르마와도 같았다. 원숭이들은 자신들의 솜씨가 크게 자랑스러웠다.

드디어 라마를 선두로 다리를 건너기 시작했다. 원숭이들은 다

리를 건너다가 바다로 뛰어들었다가 다시 다리 위로 기어오르는 등
신들이 났다. 또 하누만이 랑카까지 뛰었던 것을 흉내내겠다고 하
면서 공중으로 뛰어 올랐다가 곧 바다로 떨어져 깔깔대는 놈들도
있었다.

바다를 다 건너자 라마는 숙영지를 정한 다음에 락슈마나에게 말
했다.

"나는 온갖 조짐들에 대한 의미를 잘 안다. 봐라. 산꼭대기가 흔
들리고, 나무들이 땅에 쓰러지고, 구름을 몰아가는 바람소리가
음산하며 핏방울의 비가 떨어지고, 짐승들이 심상치 않은 비명
을 지르며, 까마귀와 독수리들이 하늘을 맴돌고 ……. 이는 모두
곧 양군에 아주 많은 사상자가 생길 것이라는 징조다. 이를 어찌
할 것인가, 이를 어찌 피할 것인가."

9. 진군

다음날 랑카를 향해 진군을 하다가 다시 해가 지고 달이 돋으니
작은 숲에 숙영을 하게 되었다. 밤의 미풍을 타고 랑카로부터 나팔
과 북과 노랫소리가 아련히 들려오니 원숭이들은 흥분에 들떠 함성
을 올렸다. 그 함성은 랑카의 락샤사들에게까지도 들렸다.

밤하늘을 배경으로 웅장하게 솟아 있는 랑카의 위용을 보면서 라
마는 밤새 시타에 대한 생각으로 깊은 명상에 잠겼다.

다음날 라마는 진용을 재편성했다. 앙가다와 닐라는 중앙을, 리
샤바는 우익을, 간다마다나는 좌익을, 라마와 락슈마나는 전위를,
잠바반과 수쉐나는 선발대를 맡게 했다. 그리고는 그동안 포로로
잡아두었던 락샤사 수카를 풀어주었다. 수카는 곧 라바나에게로 가
서 그동안의 일을 보고했다. 라마의 대군이 몰려온다는 보고에 라

바나는 말했다.

"얼마든지 오라고 해라. 그들이 하늘의 정예병들이라고 할 망정 겁날 것이 없거늘 그까짓 오합지졸들이야. 하룻강아지 범 무서운 줄 모르는 격이지. 인드라건 바루나건 야마건 쿠베라건 감히 나에게 맞서지 못하거늘 라마 따위가 감히 겁없이 덤비려 하다니."

이어 라바나는 수카와 사라나에게 말했다.

"적진에 침투해 상세한 정보를 수집해 오도록 하라."

수카와 사라나는 원숭이의 모습으로 변신해 라마의 진중으로 잠입했으나 비비샤나는 그들의 정체를 알아내어 라마에게로 끌고갔다. 그들은 두려움에 떨면서 사실대로 그들이 첩자임을 말했다. 라마는 웃었다.

"그렇다면 마음대로 알아 본 다음에 돌아가도록 하여라. 모를 것이 있으면 비비샤나에게 물어서라도 우리의 비밀을 모조리 알아내어 그대로 라바나에게 보고해라. 그리고 그에게 나의 말도 전하라. 내일 날이 밝으면 우리는 랑카를 공격할 것이니 싸움터에서 만나자고 하더라고."

그들이 라바나에게로 돌아가서 사실대로 말하자 라바나는 크게 화를 내면서 망루로 올라가서 라마의 군세를 살폈다. 들판 가득한 것이 모두 원숭이들 뿐이었다. 망루까지 따라올라 온 두 첩자는 멀리 라마의 진지를 가리키면서, 날라, 니일라, 앙가다, 하누만, 라마, 락슈마나, 수그리바, 잠바반, 수세나, 가쟈, 가바크샤, 가바야, 마인다, 드비비다 등등의 이름을 라바나에게 열거하면서 그들의 용맹을 늘어놓기에 열을 올렸다. 라바나는 또 화를 냈다.

"내 앞에서 적을 칭찬하는 이 머저리같은 것들아, 지금 그러한 이야기가 이 자리에서 어떻게 나올 수가 있단 말이냐. 죽어야 마땅할 불충스러운 것들, 빨리 꺼져버려라."

라바나는 이번에는 대신인 마호다라에게 다른 두 명의 유능한 첩자를 다시 보내도록 했다. 그러나 그들도 역시 비비샤나에게 정체가 탄로나서 잡혔다가 라마에 의해 풀려났다.

10. 라바나는 시타를 괴롭히다

라바나는 이번에는 비듀드지바를 불렀다. 그는 환각술의 명수였다. 그와 함께 시타가 있는 아쇼카바나로 가면서 라바나는 말했다.

"시타를 속여야겠으니 너의 환각술로 라마의 목과 활을 만들어 내도록 해라."

이리하여 아쇼카바나로 들어간 라바나는 시타에게 락샤사들과 원숭이들 사이에 치열한 싸움이 있었다고 이야기를 꾸민 다음에 결국 이 싸움에서 락샤사들이 완승을 거두어 하누만이며 수그리바며 앙가다등이 모두 죽었다고 말했다. 락슈마나는 겨우 도망쳤으나 라마는 그만 프라하스타의 칼에 목이 잘렸으니 이제 그만 라마를 단념하고 자기에게 오라고 하면서 라마의 피묻은 목과 아직도 시위가 그대로 매어져 있는 라마의 그 유명한 코단다(활)를 시타에게 던져 주었다.

틀림없는 라마의 목이었으며, 옛날 그녀가 매일처럼 백단향과 꽃을 올렸던 활이었다. 너무나 큰 충격으로 시타는 정신을 잃었다.

다시 정신을 차린 시타는 별별 넋두리를 다 늘어놓기 시작했다.

카이케이에 대한 원망, 카우살리야에 대한 동정, 자신의 정성이 부족했음에 대한 참회, 라마는 장수할 것이라고 예언했던 성자에 대한 비난, 혼자 쫓겨가고 있을 락슈마나에 대한 안타까움, 다르마에 대한 불신, 고난과 고통과 불운과 불행의 연속이었던 길지 않았던 일생에 대한 회상, 라마를 따라 저 세상으로 가겠노라는 통곡

등등.

한편 라바나는 라바나대로 라마가 죽었는데도 마음을 돌리려고 하지 않는 시타에게 울화가 치밀었다. 이때 사자가 급히 와서 프라하스타 등이 회의실에서 기다리고 있음을 전했다. 라바나는 서둘러 아쇼카바나를 떠났다.

라바나가 아쇼카바나를 떠나자마자 라마의 머리며 활도 함께 사라져버렸다. 시타는 도무지 영문을 알 수가 없었다.

시타를 동정하는 락샤시 중의 하나에 사라마가 있었다. 그도 그럴 만한 것이 사라마는 비비샤나의 딸이었다. 그녀는 라바나가 환각술로 시타를 속였다는 말을 듣고는 서둘러 시타에게로 갔다. 그녀는 땅에 엎드려 통곡하고 있는 시타를 일으키면서 말했다.

"슬퍼할 필요가 없습니다, 시타. 그것은 라바나의 환각술이었습니다. 싸움은 아직 시작되지도 않았고 라마는 결코 죽을 사람이 아닙니다. 도리어 곧 죽게 될 자는 사악한 라바나입니다."

그리고 사라마는 돌아갔다.

한편 서둘러 회의실로 들어간 라바나는 비상회의를 주재했다. 병력들을 소집하는 북과 나팔소리가 온 시내를 진동했다. 그 소란스러운 소리는 시타가 있는 아쇼카바나에도 들려왔다. 잠시 후 다시 시타를 찾은 사라마는 말했다.

"라바나의 어머니가 당신을 라마에게로 돌려보내고 전쟁을 피하라고 했는데도 라바나는 듣지 않았다고 합니다. 그러니 이제는 라마가 라바나를 죽이는 일밖에 더 남아 있겠습니까. 그리고 당신이 라마에게로 돌아가는 일밖에."

11. 다시 회의실

라마의 대군은 성 안의 나팔소리며 북소리 등을 들으면서 랑카로 접근했다. 라바나 또한 그러한 소리를 들으면서 회의를 주재했다. 라바나는 장로와 대신들을 향해 의견을 구했으나 누구도 말을 하지 않았다. 그러자 라바나가 말했다.

"하기야 지금까지 수차의 회의에서 여러분들의 의견을 충분히 들었으니 하실 말씀들은 다 하셨을 것으로 생각됩니다. 그런데 라마가 불사무적이라느니 등의 악성 유언비어 때문인지 몰라도 여러분들의 창백함을 보니 심히 놀랍고 한심합니다."

이때 장로 중의 하나인 말리야반이 말했다.

"애야, 왕이 정의롭고 지혜로우면 적은 복속해오고 왕국은 오래 간다고 했다. 왕이란 항상 진심으로 백성들의 행복을 생각해야 하나니, 적보다 우세할 때는 싸워도 좋지만 대등하거나 열세일 때는 화평을 맺는 것이 옳다고 했다. 나는 네가 라마와 싸우지 않기를 충고한다. 시타 때문에 일어난 이번 사단은 잘못이 너에게 있기 때문에 모든 신들도 라마를 지지하고 있다고 들었다. 너는 브라흐마로부터 천신이나, 다나바나, 간다르바나, 킨나라나, 피사차 등등에게는 죽지 않는다는 은혜를 입었다고 하지만 인간과 원숭이로부터까지는 보호를 받고 있지는 못하다. 그까짓 인간이나 원숭이 따위로부터는 보호를 받을 필요도 없다고 할지 모르겠으나 지난 번 한 마리의 원숭이 때문에 온 랑카가 뒤집힌 일도 있었고, 라마는 신중의 신인 나라야나가 신들의 간청에 의해 인간으로 태어난 것이라고 나는 들었다. 바다를 건너는 다리를 놓았다는 사실 하나만 보더라도 이는 결코 보통사람이 아님을 알아야 할 것이다."

그러나 라바나는 그의 말을 일축해버렸다.

"적을 찬양하는 적성분자가 또 계십니다그려. 어찌 차마 나를 라마 따위와 비교할 수가 있단 말씀입니까? 또 이 라바나가 형세가 불리하다고 하여 인간 따위와 화친을 맺을 것으로 생각하신단 말씀입니까? 내 몸이 두 쪽이 나도 나는 누구에게도 머리를 숙이는 일은 못합니다. 이는 나의 천성이니 천성이란 바꿀 수가 없는 것입니다. 나를 믿어주십시오. 라마는 결코 그 다리를 다시 건널 수가 없게 될 것입니다. 나는 약속드립니다. 원숭이들도 모두 한 마리도 살아남지 못할 것입니다."

이어 라바나는 수비를 위한 병력배치를 명했다. 동문에는 프라하스타, 남문에는 마하파르슈바와 마호다라, 서문에는 인드라지트, 북에는 수카와 사라나를 배치했으며 라바나 자신도 북문에 위치하기로 했다. 그리고 시가지 중심부 내성은 비루파크샤를 배치시켰다.

12. 라마의 작전회의

새의 모양을 하고서 랑카의 사정을 탐지해온 첩보원의 정보에 따라 라마는 작전계획을 의논했다. 비비샤나는 첩보원의 정보에다 자신의 의견을 보완해 모두에게 자세하고 정확한 설명을 해주었다. 충분한 의견교환이 있은 다음에 라마는 작전계획을 확정했다.

니일라는 동쪽, 앙가다는 남쪽, 하누만은 서쪽, 북쪽은 라마 자신이 맡고 수그리바는 잠바반, 비비샤나와 함께 중군에 남기로 했다. 그러나 적과 아군의 구분을 위해 인간의 형태를 하는 것은 라마, 락슈마나, 비비샤나 및 그의 네 명의 동료 이렇게 일곱에 한하기로 했으며, 원숭이들은 그대로 원숭이의 형태를 지키기로 했다.

작전회의가 끝난 후 라마는 수벨라 산 정상으로 올라가서 적세를 살폈다. 락슈마나, 수그리바, 비비샤나들이 그를 따랐다. 그들이 랑카 성을 바라보고 있는 사이에 해는 지고 달이 떠올랐다. 라마 등은 하룻밤을 그 산에서 지냈다.

다음날 아침 잠이 깬 그들은 더욱 선명하게 랑카를 바라볼 수 있었다. 신선한 아침 바람에는 랑카의 꽃향기가 실려 있었다. 이때 화려하게 높이 솟은 궁성의 테라스에 흰 일산이 보였다. 그리고 그 아래에는 틀림없이 라바나가 서 있었다. 가슴에 보석들을 달고 금사가 섞인 붉은 비단옷을 입은 그의 모습은 아침햇살을 받아 더욱 눈부시게 빛나고 있었다.

13. 성급한 수그리바

라마 옆에 있던 수그리바는 순간 충동적으로 공중을 뛰어 랑카로 날아가 라바나가 있는 곳에 섰다.

"나는 세상의 주인이신 라마의 종이다. 너의 날은 이제 셈을 헤아리게 되었다. 너는 라마의 진노를 피할 길이 없으리라."

라바나가 놀라움에서 깨어나기도 전에 수그리바는 라바나의 왕관을 벗겨 땅에다 내동댕이쳐버렸다.

라바나는 말했다.

"네가 수그리바인 모양이구나. 곧 잃게 될 모가지 치고는 퍽 곱구나."

라바나는 그의 억센 손으로 수그리바를 붙들어 땅에다 눌렀다. 그러나 수그리바는 도리어 라바나를 붙들어 힘껏 던져버렸다. 두 영웅은 서로 붙들고 뒤엉켜 치고 받고 엎치락 뒤치락 대격투를 벌였다. 수그리바를 쉽게 누를 수 없음을 알게 된 라바나는 환각전법을 쓰기 시작했다. 이에 형세가 불리해졌음을 느낀 수그리바는 공격을 가하는 듯 크게 공중으로 뛰어올라 그대로 수벨라 산으로 날아 라마 옆에 섰다. 모두들 수그리바의 용맹에 환성을 보냈다. 라마는 수그리바를 껴안으며 말했다.

"만일 무슨 변을 당한다면 어찌하려고 그렇게 성급하게 구십니까? 불안했습니다. 앞으로는 이렇게 하시지 않겠다고 약속을 해 주십시오."

수그리바는 겸연쩍은 얼굴로 말했다.

"약속드리겠습니다. 허나 라바나란 놈을 보는 순간 참을 수가 없었습니다."

수벨라 산을 내려 온 라마 일행은 태양을 재어 시각을 측정하고 길흉을 따져본 다음에 좋은 시각에 맞춰 랑카를 향한 진격을 시작했다. 각각의 부대들은 부여받은 공격목표를 향해 전진해 나갔다.

14. 앙가다의 임무

라마는 끝까지 전통적인 관례를 지키기 위해 마지막으로 평화를 구하는 사절을 보내기로 했다. 라마는 앙가다에게 그 임무를 맡겼다.

앙가다는 성큼 공중을 뛰어올라 라바나가 그의 대신들과 함께 있는 회의실로 날아들었다.

"나는 발리의 아들 앙가다로 라마의 사자로 왔습니다. 라마께서는 이렇게 전해드리라고 했습니다."

앙가다가 라마의 말을 전하자 라바나는 외쳤다.

"저 건방진 원숭이새끼를 붙들어 주리를 틀어라!"

이에 네 명의 락샤사가 앙가다를 붙잡으려고 하자 앙가다는 그냥 잡혀주었다. 그리하여 그들이 앙가다를 묶으려고 하자 앙가다는 그들을 매단 채 궁전 지붕 위로 치솟은 후 그 네 명을 땅바닥에다 던져버렸다. 그리고는 궁전 지붕을 부수어버린 다음에 승리의 환호성과 함께 라마에게로 되돌아왔다.

이제 싸움밖에 더 이상의 방법은 없었다. 정말 양측에 막대한 사상자가 나올 것이 뻔한 전쟁밖에 방법이 없는 것일까? 라마는 심한 갈등에 빠졌다.

그러는 사이에도 원숭이들의 물결은 계속 성문을 향해 전진을 계속하고 있었다. 원숭이들은 락샤사 따위는 상대가 될 수 없음을 잘 알고 있었기에 자신만만했다. 한편 랑카를 지키는 락샤사들도 원숭이 따위는 정말 가소로울 뿐이었다. 드디어 양군은 성문을 경계로 대치상태에 들어갔다. 라바나는 궁성 망루에 올라 상황을 살펴보고 있었다. 라마는 망설였으나 시타를 생각하자 피가 끓었다. 드디어 그는 전군에 공격명령을 내렸다.

15. 나가파사

원숭이들은 다투어 랑카로 돌진했다. 성문을 공격하고 성벽을 넘었다. 치열한 싸움 끝에 드디어 동문이 부숴지면서 원숭이들에게 점령당했다. 이어서 남문과 서문도 원숭이들에게 점령당했다. 라마와 락슈마나는 북문으로 가서 이를 공격했다. 라바나는 원숭이들에게 밀리는 락샤사들을 지원하기 위해 이곳 저곳 계속 증원군을 내보냈다. 나팔소리, 북소리, 고함소리, 비명소리가 뒤섞인 가운데 양군은 마치 옛날에 우유의 바닷가에서 아므리타(신들이 마시는 불로장생의 음료)를 서로 차지하려고 천신과 아수라 사이에 벌어졌던 싸움만큼이나 무시무시하고 치열한 격전을 계속했다.

인드라지트는 앙가다와, 하누만은 쟘부말리와, 니일라는 니쿰바

와, 락슈마나는 비루파크샤와, 라마는 네 명의 락샤사들과 싸움을
계속했다. 전반적으로 원숭이 측이 우세한 가운데 일진일퇴의 격전
이 계속되었다. 락슈마나의 화살은 비루파크샤를 죽였다. 싸움터는
부숴진 전차며 사상자며 무기들이 쌓이는 가운데 피는 강이 되어
흐르기 시작했다. 해가 지고 어둠이 왔으나 싸움은 계속되었으며,
어둠이 짙어질수록 락샤사들은 힘이 더욱 강해졌다. 락샤사들과 원
숭이들은 어둠 속에서도 냄새를 맡아가며 싸웠다.

밤새 계속된 싸움에 이은 다음날의 싸움에서 라마와 락슈마나의
화살은 사정없이 락샤사들을 쓰러뜨렸다. 이에 인드라지트는 자신
의 모습을 감추는 환각전법을 써서 공중으로부터 라마와 락슈마나
에게 화살을 퍼부어대기 시작했다. 라마와 락슈마나는 인드라지트
를 찾아 공중으로 뛰어 올랐으나 인드라지트는 보이지 않은 채 무
수한 화살들이 쏟아져 내려와 라마와 락슈마나를 고슴도치처럼 만
들어 버렸다. 인드라지트는 재빨리 나가파사라는 아스트라를 써서
라마와 락슈마나를 꽁꽁 묶어버렸다.

"인드라도 나를 피하거늘 인간 따위가 감히 나에게 싸움을 걸려
고 하다니."

라고 인드라지트는 허공에서 껄껄댔다. 나가파사에 꽁꽁 묶인 라
마와 락슈마나는 그대로 땅 위에 떨어져 정신을 잃었다. 그들은 마
치 꽃이 만발한 쌍둥이 팔라사나무처럼 전신이 피로 붉게 젖어 있
었다.

라마와 락슈마나가 땅에 떨어져 정신을 잃자 원숭이들의 사기는
금방 땅에 떨어졌다. 인드라지트는 계속 라마 측의 장수들을 차례
로 공격해 그들에게 모두 상처를 입힌 후 자랑스럽게 부친 라바나
에게로 돌아가서 전과를 보고했다.

"라마와 락슈마나를 나가파사로 묶어버렸으니 이제 그들은 끝장
입니다. 누구도 나가파사를 풀 수는 없으니 그들은 지금쯤은 죽

었을 것입니다. 그들이 죽었으니 싸움은 끝난 셈입니다. 원숭이들은 이제 숨도 제대로 못쉬고 웅크리고들 있습니다. 이들이 도망치도록 그냥 놓아둘 것인지, 모조리 잡아서 죽여버릴 것인가는 오직 우리의 선택일 뿐입니다. 제법 큰소리를 치면서 소란을 피우더니 이리도 간단히 끝장이 났으니, 마치 천둥번개만 요란한 채 비는 내리지 않고 지나가버린 소나기 구름만큼이나 싱겁게 되어버렸습니다."

라마와 락슈마나의 시체를 둘러싼 채 원숭이들이 안절부절 어쩔 줄을 몰라하자 비비샤나가 말했다.

"수그리바, 울지마십시오. 잘 보십시오. 이분들은 결코 죽은 것이 아닙니다. 저 얼굴색을 보시라고요. 이분들은 잠깐 기절했을 뿐입니다. 이분들은 곧 다시 깨어나 최후의 승리를 거둘 것이니 너무 걱정을 마십시오. 이렇게 슬퍼만하고 계실 때가 아닙니다. 병사들의 용기를 북돋우시어 적의 공세에 대비토록 하십시오. 우리는 여기에서 라마님이 깨어나실 때까지 지키고 있겠습니다."

16. 시타는 싸움터에서 라마를 보다

인드라지트를 몇 번이고 껴안아주면서 칭찬을 아끼지 않던 라바나는 시타를 지키고 있던 락샤시들을 불러 명령했다.

"시타에게 가서 라마와 락슈마나가 인드라지트에게 죽었으니 이제 그만 고집을 부리고 나의 사랑을 받아들이라고 전하라. 나의 푸슈파카에 시타를 태우고 가서 직접 라마와 락슈마나가 죽어있는 것을 보여주어라. 자진하여 나에게 오도록 만들란 말이다."

락샤시들은 시타를 억지로 푸슈파카(하늘을 나는 전차)에 태웠다. 이때 트리쟈타도 함께 푸슈파카에 탔다. 푸슈파카가 싸움터 상공에 이르니 누구의 눈에도 양군의 승패는 분명해보였다. 락샤사들은 하늘까지 의기양양해 있는데 원숭이들은 코가 석 자나 빠져 모두들 꼬리를 사정없이 내리고들 있었다. 시타는 곧 피투성이가 되어 죽어 있는 라마와 락슈마나를 보았다.

"그렇다면 성인들의 말씀도 틀렸단 말인가? 그분들은 라마가 아슈바메다까지 거행하게 될 것이며 태양족 왕통의 왕들 중에서 가장 명성이 높고 수명이 길 것이라고들 하였건만 아슈바메다는 커녕 왕위에 오르시지도 못하고 이렇게 요절하실 줄이야 어찌 알았겠습니까? 나의 발바닥에도 파드마 레카(남편이 장수할 징조의 발바닥 선)가 있어서 결코 라마를 잃을 팔자가 아니라고 믿었는데 저렇게 돌아가실 줄이야. 그렇게도 모든 아스트라들에 정통하셨던 분이 어찌 라바나의 아들 따위에게 당하실 수가 있으셨단 말입니까?"

이때 트리쟈타는 가만히 시타를 위로했다.

"시타님, 두 분은 돌아가신 것이 아닐 것입니다. 이 푸슈파카는 미망인을 태우고는 날을 수가 없는데도 시타님을 태우고 이렇게 하늘을 날고 있습니다. 이는 시타님께서 수만갈리(유부녀)라는 뜻입니다. 주인님의 얼굴을 잘 보십시오. 생기가 그대로 돌고 있으니 다시 깨어나실 것입니다. 라마와 락슈마나는 결코 인드라지트 따위에게 돌아가실 분들이 아닙니다."

시타도 트리쟈타의 말이 옳음을 알았다. 시타는 라마를 향해 손을 모아 인사를 올렸다. 푸슈파카는 랑카로 되돌아갔고, 시타는 다시 아쇼카바나에 갇혔다.

17. 왕자들의 회생

라마 측의 책임자들은 라마와 락슈마나 주위에 모여 불안한 마음으로 두 사람의 회복을 기다리고 있었다. 드디어 라마는 몸을 조금 움직이더니 눈을 떴다. 그러나 그는 락슈마나가 죽어 있는 것을 보더니 탄식을 늘어놓았다.

"그렇게도 성질이 급해 화도 잘냈지만, 나에게는 화 한 번도 내지 못하고 볼멘 소리 한 번도 못하고 이렇게 죽고 말았단 말이냐. 너와 나는 잠시도 헤어져 있을 수 없으니, 내가 아요드하를 나섰을 때 네가 나를 따랐듯이 네가 이제 야마의 곳으로 떠났으니 이제는 내가 너를 따라야겠구나. 수그리바, 그동안 감사했습니다. 이제 만사는 끝났습니다. 그만 그대의 병사들을 인솔해 빨리 키슈킨다로 돌아가시도록 하시고……"

라마는 계속 최후의 당부를 하고서는 다시 정신을 잃었다. 의사인 수쉐나는 우유의 바다에 있는 드로나와 찬드라라는 산으로 가서 거기에서만 자라고 있는 산지바카라니와 비샬리야카라니라는 두 종류의 약초를 가져온다면 두 왕자를 다시 회생시킬 수 있을 것 같으므로 가장 동작이 빠른 바람의 신 바유의 아들 하누만이 그곳을 당장 다녀왔으면 좋겠다고 했다. 그런데 바로 이때 날개치는 소리와 함께 산이 흔들리고 바닷물이 뒤집힐 만큼 세찬 바람이 불어치면서 거대한 독수리 한 마리가 라마와 락슈마나를 향해 쏜살같이 날아왔다. 그러자 그때까지 라마와 락슈마나를 꽁꽁 감고 있던 나가파사가 뱀들이 되더니 두려움에 떨면서 도망쳐버렸다. 독수리가 라마와 락슈마나를 어루만지니 라마와 락슈마나는 모든 상처가 거짓말처럼 아물면서 곧 원기왕성한 평소의 모습으로 소생했다. 독수리가 라마와 락슈마나를 껴안으며 기뻐하자 라마는 물었다.

"당신의 도움으로 이렇게 기적같이 되살아나게 되었으니 감사하기 그지없습니다. 그런데 당신은 누구십니까?"

그 독수리는 말했다.

"라마, 내가 바로 가루투만, 즉 가루다올시다. 나는 그대의 변함없는 친구이자 당신의 분신이기도 합니다. 나는 당신이 나가파사라는 고약한 아스트라에 걸려들었음을 알고는 이렇게 정신없이 서둘러 달려왔습니다. 나가파사는 카드루의 아들인 뱀들이 화살이 되어 상대를 묶어버리는 아스트라이기 때문에 나 외에는 어느 천신도 다나바도 간다르바도 풀 수가 없습니다. 그 뱀들은 옛날부터 나와는 원수지간으로 나만을 두려워하기 때문입니다. 라마, 당신의 다르마는 당신의 힘이 되어 곧 당신에게 승리를 가져다 줄 것입니다. 락샤사들이 아무리 사악한 암수를 동원해도 사불범정이니 다르마의 화신인 당신을 범할 수는 없을 것입니다. 그러니 라바나는 곧 죽을 것이요, 당신은 곧 시타를 찾게 될 것입니다. 그리고 훗날 당신은 내가 왜 당신의 친구이며 분신인가도 알게 될 것입니다. 그러면 오늘은 이만 돌아가겠습니다."

18. 라바나는 프라하스타를 보내다

라마와 락슈마나의 회생에 모든 원숭이들이 기뻐서 어쩔 줄을 모르며 목청껏 함성을 질러대니 그 기쁨의 함성은 라바나를 놀라게 했다. 라바나는 곧 첩보원을 보내 함성의 진상을 알아오게 했다. 첩자는 곧 라마와 락슈마나가 나가파사에서 풀려났고 모든 상처도 완전히 아물어 마치 연꽃이 가득한 호수를 거니는 두 마리의 코끼리처럼 보였다고 보고했다.

믿을 수 없는 보고에 놀라고 맥이 풀린 라바나는 용장 둠라크샤에게 대병력을 주어 원숭이들을 치게 했다. 둠라크샤는 신이 나서

원숭이들을 덮쳐 눈부시게 용맹을 뽐냈으나 하누만이 내던진 커다
란 돌에 맞아 죽고 말았다.

　라바나는 이번에는 환각술에 능한 바즈라담슈트라를 내보냈으나
그는 앙가다에게 죽었다. 이어 역시 마하라티카(대전사, 영웅, 용장)
인 아캄파나를 내보냈으나 그도 하누만에게 죽고 말았다. 계속해서
세 명의 용장을 잃은 라바나는 드디어 병무를 맡은 대신으로 총사
령관이기도 한 프라하스타를 내보냈다. 곧 락샤사들과 원숭이들 사
이에는 다시 피를 튀기는 대격전이 벌어졌다. 프라하스타는 니일라
와 맞붙었다. 니일라는 프라하스타의 전차를 부숴버렸고 말과 전차
사까지 죽여버렸다. 프라하스타는 전차를 버리고 니일라와 육박전
을 벌였다. 그러다가 불의 신 아그니의 아들인 니일라가 커다란 바
위를 들어 힘껏 프라하스타에게 던지니 프라하스타는 머리가 깨어
져 죽고 말았다.

　라마는 니일라의 용맹에 감탄을 금하지 못했으며 프라하스타의
죽음을 들은 라바나는 드디어 자신이 직접 나서기로 했다.

19. 싸움터에 나선 라바나

　라바나가 그의 전차를 타고 싸움터로 나서니 모든 락샤사들이 그
를 따랐다. 아캄파나는 코끼리를 탔다. 사자가 새겨진 군기를 세운
전차에는 인드라지트가 타고 있었다. 지진이라도 일어난 듯이 무섭
게 시위를 튕기는 것은 아티카야였다. 그의 옆에는 라바나가 자랑
하는 용장 마호다라가 있었다. 쿰바의 군기는 뱀이었다. 니쿰바도
있었고 나란타카도 있었다. 그리고도 숱한 용장, 맹장들과 함께 흰
일산 아래 전차를 탄 라바나가 정오의 태양처럼 눈부신 모습으로
싸움터로 나섰다.

라바나의 당당한 모습을 본 라마는 크게 화가 나서 시위에 화살을 먹인 채 기회를 기다리고 있었다.

전투대형으로 병력을 전개시킨 라바나는 상어가 바다로 뛰어들 듯 원숭이 떼를 향해 전차를 내몰았다. 수그리바가 이를 맞아 나섰으나 라바나의 화살에 상처를 입고 땅에 쓰러져 정신을 잃었다. 이어 계속 원숭이들 중의 용장들이 라바나와 싸움을 벌였으나 누구도 그를 꺾을 수가 없으니 모두들 라마에게 구원의 눈길을 보내기 시작했다. 드디어 라마가 나서려고 하자 이를 락슈마나가 막았다. 락슈마나는 라마에게 인사를 올린 후에 라바나가 하누만과 싸우고 있는 곳으로 향했다.

하누만은 커다란 바위를 들어 라바나의 화살들을 막으면서 라바나에게로 바짝 접근해서 외쳤다.

"너는 무엇에게도 죽지 않을 것이라는 은혜를 입었다지만 원숭이의 손에는 죽을 것이라고 했다. 이제 내가 나의 오른손 한 방으로 너에게 교훈을 가르쳐주겠다."

"제법인데. 한 번 해봐라. 그런 다음에 너를 죽여도 늦지 않을 것이니."

"너의 자식 아크샤도 내 손에 죽었으니 너 또한……"

그말에 너무나 화가 치민 라바나는 하누만의 가슴을 쳤다. 하누만은 비틀거리며 겨우 버티더니 손바닥으로 라바나를 갈겼다. 이번에는 라바나가 비틀거리며 겨우 버티어냈다.

"제법이구나. 힘과 용기가 대단해. 나하고 상대가 될 만큼 대단한 놈이로구나."

하누만도 지지 않았다.

"나에게 얻어 맞고도 아직 살아 있다니 대단한 놈이네. 이번에는 아주 죽여주고 말겠다."

달려드는 하누만을 라바나는 힘껏 쳐 비틀거리게 한 다음에 얼른 전차를 다음 도전자인 니일라에게로 몰면서 니일라에게 화살을 퍼부어댔다. 니일라는 이리 피하고 저리 피하면서 라바나를 약올렸다. 니일라는 몸집을 아주 작게 해서 라바나의 전차에 꽂힌 군기에 뛰어 올랐다. 더욱 화가 치민 라바나는 아그네야 아스트라로 니일라를 쏘아 땅바닥에 떨어뜨려버렸다. 그러나 니일라는 아그니의 아들이었기에 죽지는 않았다. 드디어 락슈마나는 시위를 울려 라바나에게 싸움을 걸었다. 이에 라바나는 락슈마나에게 덤비면서 외쳤다.

"감히 나에게 도전을 하다니 정신없는 놈이로구나. 너같은 놈은 소원대로 야마에게로 즉시 보내주마."

"헛소리 그만하고 무언가 좀 보여주시지. 주둥이만 까진 놈인가 아닌가 좀 알아보아야겠어."

둘 사이에는 격렬한 싸움이 시작되었다. 라바나는 소나기처럼 락슈마나에게 화살을 날려 보냈으나 그 화살들은 모조리 락슈마나의 화살을 맞아 동강이 나고 말았다. 실로 무서운 락슈마나의 활솜씨였다.

놀란 라바나는 브라흐마의 이름을 불러 락슈마나의 이마를 화살로 맞추었다. 그러나 락슈마나는 이를 버티어내면서 도리어 라바나에게 역습을 가해 그의 활을 부러뜨려버렸다. 라바나는 브라흐마에게서 받은 창을 락슈마나에게로 던졌다. 락슈마나는 화살로 이 창을 막아내려고 했으나 소용이 없었다. 창이 정통으로 락슈마나의 가슴에 꽂히니 락슈마나는 정신을 잃고 쓰러졌다.

라바나는 득의의 미소와 함께 락슈마나에게로 가서 그를 들어 올리려고 했다. 그러나 이상하게도 라바나는 락슈마나를 들어 올릴 수가 없었다. 카일라사 산을 들어올렸던 힘인데 락슈마나 하나를 들어 올릴 수가 없다니 라바나는 심히 이상했다. 그때 하누만이 달려들어 라바나와 육박전을 벌이기 시작했다. 죽기를 각오하고 파고

드는 하누만의 주먹에 라바나는 뒤로 밀리기 시작했으며 그의 입에
서는 피가 흐르기 시작했다. 기회를 노려 하누만은 날쌔게 락슈마
나를 들어 라마에게로 왔다. 락슈마나는 나라야나의 암샤(신의 일
부, 신성의 수여, 신의 화신)였기에 샤크티는 그를 죽일 수가 없었다.
샤크티가 라바나에게로 되돌아가자 락슈마나는 아무 일도 없었던
것처럼 다시 정상을 되찾았다.

　이번에는 라바나는 라마에게로 방향을 바꾸었다. 라마도 활을 잡
은 손에 힘을 주면서 라바나에게로 향했다. 하누만이 나섰다.

　"라마님, 라바나는 전차를 탔는데 그냥 도보로 상대하시겠다는
것은 공평하지가 않습니다. 저를 타십시오. 제가 전차 대용이 되
겠습니다."

　라마는 하누만의 제안대로 그의 등에 올랐다. 라마는 시위를 튕
기며 말했다.

　"자칭 무적이라는 라바나, 나에게 용서받지 못할 죄를 짓고도 끝
내 사죄할 기회까지 무시했으니 내 오늘 너를 벌하고 말겠다."

　라바나는 활을 들더니 하누만을 겨누었다. 그의 비열함에 라마
는 크게 화가 났다. 하누만은 라바나의 화살을 겁내지 않고 그대로
라바나에게로 돌진해갔다. 라마는 순식간에 라바나의 전차를 부숴
버리고 말을 죽이고 전차사에게 상처를 입혔다. 그리고 거의 동시
에 라바나의 가슴을 명중시켰다. 라바나는 비틀거리며 그의 활을
놓쳤다. 다시 라마는 초생달 모양의 화살촉이 있는 화살을 날려 라
바나의 왕관을 쏘아 맞추니 그렇게도 자랑스럽게 빛나던 그의 금관
은 깨어져 땅에 떨어져버렸다.

　활도 놓치고 왕관까지 벗겨진 라바나에게 라마는 말했다.

　"내 너를 당장 죽여 마땅하나 오늘은 네가 많은 싸움으로 지쳐
있으니 이대로 보내주겠다. 원기를 회복한 후 다시 준비를 갖추
어 도전해오도록 하라. 그래야 나도 제대로 싸울 맛이 나겠다.

지금의 너의 몰골은 너무나 초라해서 너같은 것과 싸웠다가는 내
가 욕을 먹겠다."

20. 쿰바카르나가 깨어나다

일생일대 최대의 치욕을 당한 라바나는 너무나 상쾌한 라마의 태
도에 완전히 기가 죽어 심히 위축된 심사로 궁성으로 돌아왔다. 옥
좌에 묻힌 듯 앉아 말이 없던 그는 측근들에게 중얼거리듯 말했다.
"갑자기 옛날 일 하나가 생각나는데, 옛날 이크슈바쿠 왕통에 아
나라니야라는 왕이 있었는데, 그는 나를 저주하기를 가문을 욕
되게 하는 사악한 락샤사라고 하면서 훗날 자신의 왕통에서 나
와 나의 일족을 멸할 용사가 태어나리라고 했는데……. 다사라
타의 아들 라마가 바로 아나라니야가 말했던 그 용사가 아닐까?
또 베다바티라는 부인에게서도 저주를 받았던 일이 있었는데 시
타는 바로 그 베다바티가 아닐까? 내가 삼계의 무적을 뽐내다보
니 나를 저주하는 자도 많았으니 파르바티며 난디케슈바라며 바
루나의 딸 등등……."
라바나는 말을 끊고 묵묵히 앉아 있더니 악몽을 떨쳐버리겠다는
듯이 몸을 떨면서 이를 악물었다.
"모두 부질없는 생각. 자, 성의 경비를 강화하고 나의 동생 쿰바
카르나를 깨우도록 하시오."
쿰바카르나는 대단한 용사였으나 브라흐마의 저주로 계속 잠만
자야 하는 것이 문제였다. 그렇게 된 데에는 이러한 사연이 있었
다. 즉, 쿰바카르나는 태어나면서부터 힘이 비상하고 용맹이 뛰어
났고 몸집이 거대하며 특히 식욕이 대단해 보이는 것마다 닥치는
대로 모조리 먹어 치우는 것이었으나 먹어도 먹어도 허기를 채우지

못하는 것이었다. 사람들이 인드라에게 이를 하소하자 인드라는 금강저로 쿰바카르나를 후려쳤다. 금강저에 맞은 쿰바카르나가 비명을 질러대니 온 세상이 공포에 떨었다. 쿰바카르나는 화가 나서 아이라바타(인드라의 코끼리)의 이빨을 뽑아 인드라의 가슴을 후려쳤다. 인드라는 쿰바카르나를 당할 수 없음을 알고는 브라흐마를 찾았다. 브라흐마도 쿰바카르나의 한없는 식욕을 그대로 둘 수가 없음을 알고는 잠만 자도록 저주했다. 이에 쿰바카르나가 잠에 떨어져 깨어날 줄을 모르자 그를 사랑하던 형 라바나가 브라흐마에게 빌었다.

"그렇게 훌륭한 아이가 그렇게 잠만 자야 하다니 너무하십니다. 기껏 참파카나무를 공들여 잘 기르셨다가 베어버리시는 것과 같은 격입니다. 쿰바카르나 또한 브라흐마님의 증손자가 아닙니까? 잠에서 깨어나는 때도 있도록 저주를 좀 풀어주셨으면 합니다."

이에 브라흐마는 6개월에 하루는 깨어나도록 해주었다. 이처럼 잠이 많은 쿰바카르나를 깨운다는 것은 보통 일이 아니었다. 라바나에게서 쿰바카르나를 깨우도록 명을 받은 대신 유파크샤며 용장 마호다라 등은 향과 꽃과 많은 음식과 술을 준비해 그의 집을 찾았다. 그들은 요란하게 코를 골면서 잠자고 있는 쿰바카르나 앞에 음식과 술을 잔뜩 차려놓고 그의 몸에다 향수를 뿌리고 꽃을 바친 후 그를 칭송하는 시를 읊어 올리면서 그의 잠을 깨우려고 했으나 그들의 소리는 그의 코고는 소리에 묻혀 들리지도 않았다. 그들은 소라고동과 나팔을 불어대고 한꺼번에 악을 써대기도 했으나 도무지 소용이 없었다. 결국은 모두들 계속 막대기로 쑤시고 간지르고 두들겨대서야 겨우 그의 잠을 깨울 수가 있었다. 잠에서 깨어난 그는 크게 하품을 하면서 화를 냈으나 술과 음식을 보자마자 우선 그것부터 먹고 마셔대기 시작했다. 드디어 먹고 마시기를 다 끝낸 쿰바카르나는 약간 화가 풀린 듯이 말했다.

“겨우 잠이 좀 들려고 하는 참에 이렇게 선잠을 깨우면 어떡하라는 겁니까? 그런데 여러분들의 표정을 보니 무슨 일이 터진 모양인데, 인드라가 쳐들어 온 것입니까? 아그니가 쳐들어 온 것입니까? 형님께서 나를 깨우러 이렇게 보내셨다는 것은 일이 있어도 큰일이 있다는 뜻인데, 자 어느 곳입니까? 내 지금 당장 그곳으로 가서 놈들을 없애버린 다음에 다시 잠을 좀 자야겠습니다.”

이에 대신 유파크샤는 말했다.

“어르신, 인드라나 아그니가 아닙니다. 라마라는 인간이 원숭이들을 데리고 와서 우리 대왕님을 괴롭히고 있습니다.”

“그래요? 그렇다면 라마라는 인간과 원숭이들을 없애버리면 되겠군요. 알겠습니다. 지금 당장 가서 놈들을 없애버리겠으니 형님께 마음을 놓으시라고 전하십시오.”

이에 용장 마호다라가 말했다.

“감히 말씀을 드리자면, 먼저 대왕님을 뵙고 적에 관한 이야기를 좀 들으신 다음에 천천히 싸움터에 나가시는 것도 좋을 것 같습니다.”

쿰바카르나는 그래도 상관없겠다는 듯이 그렇게 하기로 했다. 그가 궁성에 이르러 라바나 앞에 엎드리니 라바나는 옥좌에서 일어나 그를 일으켜세운 후 그를 껴안았다. 라바나는 그의 두 손을 잡아 그를 자신의 옆자리에 앉혔다. 평소 라바나의 그 자신만만하던 기색은 찾아볼 수가 없도록 그는 기가 죽어 있었다. 라바나는 그에게 그동안에 있었던 일을 들려주었다.

“…활을 떨어뜨리고 왕관도 화살에 맞아 깨어져 떨어지고, 피곤할 테니 쉬었다가 다시 싸우러 나오라고 생명을 구걸받았으니 이러한 치욕이 어디 있단 말이냐?”

라바나는 비통한 흥분 속에 하소연하는 것이었으나 쿰바카르나는 웃어버렸다.

"그래서 지난 번에 모두들 말씀드렸잖아요. 죄를 지으면 지옥밖에 기다리는 것이 없다고. 옳은 말씀을 듣지 않으려고 하시더니 이리도 빨리 응보를 받으실 줄은 몰랐네요. 용기나 재물을 믿고서 마음이 교만해지면 옳고 그름을 분별할 수 있는 눈은 가려진다고 했습니다. 혼자 잘나서 멋대로 일을 저질러대는 판에 옳고 그름을 따질 필요도 없겠지만. 그러니 아무리 강하고 아무리 잘났고 아무리 높을망정 그렇게 해서는 지옥밖에 갈 곳이 없다는 것이지요. 왕이란 어진 대신들의 충언을 존중하고, 경전의 가르침을 따르며, 일의 선후를 뒤바꾸지 않고 필요한 때에 필요한 일을 해야만 다르마, 아르타, 카마의 보상을 거둘 수 있는 것입니다. 항상 지혜로운 대신들과 매사를 의논하여 사마, 다나, 베다, 단다를 적시적소에 쓸 수 있는 왕은 위험에 처하는 일이 없을 것입니다. 해서 좋을 일, 하지 않는 것이 좋을 일의 구분은 지혜의 기본입니다. 뒷날의 응보를 생각치 않고 충동적으로 일을 저지른다는 것은 자신을 죄와 지옥과 고통으로 밀어넣는 자살행위일 뿐입니다."

쿰바카르나의 이야기가 계속될수록 라바나의 입술이 떨리면서 눈썹 사이의 주름이 점점 더 깊어졌다. 라바나는 말했다.

"아우는 형을 부친처럼 존경해야 한다고 했다. 그런데 지금 너는 나를 충고하는 것이냐, 비난하는 것이냐? 너의 말대로 나는 삼계의 무적이기에 지나친 일들이 있었음은 사실이다. 그러나 지금 이곳에서 지나간 일이나 따지고 있어야 옳겠느냐? 모두가 나를 비난하더라도 너는 나를 도와야 하는 것이 형제간의 도리가 아니겠느냐?"

라바나가 언성을 높이자 쿰바카르나는 말했다.

"대왕님, 알겠습니다. 대왕님의 말씀이 옳습니다. 저는 진심으로 대왕님을 위해 그러한 말씀을 드렸습니다마는 형님의 말씀대로 지나간 일은 지나간 일입니다. 저는 지금부터 대왕님을 위해 라마와 원숭이들을 깨끗하게 쓸어버릴 것이니, 형님께서는 내전으로 드시어 비빈들과 함께 술이나 드시도록 하십시오. 라마를 없애버리면 시타야 자연히 형님 것이 되겠지요."

그제서야 라바나는 크게 기뻐하면서 말했다.

"그렇지. 네가 나서겠다는데 누가 너를 대적할 수 있겠느냐. 너는 야마와 같으니 모두들 너를 보면 혼비백산할 것이다."

"그렇습니다. 그럼 이만 저는 단신으로 잠깐 나갔다 오겠습니다."

"아니다. 원숭이 떼의 숫자가 워낙 많아 그들이 너에게 떼로 달려들어 물고 할퀴고 매달릴 염려가 있으니 병사들을 데리고 나가도록 해라. 적을 너무 얕잡아 보지 말고 조심할 때는 조심해야 할 것이다."

라바나는 보석이 박힌 목걸이를 쿰바카르나의 가슴에 걸어주었다. 그리고 갑옷까지 입혀주었다. 라바나는 몇 번이고 쿰바카르나를 껴안아 주면서 문간까지 나가 그를 축복해 주었다.

21. 싸움터의 쿰바카르나

병력을 이끌고 싸움터로 나선 쿰바카르나의 모습은 정오의 태양처럼 눈부셔 누구도 그를 바로 쳐다볼 수가 없었다. 싸우기도 전에 많은 원숭이들은 다투어 사방으로 도망치기 시작했다. 그가 한 번 크게 외치자 숱한 원숭이들이 놀라서 그 자리에 쓰러져 정신을 잃었다. 라마는 니일라에게 쿰바카르나와 싸우도록 하니 가바크샤, 샤라바, 하누만, 앙가다 등이 니일라를 도와 쿰바카르나를 공격했다. 그러나 쿰바카르나는 빗발처럼 쏟아지는 돌멩이와 나무토막들에 꿈쩍도 하지 않은 채 삼지창을 휘두르며 닥치는 대로 원숭이들을 쓰러뜨리면서 욕심껏 원숭이들을 잡아먹기 시작했다. 많은 원숭이들은 다리를 향해 도망치기 시작했다. 앙가다는 그들을 향해 외쳤다.

"도망을 하다니 부끄럽지도 않느냐? 비겁자가 되느니 명예롭게 죽자. 싸워서 죽은 자에게는 브라흐마의 나라가 기다리고 있다. 우리에게는 라마님이 계신다."

아무리 외쳐도 죽어 천국보다는 비겁하게라도 살아남고 싶은 것이 생명의 본능. 원숭이들이 도망을 멈춘 것은 명예나 내세를 위해서가 아니라 앙가다의 하소연을 차마 무시할 수가 없어서였다. 원숭이들은 억지로 용기를 되살려 락샤사들과의 싸움에 열을 올렸으나 쿰바카르나의 삼지창 앞에 수십, 수백 명씩이 한꺼번에 쓰러져 갔다. 드비비다는 커다란 바위를 마구 던져 락샤사들의 말이며 코끼리들을 쓰러뜨렸으나 쿰바카르나를 막을 수는 없었다. 하누만이 드비비다를 돕기 위해 쿰바카르나를 치고 달려들었으나 쿰바카르나는 삼지창으로 하누만의 가슴을 찔러 상처를 입혔다. 많은 원숭이 측의 용사들이 드비비다와 하누만을 돕기 위해 한꺼번에 달려들었으나 모두 쿰바카르나에게 차례로 상처를 입고 나가 떨어졌다. 졸개 원숭이들이 벌떼처럼 달려들어 물어 뜯고 할퀴어댔으나 쿰바카르나는 이들을 닥치는 대로 붙잡아 먹어버렸다. 앙가다 혼자만이 계속 쿰바카르나에게 달겨들고 있었다. 앙가다는 쿰바카르나의 창을 피해 그의 가슴을 들이 받았다. 쿰바카르나는 잠시 움찔했으나 곧 앙가다를 쳐서 땅에 쓰러뜨려버렸다. 이때 수그리바는 바위를 들고 공중으로 뛰어오르면서 외쳤다.

"제법 대단하구나. 너는 나의 장병들을 많이 해쳤다. 자 이제 내가 이 바위로 너를 끝내주겠다."

"오, 이 원숭이야, 네가 바로 브라흐마의 손자며 리크샤라쟈스의 아들이로구나. 마음대로 한번 덤벼보아라."

　수그리바는 바윗돌을 내려던졌으나 바윗돌은 삼지창에 산산조각
이 났고 수그리바는 쿰바카르나의 삼지창에 정신을 잃고 땅에 쓰러
졌다. 쿰바카르나는 그 큰 손으로 수그리바를 붙잡아 돌아가기 시
작했다. 원숭이들의 왕을 포로로 잡아 라바나에게 바치려는 것이었
다.
　쿰바카르나에게 붙잡혀가던 수그리바는 다시 정신이 들자 기습
적으로 쿰바카르나의 코와 귀를 힘껏 물어 뜯었다. 그리고는 공중
으로 몸을 날려 다시 라마 옆으로 도망쳐왔다. 쿰바카르나는 다시
싸움터로 와서 다시 닥치는 대로 원숭이들을 쓰러뜨렸다.
　락슈마나는 소나기처럼 활을 쏘아대면서 쿰바카르나를 막았다.
　"야마도 나를 견디지 못했고 아이라바타를 탄 인드라도 감히 나
에게 맞서지 못했거늘 아직 어린 꼬마가 나에게 이 정도로 맞서
서 버티어내다니 대단하구나. 그러나 너는 좀 비켜라. 라마를 좀
잡아야겠다. 라마만 없애면 나머지야 나의 졸개들이 다 알아서
하겠지."
　이에 라마는 쿰바카르나를 향해 앞으로 나아갔다.

22. 쿰바카르나의 죽음

　"용감한 락샤사, 나를 보고싶다고 했으니 자, 나를 많이 보아라.
곧 저 세상으로 가기 전에 마지막으로 나를 잘 보란 말이다. 나
는 너를 죽이기로 결정했다."
　쿰바카르나는 크게 웃었다.
　"나를 비라다나 카반다와 혼동하지 말아라. 나는 또 카라도 발리
도 마리차도 아니야. 자, 내가 아수라와 천신들을 혼내주었던 이
무드가라(락샤사들이 즐겨쓰는 무기의 일종)가 보이는가?"

드디어 라마의 화살은 쿰바카르나를 명중시켰으나 일곱 그루의
살라나무를 관통시켰던 그의 화살도 그에게는 전혀 소용이 없었다.
라마는 바유를 부르며 아스트라를 쏘아 무드가라를 휘두르려는 쿰
바카르나의 팔을 끊어버렸다. 아파서 비명을 지르며 쿰바카르나는
나머지 팔로써 바위덩어리들을 집어던지기 시작했다. 라마는 인드
라를 불러 아스트라를 쏘아 나머지 팔을 끊어버렸다. 다시 두 개의
화살을 더 쏘아 두 다리를 끊었다. 아인드라스트라의 주문을 외우
며 쏘아보낸 화살은 인드라의 금강저인 양 쿰바카르나의 머리를 몸
통에서 떼어버렸다.
　"잘했다. 잘했어."
　기쁨에 찬 환호성이 하늘에서부터 쏟아져나왔다. 원숭이들의 사
기는 일식에서 벗어난 태양처럼 다시 되살아났고, 라마는 브리트라
를 죽인 인드라처럼 당당하게 보였다.

23. 젊은 영웅들

　쿰바카르나의 죽음을 알리기 위한 전령은 급히 라바나에게 갔으
나 차마 말을 꺼내지 못했다. 라바나는 빨리 전황을 보고하도록 독
촉했다. 드디어 전령은 더듬거리며 입을 열었다.
　"대왕님, 용감하신 쿰바카르나께서는 원숭이 떼를 사정없이 짓
밟으시면서 드비비다, 하누만, 앙가다, 수그리바 등을 쓰러뜨리
시고 락슈마나를 젖히고 라마에게로 가셨습니다."
　여기에서 전령이 잠시 말을 끊자 라바나는 서둘렀다.
　"그래? 그래서 라마를 곧 죽였겠지? 어떻게 죽였느냐? 그 장면을
자세히 말해보아라."
　전령은 떨면서 라마가 아닌 쿰바카르나가 죽게 된 일을 이야기

했다. 라바나의 슬픔과 절망은 극에 달했다. 그의 주위의 모두도 슬픔에 잠겼다. 라바나는 자신이 사랑하고 믿었던 동생의 복수에 나서려고 했다. 그러나 라바나의 아들 트리쉬라스가 이를 막았다.

"아버님, 삼계의 대영웅이신 아바마마께서 이렇게 슬퍼만 하신 다니 어울리지 않은 일이옵니다. 또 아바마마께서 직접 싸움터 에 나가시겠다는 것도 가당치 않으십니다. 모두들 서로 나가고 싶어서 기다리는 용사들이 순서를 다투고 있으니 아버님, 저부 터 싸움터로 내보내주십시오."

트리쉬라스의 말은 사실이었다. 데반타카, 나란타카, 아티카야 등 라바나의 많은 아들들이 서로 싸움터에 나가고 싶어서 몸이 달 아 있었다. 그들 또한 모두들 대단한 영웅들이었다. 그들은 모두 마하라티카였을 뿐만 아니라 환각의 전법에도 정통했다. 그들은 다 투어 싸움터에 나가겠다고 졸라댔다.

24. 왕자들의 용기

라바나는 아들들이 자랑스러웠으며, 그들이라면 라마와 원숭이 들을 이길 수 있음을 알았다. 그리하여 라바나는 그들의 출전을 축 복해주면서 진정어린 사랑으로 그들을 껴안아주었다. 트리쉬라스, 데반타카, 나란타카, 아티카야의 네 왕자 외에도 유똔마따와 마타 까지 함께 문을 나서서 싸움터로 나가니 이번에는 틀림없다고 승리 를 확신하는 락샤사들이 사기충천해서 함성을 올리며 그들을 따랐 다.

양군 사이에는 곧 무시무시한 싸움이 전개되었다. 원숭이들의 사 기 또한 대단했다. 화살, 투창, 삼지창, 바윗돌, 나무토막 등이 하 늘을 메우는 가운데 전차는 부숴지고 코끼리며 말들이 쓰러졌으며 양측에는 무수한 사상자들이 속출했다.

그러는 가운데도 나란타카의 용맹은 단연 눈부셨다. 그는 원숭이 떼를 거침없이 짓밟아댔다. 수그리바는 앙가다에게 나란타카를 막도록 했다. 나란타카와 앙가다는 서로 필사의 격전을 벌인 끝에 앙가다는 나란타카를 죽였다. 이에 유똔마따, 데반타카, 트리쉬라스 등이 앙가다를 협공하자 하누만과 니일라 등이 앙가다를 도왔다. 피차간의 숨가쁜 공방이 눈부시게 계속되었다.

데반타카가 하누만에게 죽었고, 유똔마따는 니일라에게 죽었다. 하누만은 또 트리쉬라스까지 죽였다. 마타는 리샤바에게 죽었다.

락샤사 측이 무너지려고 하자 아티카야가 앞으로 나섰다. 그는 쿰바카르나 만큼이나 거한이었기에 원숭이들은 쿰바카르나가 다시 살아났는가해서 모두들 겁을 먹고 뒤로 물러섰다. 라마는 비비샤나에게 물었다.

"저기 산더미처럼 거대한 몸집에 커다란 전차를 몰고 맹렬하게 돌진해오는 갈색 눈의 용사는 누굽니까?"

"라바나의 아들 아티카야로 어머니는 다니야말리입니다. 그는 아버지 라바나만큼 용맹하며 아스트라에도 정통합니다. 말이나 코끼리나 전차를 다루는 솜씨도 비상합니다. 브라흐마는 그에게 많은 아스트라들을 주었으며, 저 전차도 브라흐마가 준 것입니다. 그는 천신들과도 싸워 용맹을 떨쳤으니 인드라의 금강저도 바루나의 올가미도 그에게는 소용이 없습니다."

비비샤나가 설명을 하는 사이에 아티카야는 원숭이 떼를 가르며 라마에게로 돌진해왔다.

"라마는 피하지 말라. 나머지는 상대할 필요도 없다."

아티카야의 호통에 화가 난 락슈마나가 앞으로 나섰다. 그러나 아티카야는 이렇게 외치며 락슈마나 따위는 상대도 하려고 하지 않았다.

"너는 싸움에는 아직 어린애다. 애들은 다치기 전에 비켜라!"

화가 난 락슈마나가 대뜸 아그니의 아스트라를 쏘아 붙이자 아티카야는 수리야스트라로 이를 막았다. 둘은 서로 아스트라를 총동원해서 팽팽한 접전을 계속했다. 아스트라로 상대편의 아스트라를 막아대면서 서로 상대의 허점을 노렸다. 이때 바람의 신 바유가 락슈마나의 귀에다 속삭였다.

"아티카야는 브라흐마가 돌보아주고 있기 때문에 브라흐마스트라 외에는 그를 쓰러뜨릴 아스트라가 없다."

이에 락슈마나는 화살 하나를 뽑아 브라흐마스트라를 부르며 무서운 기세로 화살을 쏘아대니 아티카야는 이를 막아내지 못하고, 그의 목은 보석이 눈부시게 장식된 금관과 함께 땅에 굴러 떨어졌다. 원숭이 떼가 환호성을 울리며 락샤사들을 공격하니 락샤사들은 다시 크게 패했다.

25. 인드라지트

믿었던 젊은 영웅들이 모조리 전사하고 많은 장병들이 무더기로 죽고 다쳤다는 보고에 라바나는 심한 분노와 슬픔과 불안에 빠졌다. 그는 말했다.

"용맹무쌍의 용장들도 당해내지 못하고, 또 누구도 빠져나갈 수 없는 나가파샤까지 젖은 옷을 벗어버리듯 벗어났다니 라마는 누구의 말처럼 진짜 나라야나의 환생이란 말인가?"

라바나는 연전연패의 충격을 이기지 못해 정신을 잃었다.

인드라지트가 라바나를 위로하여 말했다.

"아버님, 제가 있습니다. 제가 저들을 모조리 쓸어버릴 것을 맹세합니다. 저를 믿어주십시오. 믿어 좀 주세요."

인드라지트는 라바나에게 인사를 올린 후 전차에 올랐다. 그의 전차는 아루나가 모는 수리야의 전차만큼이나 눈부셨다. 인드라지트가 나서자 락샤사들은 다투어 그의 뒤를 따랐다. 싸움터에 이른 인드라지트는 전차에서 내린 후 불을 피웠다. 아그니에게 제사를 올리는 의식에 맞춰 그는 성화에 공물을 바쳤다. 꽃과 향과 익힌 쌀로 성화를 경배했다. 성화는 전혀 그을음이 없이 밝게 타올랐으니 이는 심히 좋은 조짐이었다.

아그니는 성스러운 곳에서 나와 직접 그의 손으로 공물을 받았다. 인드라지트는 브라흐마스트라를 부른 후 주문을 외우며 그의 전차와 활과 화살들에게 예를 올렸다. 번제를 끝낸 인드라지트는 락샤사들을 휘몰아 원숭이들을 수십, 수백씩 죽이기 시작하니 땅 위에는 원숭이들의 시체가 산처럼 쌓이면서 피가 강을 이루었다.

간다마다나, 날라, 니일라, 마인다, 가쟈, 쟘바반, 리샤바, 수그리바, 앙가다, 드비비다 등 원숭이 측의 맹장들도 모두 인드라지트의 화살에 상처를 입고 쓰러졌다. 화살을 날려 보내는 인드라지트의 손이 어찌나 빨리 움직여대는지 누구도 그의 손놀림을 알아볼 수가 없었다.

그러다가 갑자기 그는 공중으로 솟아 올라 모습을 감춘 채 라마와 락슈마나를 향해 소나기처럼 화살을 쏘아내렸다. 라마와 락슈마나는 화살이 날아오는 곳을 향해 화살을 쏘아댔으나, 결국은 인드라지트의 화살을 무수히 맞고 땅에 쓰러졌다. 완승을 거둔 인드라지트는 이미 날이 어두워졌으므로 의기양양해서 라바나에게로 돌아갔다.

폐허처럼 신음소리만 맴도는 가운데 비비샤나는 겨우 정신을 차려 다시 전열을 정비하려고 사방을 둘러보았다. 비비샤나는 하누만이 전혀 아스트라의 피해를 입지 않았음을 기뻐하며 그에게 말했다.

"라마와 락슈마나는 괜찮을 겁니다. 그들은 다만 브라흐마에 대한 예의로 상처를 감수했을 뿐일 것입니다. 그러니 너무 낙담하지 마시고 사태가 더 악화되지 않도록 수습해보도록 하십시다."

비비샤나와 하누만은 횃불을 들고 부상자들의 구조에 나섰다. 그들은 아스트라 때문에 심한 고통을 당하고 있는 쟘바반을 만났다.

"어르신, 고통을 참고 힘을 내십시오."

라고 비비샤나가 늙은 쟘바반에게 말하자 쟘바반은 꺼질 듯한 목소리로 말했다.

"나는 지금 볼 수도 없지만 비비샤나가 아니요? 하누만은 무사합니까?"

이에 비비샤나는 놀라서 물었다.

"하누만은 무사하며 여기 있습니다. 그런데 우리의 왕이신 수그리바나 또 라마의 안부를 묻지 않고 하누만이 무사한가를 묻다니 심히 괴이한 일입니다그려."

26. 산지비니

이에 쟘바반은 말했다.

"내가 왜 다른 누구보다도 그의 안부를 묻는가는 곧 알게 될 것입니다. 그가 죽었다면 우리는 모두 죽게 될 것이나 그가 무사하다니 우리는 모두 다시 살 수 있게 되었습니다."

"어르신 무슨 뜻입니까?"

라고 말하면서 하누만이 쟘바반 앞에 엎드려 쟘바반의 발을 자신의 두 손으로 감쌌다. 늙은 쟘바반은 말했다.

"하누만, 이리 가까이 와서 잘 들으시오. 당신만이 라마며 락슈마나며 우리 모두를 구할 수 있는 몸이오. 우리의 대왕님과 왕자님을 살려내도록 하시오. 바다를 건너 히마반으로 가서 황금색 봉우리 리샤바를 찾으시오. 그 옆에 또다른 봉우리 카일라사가 있을 것이오. 두 봉우리 사이에 산지비니, 일명 오샤디파르바타 라는 제삼의 봉우리가 있을 것인데 거기에는 오샤디라는 만병통 치의 약초가 있습니다. 이 약초들은 어둠 속에서도 빛을 뿜어 주 위를 밝혀줄 것입니다. 약초에는 므리타산지비, 비샬라카라니, 사바르니야카리니, 산타나카라니의 네 종류가 있으니 그 약초들 을 빨리 구해 온다면 부상자는 물론 사망자까지도 다시 생명을 되찾을 수 있을 것이오.”

하누만은 쟘바반의 말이 끝나기도 전에 몸을 크게 부풀려 말라 야 산으로 올라 바다를 건너뛰었다. 그리고 그의 아버지 바유만큼 빠른 속도로 곧 히마반에 이르렀다. 그는 쟘바반이 말했던 제삼의 봉우리를 찾아내기는 했으나 약초들은 놀라서 모두 숨어버리고 없 었다. 화가 난 하누만은 산을 통째 뽑아들고 가루다보다도 빠르게 남으로 뛰어 곧 랑카로 되돌아왔다. 하누만이 그 봉우리를 싸움터 중앙에 놓자 약초의 향기가 사방으로 퍼지면서 먼저 라마가 깨어나 고 곧 락슈마나도 깨어났다. 원숭이들도 차례로 깨어나니 상처를 입었던 흔적도 모두 없어졌을 뿐만 아니라 죽은 자까지도 모두 다 시 살아났다.

하누만은 그 봉우리를 다시 히마반에다 되돌려 놓고 왔다. 이러 는 가운데 어느새 밤이 깊었다. 수그리바는 동작이 민첩한 원숭이 들을 뽑아 햇불을 준비시켜 야간기습을 감행했다. 승리에 취해 있 던 락샤사들은 원숭이 떼의 기습에 당황했다. 원숭이 떼는 닥치는 대로 불을 질렀다. 랑카의 시가지는 다시 불바다가 되었다. 잠에서 겨우 깨어난 락샤사들은 이리 뛰고 저리 뛰면서 비명을 질러대니 그 아우성은 성 밖까지 들려왔다. 라마가 활시위를 당겨 기세를 돋 구니 그 활시위 당기는 소리는 온 랑카 시내를 뒤흔들었다.

27. 쿰바와 니쿰바

소란스러운 소리에 라바나도 잠이 깼다. 그도 시민들의 아우성 소리와 라마의 시위 울리는 소리를 들었다. 쿰바카르나의 두 아들 쿰바와 니쿰바가 출전하기를 원했다. 라바나가 이를 허락하자 이들은 아캄파나 등과 함께 락샤사들을 이끌고 원숭이 떼를 공격하기 시작했다. 달빛 아래서 시가지의 불꽃을 배경으로 발악적으로 날뛰는 그들의 활약은 무섭게 눈부셨다. 그러나 원숭이 떼의 용기도 대단했다. 죽음과 상처에서 깨끗히 깨어난 원숭이 떼는 마치 자신들이 불사신이나 된다는 듯이 날뛰었다.

싸움이 무르익어가는 가운데 앙가다는 아캄파나를 죽였다. 쿰바는 앙가다를 향해 화살을 쏘아대니 앙가다와 함께 있던 드비비다와 마인다가 쓰러졌다. 앙가다는 이들을 구하려고 했으나 그도 쿰바의 화살에 쓰러졌다. 원숭이들은 사태가 위급함을 라마에게 알렸다. 라마는 쟘바반, 수쉐나를 수그리바와 함께 쿰바에게로 보냈다. 쿰바의 용맹에 수그리바는 진심으로 찬사를 보냈다.

"대단하다, 훌륭해. 가히 삼계의 무적이로구나. 부친 쿰바카르나의 힘과 숙부 라바나의 용맹을 겸했구나. 자, 한번 신나게 싸워 보자. 인드라와 샴바라의 싸움만큼이나 대단한 싸움이 될 것 같구나. 차마 죽이기 아까운 용사로다. 허나 적이니 도리가 없구나."

쿰바는 수그리바의 찬사에 기분이 좋았으나, 수그리바의 자신만만함에는 은근히 화가 났다. 그는 수그리바를 붙들었다. 서로 붙잡고 엉겨 숨막히는 육박전을 벌였다. 양측의 병사들은 물론 산천초목까지도 숨을 죽이고 둘의 싸움에 땀을 쥐었다.

수그리바의 최후의 일격에 쿰바가 쓰러져 죽자 무너지려는 락샤사들을 독려하며 니쿰바가 절구공이처럼 생긴 무기를 휘두르며 원숭이 떼를 쓸어대기 시작했다. 누구도 감히 그를 당할 용사가 없자 하누만이 앞으로 나섰다. 니쿰바는 그의 절구공이를 힘껏 하누만의 가슴을 향해 내던졌다. 그러나 하누만의 가슴에 맞은 그 절구공이는 산산조각이 나버렸고 하누만은 꿈쩍도 하지 않았다. 하누만이 주먹을 날려 니쿰바의 가슴을 치자 니쿰바의 갑옷이 찢어지면서 피가 흘러나왔다. 두 영웅은 서로 붙들고 쿰바와 수그리바처럼 육박전을 벌였다. 얼마 후 하누만은 니쿰바를 땅에 쓰러뜨린 후 니쿰바의 목을 졸랐다. 니쿰바는 숨을 거두었고 그의 목은 몸뚱이에서 떨어져나갔다.

28. 구원에 나선 인드라지트

공포에 질린 락샤사들은 뿔뿔이 흩어져 도망치기에 바빴다. 이 보고를 받은 라바나는 인드라지트를 불렀다.

"돌멩이와 나무토막을 던질 줄밖에 모르는 원숭이들에게 이렇게 당하기만 할 수가 있단 말이냐? 놈들은 칼도 창도 활도 쓸 줄 모르며, 전차도 말도 코끼리도 없는데 말이다. 죽여도 죽여도 계속 덤벼드니 알 수 없는 일이다. 인드라지트, 너의 환각전법으로 놈들을 없애버려라. 라마와 락슈마나도 없애버려라. 인드라도 이긴 너라면 그 둘을 없애기란 쉬울 것 아니겠느냐."

이에 인드라지트는 출전준비를 갖춘 후 성화를 피워 공물을 바치니 성화는 그에게 승리를 점쳐 주었다. 아그니는 기꺼이 그에게 바쳐진 제물을 흠향했다. 인드라지트는 천신, 다나바, 아수라들에게도 예배를 올린 후 모습을 마음대로 감출 수 있는 전차로 갔다. 전차에 순종의 준마들을 매고 화살을 잔뜩 실었다. 인드라지트는 브라흐마의 아스트라로 보호받고 있었으며 그의 전차 또한 신통력을 갖고 있었기에 라마와 락슈마나가 갖고 있는 아스트라들로서는 결코 인드라지트를 이길 수가 없었다.

환각전법을 써서 모습을 감춘 인드라지트는 싸움터 상공에 이르자 각종 병기들을 소나기처럼 원숭이 떼에게 쏘아부었다. 그는 계속 라마와 락슈마나에게도 화살들을 쏘아보냈다. 라마와 락슈마나는 인드라지트의 화살에 맞아 벌겋게 피를 흘리면서, 화살이 날아오는 방향을 향해 반격을 가했다. 라마와 락슈마나가 쏘아보낸 화살 또한 인드라지트의 피를 묻힌 채 땅으로 떨어져 내리기도 했다. 그러나 인드라지트의 모습을 찾아낼 수는 없었다. 인드라지트는 모습을 감춘 채 마음대로 하늘을 휩쓸며 화살을 쏘아댔다. 락슈마나는 말했다.

"라마, 브라흐마스트라를 쏘아보내야겠어."

그러나 라마는 찬성하지 않았다.

"브라흐마스트라는 인드라지트뿐만 아니라 다른 죄없는 생명들까지도 대량으로 죽일 것이니 이는 다르마에 어긋나는 일이야. 항복하거나 도망치는 자, 무고한 자와 무관한 자를 해치지 말라는 것이 전쟁에 임해서의 다르마이니 우리는 끝까지 다르마를 지켜야 해. 그러나 내가 인드라지트만을 죽일 수 있는 아스트라를 써보아야 하겠어."

라마는 드디어 인드라지트를 죽이기로 했다. 그러나 이때 라마의 마음을 알게 된 인드라지트는 서둘러 성 안으로 들어가버렸다.

29. 환각술로 시타를 죽이다

성 안으로 돌아온 인드라지트는 분하고 불안했다. 그는 갈수록 라마가 범상한 인간이 아님을 인정하지 않을 수 없었다. 자신의 모든 비법을 총동원해도 라마를 결코 죽일 수 없는 것이 아닐까라는 두려움이 앞섰다. 그는 라마를 쫓아버리는 방법과 자신의 신통력을 더욱 높여 라마를 누를 수 있는 방법을 생각했다.

먼저 라마를 쫓아버리기 위하여는 시타를 죽여버리는 것이 가장 쉽고 확실한 방법이라고 생각한 인드라지트는 환각술을 써서 시타를 그의 전차에다 태우고 성문을 나섰다. 인드라지트가 원숭이 떼를 죽이기 시작하자 하누만이 앞으로 나섰다. 인드라지트는 시타의 머리를 잡아 올리며 시타의 목에다 칼을 겨누었다. 하누만은 깜짝 놀랐다. 더러워진 황색 비단옷을 입은 여자는 틀림없이 시타였던 것이다.

"이 비겁한 악마야, 여자를 괴롭히는 것은 다르마에 벗어나는 짓이다."

라고 하누만이 외치자 인드라지트는 말했다.

"너는 남에게 다르마를 가르치기를 좋아하는가보구나. 그러나 적을 이기기 위하여는 어떠한 방법이든지 다 옳다는 나의 말씀을 명심하여 두는 것이 더 좋을 것이다. 자, 이제 이렇게 시타를 죽여버리겠다. 이렇게 되면 너희들이 더 이상 희생을 각오하며 싸움을 계속할 이유가 없어지겠지. 더 이상의 희생을 막기 위해 이 얼마나 현명한 방법이냐."

말을 마치기도 전에 인드라지트는 시타의 목을 베어버렸다. 너무나 충격적인 만행에 하누만을 비롯한 모든 원숭이들은 더 이상 싸울 기력을 잃었다. 시타가 죽어버렸으니 더 이상 무엇 때문에 싸움을 계속할 것인가. 하누만은 서둘러 라마를 찾았다. 인드라지트도 서둘러 싸움터를 물러났다.

30. 니쿰빌라에서의 제사

인드라지트는 라마가 끝내 철수하지 않을 경우에 대비하여 자신의 신통력을 한층 더 높이기 위한 제사를 서둘러 니쿰빌라에서 올리기 시작했다. 비록 쉽게 철수하지 않을지라도, 시타의 죽음에 충격을 받은 라마는 당분간은 쉽게 싸움을 걸어 오지 않을 것이니 그 사이를 이용하자는 것이 인드라지트의 생각이었다. 인드라지트는 성화를 피우고, 주문으로 성스럽게 된 기이를 성화에 넣었다. 엄격한 절차 그대로 격식에 맞춰 조금도 하자가 없도록 의식을 거행해 나갔다. 공물을 받은 성화는 태양처럼 밝게 타올라 인드라지트의 제사가 성공적임을 말해주었다. 많은 락샤사들에게 둘러싸인 채 인드라지트는 엄숙하게 제사를 집전해나갔다.

한편 하누만에게서 시타의 죽음을 들은 라마는 그대로 정신을 잃었다. 원숭이들은 꽃에 물을 묻혀 라마에게 물을 뿌렸다. 락슈마나 또한 혼절 이상으로 정신이 아득해졌으나 그러한 가운데서도 그는 라마가 정신을 차리도록 하려고 안간힘을 다했다. 그는 라마를 흔들어대면서 말했다.

"다르마를 지키기 위해 그리도 정의와 진실만을 고집하더니 다르마의 응보가 이거란 말이야? 다르마의 화신이라는 라마가 이리도 고생과 고통만 받다가 끝내 시타까지 잃게 되었으니 누가 다르마를 지키려고 하겠느냐 말이야. 다르마가 이긴다는 말은 거짓말이라고 나는 생각했었어. 힘이 정의라고. 폭력도 힘이고 폭력도 이기기만하면 정의란 말이야. 다르마가 승리를 하는 것이 아니고 비열한 방법으로라도 승리만 하면 그것이 다르마란 말이야. 자, 이제 나는 랑카로 가서 노인이고 어린애까지도 모조리 죽여버리겠어. 라마, 랑카를 모조리 부숴버리란 말이야. 라마는 온 우주를 파괴해버릴 수도 있으며 새롭게 창조할 수도 있는 힘이 있지 않느냐 말이야.”

그러나 겨우 정신을 차린 라마는 말했다.

“아니야. 모든 것은 운명이야. 이제 더 이상 싸울 필요가 없어졌으니 모두들 각자 왔었던 곳으로 돌아가야 할 거야.”

이때 아무것도 모르고 그 자리에 나타난 비비샤나는 침통한 분위기에 놀라면서 영문을 물었다. 락슈마나가 시타의 죽음을 들려주자 비비샤나는 크게 웃어버렸다.

“라마, 시타는 죽지 않았습니다. 아마도 인드라지트가 환각술을 써서 하누만을 속인 것일 겁니다. 그동안 내가 보아왔던 바로는 라바나는 시타를 너무나 좋아했습니다. 그러니 감히 인드라지트가 시타를 죽일 수는 없다는 말씀입니다. 그렇다면 여기에 어떤 음모가 있을 것입니다. 그렇습니다. 그 음모는 이미 시작되었습니다. 저기 니쿰빌라 쪽을 보십시오. 불빛이 저리도 밝은 것은 인드라지트가 제사를 올리고 있기 때문입니다. 만일에 인드라지트가 저 제사를 성공적으로 끝낸다면 그는 더욱 많은 은혜를 입게되어 진짜 삼계의 무적이 됩니다. 그때는 라마도 락슈마나도 그를 꺾을 수가 없게 될 것입니다. 서둘러 니쿰빌라로 가서 제사가 성공하지 못하도록 막아야 합니다. 라마, 빨리 정신을 차리십시오. 일부 병력과 함께 락슈마나와 나를 그곳으로 보내주십시오. 빨리 명령을 내려주십시오. 시간이 없습니다. 늦지 않아야 합니다.”

그러나 정신이 아직도 몽롱한 라마는 비비샤나의 말을 완전히 이해하지를 못하였다. 그러나 그는 대강의 뜻은 알아 들었기에 기대에 넘치는 표정으로 말했다.

“비비샤나, 다시 한 번 더 말씀해 주십시오. 정말로 시타는 죽지 않았다는 말씀입니까?”

이에 비비샤나는 자신있게 다시 한 번 더 이야기를 반복한 후에 말했다.

"인드라지트는 브라흐마의 고손자로 지금까지 브라흐마에게 많은 은혜를 받았습니다. 여기에다 이번의 제사까지 성공적으로 끝낸다면 그는 우리 모두를 다 죽일 수 있는 권능을 얻게 될 것입니다. 그러나 이 제사를 막을 수 있다면 우리는 그를 쉽게 죽일 수도 있을 것입니다. 왜냐하면 언젠가 브라흐마는 인드라지트에게, 너의 제사를 방해하는 자는 너를 죽일 수 있을 것이라고 했었던 일이 있었습니다. 자, 서둘러 명령을 내려주십시오. 어쩌면 인드라지트를 죽일 수 있는 절호의 기회일 수도 있을 것입니다. 인드라지트만 죽인다면 라바나 또한 이미 죽은 것이나 마찬가지일 것입니다."

이에 라마는 락슈마나에게 말했다.

"최대한 많은 병력과 함께 비비샤나를 따라 니쿰빌라에 가서 인드라지트를 죽이고 돌아오너라."

31. 락슈마나가 인드라지트에게 싸움을 걸다

락슈마나는 갑옷을 입고 활을 든 후 라마 앞에 엎드려 인사를 올렸다.

"라마, 나의 신. 나의 화살은 인드라지트의 가슴을 뚫고 그의 피를 마실 것입니다."

락슈마나는 비비샤나를 따라 제사가 진행중인 니쿰빌라로 속행했다. 그의 뒤를 곰들로 구성된 쟘바반의 대군이 따랐다. 니쿰빌라에 이르러보니 락샤사들의 대군이 제사를 올리고 있는 곳을 둘러싸고 있었다. 양군 사이에는 곧 전투가 전개되었다. 제사를 모시고 있는 일대는 어느새 피비린내 나는 싸움터로 바뀌었다. 인드라지트

는 하는 수 없이 제사를 모시다 말고 밖으로 나왔다. 화가 날 대
로 난 그는 활을 들고 전차에 올랐다. 하누만은 커다란 나무를 추
켜들고 인드라지트에게로 돌진해 들어갔다.

"하누만이 위험합니다. 인드라지트에게 싸움을 거십시오."

라고 비비샤나가 락슈마나에게 말했다. 락슈마나는 시위를 힘껏
튕기며 말했다.

"나는 너에게 싸우기를 청한다. 너를 기다리고 있으니 피하지 말
아라."

인드라지트는 락슈마나 옆에 있는 비비샤나를 보더니 말했다.

"비열한 반역자, 더러운 배신자. 당신이 나의 숙부라니 이 무슨
악연인가? 적의 노예가 되어 일족을 배신하다니 그 말로는 심히
비참할 것이 뻔하오. 아무리 아첨을 해도 당신은 끝내 라바나의
동생일진대 이용가치가 없어진 다음에 라마는 당신을 어떻게 취
급할 것 같소? 배신자에게는 배신의 응보밖에 없을 것이오."

비비샤나는 말했다.

"너는 부자간에 똑같이 사악할 뿐 아니라 교만하기 그지없으니,
너는 너야말로 가장 현명한 자 보다도 더 현명하다고 자만할지
몰라도 너는 세상을 너무나 잘 모르고 있다. 너는 또 나를 잘 모
르고 있다. 우리 가문은 결코 너의 부자에게나 걸맞는 악한 가문
이 아니다. 너의 사악과 교만이야말로 가문에 대한 부끄러움임
을 모두들 알고 있건만 당사자인 너는 모르니 답답할 뿐이다. 수
행자들을 죽이고 천신들과 싸우고 드디어는 남의 부인까지 훔치
는 따위의 다르마에 벗어난 짓들을 저지르고서도 어찌 할 말이
있다는 말이냐? 나는 지금까지 너의 부친, 즉 나의 형에게 충언
을 드릴 만큼 드렸기 때문에 이제는 더 이상 드릴 말씀은 없다.
나는 나의 형에 대한 선량한 동생으로서 또 나의 조카인 너에 대
한 진실한 숙부로서 최선을 다했다고 자부하기 때문에 이제는 더

이상 할 말도 없다. 그러나 너에게 마지막으로 단언할 수 있는
말은 만일 네가 지금이라도 너의 죄악을 참회하지 않는다면, 너
는 이미 죄가 넘쳐 올가미가 이미 너의 목에 걸려 있으니 곧 야
마의 세계로 갈 수밖에 없다는 것이다. 그러나 너는 끝내 뉘우치
지 않을 것이니 자, 이제는 락슈마나와 용감하게 싸우다 용사답
게 죽어라. 싸움터에서 싸우다 죽은 자에게는 천국이 열릴 것이
니 그나마 너에게는 마지막 은혜가 아니겠느냐. 네가 이제는 살
아서 이 자리를 떠나지 못할 것임을 나는 알고 있다. 죽은 다음
에라도 이 숙부의 진심을 알아주었으면 한다."

32. 인드라지트의 죽음

비비샤나의 말에 크게 화가 난 인드라지트는 그의 활 시위를 팅
기면서 하누만의 어깨를 타고 있는 락슈마나를 보며 말했다.

"이제 이 활에서 화살들이 쏟아져 나갈 것이니 잘 보아라. 나의
화살들은 불이 목화더미를 태우듯 너희 원숭이 떼를 모조리 태
워버릴 것이다. 락슈마나, 너도 라마도 지금까지 감히 나에게
제대로 맞설 생각도 못하더니 제법이구나. 허나 주제를 알고 허
세를 부려야지. 너의 소원대로 나의 화살은 곧 성난 뱀처럼 너를
물어 죽일 것이다."

그러나 락슈마나는 그러한 엄포에는 조금도 기가 꺾이지 않은 채
말했다.

"자화자찬이 제법이구나. 실력이 말을 따르는가 한 번 알아보아
야겠구나. 자, 너의 잔재주를 구경 좀 해볼거나."

드디어 인드라지트의 날카로운 화살들이 락슈마나를 향해 쏟아
져오기 시작했다. 락슈마나는 곧 상처를 입고 점차 전신이 붉은 피

로 물들어갔다. 락슈마나도 나라차라고 불리우는 화살을 인드라지트의 가슴에 쏘아붙였다. 두 왕자의 대결은 너무나 당당하고 진지하고 처절하였다. 둘은 각자의 능력을 최고로 높여 온갖 재주를 다 펼쳐 보였다.

시간이 지날수록 인드라지트는 약간 피로한 기색을 보였으나 락슈마나는 더욱 힘이 솟는 듯하였다. 그러나 인드라지트는 다시 힘을 내어 락슈마나뿐만 아니라 하누만과 비비샤나에게도 화살들을 퍼부어댔다. 락슈마나는 집요하게 인드라지트를 공격했다. 인드라지트의 갑옷이 락슈마나의 화살들에 찢어졌고, 락슈마나의 갑옷도 찢어졌다. 무기와 무기가 부딪치고 아스트라와 아스트라가 부딪치면서 싸움은 점점 격화되어 갔다.

조카를 차마 해칠 수 없다는 양심 때문에 비비샤나는 락슈마나를 도울 수가 없었고, 또 인드라지트를 공격할 수도 없었다.

날은 저물어갔으나 두 왕자의 싸움은 더욱 치열해졌다. 둘은 기어이 끝장을 보고야 말겠다는 듯이 계속 공방전의 강도를 낮추지 않았다. 인드라지트의 전차가 부숴졌고 말은 부상을 입었으며 전차사도 죽었다. 그러나 인드라지트는 부숴진 전차를 자신이 몰면서 계속 공세를 늦추지 않았다. 다시 말도 죽고 전차도 완전히 부숴지자 인드라지트는 전차를 버리고 땅에 내려 싸움을 계속했다. 그러다가 인드라지트는 재빨리 성으로 들어가서 곧 새로운 마차와 무기를 가져와서 다시 싸움을 계속했다. 밤이 깊어갈수록 락샤사들은 더욱 기세를 올렸고, 원숭이 떼는 열세에 몰렸다. 그러나 락슈마나는 계속 버티면서 인드라지트의 활을 맞추어 부러뜨려버렸다. 인드라지트가 다시 새로운 활을 집어들자 락슈마나는 다시 이를 부러뜨려버렸다. 인드라지트는 다시 새로운 활을 들어 락슈마나를 공격하면서 비비샤나와 하누만에게도 화살들을 퍼부어댔다.

다시 인드라지트의 전차가 부숴졌고 말들이 죽었다. 인드라지트는 락슈마나에게 야마의 아스트라를 쏘았다. 락슈마나는 쿠베라의 아스트라로 이를 막으니 두 아스트라는 중간에서 만나 불꽃을 튀기며 땅에 떨어졌다. 락슈마나가 바루나스트라를 쏘자 인드라지트는 라우드라로 이를 막았다. 인드라지트가 아그니의 아스트라를 쏘자 락슈마나는 수리야스트라로 이를 막았다. 인드라지트가 쏘아보낸 아수라스트라의 위력은 대단했으나 락슈마나는 마헤슈바라로 이를 눌렀다. 아스트라와 아스트라가 서로 맞부딪치면서 조금만 실수해도 치명타를 입게 될 긴장이 숨가쁘게 계속되었다. 하늘에서는 성자들과 피트리들이 이 대접전에 마음을 졸이며 락슈마나를 응원해 주었다.

드디어 락슈마나는 아인드라라는 아스트라를 준비했다. 이는 인드라가 관장하는 치명적인 아스트라였다. 락슈마나는 시위를 힘껏 당기면서 말했다.

"라마가 무적의 용사라는 것이 사실이라면, 그가 항상 정의로웠음이 사실이라면, 그가 언제나 진실했음이 사실이라면 이 화살이 라바나의 아들 인드라지트를 죽이게 해주십시오."

락슈마나는 기도와 함께 주문을 외우며 인드라지트에게 화살을 쏘아보내니 인드라지트의 머리는 그의 몸뚱이에서 떨어져 땅으로 굴렀다. 원숭이 떼의 함성은 하늘까지 닿았다.

삼계에 무적인, 락샤사의 대왕 라바나의 아들이며 브라흐마의 고손자인 메가나다는 용맹과 무예와 충성과 기백이 단연 뛰어나 인드라까지도 포로로 잡았기에 인드라지트라는 이름을 얻었으나, 결국은 아이러니칼하게도 인드라의 아스트라에 맞아 죽고 말았다.

33. 라마의 기쁨

락슈마나는 전신이 피에 젖어 아직도 시위가 떨고 있는 그의 활을 든 채 그대로 서 있었고 비비샤나, 하누만, 쟘바반 등은 기뻐서 어쩔 줄을 모르며 락슈마나의 옆에 섰다. 모든 원숭이들도 락슈마나의 주위로 몰려들며 계속 환호성을 질러댔다.

락슈마나, 비비샤나, 하누만, 쟘바반 등은 흥분을 누르지 못한 채 라마에게로 갔다. 라마의 기쁨도 한이 없었다. 라마는 락슈마나를 껴안아 무릎 위에 앉힌 채 피투성이의 락슈마나를 어루만지며 칭찬을 해주고 또 해주었다.

라마는 수쉐나를 불러 락슈마나와 비비샤나와 하누만 등의 상처를 치료하게 했다. 인드라지트와의 싸움 이야기가 반복되면서 락슈마나의 침착하고도 대담했었던 일들이 이야기되는 가운데 라마는 계속 락슈마나를 껴안아주고 어루만져주면서 무한한 행복에 빠졌다.

34. 라바나의 슬픔

"대왕님, 바로 저희들이 모두 보고 있는 가운데 우리의 용사 인드라지트 왕자님께서 락슈마나와 대단한 격전을 벌이셨습니다. 곧 락슈마나의 전신은 화살투성이가 되어 피로 물들었으며 왕자님께서도 많은 상처를 입으셨습니다. 그러나 왕자님께서는 락슈마나가 숨을 쉴 틈도 주시지 않고 계속 몰아 붙이셨습니다. 왕자님께서는 하누만과 비비샤나까지도 상처를 입히셨습니다."

대신의 보고를 라바나는 여유있게 웃으면서 듣고 있었다. 대신들의 안색과 어조는 처음부터 비참한 것이었으나 라바나는 이를 싸

움터에서 급하게 승전보를 알리기 위해 숨차게 달려왔기 때문일 것
으로 생각했을 뿐, 인드라지트에게 불리한 보고란 생각조차 못했
다.

"대왕님, 인드라지트 왕자님께서는 결코 싸움에 패하실 분이 아
니십니다. 결코 그러한 일이란 있을 수 없는 일이기 때문입니다.
그런데, 그런데, 그만 왕자님께서는 전사하시고 마셨습니다."

라바나는 무슨 이야기인지 이해를 할 수가 없었고 대신은 다시
반복해 사실을 보고해야 했다. 너무나 엄청난 충격에 라바나는 정
신을 잃고 쓰러졌다가 한참 후에야 겨우 다시 정신을 차렸다.

"믿을 수가 없다. 있을 수 없는 일이다. 내 아들 인드라지트야,
정말 네가 죽었단 말이냐? 인드라까지 사로잡은 네가 락슈마나
따위의 어린애에게 죽을 수가 있단 말이냐? 시바의 만다라 산도
쪼갤 수 있는 네가 락슈마나 따위를 쪼개버릴 수가 없었단 말이
냐? 이제 정말 네가 죽었다면 천계의 신들이며 다나바들이 무서
움에서 해방되어 멋대로 기뻐들하는 꼴을 보아야한단 말이냐? 이
제 나에게는 온 세상이 텅 비어버렸으니 더 이상 무엇하러 내가
살아 남아야한단 말이냐? 너는 너의 어머니, 너의 아내, 이 애비
보다도 야마의 세계가 더 좋았더란 말이냐? 네가 나의 장례식을
치루어 주어야할 것이어늘 내가 너의 명복을 빌어야 하다니 이
무슨 잘못된 일이냐 말이다."

그러나 라바나의 슬픔은 곧 분노로 변했다. 그는 주위를 향해 외
쳤다.

"지난 날 나의 고행은 브라흐마를 기쁘게 해드렸으니 그로 인해
나는 브라흐마로부터 많은 은혜를 입었다. 천신이며 다나바며 아
수라 등등에게도 결코 죽지 않을 것이라는 은혜는 물론 금강저
며 무엇이며 어떠한 날카롭고 강한 무기에도 결코 손상을 입지
않을 갑옷이며 또 백발백중의 활 등도 받았고 또 나에게는 하늘

을 나는 전차며 그리고도 많은 무기들이 있다. 누가 나를 당할 것이냐. 자, 모두들 서둘러 나의 출전을 준비하도록 하라. 모든 장비들을 즉시 가져오도록 하라. 라마와 락슈마나의 생명을 거두어 들이고 말겠다. 그리고 그 전에 할 일이 하나 있다. 이 모든 불행의 시작인 시타를 죽여버리는 일이다. 인드라지트는 환각술로 시타를 죽였지만 나는 이제 그의 환각술을 현실로 만들어주겠다.”

라바나는 칼을 빼들고 시타가 갇혀 있는 아쇼카바나로 향했다. 그의 칼날은 파랗게 빛났고 슬픔과 분노로 광기에 빛나는 그의 두 눈은 붉게 빛났다. 라바나는 너무나 무섭게 화를 내고 있었기에 누구도 그의 앞을 막을 생각을 못했다.

라바나는 성큼성큼 아쇼카바나로 들어섰다. 몇몇 용기있는 측근들이 라바나의 앞을 막으며 그의 분노를 진정시키려고 했으나 라바나는 들으려고 하지 않았다. 그의 앞을 막는 자들을 밀치면서 라바나는 시타에게로 갔다.

칼을 빼들고 다가드는 라바나를 보며 시타는 모든 사태를 짐작할 수 있었다. 이제 라마도 죽었고, 라마가 죽어도 마음을 바꿀 수 없는 자신이 죽을 차례임을 알았다. 하누만의 말을 들어 그때 함께 탈출했던들 모든 이러한 재난은 막을 수 있었을 텐데라고 후회했으나 때는 너무 늦어 있었다. 이미 어쩔 수 없는 일. 라마가 이미 죽었거늘 혼자서 더 살아남을 이유가 무엇이랴. 시타는 조용히 모든 것을 체념했다.

대신 중의 하나인 수파르슈바가 마지막으로 라바나의 앞을 막았다.

“대왕님, 대왕님께서는 지금까지 추호도 다르마에서 벗어난 일이 없으셨습니다. 그리하여 모든 신들께서도 대왕님께 많은 은혜를 베풀어주셨습니다. 그런데 어찌하여 여인을 죽이시겠다고 다르마에 어긋나는 일을 하시려고 하십니까? 대왕님께서는 순서를 잠깐 잘못 정하신듯 하십니다. 시타를 죽이신 후 라마를 죽이실 것이 아니라, 라마를 죽이신 후에 시타는 살려주셔야 하실 것입니다. 라마만 죽는다면 시타는 자연히 대왕님의 것이 될 것이기 때문입니다. 오늘은 만월에서 14일째가 되기 때문에 내일은 새로운 달이 시작되는 길일입니다. 오늘 화를 거두시고 내일 출전하신다면 라마를 죽이실 수 있으실 것입니다. 대왕님, 소신의 충언을 굽어 살피시어 가납해 주시옵소서.”

35. 라바나의 친위대

잠시 생각해보던 라바나는 말없이 칼을 거두더니 발걸음을 되돌려 회의실로 향했다. 우리에 갇힌 사자처럼 회의실을 거닐며 안절부절하던 그는 숙고에 숙고를 거듭한 끝에 드디어 두 손을 모아 합장한 자세로 그의 친위대에게 명령을 내렸다.

“모두들 전차, 말, 코끼리, 보병들을 당장 출전시켜 라마를 사방에서 포위하고 소나기처럼 화살을 쏘아대도록 하라. 라마는 배겨날 수 없을 것이니 그의 죽음은 기정사실이다. 만에 하나 오늘의 출전이 성과를 거두지 못한다면 내일은 내가 직접 출전해서 끝장을 내고 말겠다.”

라바나의 친위대는 삼계에 그 용맹이 높은 막강한 정예부대였다. 이들에 대한 라바나의 신뢰 또한 절대적이었다. 라바나의 명을 받은 이들은 곧 출전해 원숭이들을 사면팔방에서 포위공격하기 시작하니 원숭이들은 순식간에 막대한 사상자를 내면서 라마에게로 쫓겨가 살려달라고 매달렸다. 라마는 직접 활을 들고 전선으로 나섰다. 드디어 라마의 활에서 화살들이 퍼져나가기 시작하니 락샤사들의 눈에는 라마 대신에 라마의 황금으로 된 화살촉들만이 시야를 가득히 메웠다.

지난 날 쟈나스타나에서 1만 4천의 락샤사들을 모조리 쓰러뜨렸듯, 라마는 이번에도 락샤사의 대군을 순식간에 쓸어버렸다. 정예를 자랑하던 라바나의 친위대도 전혀 무력했다. 싸움터는 노한 루드라의 운동장 같았다. 라마는 1무후르타(48분간에 상당하는 시간의 단위)안에 전 락샤사들을 전멸시켜버렸다. 문자 그대로 전멸이었다. 하늘에서 천신들이 감탄하는 소리가 라마에게까지도 들려왔다. 싸움이 끝난 후 라마는 수그리바, 하누만, 쟘바반, 비비샤나 등에게 말했다. 자기가 썼던 아스트라는 대천신 시바와 자기밖에 모르는 초강력 아스트라였다고.

극소수의 락샤사들이 살아 남아 성으로 돌아가 전원이 몰살당했다는 참변을 알렸다. 곧 랑카의 온 시가지는 남편, 아버지, 아들, 오빠, 동생 등을 잃은 여자들의 곡성으로 가득찼다.

"늙고 못생긴 주제에 슈르파나카 그 여자가 라마를 차지하겠다고 엉뚱한 욕심을 부렸기 때문에 이러한 재난이 시작되었단 말이야."

"왜 그 미친년이 하필 라마를 만나게 되어 이러한 대전이 벌어져 우리 가족들까지 죽게 된 것이지?"

"라바나 대왕님께서 어진 동생 비비샤나의 말씀만 들어주셨어도 ……"

"자나스타나에서 카라, 두샤나, 트리쉬라스에다가 1만 4천의 병사들이 몰살을 당했을 때, 이미 그때 라마라는 인간이 비상한 존재임을 알아보았어야 했을 것이어늘……"

"이제 프라하스타, 쿰바카르나, 아티카야, 인드라지트 등등 삼계의 무적이라던 용장들이 다 죽어버렸는데도 왕은 계속 싸우겠다고 고집을 부린다니 이제 우리는 어떻게 되는 것인가?"

여인들의 통곡과 원망의 아우성은 라바나에게도 들렸다. 라바나는 그의 아랫입술을 힘껏 씹으며 분노와 슬픔을 참았다. 그처럼 믿었던 친위대까지 그렇게 사막의 눈처럼 쉽게도 전멸당했다는 믿을 수 없는 사실 앞에 그는 처음으로 공포의 기색을 보였다. 그러나 그는 자기 자신을 믿고 있었다. 이는 가장 확실한 믿음이었다. 삼계에 라바나를 당할 자가 누구냐? 라바나의 슬픔은 분노로 변했고, 곧 분노는 맹렬한 전의로 변했다. 그는 소리를 높였다.

"마호다라와 비루파크샤를 곧 오게 하라. 마하파르슈바도 오게 하라."

그들이 달려오자 라바나는 외쳤다.

"내가 나서겠다. 나를 따르라. 내 당장 라마를 죽여 슬픔에 젖은 여인네들의 눈물을 닦아 주리라. 살아남은 자 모두 나를 따르게 하라."

드디어 마지막 대군이 성문을 나섰다. 브라흐마에게서 받은 갑옷을 입고 하늘을 나는 전차에 오른 라바나의 당당한 위풍에 태양은 빛을 잃었다. 브라흐마에게서 받은 활은 태양처럼 빛났으며 그의 얼굴은 태양 이상으로 눈부시게 빛났다.

36. 라바나가 싸움터에 나서다

여덟 필의 말이 끄는 전차를 타고 라바나는 대군을 휘몰아 싸움터로 향했다. 사방이 어두워지고, 새들이 비명을 지르며 날고, 땅이 흔들리고, 구름이 피를 뿌리고, 말들이 넘어지고, 독수리가 날아와 라바나의 전차에 꽂힌 깃발에 앉고, 쟈칼들이 울부짖고, 라바나의 왼쪽 손과 눈이 떨리는 등 많은 불길한 조짐들이 일어났으나 라바나는 이따위 조짐들은 모두 무시해버렸다.

라바나의 대군을 맞은 원숭이 떼는 락샤사들의 무서운 공격을 받자 불붙은 숲에서 도망을 치듯 사방으로 도망치기에 바빴다. 수그리바는 수쉐나와 함께 락샤사들에게 역습을 시도했다. 이에 락샤사 측에서는 비루파크샤가 수그리바에게 달려들었다. 수그리바와 비루파크샤는 엎치락 뒤치락 숨가쁜 혈전 끝에 수그리바는 비루파크샤를 죽였다.

여름 가뭄에 저수지의 물이 계속 줄어들 듯 양측 병사들은 시간이 갈수록 점점 줄어들어갔다.

비루파크샤의 죽음에 마호다라가 원숭이 떼를 무더기로 죽여버리면서 수그리바를 찾았다. 그러나 마호다라 또한 수그리바와 싸우다가 죽고 말았다. 이에 마하파르슈바는 분기탱천하여 원숭이 떼를 짓밟아댔다. 비루파크샤와 마호다라의 죽음으로 용기백배한 원숭이 떼는 돌멩이와 나무토막들을 소나기처럼 던지며 벌떼처럼 마하파르슈바에게 덤벼들었다. 그러나 마하파르슈바는 닥치는대로 그들 모두를 죽여버렸다. 앙가다가 마하파르슈바와 맞섰다. 이에 잠바반은 앙가다를 도와 마하파르슈바의 전차를 부숴버렸다. 끈질기게 계속된 피비린내나는 싸움 끝에 앙가다는 드디어 마하파르슈바를 죽이고 말았다. 락샤사들은 공포에 빠졌으며 반면 원숭이 떼의 환호성은 하늘까지 닿았다.

라바나는 신들이 자기를 버렸음을 깨달았다. 그러나 신들보다도 위대한 라바나가 신들의 배신에 기가 꺾일 수는 없었다. 라바나는 그의 전차를 몰아 라마에게로 돌진해갔다. 라바나는 라마와 맞섰다. 지난 번의 치욕스러웠던 일이 악몽처럼 되살아 나려는 것을 떨쳐버리면서 타마사라는 이름의 아스트라를 쏘아 그의 앞을 막은 원숭이들을 쓸어버렸다. 라마가 라바나를 향해 앞으로 나서니 락슈마나가 그림자처럼 그 옆을 따랐다. 라마는 마치 인드라를 동반한 나라야나처럼 당당해 보였다.

라마가 시위를 울리며 화살로 라바나를 공격하기 시작하자 라바
나도 곧 응사하기 시작했다. 라마와 라바나의 싸움은 갈수록 치열
해졌다. 장마철에 하늘을 가르는 번갯불의 섬광처럼 그들의 화살
하나하나는 대단한 위력을 보였다. 라마와 라바나의 싸움은 정말로
대단한 장관이었다. 라마는 루드라의 이름을 불러 아스트라를 쏘았
으나 라바나의 갑옷을 뚫을 수는 없었다. 다시 여러가지 아스트라
들을 동원했으나 별다른 소용이 없었다. 라바나가 아수라의 이름으
로 아스트라를 쏘아대니 그의 화살들은 각종 맹수들이 되어 라마에
게로 행했다. 라마는 아그네야스트라를 쏘아 이들을 불태워버렸다.
라바나가 마야의 아스트라를 쏘았으나 라마에게는 소용이 없었다.
라마는 가안다르바스트라를 쏘았고 라바나는 수리야스트라로 맞섰
다.

우열을 가리기 어려운 팽팽한 싸움에 짜증이 난 성급한 락슈마
나는 자신이 싸움을 떠맡고 나섰다. 그는 라바나를 향해 무차별 공
격을 감행했다. 라바나의 전차사가 부상을 입었고, 전차에 꽂힌 군
기가 부러졌다. 비비샤나도 뛰어들어 전차의 말들을 죽여버렸다.
크게 노한 라바나는 전차를 버리고 뛰어내려 동생 비비샤나에게 창
을 내던졌다. 락슈마나는 이를 맞추어 중간에서 떨어뜨렸다. 다시
라바나가 신의 이름을 부르며 창을 던지니 이 창은 죽음의 신 야마
처럼 강력하여 중간에서 꺾을 수가 없었다. 락슈마나는 자신의 몸
으로 이를 막아 비비샤나를 구했다. 동시에 락슈마나가 계속 화살
을 날려 라바나를 공격하자 라바나는

"너는 비비샤나를 구할 수 있었겠지만 너 자신은 구할 수 없을
것이다."

라는 말과 함께 사정없이 락슈마나에게 창을 내던졌다. 그 창은
바로 마야가 만든 것이었으니 결코 누구도 피할 수 없는 필살의 병
기였다. 깜짝 놀란 라마가 미처 어떻게 손을 쓸 사이도 없이 그 무

서운 창이 순간적으로 락슈마나의 가슴을 파고드니 락슈마나는 피
를 쏟으며 정신을 잃고 쓰러졌다.

락슈마나가 쓰러지는 순간 라마는 눈물을 왈칵 쏟으면서 락슈마
나에게로 달려가서 창을 뽑아 두 동강이로 부러뜨려버렸다. 계속되
는 라바나의 화살에 라마도 부상을 입었다. 라마는 락슈마나를 껴
안으며 하누만과 수그리바를 불렀다.

"하누만, 수그리바, 락슈마나를 살려내십시오. 나는 이 악의 화
신같은 라바나를 죽여야겠습니다. 이 악마가 드디어 나의 동생
을 해쳤으니 함께 하늘을 일 수 없는 원수입니다. 칼집 하나에
두 자루의 칼이 들어갈 수 없듯이 라마와 라바나는 이 세상을 함
께 할 수가 없게 되었습니다. 내가 살기 위해서는 라바나를 죽여
야만 합니다. 지금까지의 나의 모든 고생과 고통은 이 악마를 죽
임으로써 끝날 것입니다. 나는 삼계의 끝까지 쫓아가 라바나를
죽이고야말 것이니 모두들 나의 이 최후의 싸움을 잘 구경하도
록 하십시오."

라마는 맹렬한 기세로 라바나를 공격해나가기 시작했다. 라마의
공격이 어찌나 결사적이었던지 라바나는 예봉을 피해 슬쩍 싸움터
를 떠났다. 그는 이미 많은 라마의 화살에 상처를 입고 있었다. 라
마는 라바나와의 싸움을 일단 중지하고 락슈마나를 찾았다.

37. 다시 산지비니

"수쉐나, 락슈마나가 죽으면 나 또한 혼자서 살아 남을 수는 없
습니다. 락슈마나를 살려주십시오. 만일 락슈마나가 죽으면 나
도 죽을 것입니다. 왕국도 싫고 만사가 싫습니다. 아내는 다시
얻을 수도 있습니다. 그러나 락슈마나와 같은 동생을 다시 얻을

수는 없습니다. 그가 이 세상을 떠난다면 이 세상은 나에게는 아무런 의미가 없는 고통일 뿐입니다.”

라마가 눈물을 쏟으며 소리내어 통곡하자 수쉐나는 말했다.

“주인님, 락슈마나는 죽지 않았습니다. 제가 락슈마나를 살려내겠습니다. 조금도 슬퍼하시지 마십시오.”

그리고 수쉐나는 하누만에게 말했다.

“당신만이 우리를 살릴 수 있습니다. 다시 한 번 잠바반이 말했던 산지비니에 가서 비샬리야카라니라는 약초를 가져오신다면 이 상처는 흔적도 없이 완치될 것입니다.”

말이 끝나기도 전에 하누만은 히마반을 향해 몸을 솟구쳤다. 수쉐나가 말한 약초가 어떤 것인가를 잘 알 수 없었던 그는 다시 전에처럼 산지비니 봉우리를 통째로 뽑아서 가져왔다. 수쉐나가 약초를 찾아 이를 찧어 락슈마나의 코에 대주니 그 향기를 맡은 락슈마나는 곧 정신을 다시 차리고 상처가 완치되면서 원기를 완전히 회복했다. 라마는 기쁨의 눈물을 흘리면서 락슈마나를 옆에 앉히고 껴안아 주었다.

“네가 다시 살아났으니 나는 온 세상에서 가장 행복한 사람이다. 만일 네가 살아나지 못했던들 나 또한 너를 따랐을 것이다.”

라마의 말에 감격하면서도 락슈마나는 이렇게 말했다.

“라마, 삼계의 대영웅답지 않게 그런 심약한 이야기를 하다니. 라바나를 죽이겠노라고 약속했던 자신의 대사명을 벌써 잊었단 말이야? 라마가 정말로 나를 사랑한다면 나의 일에 이렇게 시간을 빼앗기지 말고 당장 라바나를 불러 오늘 해가 지기 전에 그를 죽여버리란 말이야. 라바나는 이미 이제 그의 명이 다했어. 나는 그것을 알아. 라마는 이제 그를 죽여야할 때가 되었다고.”

락슈마나의 말에 용기와 영감을 얻은 라마는 다시 라바나를 찾아 최후의 결전을 각오했다.

38. 최후의 대결전

　라바나를 마주한 라마의 귀에는 아직도 락슈마나의 말이 맴돌고 있었다. 그는 활을 들어 세상을 태워버릴 만큼 무시무시한 화살들을 폭포처럼 내쏘았다. 라바나 또한 새로운 전차를 바꾸어 탄 후 무서운 기세로 화살들을 쏘아대며 이에 맞서니 전무후무의 대접전이 숨막히게 전개되었다. 화살 하나 하나가 인드라의 금강저만큼 대단한 것들이었다. 하늘은 이 대단한 싸움을 구경하기 위한 천신들로 가득했다. 그들은 그들이 나라야나에게 간청했었던 라바나의 제거라는 대사명이 과연 뜻대로 이루어질 것인가 심히 초조했던 것이다.

　"라바나는 전차를 타고 싸우는데 라마는 땅에 서서 싸우다니 이건 불공평한 싸움이다."

　라고 신들은 안타까워했다. 이에 인드라는 그의 전차몰이꾼인 마탈리를 불러, 그의 전차를 지상으로 몰고 가서 라마를 태워주도록 했다. 인드라는 또 그의 활과 갑옷과 창 등을 라마에게 주도록 했다. 마탈리가 인드라의 전차를 몰고 라마에게로 가서 인드라의 뜻을 전하니 라마와 락슈마나는 서로 쳐다보며 빙긋이 웃었다. 아갸챠 대성인의 말이 생각났었던 것이다. 라마는 신들이 자신에게 호감을 갖고 있다는 생각에 크게 기뻐하면서 인드라의 전차에 오른쪽에서 왼쪽으로 걸어 도는 예를 표한 후 조심스럽게 전차에 올랐다. 전차 안에는 인드라가 라마에게 주는 활과 갑옷과 창 등이 있었다.

　인드라의 전차를 타고 라바나를 공격하는 라마의 모습은 인드라 이상으로 대단했다. 라바나는 가안다르바스트라를 불러 라마에게 쏘니 라마는 같은 아스트라로 이를 막았다. 데바스트라에는 데바스트라로 맞섰다. 화가 난 라바나는 락샤사의 아스트라를 쏘았다. 활을 떠난 화살들은 독사들이 되어 쉿쉿 소리를 내면서 라마에게로 달겨들었다. 그들의 얼굴은 불꽃같았고 그들은 독을 내뿜었다. 그들은 바수키(카드루의 아들로 뱀 세계의 왕)같았으며 옆으로 부풀린 목줄기들은 빛을 번뜩거리니 온 세상이 뱀들로 가득했다. 라마는 가벼운 미소와 함께 가루다를 불러 아스트라를 쏘아보내니 라마의 화살들은 가루다들이 되어 순식간에 독사들을 다 집어먹어버렸다. 그러나 계속되는 라바나의 화살들에 마탈리가 부상을 입고 전차에 세워진 깃발이 부러지며 말들도 부상을 입게 되자, 천신들은 심히 안타깝고 불안해하면서도 라바나의 눈부신 용맹에 내심 크게 감탄했다. 라마 또한 많은 상처를 입으니 비비샤나 등도 심히 불안해했다. 반면 라바나는 더욱 기세를 올리니 태양까지도 빛을 잃으며 근심에 빠졌다.

라마는 소나기같이 쏟아져오는 라바나의 화살들을 감당하기가 어려웠다. 자신의 열세에 화가 난 그는 분노로 미간을 길게 찌푸리며 붉게 충혈된 눈으로 라바나를 쏘아보았다. 라마의 노한 시선이 어찌나 강렬했던지 마치 라바나를 태워버릴 것 같았다. 라마의 분노에 땅이 떨고 산이 흔들리니 산 속의 사자와 호랑이들도 겁에 질렸다.

아수라들은 라바나를 응원하기에 바빴고 천신들은 라마의 승리를 기원했다.

라바나는 드디어 끝장을 낼 때가 되었음을 알았다. 그는 그의 필살의 무기인 삼지창을 들었다. 그가 삼지창을 들자 온 세상이 몸을 떨었다. 그가 크게 한 소리 내지르니 사방에서 메아리가 이에 응했다. 라바나는 라마에게 말했다.

"라마, 이제 드디어 때가 이르렀다. 이 삼지창은 나의 뜻에 따라 너의 생명을 거두어 들일 것이다. 자, 나의 이 삼지창을 받아라!"

어느새 라바나의 손을 떠난 삼지창은 라마를 향해 불꽃을 튕기며 날아들었다. 라마는 재빨리 화살들을 날려 이를 막았으나 삼지창에 맞은 화살들은 맥없이 땅으로 떨어져버렸고 삼지창은 더욱 위력을 발하며 라마에게로 파고 들었다. 라마는 인드라에게서 받은 창을 집어들었다. 라마가 인드라의 창을 라바나의 삼지창을 향해 던지니 공중에서 서로 마주친 삼지창과 창은 불길을 뿜으며 맞떨어졌다.

라마의 역습이 기세를 탔다. 라마의 화살들은 라바나의 전차를 끄는 말들에게도 상처를 입혔고, 라바나의 이마에도 세 개가 꽂혀 라바나의 전신을 피로 젖게 했다. 그러나 라바나 또한 조금도 굴하지 않고 계속 공세를 취했다. 라마는 큰소리로 라바나를 꾸짖었다.

"너는 너의 가문에 오점을 남겼다. 너는 처음에는 많은 고행을 쌓아 신들의 은혜가 컸거늘, 배은망덕하게도 그 은총을 못된 짓을 하는데 악용해, 심지어는 남의 유부녀까지 훔치는 파렴치한 저질의 도둑놈이 되었으니 삼계에 너는 숨을 곳이 없게 되었다. 이제 너에게는 자업자득의 인과응보로 죽음밖에 남지 않았으니 내가 너의 운명을 도와 너를 야마의 곳으로 보내주겠다."

라마는 더욱 힘을 내어 라바나에게 매서운 화살들을 쏘아보냈다. 모든 아스트라들이 동원되었다. 라마는 시간이 갈수록 더욱 힘이 솟는 듯이 보였으나 상대적으로 라바나는 피로한 기색이 보이는 듯, 그의 동작은 조금씩 느려지기 시작했으며 그의 화살도 전처럼 날카롭지가 못했다. 이를 눈치 챈 그의 전차사는 교묘하게 전차를 돌려 물러서 버렸다.

전차가 싸움터를 빠져나오게 된 것을 알게 된 라바나는 전차사에게 말했다.

"이 무슨 짓이냐? 너는 나를 세상의 웃음거리로 만들었다. 모두들 나를 비겁한 겁장이라고 조롱할 것이다. 너의 이 바보짓으로 나는 환각전법이며 아스트라에 대한 능력을 잃게 되었단 말이다. 왜 이런 바보짓을 했느냐? 빨리 전차를 되돌려라!"

그러나 전차사는 듣지 않았다.

"대왕님, 대왕님께서는 싸우시면서도 저를 보호해 주셨습니다. 저 또한 대왕님을 보호해 드리는 것이 저의 임무 중의 하나입니다. 대왕님께서는 지금 지치셨습니다. 잠깐 호흡을 조정하신 다음에 라마에게 최후의 일격을 가하시는 것이 옳으실 것으로 사료되옵니다. 말들 또한 지쳐 있습니다. 대왕님을 위하는 이 소인의 충심을 조금이라도 헤아려 주신다면, 빨리 원기를 회복하시어 라마를 죽여버리시기 바랍니다."

"좋다. 기어이 라마를 죽여야 한다. 적을 죽이지 않고 싸움터를 떠난다는 것은 이 라바나에게는 있을 수 없는 일이다. 자, 나는 이제 다 회복이 되었으니 다시 나가자! 말과 전차의 점검을 빨리 끝내도록 하라."

라바나는 전차사에게 그의 팔찌를 빼주어 감사의 뜻을 표했다.

한편 천상에서 라마와 라바나의 대접전을 내려다보고 있던 아가챠는 라바나가 잠깐 싸움터를 떠난 사이에 라마를 찾아 말했다.

"아가, 내가 지금부터 아디티야흐리다야라는 주문을 가르쳐주겠으니 잘 배우도록 해라. 이 만트라는 너의 조상의 뿌리이며, 천의 광선을 가진 신으로, 천신들도 아수라도 함께 숭배하며, 세상의 모든 광명을 지배하는 수리야를 찬양하는 것이다. 이 주문은 아주 오래된 것으로 참으로 순수하고 그 위력은 막강하며 또 신성하고도 신성해서 그 전수가 엄중하게 제한되어 왔으니 이 주문을 읊으면 어떠한 적이라도 이길 수 있으며, 이 주문은 만악을 파괴하고 근심과 걱정을 쫓아주며 생명을 늘려주느니라."

아가챠는 라마에게 아디티야흐리다야라는 주문을 가르쳐준 다음에 말했다.

"괴롭거나 위험하거나 슬프거나 분노했을 때 이 주문을 읊으면 모든 어려움이 사라질 것이다. 이 주문을 세 번 읊으면 라바나를 이길 수 있을 것이다. 삼계의 대영웅 라마, 너의 행운을 축수한다."

아가챠는 다시 천계로 돌아갔다. 라마는 세 번 물을 만져 자신을 깨끗하게 한 다음 활을 잡고 태양을 향해 아가챠에게서 전수받은 주문인 아디티야흐리다야를 세 번 반복했다. 이상한 흥분과 함께 말할 수 없는 평온이 그를 감쌌다. 천신들에게 둘러싸인 수리야는 라마의 칭송에 심히 기뻐하며 라마의 승리를 축복해주면서 말했다.

"서둘러라!"

39. 승전고

라바나의 전차는 다시 라마를 향해 공격을 개시했다. 라마는 마탈리에게 말했다.

"저것을 좀 보시오. 전차 운용의 기본을 무시하고 역방향돌기를 택하다니 저건 어떤 계책을 쓰겠다는 의도인 모양이오. 그러나 우리는 기본을 지켜 정상적인 회전방향을 지킵시다. 당신은 인드라의 전차를 맡은 분, 나는 아무 이야기도 하지 않을 것이니 알아서 잘 부탁합니다."

라마가 모든 것을 믿고 부탁한다는 말에 마탈리는 매우 기분이 좋았다. 그는 원칙대로 전차를 우측돌기를 하면서 라마에게 유리한 위치를 유지시켜 주었다. 라바나의 매서운 화살들에 라마는 인드라가 준 활로 응사했다. 다시 무서운 접전이 전개되며 싸움터는 서로 쏘아대는 화살들로 가득 채워졌고 하늘에는 전무후무할 이 대전투의 결말에 마음졸이는 천신, 다나바, 간다르바, 킨나라들로 가득했다.

다시 라바나에게 불길한 조짐들이 나타났다. 이러한 조짐들에 라바나의 전차사는 안절부절 안정을 잃었으나 라마는 더욱 자신감이 생겼다. 락샤사들과 원숭이들은 모두 이 두 대영웅의 혈전에 정신을 잃어 누구도 자기네들끼리 싸우는 일을 잊고 있었다. 삼계의 삼라만상이 모두 이 대회전에 정신을 빼앗겨 모든 움직임을 정지했다.

라마와 라바나는 서로 이 싸움이 죽느냐 죽이느냐의 마지막임을 알았기에 최후의 힘과 기량을 쏟았다.

라바나가 라마의 전차에 꽂힌 깃발을 쏜 화살은 빗나갔으나, 라마의 화살은 라바나의 전차에 꽂힌 깃발을 꺾어버렸다. 라바나가 라마의 말을 겨냥한 화살이 빗나가자 라마는 웃으면서 여유있게 라바나의 말을 향해 화살들을 퍼부어댔다. 그러나 그 화살들은 모두 라바나의 화살들을 맞아 도중에 꺾여버렸다. 우열을 가릴 수 없는 막상막하의 혈전이 숨쉴 틈도 없이 계속되었다. 당사자들에게는 조금의 실수나 허점도 있을 수 없는 숨막히는 순간 순간들이었으나 관전하는 무리들에게는 더할 수 없이 재미있고 신나는 구경이기도 했다.

손에 땀을 쥐게 하는 막상막하의 싸움이 계속되고 또 계속되었다. 땅이 떨고 태양도 광채가 희미해지고 공기조차 움직임을 멈추었다. 너무나 길게 계속되는 긴장에 하늘의 신들조차 안절부절 불안감을 숨기지 못했다. 성자들은 지상의 평화와 인간의 만복을 위한 송가를 부르기 시작했다.

"소들과 브라흐민들에게 불안이 없기를!

세상에서 위험이 사라지기를!

라마가 라바나를 싸워 이기기를!"

간다르바와 요정들 또한 놀란 눈으로 인간과 락샤사 사이의 끈질긴 싸움에 몸을 떨면서 말했다.

"하늘은 하늘 외에 비교할 것이 없고

바다는 바다 외에 비교할 것이 없듯이
라마와 라바나의 싸움은
라마와 라바나의 싸움 외에는
비교할 것이 없구나.”

드디어 라마의 날카로운 화살이 라바나의 목을 끊으니 삼계는 라바나의 눈부신 머리가 그의 몸에서 굴러 떨어지는 것을 보게 되었다. 그러나 라바나의 머리가 끊어진 자리에서는 다시 새로운 머리가 생겨났다. 라마는 재빨리 다시 그 머리를 쏘아 끊어버렸으나 계속해서 다시 새로운 머리가 생기는 것이었다. 끊어도 끊어도 새롭게 다시 생기는 머리 때문에 라마는 점점 초조해졌다. 새로운 머리의 라바나는 조금도 굴하지 않고 더욱 기세를 올려 라마를 공격하는 것이었다. 밤새 싸움은 계속되었으나 싸움은 끝날 줄을 몰랐다. 마탈리가 라마에게 말했다.

“보통 방법으로는 라바나를 죽일 수가 없나봅니다. 그는 브라흐마의 은혜가 대단하다니까 브라흐마스트라를 써보시는 것이 어떻겠습니까?”

마탈리의 한 마디는 라마를 크게 깨우쳐주었다. 그는 아가챠의 선물을 기억해냈다. 브라흐마가 인드라를 위해 지어준 아스트라는 바유를 날개로, 끝(첨단)은 아그니(불의 신), 몸체는 하늘, 무게는 메루(모든 유성들이 감고 도는 히말라야산맥에 있는 봉우리)로 이루어진 무시무시하게 위력이 대단한 아스트라로 태양의 광휘와 불의 맹위를 가졌고 금강저와 같은 굉음과 파괴력에다가 악랄하기는 독사와 같은 것이었다. 라마는 화살을 뽑은 후 경건하게 경전에 나와 있는 방식대로 브라흐마스트라를 부르며 시위에 화살을 먹였다. 이를 본 땅은 공포로 온 몸을 떠니 온 세상의 새와 짐승들이 함께 비명을 울려댔다. 라마는 시위를 귀까지 힘껏 당긴 후 그 위대한 브라흐마스트라를 쏘아보냈다. 라마의 화살은 라바나의 그 넓게 떡 벌어진

가슴을 뚫고 라바나의 피와 생명을 마신 후에 땅 속으로 들어갔다
가 다시 라마에게로 와서 그의 전통 속으로 들어갔다.

라바나의 몸에서는 썰물처럼 생명이 빠져나가면서 그의 아름다
운 활이 죽어가는 손으로부터 미끄러져 떨어졌다.

삼계에 무적을 자랑하던 락샤사의 왕, 비슈라바스의 아들이며 풀
라스티야의 손자며 브라흐마의 증손자였던 그는 많은 고행으로 브
라흐마의 은혜가 두터웠고 뛰어난 인내심으로 대천신 시바를 기쁘
게 해드리는 등 그 밝음 또한 눈부신 바 있었으나, 자신의 지혜와
용맹을 스스로 이기지 못해 교만에 빠지니 그를 의지하는 락샤사들
의 각종 만행이 삼계에 원성을 높였었다. 삼계의 두려움과 원망의
원흉이었던 라바나는 라마의 브라흐마스트라를 맞고 싸움터에 쓰
러져 그 최후를 맞았다. 그러나 죽어 쓰러졌을 망정 그의 몸은 찬
연히 광채를 뿜었으니, 이는 이 세계의 마지막 날에 땅에 떨어진
태양과도 같았다.

40. 라바나가 죽었을 때

무적의 불사신 라바나의 죽음에 락샤사들은 공포에 빠져 성으로
도망치기 시작하니 기쁨에 넘친 원숭이들의 함성이 그 뒤를 쫓았
다. 하늘로부터는 나팔과 음악 소리가 들려왔고, 바람에는 감미로
운 향기가 실렸으며 라마의 전차를 향해 꽃들이 비처럼 쏟아져 내
렸다.

"잘했다! 잘했다!"

라고 하늘에서 보고 있던 천사들이 외쳤다. 신들이 라바나에 대
한 공포에서 해방되니 천지가 밝게 빛나며 하늘은 다시 푸르름을
되찾고 땅도 행복으로 초록의 생기가 넘쳤으며 태양도 전처럼 눈부

심을 되찾았다.

수그리바, 비비샤나, 락슈마나 등등은 기뻐서 어쩔 줄을 모르며 라마에게로 갔다. 모두들 너무나 기뻐서 눈물만 흘릴 뿐 말들도 못하니, 이들에게 둘러싸인 라마는 마치 천신들에게 둘러싸인 인드라처럼 당당하고 행복해 보였다.

비비샤나의 안색이 갑자기 침통해졌다. 라마의 승리에 대한 기쁨의 뒷면은 바로 형 라바나의 죽음에 대한 슬픔이었으리라. 라마는 비비샤나를 위로했다.

"라바나는 역시 삼계의 무적이었습니다. 그의 죽음은 당당했습니다. 그는 영웅다운 최후를 마쳤습니다. 싸움터에서 죽은 용사에 대하여는 슬퍼하지 않는 법입니다. 자, 슬픔을 거두시고 다음 일들을 생각하십시오."

41. 만도다리의 한탄

라바나의 죽음이 전해지자 수없이 많은 비빈과 후궁들이 궁성의 내전으로부터 싸움터로 달려와 라바나의 시체에 매달려 울음을 터뜨렸다. 여인들의 곡성은 천지를 침통하게 만들었다.

그 중에서도 왕비 만도다리의 비탄은 처절했다. 라바나를 남편으로 삼고 인드라지트를 아들로 두어 삼계에 부러울 것이 없던 만도다리는 그 자랑스럽던 아들과 남편을 한꺼번에 잃고서는 미칠 듯한 슬픔에 몸부림을 쳤다. 만도다리는 끝없이 통곡하면서 말했다.

"주인님, 당신이 죽었다니 믿을 수가 없습니다. 당신은 죽었을 리가 없습니다. 누가 당신을 죽일 수 있단 말입니까? 그런데 당신은 이렇게 말이 없으십니다. 당신은 정말 돌아가신 것입니까? 당신을 죽인 것은 라마가 아닙니다. 라마라는 인간에게 당신이

패해 죽음을 당했을 리가 없습니다. 당신을 죽인 것은 당신의 죄입니다. 당신은 죄를 지었습니다. 시타는 당신의 죽음이었습니다. 시타는 결코 보통 여자가 아니었습니다. 시타는 아룬다티(바시슈타의 부인)와 같은 요조숙녀였습니다. 당신은 시타를 욕심내는 대신에 그녀를 존경했어야 했습니다. 당신을 죽인 것은 그녀의 눈물이었습니다. 정숙한 부인에게 눈물을 흘리게 했다는 죄가 당신을 죽게 한 것입니다. 시타에 못지 않은 무수한 미인들이 이리도 많이 당신의 내전에 있었거늘 어찌해서 당신은 시타를 탐하시는 죄에 빠지셔야 하셨습니까? 인드라까지도 떨게 하셨던 당신이 라마라는 인간에게 죽음을 당하실 줄이야 누가 생각이나 했겠습니까? 아니, 라마는 결코 인간일 리가 없습니다. 저는 라마의 정체를 압니다. 당신의 용맹을 시기한 신들이 나라야나를 라마로 가장시켰습니다. 라마는 바로 신들 중의 신이며 우주 그 자체며 태초부터 영원한 미래인 나라야나 바로 그 자체입니다. 그리고 원숭이들도 모두 신들의 변장입니다. 여보, 당신은 너무 훌륭하셨습니다. 너무나 강하셨던 것이 당신의 죄였습니다. 그리고 너무나 훌륭한 아버지와 남편과 아들을 가졌던 것이 바로 저의 죄였던가 봅니다. 여보, 이렇게 말없이 누워만 계시는 것이 정말 당신입니까? 불사신이신 당신이 왜 다시 못 일어나십니까? 온몸이 화살투성이가 되어 껴안을 수도 없이 쓰러져 계시는 것이 당신이라고 믿어야한단 말입니까?"

끝없이 한탄하며 통곡하던 만도다리는 정신을 잃었다. 여자들이 가까스로 정신을 차리게 한 후 여러가지로 그녀를 위로했다. 라마는 비비샤나에게, 여자들을 잘 타일러 궁성으로 되돌아가게 하도록 했다. 만도다리를 비롯한 여자들은 눈물도 다 마르고 목도 막힌 채 라바나에 대한 마지막 작별을 고한 후 궁성으로 돌아갔다.

42. 장례의식

여인들이 돌아간 다음 라마는 비비샤나에게 라바나의 장례식을
치루도록 말하자 비비샤나는 망설이며 말했다.

"주인님, 라바나는 아다르미(다르마에서 벗어난 자)로서 폭력과 살
상과 허위와 탐욕과 음란에 빠졌었으니 나는 그를 존경할 수 없
으며, 따라서 그를 위해 화장식을 치루고 타르파나(망인을 위한 합
장배례)를 드리거나 명복을 비는 기도를 올리고 싶지가 않습니다.
형은 부친과 같으니 아우로서는 당연히 존경해서 모셔야할 것이
나, 라바나는 형이라기보다는 적이었기 때문입니다. 진실을 감
추고 명복을 빈다는 것은 나에게는 거북한 일이며 라바나 또한
싫어할 것입니다. 남들은 나를 비정하다고 비난하겠지만 아무리
형일망정 악은 악이며 죄는 죄입니다. 라바나가 저지른 죄악은
너무나 큰 것이었기에 나는 그의 장례식을 치뤄줄 생각이 없습
니다."

이에 대해 라마는 말했다.

"그러나 라바나는 삼계의 존경과 공포의 대상이었던 대영웅이었
음 또한 사실입니다. 그에게는 존경을 받아도 좋을 점이 너무 많
았습니다. 그리고 지나간 일은 지나간 일. 미움과 다툼도 살아
있는 동안의 일이니, 우리는 죽음과 동시에 잊을 수는 없지만 용
서할 수는 있을 것입니다. 그러니 라바나의 장례식을 맡으시는
것이 다르마에 맞는 일입니다."

이에 비비샤나는 곧 장례식의 준비에 착수했다. 궁성으로부터는
비빈궁녀들이 다시 나왔다. 라바나의 장례식은 성전에 나와 있는
절차대로 엄숙하게 거행되었다. 라바나의 시체는 향나무 더미 위에
안치되었고 비비샤나가 불을 붙였다.

떠나가는 영혼에게 인사를 드린 비비샤나는 차거운 물에 들어가

목욕을 한 후 젖은 옷을 입은 채 명복을 비는 기도를 올렸다. 그는 남쪽을 향하여 엎드려 인사를 올린 후 여자들을 위로해 궁성으로 돌아가게 했다.

장례식을 끝낸 비비샤나는 라마에게로 가서 두 손을 모아 인사를 올렸다. 하늘을 가득 메웠던 천신들도 흥분을 감추지 못한 채 그동안 있었던 굉장한 일들을 이야기하며 흩어져갔다.

라마는 인드라의 전차 앞에 엎드려 인사를 드린 후 마탈리에게 작별을 고하여 그를 인드라에게로 돌려보냈다.

아직도 믿어지지 않는 꿈같은 자신의 승리에 기쁨을 감추지 못하는 라마는 수그리바를 껴안으며 락슈마나에게 말했다.

"애야, 비비샤나는 우리를 위해 너무도 많은 일들을 해주었다. 그는 시종일관 다르마에서 벗어남이 없었다. 이제 라바나 때문에 폐허가 되다시피한 랑카를 다시 살리기 위하여는 비비샤나가 왕위에 올라야할 것이다. 비비샤나는 이미 랑카의 왕으로 즉위식을 가진 일이 있었다만, 다시 한 번 더 즉위식을 갖는 것이 좋겠다. 랑카는 나에게 정복당했으니 이곳의 처리는 나의 뜻대로다. 나는 비비샤나를 이곳의 왕으로 정하는 바이니 락슈마나 너는 곧 즉위식을 거행하도록 해라. 그를 성 안으로 모시고 들어가서 삼계에 그의 즉위를 선포해라."

이에 락슈마나를 비롯한 모두는 크게 기뻐하면서 즉위식의 준비를 서둘렀다. 원숭이들은 황금의 단지에 바닷물을 가득 채워왔다. 락슈마나는 비비샤나를 궁궐로 안내하여 옥좌에 앉힌 후 물을 끼얹어 즉위세례를 베풀었다. 락샤사들이 운집한 가운데 성구들이 낭송되면서 왕관이 씌워졌다. 즉위식이 끝난 후 비비샤나는 라마가 있는 곳으로 향했다. 도중 시민들은 꽃과 튀긴 쌀들로 새로운 왕을 축복하면서 기쁨의 함성을 울렸다. 라마를 찾은 비비샤나는 라마에게 값진 선물을 올리니 라마는 기쁘게 이를 받았다.

43. 라마는 시타에게 하누만을 보내다

라마는 하누만에게 말했다.

"비비샤나는 이제 랑카의 왕이 되셨습니다. 왕의 허락을 받아 성 안으로 들어가서, 시타에게 내가 라바나를 죽였으며, 나는 지금 수그리바와 락슈마나와 함께 있다고 전하고 시타가 하는 말을 듣고 오십시오."

하누만은 아쇼카바나로 가서 시타 앞에 엎드렸다. 시타는 하누만이 처음 보았을 때처럼 초라한 옷차림에 슬픔에 지친 모습이었으며, 하누만을 못알아보는 듯했다. 하누만은 그 사이에 있었던 일들을 이야기했다. 그리고는 덧붙였다.

"데비(부인에 대한 경칭), 이렇게 살아계셔서 이 기쁨을 전해드릴 수 있어서 얼마나 기쁜지 모르겠습니다. 이제 고통과 슬픔은 끝나셨습니다. 영광과 평온만이 남았습니다. 그런데 데비, 왜 아무런 말씀이 없으신 채 언짢으신 기색이십니까?"

그제서야 시타는 기뻐서 어쩔 줄 모르며 말했다.

"감사합니다. 그동안 나 때문에 너무나 고생이 많으셨습니다. 그런데 이처럼 기쁜 소식까지 전해주시니 어떻게 보답을 해야 좋겠습니까? 이 기쁨과 하누만님에 대한 감사는 도저히 적당한 보답의 방법이 없을 것 같아서 이렇게 난감해하고 있습니다."

이에 하누만은 합장을 한 자세로 말했다.

"데비, 그 말씀 한 마디로 저는 모든 보답을 다 받고도 남았습니다. 삼계의 온갖 보화를 다 주신 것보다도 더 감사한 말씀이십니다. 그런데 데비, 지금까지 데비를 괴롭혀왔던 이 락샤시들을 엄벌에 처할 수 있도록 허락해 주십시오. 이들을 모두 죽여버려야 저의 가슴이 후련해질 것이기 때문입니다. 저는 지금 이 손이 근질거려서 참을 수가 없습니다."

이에 시타는 부드럽게 웃으면서 말했다.

"이들은 하녀이었을 뿐, 주인이 시키는 대로 했을 뿐이니 무슨 죄가 있겠습니까? 나의 전생에 죄가 있어서 몇달 동안을 이러한 고초를 받도록 되어 있었던 것 아니겠습니까. 나는 전혀 미워할 생각이 없으니 하누만님께서도 이들을 용서해 주셨으면 합니다. 선이란 악을 악으로 갚지 않는다고 했습니다. 우리 모두가 힘써야할 것은 선뿐일 것입니다. 사랑과 자비는 상대가 선했느냐 악했느냐를 따지지 말아야 합니다. 악을 악으로 갚는다면 세상은 끝내 악이 남을 것입니다. 악을 선으로 갚아야만 세상에는 악이 없어질 것입니다. 누구도 완벽하게 지선지미할 수만은 없는 것이요, 삶은 곧 부끄러움이니 힘써 자비를 펴야할 것입니다."

이에 하누만은 감격해서 말했다.

"역시 라마님은 좋은 배필을 만나셨습니다. 이제 저는 그만 라마님께 데비의 무사하심을 전해 드리도록 하겠습니다."

"그렇게 해주십시오. 라마님께 빨리 뵙고 싶어한다고 전해 주십시오."

"알겠습니다, 그렇게 하겠습니다."

하누만은 나는 듯이 라마에게로 향했다.

44. 냉혹한 라마

하누만이 시타의 이야기를 전하자 라마의 눈에는 눈물이 고였다. 그러나 라마의 얼굴에는 결코 기쁨만이 아닌 무거운 심각함도 함께 보였다. 라마는 비비샤나에게 말했다.

"시타에게 가시어 좋은 옷에 온갖 패물로 장식을 하고 나에게 오도록 해주십시오."

비비샤나가 그의 부인들과 함께 가마를 가지고 시타를 찾아 라마의 뜻을 전하니 시타는 말했다.

"나는 지금의 이대로 라마를 뵙고 싶습니다."

비비샤나는 말했다.

"라마께서는 분명히 비단옷에 패물로 장식을 하시도록 말씀하셨습니다."

시타에게는 라마는 신이었다. 시타는 라마의 뜻을 따르겠다고 했다. 곧 비비샤나의 부인들이 시타의 헝클어진 머리를 빗겨주고 최고의 비단옷을 입혀주며 온갖 패물들을 달아주었다. 시타는 가마를 타고 라마에게로 향했다.

도중 원숭이들 뿐만 아니라 많은 락샤사들이 시타를 보려고 가마 주위로 몰려들었다. 대사건의 장본인이요, 삼계에 최고의 미녀로 소문이 높았으니 그러기도 할 만했다. 그러나 왕실의 여인은 함부로 대중 앞에 모습을 보이지 않는 법. 비비샤나는 경비병들을 시켜 막대로 군중들을 밀치면서 가마를 끌고 나갔다. 이를 본 라마는 비비샤나에게 말했다.

"군중들을 그렇게 난폭하게 내쫓지 마십시오. 모두들 우리의 백성들이며 또 원숭이들은 생사를 함께 했었던 우리의 전우들이었습니다. 모두들 저렇게 시타를 보기를 원하니 시타를 가마에서 내려 걸어서 나에게 오도록 하십시오."

"그러실 수는 없는 일입니다. 고귀하신 데비께서 천한 것들 앞에 나서실 수는 없는 일입니다."

"아닙니다. 여인 자신을 보호하는 것은 높은 담장이나 집이나 벽이나 장막이 아니고 그 여자 자신의 정숙함입니다. 왕실의 여인들도 경우에 따라서는 백성들 앞에 얼굴을 보일 수 있는 것이니, 전시나 위기나 스바얌바라나 제사를 거행할 때나 결혼식이나 등등 얼마든지 그럴 수 있는 것입니다. 지금 시타가 그들 앞에 모습을 보인다고 하여 조금도 흠이 될 것은 없습니다. 비비샤나, 시타가 나를 만나는 장면을 모두가 볼 수 있도록 하십시오.”

하는 수 없이 비비샤나는 가마로 가서 시타에게 라마의 뜻을 전했다. 시타가 가마에서 내리자 비비샤나는 조심스럽게 시타를 라마 앞으로 인도했다. 락슈마나는 당황했다. 락슈마나뿐만 아니라 수그리바며 하누만 등등 모두 라마의 하명이 이상하다고 생각했다. 라마의 표정은 심히 어두웠던 것이다. 그들은 모두 라마가 시타에게 무언가 불만을 품고 있음을 짐작했다. 시타는 심한 수치심으로 다리를 후둘후둘 떨면서 웃옷으로 자신의 얼굴을 가린 채 라마에게로 갔다.

“주인님!”

시타의 가느다란 목소리는 눈물에 막혔다. 시타는 쓰러지듯 라마 앞에 엎드려 애정이 가득한 눈으로 자신의 신이요 생명이요 주인인 라마를 쳐다보면서 더 없이 행복한 표정이었다. 그러나 너무나도 뜻밖에 라마는 거치르고 차가운 목소리로 외치듯 말했다.

“시타, 나는 적을 죽이고 당신을 구했으니 이로써 나에 대한 모욕은 다 갚았소. 그러나 수개월 동안이나 적의 집에서 살았던 여자를 기쁘게 맞아들여 함께 집으로 돌아갈 수는 없소. 이제 당신은 자유의 몸이니 당신이 가고 싶은 곳으로 가도록 하시오. 이제 우리의 인연은 끝난 것이오.”

순간 온 천지가 분노로 떨면서 움직임을 멈추었다. 시타는 태풍 앞의 가냘픈 덩쿨처럼 떨면서 말없이 눈물만 흘렸다. 원숭이와 곰과 락샤사들이 구름처럼 모여 보고 있는 가운데 시타는 어쩔 줄을 모르며 고개를 떨구었다. 모두들 너무나 냉혹한 라마의 말에 얼굴을 돌렸다.

45. 불의 의식

얼마 후 정신을 수습한 시타는 더듬더듬 말했다.

"주인님, 필부라면 그러한 말씀도 하실 수 있으시겠습니다. 그러나 주인님은 결코 범속한 분이 아니십니다. 제가 그처럼 억울한 말씀을 들어도 좋을 그러한 여자가 아니라는 것을 주인님께서는 잘 알고 계실 텐데 어이 이처럼 잔혹한 억지를 부리시는 것입니까? 저는 당신의 아내로서 부끄러울 것이 없음을 감히 삼계에 단언할 수 있습니다. 주인님을 원망하지는 않겠습니다. 그러나 주인님께서 지금에야 그러한 말씀을 하시려면 진작 처음에 하누만을 보내셨을 때 그러한 말씀을 해주셨더라면 감사했을 텐데 하는 생각입니다. 그렇게 해주셨더라면 저는 그때 죽어버려 오늘의 이 수치를 면할 수 있었을 텐데 말입니다."

시타는 슬픈 표정으로 고개를 숙이고 있는 락슈마나에게 말했다.

"락슈마나, 락슈마나는 언제나 나의 말을 다 들어 주었습니다. 이제 마지막으로 하나만 더 들어주십시오. 불을 피워주십시오. 나의 주인님께서 나에게 아무 곳이나 가라고 하셨으니 나의 주인님을 떠나서 갈 수 있는 곳으로 나는 이제 가겠습니다."

시타의 태도는 갈수록 당당해졌다. 당황한 락슈마나는 노한 눈으로 라마를 쳐다보았다. 라마는 조금도 표정을 풀지 않은 채 침묵을 지켰다. 락슈마나는 하는 수 없이 불을 피웠다. 모두들의 노한 눈이 라마와 락슈마나라는 두 잔인한 형제를 노려보았다.

시타는 불 앞에 합장을 한 후에 말했다.

"저에게 부끄러울 것이 없다면, 아그니 신이시여, 저를 보호해 주십시오."

시타는 불에게 우측돌기의 예경을 표한 후 곧 불 속으로 들어갔다. 그 순간 모두의 호흡까지 정지된 듯 적막이 천지를 채웠고, 불길은 하늘까지 치솟았다. 이어 사방에서는 비난과 비명과 동정의 소리가 터져나왔다. 말없이 고개를 숙인 라마의 두 눈에는 눈물이 고였다.

46. 신들의 하강

쿠베라, 야마, 인드라, 바루나, 시바, 브라흐마 등이 모든 신들과 함께 눈부신 황금의 전차를 타고 땅으로 내려왔다. 하늘로부터 내려온 천신들은 손을 들고 선 채 말했다.

"라마, 당신께서는 어찌 시타가 불 속으로 떨어지는 것을 보고만 계실 수 있으셨습니까? 당신은 우주의 창조주시며 지혜로우신 분 중에서도 가장 지혜로우신 분으로 인간 중에서도 가장 뛰어난 분이시거늘 어찌 그러한 일을 내버려두셨단 말씀입니까? 당신께서는 자신이 모든 천신들의 지도자이심을 모르신다는 말씀입니까? 당신은 선이요 영광이시며 당신께서는 창조를 관장하시는 신들 중의 신이시며, 당신은 태초이시며 불변이시며 과거이시며 현재이시며 미래이십니다. 그러하신데도 마치 범속한 인간처럼 시타를 대하셨으니 어찌 그러하실 수가 있으신 것이옵니까?"

이에 라마는 무척이나 겸손하게 말했다.

"저는 인간 다사라타의 아들일 뿐입니다. 전생의 제가 어떠했는지 저는 알 수가 없습니다. 저의 전생과 출생에 무슨 사연이 있었다면 브라흐마님이시여, 삼가 알려주셨으면 하옵니다."

브라흐마가 말했다.

"내가 라마님에 대한 진실을 말씀드리겠습니다. 라마님은 나라야나이시며 시타님은 락슈미이십니다. 당신의 무기는 원반, 그리고 샤랑가라는 활을 가지셨으며 오감(시,청,미,취,촉)이 정통하

시니, 옛날에는 바라하(멧돼지, 나라야나의 세번째 화신. 옛날 나라
야나는 바닷속으로 가라앉은 후에 멧돼지 형태가 되어 어금니로 땅을 들
어올렸다)의 형태를 하셨던 진리시며 당신께서는 시작도 끝도 없
는 브라흐만이십니다. 당신께서는 온 우주에 가득하시니 베다는
당신을 푸루쇼따마(비슈누)라고 하였습니다. 당신께서는 우주의
기원이시며 이의 유지이시며 프랄라야(세상의 종말에 일어나는 대
홍수) 동안에는 이를 파괴하시는데 우주는 다시 당신으로부터 기
원하게 됩니다. 당신은 모든 천신들의 구원자이시며 베다의 화
신이십니다. 삼계는 그 존재를 당신에게 연유하고 있습니다. 당
신은 야그나시며 바샤트카라시며 몸카라이십니다. 누구도 당신
의 전부를 알고 있지 못합니다. 프랄라야 동안에는 당신은 바다
가운데서 거대한 뱀 아디쉐샤에 기대어 계십니다. 라마님, 나는
당신의 심장이며 사라스와티(강가, 야무나와 함께 3대 성하의 하나
로 꼽히는 강)는 당신의 혀입니다. 당신의 눈꺼풀이 한 번 닫혔다
열리면 하루 낮과 하루 밤이 지나감을 의미합니다. 베다는 당신
의 숨결입니다. 한 마디로 당신을 영혼으로 갖고 있지 않은 것은
아무 것도 없으니 당신은 우주의 삼라만상에 다 퍼져 있으며 세
상은 당신의 몸이요 땅은 인내, 바로 당신입니다. 발리가 희생제
를 올렸을 때 그에게 세 걸음의 땅을 원하셨던 분이 바로 당신이
셨습니다. 당신의 분노는 불의 신이요 당신의 친절하심은 달입
니다. 시타는 당신의 비 락슈미이시며, 당신은 라바나를 죽이기
위한 목적 하나로 지상에 태어나셨었습니다. 이제 당신은 당신
의 출생의 목적을 달성하셨습니다.”

라마는 시종일관 놀라는 얼굴로 브라흐마의 말을 들었다. 그때
불의 신 아그니가 불타는 그의 두 팔에 시타를 태운 채 불 밖으로
나왔다. 그는 시타를 라마 옆에 놓으며 말했다.

“라마, 당신의 시타를 당신에게 돌려드립니다. 시타는 나의 불길

로도 태울 수 없을 만큼 삼계에서 가장 정숙한 부인이기 때문입니다."

이에 라마는 기뻐 눈물을 흘리며 말했다.

"아그니신이시여, 시타는 조금치도 잘못이 없습니다. 저는 그것을 잘 알고 있습니다. 그러나 당신께서 시타의 정숙함을 이렇게 증명해 주시지 않으셨다면 세상은 시타에 대해 억울한 말들을 할 수도 있을 것입니다. 그렇기 때문에 저는 일부러 시타에게 가혹한 시련을 주었던 것입니다. 그리고 시타는 그 시련을 잘도 넘겨 주었습니다. 시타도 저의 진심을 안다면 저를 많이 원망하지는 않을 것입니다."

라마는 흡족해하는 표정으로 시타 옆에 섰다. 이에 시바는 라마의 용맹을 칭찬하고 라바나를 죽여 삼계를 구원해 주었음에 감사하면서 말했다.

"당신은 이제 아요드햐로 돌아가서 당신을 기다리고 있는 바라타를 위로해 주셔야 합니다. 어머니들께서도 당신의 귀국을 애타게 기다리고 계십니다. 왕국을 맡아 당신네 조상들처럼 선정을 베푸시기 바랍니다. 당신께서는 아슈바메다도 거행하시게 될 것이며 그러다가 결국은 당신이 오셨던 곳으로 되돌아갈 것입니다. 라마, 보십시오. 이 전차에는 당신의 부친 다사라타가 계십니다. 부친께서는 지금 인드라의 나라에 살고 계십니다."

라마와 락슈마나는 부친 앞에 엎드려 인사를 올렸다. 다사라타는 빛으로 되어 있는 듯이 전신이 광채로 빛났다. 다사라타는 옛날처럼 라마를 무릎 위에 앉혀놓고서 말했다.

"애야, 사실은 천국이라는 곳이 지상만 못하구나. 네가 없으니 말이다. 나는 너하고 락슈마나하고 시타를 쭈욱 지켜보아 왔었다. 나는 이제 더 이상 걱정하지 않겠다. 애야, 나는 네덕으로 천국에 살게 되었다. 그리고 이제 나는 내가 왜 너에게 엉뚱한 일을 저질렀던가를 알게 되었다. 이 모든 것이 라바나를 죽이기 위한 천신들의 각본이었음을 말이다. 이제 아요드햐로 돌아가면 너의 어머니 카우살리야가 정말로 좋아하시겠구나. 너를 다시 보게 될 아요드햐의 시민들도 복이 많다고 해야겠지. 자 14년간의 추방은 이제 끝났다. 너는 잘도 나와의 약속을 지켜주었구나. 천신들께서도 너의 용맹을 기꺼워들 하시니 너는 커다란 명성을 얻었다. 나의 축복이 항상 너와 함께할 것이다. 무병장수하고 너의 아우들을 옆에 두고 나라를 잘 다스리도록 해라."

라마가 말했다.

"아버님, 한 가지만 말씀드리겠습니다. 아버님께서는 저의 추방을 원했다는 이유로 카이케이 어머님과 또 바라타에게까지 화를 내셨었는데, 어머님과 바라타를 용서하시고 그리하여 아버님께서도 마음의 평온을 찾으셨으면 합니다."

"그렇게 하마."

라고 다사라타는 말했다. 이어 그는 락슈마나를 무릎에 앉히고 말했다.

"라마와 시타에 대한 너의 초인적인 헌신은 나를 매우 기쁘게 해주었다. 너는 다르마의 길을 잘도 지켜왔다. 라마와 함께 너의 이름도 영원히 기억될 것이며, 너는 내세에 천국에 이를 것이다."

다사라타는 또 시타에게는 이렇게 말했다.

"시타, 내 아들의 냉혹했던 말에 너무 상심하지 말아라. 만천하에 너의 결백을 보여주기 위한 속셈이었다니 말이다. 그는 항상 너밖에 모를 것이다. 세상이 다하도록 함께 영원하기를 바란다."

다사라타는 하늘로 돌아갔다.

인드라는 라마에게 말했다.

"라마, 내가 샤라방가의 아쉬람을 방문했을 때 나는 당신을 만날 수가 있었소. 허나 오늘의 이 만남을 위해 그때는 내가 자리를 피했던 것이오. 당신은 우리 모두를 정말로 기쁘게 해주었소. 나에게 소원이 있으면 말씀하시오. 당신의 소원을 들어드리는 것이 나에게는 행복이 될 것이오."

라마는 합장을 한 채 서서 말했다.

"주님 중의 주님이시여, 이렇게 뵙게 된 것만으로도 무상의 은혜이옵니다. 그러나 은혜를 베풀어주시겠다면 한 가지 소원이 있습니다. 저 때문에 수천의 원숭이들이 이곳 싸움터에서 죽었습니다. 그들에게는 고향과 부모 처자가 있습니다. 그들을 아무런 상처도 없이 옛날처럼 건강한 모습으로 살려주시어 고향을 찾아 부모 처자들과 다시 만날 수 있도록 해주셨으면 합니다. 그리고 어디든지 그들이 있는 곳에는 사철 물과 과일이 풍부하도록 해주십시오."

인드라는 기꺼이 라마의 소원을 들어주겠다고 했다. 그러자 곧 그때까지 여기저기 싸움터에 죽어 넘어져 있던 원숭이들이 마치 잠에서 깨어난 듯이 모두 일어나는 것이었다. 그들은 모두 라마에게로 와서 인사를 올렸다.

인드라를 따라온 천신들은 말했다.

"나라야나님, 아니 라마님, 아요드햐로 가십시오. 사랑스럽고 성스러운 시타와 위대하고 헌신적인 락슈마나와 함께 당신의 부왕께서 다스려 오셨던 도시로 가시어 당신이 돌아오기를 애타게 기다리고 있는 바라타와 샤트루그나를 위로해 주십시오. 당신은 왕위에 오르게 될 것이며 코살라의 백성들은 당신의 선정으로 행복을 누리게 될 것입니다."

천신들은 하늘로 돌아가니 라마는 그들의 전차가 보이지 않을 때까지 그들을 향해 합장했다.

47. 고향으로 날다

밤이 지나자 다음날 아침 일찍 비비샤나는 라마를 찾아 말했다.

"주인님, 주인님의 즉위식을 위해 여기 비단과 백단향과 향수를 가져왔습니다. 이를 받아 주신다면 랑카와 저를 위해 무한한 기쁨이 되겠습니다."

라마는 웃으며 부드럽게 말했다.

"지금 나의 유일한 소망은 빨리 바라타를 만나고 싶은 것뿐입니다. 그는 나를 애타게 기다리고 있을 것입니다. 아요드햐까지는 멀고도 험한 길. 나는 지금 당장 출발하겠습니다."

비비샤나는 말했다.

"주인님, 알겠습니다. 그런데 감히 제가 한 가지 방안을 말씀드려 보겠습니다. 지금 저에게는 쿠베라의 푸슈파카(하늘을 나는 전차)가 있습니다. 저는 이 전차를 원주인에게 돌려드릴 생각입니다. 주인님께서 이 전차를 타신다면 하루 사이에 아요드햐까지 가실 수 있으실 것입니다. 그러니 여기에 조금 더 머물러 계셨다가 출발은 천천히 하셔도 좋으실 것입니다."

"아, 정말로 좋은 생각을 해주셨습니다. 감사히 푸슈파카를 타기로 하겠습니다. 그러나 출발은 지금 당장 하고 싶으니 그렇게 되도록 해주셨으면 감사하겠습니다. 바라타를 조금이라도 빨리 보고싶어 하는 나의 마음을 이해해 주셨으면 합니다."

이에 비비샤나는 하는 수 없이 서둘러 푸슈파카를 가져왔다. 라마는 모두들에게 인사를 하고 시타, 락슈마나와 함께 푸슈파카에 올랐다. 이때 누군가가 무어라고 한 마디 하자 모두들 와글와글 떠들어대기 시작했다.

"라마, 우리도 함께 아요드햐에 가보고 싶습니다."

"함께 데려가 주십시오."

"우리는 시내를 걸을 때 얌전히 주의해 걷도록 하겠습니다."

"꽃을 따거나 나무를 꺾지 않겠소."

"라마의 즉위식을 보고 싶어요."

"라마의 어머님들께 인사를 드리고 싶습니다."

이에 라마는 웃으며 쾌히 좋다고 했다. 푸슈파카는 신통력을 가진 전차였기에 그 많은 숫자를 모조리 다 태우고도 거침없이 하늘을 날기 시작했다.

라마는 멀리 아래에 보이는 곳들을 하나하나 시타에게 가리키면서 계속 이야기를 들려주었다.

"시타, 저기가 랑카의 시가지야. 건축을 맡은 신인 비슈바카르마가 건설한 도시지. 랑카가 위치한 저 카일라사 봉우리를 닮은 언덕이 트리쿠타라고 해. 저기 저곳이 내가 라바나를 죽인 곳이고, 저곳은 라바나의 동생 쿰바카르나를 죽인 곳. 저기가 하누만이 둠라크샤를 죽인 곳이고 그 옆이 수쉐나가 비디윤말리를 죽인 곳이야. 저기 큰 나무가 있는 곳 옆에서 락슈마나가 인드라지트를 죽였고, 저기 저 해변에 다리가 보이지? 저 대단한 다리에는 날라가 만들었대서 날라세투라는 이름을 붙였었지. 저 무섭고도 넓은 바다를 보라고. 그런데 하누만은 당신을 찾아 저 바다를 건너 뛰었단 말이야. 바다 가운데 보이는 산이 마이나카야."

푸슈파카는 무척 빠른 속도로 하늘을 날았다. 라마는 계속 시타에게 이곳저곳 지상에 보이는 곳들을 설명해 주었다.

"저기가 발리가 죽었던 곳, 저 도시가 수그리바가 다스리는 키슈킨다야."

이때 시타가 말했다.

"라마, 잠시 키슈킨다에 들러 타라를 비롯한 수그리바의 비빈들과 또 다른 원숭이들의 부인들 중에서 함께 가기를 희망하는 분들을 아요드햐까지 모시고 갔으면 어떻겠습니까?"

라마는 수그리바에게 시타의 뜻을 전하니 수그리바는 크게 좋아했다. 푸슈파카는 키슈킨다에 멈추어 많은 부인 원숭이들을 더 태운 후 다시 북으로 날기 시작했다.

"시타, 저기가 리쉬야모오카 언덕이야. 저기 저 봉우리에서 나와 수그리바는 불을 피워놓고 영원한 친구가 되자고 약속했었지. 저기가 쟈타유가 라바나에게 죽었던 곳 그리고 저기 저기가 판차바티의 우리의 아쉬람. … 카라를 비롯한 1만 4천의 락샤사들을 몰살시켰던 곳은 저기, 아 벌써 단다카 숲으로 들어섰어. 저기가 아가챠의 아쉬람."

라마와 시타와 락슈마나는 아가챠의 아쉬람을 향해 인사를 올렸다. 수티이크슈나, 아트리 등등의 아쉬람에도 계속 인사를 올렸다.

"저기 저기가 치트라쿠타. 바라타가 나를 찾아 왔다가 울면서 돌아갔던 곳. 아, 우리는 이제 곧 그를 만나게 되겠지."

야무나 강이 보였고 그들이 뗏목으로 강을 건넜던 곳도 보였다. 바라드바쟈의 아쉬람과 함께 강가가 보였고 구하가 다스리는 슈링기베라푸라도 보였고 사라유 강에 이어 멀리 아요드햐가 보였다. 셋은 아요드햐를 향해 엎드려 인사를 올렸고 원숭이들은 다투어 목을 빼어 아요드햐를 내려다보았다. 라마는 푸슈파카를 바라드바쟈의 아쉬람으로 향하게 했다. 바라드바쟈의 아쉬람을 찾은 라마는 성자 바라드바쟈를 찾아 엎드려 인사를 올리며 말했다.

"성자님, 그동안 안녕하셨습니까? 성자님께서 이렇게 건강하시니 무척 기쁩니다. 그런데 바라타는 잘 있습니까? 저의 어머님들도 다 잘 계실까요? 나라나 백성들에게 무슨 나쁜 일은 없었습니까?"

바라드바쟈는 라마의 물음에 웃으며 말했다.

"다 잘들 계시니 마음을 놓으라고. 바라타는 지금도 헝클어진 머리에 초라한 옷을 걸치고 맨땅에서 잠을 잔다는 거야. 라마의 신발을 정성으로 모시고 라마가 돌아오기를 기다리는 것만이 그의 유일한 생존의 목적이라고 하면서. 라마, 나는 라마의 일을 다 알고 있지. 수그리바와의 우정이며 라바나와의 싸움이며 인드라 의 은혜로 원숭이들을 모두 되살리게 되었더라는 일까지. 라마, 나의 청을 하나 들어주었으면 한다. 오늘은 여기에서 쉬고 내일 아요드햐로 들어갔으면 한다. 내가 여러분들을 모시고 대접해드 리고 싶어서 말이다. 그리고 오늘까지가 추방을 명령받은 14년의 마지막 날이기도 하니까."

라마는 바라드바쟈의 호의에 따르기로 하고서 하누만을 불러 말 했다.

"하누만, 우리는 성자님의 말씀대로 여기에서 하룻밤을 지내야 겠습니다. 그러나 하누만은 바라타를 지금 곧 가서 만나보고 돌 아오셨으면 합니다. 먼저 슈링기베라푸라에 가서 나의 친구 구 하에게 나의 안부를 전해주십시오. 구하는 아요드햐로 가는 길 을 알려줄 것입니다. 바라타를 만나거든 나의 이야기를 전하면 서 그의 표정을 잘 보십시오. 그는 정직한 사람이라서 그의 생각 이 곧 표정에 나타납니다. 만일에 그가 나의 귀국을 조금이라도 싫어하는 기색이 보인다면 나에게 사실대로 말씀해주셔야 합니 다. 나는 그가 싫어하는 일을 할 수는 없습니다. 이는 매우 중대 한 일인 바, 하누만이 가장 정확하고 객관적인 관찰을 할 수 있 을 것으로 믿고 이렇게 특별히 부탁을 드리는 것입니다. 바라타 가 나의 귀국을 불편하게 생각하는 기색이 있을망정 그를 비난 할 생각은 마십시오. 한번 부귀나 권력을 잡은 사람은 결코 놓고 싶지 않은 것이 당연지사이기 때문입니다. 하누만의 정확한 관 찰과 정직한 이야기를 기다리고 있겠습니다. 그리고 무엇보다도 바라타가 잘 있다는 소식을 조금이라도 빨리 듣고 싶습니다."

대결전

48. 난디그라마의 하누만

무척 미묘한 임무였다. 하누만은 곧 인간의 형태로 변신한 후 라마의 말대로 했다. 독수리 가루다가 하늘로 높이 치솟듯 하누만은 몸을 솟구쳐 곧 슈링기베라푸라에 이르러 구하를 만났다. 곧 다시 그는 아요드햐로 향했다. 바라타가 있는 난디그라마는 아요드햐에서 1크로사쯤(2마일 정도) 떨어진 교외에 있었다. 난디그라마에 도착한 하누만은 곧 바라타를 찾았다. 바라타는 헝클어진 머리며 나무껍질과 사슴가죽의 옷이며 단식으로 비쩍 마른 몸집 등 고행승의 모습 그대로였다. 하누만은 바라타가 신주처럼 모셔놓은 라마의 신발도 보았다. 하누만은 바라타에게로 가서 말했다.

"라마에 관한 이야기를 전해드리려고 왔습니다. 라마는 락샤사의 왕 라바나를 죽인 후 당신을 만나기 위해 이곳으로 오고 있습니다."

그렇게도 길고 긴 세월 동안 이 순간을 참고 기다려왔던 바라타는 너무나 기쁜 소식에 정신을 잃었다. 얼마 후 다시 깨어난 그는 기쁨으로 온몸을 떨면서 말했다.

"여보시오, 당신이 누구시든 당신은 나의 친구요. 자, 나를 껴안아주시오. 나는 이제 더 이상 바랄 것이 없이 행복합니다. 당신은 나를 이리도 행복하게 해주셨으니 이 은혜를 어떻게 갚아야 하겠습니까?"

바라타는 하누만을 껴안고 기쁨의 눈물을 펑펑 쏟았다. 바라타의 눈물로 하누만은 흠뻑 젖었으나, 하누만 또한 자기만큼 라마를 사랑하는 또 한 사람을 만난 기쁨에 함께 눈물을 흘렸다. 바라타는 훌쩍거렸다.

"당신의 말씀은 사실이지요? 나는 이제 살았습니다. 당신의 말씀은 나의 생명수. 라마는 지금 어디에서 어떻게 하고 계십니까?

그동안 라마는 어떻게 지내셨습니까?"

하누만은 바라타가 권하는 대로 다르바풀 위에 앉은 후 자세하게 라마에 관한 이야기를 들려주었다. 길고 긴 그의 이야기는 이렇게 끝났다.

"라마는 지금 강가 강변에 이르러 바라드바쟈의 아쉬람에서 하룻밤을 보내신 후에 내일 이곳에 오실 것입니다. 내일은 새로운 달로부터 닷새째가 되는 날이며 별은 푸슈야이니 아주 길일입니다."

신이 난 바라타와 샤트루그나는 라마를 맞아들일 준비에다가 대관식 준비까지 하느라고 갑자기 바빠지기 시작했다. 라마가 돌아온다는 소식은 곧 온 나라를 흥분시켜 버렸다. 환호성과 나팔소리와 노랫소리들이 터져나오기 시작하면서 거리에는 물이 뿌려지고 꽃과 향수들이 준비되고 깃발과 현수막들이 내걸리고 건물들과 담벽들에는 갑자기 색칠들이 벌어졌다. 군대들이 행진연습을 하면서 아요드햐로부터 난디그라마로 몰려 들었고, 왕대비 어머니들도 가마를 타고 난디그라마로 왔다. 흰 일산과 차마라(부드러운 비단으로 만든 먼지털이. 왕권의 상징)들도 운반되어 왔다.

49. 라마의 귀향

드디어 다음날 바라타는 라마의 신발을 머리에 얹고 라마를 마중나갔다. 브라흐마에 의해 창조되어 쿠베라에게 주어졌다가 라바나에게 빼앗겼던 푸슈파카가 하늘로부터 달처럼 빛나며 바람보다도 빠르게 라마 일행을 태우고 난디그라마의 하늘에 나타났다.

"라마! 라마!"

라는 함성이 하늘까지 닿았다. 구름같이 모인 사람들은 다투어 라마의 이름을 불러대니 온 천지가 하나로 흥분의 도가니가 되었다. 바라타는 전차를 향해 두 손을 모아 인사를 올렸다. 전차가 도착하고 라마가 내리자 바라타는 라마에게로 달려가서 땅에 엎드려 인사를 올렸다. 바라타는 다시 계속해서 땅에 엎드리고 또 엎드렸다. 라마는 그를 안아 무릎에 앉히며 사랑이 가득한 눈으로 바라보았다.

이어 바라타는 락슈마나와 시타에게도 인사를 올렸다. 계속 바라타는 수그리바와 인사를 나누었다.

"당신이 수그리바시지요? 라마와 친구가 되셨다니 반갑습니다."

바라타는 또 비비샤나와도 인사를 나누었다.

"비비샤나님께서 도와주시지 않으셨더라면 라마는 도저히 승산이 없었을 것이라고 들었습니다. 감사합니다. 이렇게 뵙게 되니 무한 반갑습니다."

바라타는 계속 라마의 일행들과 인사를 나누었으며 샤트루그나도 바라타의 뒤를 따르며 인사를 나누었다.

라마는 어머니들에게로 가서 먼저 카우살리야 앞에 엎드려 어머니의 발을 껴안고 그의 머리를 어머니의 발 위에 떨어뜨렸다. 라마의 눈물이 어머니의 발을 적시었다. 이어 수미트라와 카이케이에게도 인사를 올린 다음 라마는 그의 구루(스승) 바시슈타에게로 가서 엎드렸다. 락슈마나와 시타도 차례로 인사를 올렸다. 이 광경을 바라보는 아요드햐의 시민들은 라마를 다시 보게 된 기쁨으로 흥분해서 말들을 잊었다.

바라타는 라마의 신발을 들고 가서 라마의 발에 신기며 말했다.

"대왕님, 저는 지난 14년간 대왕님의 신발을 대왕님처럼 모시고, 국정에 소홀함이 없도록 힘써 국고와 국력이 10배로 불어났습니다. 금고와 양곡창고와 병력을 점검해 보시기 바랍니다. 대왕님의 은혜로 무사히 14년을 지낼 수 있었음을 감사드립니다. 자,

이제는 대관식에 임하시어 저와 저의 어머님의 오명을 끝내주십
시오. 당장 왕위에 오르시어 마르고 닳도록 이 나라를 번영하게
다스리십시오."

라마는 바라타의 뜻을 받아들였다. 바라타와 샤트루그나는 라마
의 헝클어진 머리를 빗기기 시작했다. 이어서 락슈마나와 바라타의
머리에도 빗질을 했다. 그들은 강물로 들어가 목욕을 한 후 눈부신
비단옷으로 갈아 입었다.

50. 라마의 즉위식

아쇼카, 비쟈야 등의 대신들이 바시슈타에게 라마의 즉위식을 집
전해줄 것을 청했다. 수만트라는 전차를 가져왔다. 라마의 코끼리
샤트룬쟈야도 왔다. 라마는 전차에 올랐으며 샤트룬쟈야에는 수그
리바가 탔다. 라마가 아요드햐로 향하니 코살라 왕국의 병사들과
수그리바의 원숭이들이 그 뒤를 따랐다. 바라타는 라마가 탄 전차
를 끄는 말들의 고삐를 잡았으며 비비샤나와 락슈마나는 차마라를,
샤트루그나는 흰 일산을 바쳐 들고서 라마를 호위했다. 아요드햐로
향하는 라마의 행렬은 대단한 장관이었다. 신들도 하늘에 모여 이
장관을 내려다보았다.

라마가 탄 전차 앞에는 아름다운 소들이 앞장을 섰으며, 베다의
찬가들이 읊어졌다. 라마는 함께 전차를 탄 부왕의 대신들에게 그
동안 자신이 겪었던 일들을 열심히 이야기했다.

드디어 아요드햐에 이르렀다. 라마는 마치 처음으로 아요드햐를
본다는 듯, 감개어린 눈으로 사방을 둘러보면서 눈물을 보였다. 궁
성에 이른 라마는 전차에서 내려 그를 기다리고 있던 원로들에게
일일이 인사를 드린 후 궁성 안으로 들어갔다. 수그리바는 그의 원

숭이 병사들을 시켜 황금의 단지에 바닷물을 가져오게 했다.

즉위식 준비가 다 갖추어지자 바시슈타는 라마를 보석으로 장식된 옥좌에 앉게 했다. 그 옆에는 시타가 앉았다. 바시슈타, 바마데바, 쟈발리, 카슈야파, 카티야야나, 가우타마, 비쟈야들이 모든 성스러운 강에서 가져온 강물과 바닷물을 부어 라마에게 즉위세례를 거행했다. 사트루그나는 아름다운 흰 일산을 받쳐들고 있었고, 수그리바와 비비샤나는 각각 차마라를 들고 있었다. 인드라는 바람의 신 비유를 시켜 연꽃의 화환과 함께 진주목걸이를 보내주었으며, 천신들은 즉위식을 위해 땅으로 내려왔고 하늘의 요정들은 춤을 추었다. 온 세상이 온통 경축일색으로 넘치니 나무들마다 꽃이 만발하며 열매가 주렁주렁 열렸다.

라마는 말과 소들을 많은 브라흐민들에게 선물했다. 라마는 또 수그리바에게는 보석이 장식된 목걸이를, 앙가다의 튼튼한 팔목에는 황금 팔찌를 몸소 끼워주었다. 이에 시타는 자신의 목에 걸고 있던 아름다운 목걸이를 풀어 손에 든 채 원숭이들과 라마를 번갈아 쳐다보았다. 시타의 의중을 알아차린 라마는 말했다.

"당신의 목걸이를 원숭이 용사들 중에서 가장 용감하고 지혜롭고 충성스럽고 겸손하며 담대하고 진실한 최고의 용사에게 주도록 하시오."

시타는 서슴치 않고 그 목걸이를 하누만에게 주었다. 라마는 모든 원숭이들에게 다 선물을 주었다. 즉위식이 다 끝나자 수그리바는 원숭이들과 함께 키슈킨다로, 비비샤나는 랑카로 돌아갔다.

라마는 락슈마나를 왕세제로 세우려고 하였으나 본인이 절대반대를 하니 라마는 바라타를 왕세제로 삼았다.

라마는 아슈바메다도 거행했고 그리고도 다른 많은 제사들을 올렸다. 라마의 아름다운 정치는 이크슈바쿠 왕통과 태양족의 명성을 만천하에 높였다.

　라마가 세상을 다스리니 남편을 잃을 일이 없어서 여인네들이 행복해졌으며 맹수들이 시민을 해치지 않았고 돌림병이 도는 일이 없었다. 모든 사람들이 탐욕과 불만이 없었고 도둑이 없었으며 비명횡사하는 사람이 없었다. 모두들 다르마를 지키니 만민이 평안했다. 모두들 생각과 말과 행동이 바르며 신을 두려워했다. 순풍순우하여 세세년년 풍작이 계속되었고 나무들은 열매가 풍성했다. 라마라자(라마왕)라는 말은 태평성대를 뜻하는 말이 되어 영원히 후세의 동경의 대상이 되었다.

팔라슈루티

이상의 이야기는 옛날에 성자 발미키에 의해 씌어졌다. 이 이야기에는 경건함과 성스러움이 깃들여 있다. 이는 최초로 씌어진 카비야(시)다. 이를 읽은 사람은 마음이 정화되어 죄에서 벗어나게 될 것이며 수명이 길어져 오래오래 살게 될 것이다. 아이가 없는 사람은 아이들을 갖게 될 것이며 가난한 사람은 부자가 될 것이다. 이 이야기를 경건하게 들은 왕이나 크샤트리아는 모든 적들을 정복하게 될 것이며 승승장구 백전백승할 것이다. 부인들은 카우살리야처럼 위대하게 될 것이며 남자들은 라마처럼 모두에게 호감을 받게 될 것이다.

경건한 마음으로 라마의 이야기를 들은 사람은 분노를 누르고 참을 줄 알게 될 것이며 어떠한 위험에도 굳세게 맞서나갈 수 있을 것이다. 그는 기나긴 여행 끝에 헤어졌던 친척들과도 다시 만나게 될 것이다. 그의 모든 소망은 이루어질 것이다.

성심껏 이 카비야를 공부하는 사람들을 신들은 기억하고 계신다. 이 이야기를 들은 사람들은 신들에게 보상을 받을 것이며 그의 삶에서 장애물들이 저절로 없어질 것이다.

우유의 바다에 살면서 우주에 가득하신 신 나라야나는 신들 중의 신으로 시작도 끝도 없으신 분인데, 옛날 한때 라마셨나니, 라마야나를 듣거나 공부한 사람들에게는 그의 축복이 있을 것이다. 그리하여 그들은 부와 아이들과 평화와 만족을 갖게 될 것이며 모

든 소망들이 이루어질 것이니 부귀, 강녕, 명예, 장수, 우애, 영광,
좋은 지식 등등이 그들의 것이 될 것이다. 라마야나의 공부는 이
모든 것들을 이루어 줄 것이다. 라마의 이야기를 경건하게 반복하
면 축복이 따를 것이다.

　나라야나의 영광으로 세상에 번영이 영구하기를! 피트리(돌아가
신 조상)들은 후손들의 라마야나 공부에 만족해 하시며 신들 또한
이를 어여삐 여기신다. 발미키가 지은 라마야나를 공부한 사람은
내세에는 천국에 그의 자리를 마련받게 된다.

　옴 타트 사트! 하리히 옴!
　옴! 샨티! 샨티! 샨티!

용어해설

가루다 : 비나타의 아들. 태양의 신 수리야의 전차사인 아루나의 동생으로 나라야
나를 태우고 다니는 커다란 새.

가루트만 : 가루다의 또 다른 이름.

가야트리 : 산드햐 (아침과 저녁, 또는 아침, 정오, 저녁의 때. 또는 이때에 올리
는 종교적 의식)때 반복하는 24음절로 된 찬가. 비슈바미트라가 지었음.

간다르바 : 천상계의 악사. 건달바. 건달이라는 우리말은 여기서 유래되었다.

그나티 : 친척, 동족.

기이 : 인도산 버터. 제사 때 성화에 기름으로 씀.

나라야나 : 비슈누.

나가파샤 : 나가는 뱀, 파샤는 올가미.

난디 : 마하데바 (시바)의 성우.

니르바판잘리 : 손바닥으로 물을 떠서 망인에게 공양하는 것.

다나 : 선물을 주어 일을 성사시킴.

다나바 : 귀신.

다누스 : 활.

다르마트마 : 다르마는 법, 도리, 정의, 천리 등의 뜻이며 다르마트마는 다르마를
지키며 사는 사람.

단다 : 처벌, 징계.

단다카 아라니아 : 단다카는 이크슈바쿠의 아들, 아라니야는 숲. 단다카왕이 바르
가바(=수크라=아수라들의 사제장)의 딸에게 저지른 잘못 때문에
바르가바의 저주를 받은 단다카의 왕국은 황폐화되어 숲으로 변
했다.

데바 : 천신.

데비 : 부인에 대한 경칭.

디까쟈 : 땅을 떠받들고 있는 네 마리의 코끼리.

라구밤사 : 라구는 라마의 부왕인 다사라타의 조부(다사라타의 부왕은 우쟈), 밤사
는 왕통이라는 뜻이니 라구밤사는 라구→우쟈→다사라타로 이어지는 수
리야밤사(태양족 왕통)를 의미함.

라마야나 : 라마 행상기(行狀記), 라마의 경력.

라자르쉬 : 라자는 왕, 르쉬는 리쉬 즉 성인, 수도자의 뜻이니 라자르쉬는 성자와
　　　같은 왕, 경건하고 헌신적인 생활로 성자의 경지에 이른 크샤트리아(무
　　　사계급)를 뜻함.

라크샤 : 손목에다 두르는 실이나 비단조각으로 된 부적.

락샤사 : 나찰.

락샤시 : 여자 락샤사, 나찰녀.

라후 : 9개의 유성 중의 하나. 비프라치띠와 심히카 사이에서 태어난 아들. 일식과
　　　월식을 일으킴.

루드라 : 폭풍의 신.

리쉬 : 성자, 고행자, 성인, 수도자, 선성.

마누 : 최초의 인간.

마루트 : 바람, 특히 폭풍의 신. 언제나 무리를 지어 다니는데, 그 수와 출생에 관
　　　하여는 서로 다른 이야기들이 있음.

마야 : 환, 환상, 환각술.

마탈리 : 인드라의 전차사.

마하데바 : 힌두교의 3대신은 창조를 관장하는 브라흐마, 유지를 관장하는 비슈누,
　　　파괴를 관장하는 시바임. 마하는 크다, 데바는 천신으로 마하데바, 즉 대
　　　천신은 시바를 말함.

마하라티카 : 대전사, 대영웅.

마호다라 : 수종병.

만마타 : 사랑의 신 카마의 또 다른 이름.

만트라 : 주문, 진언, 다라니. 신통력을 발휘할 수 있는 문구.

무드가라 : 무기의 일종.

무후르타 : 48분간에 상당하는 시간의 단위.

바나라 : 원숭이.

바다리 : 대추나무.

바라타바르샤 : 인도인들은 자기네 나라를 바라타바르샤라고 부른다. 옛날 바라타
　　　라는 위대한 왕이 다스렸던 나라. 바라타는 훗날 리쉬가 되었다.

바루나 : 지하세계와 바다의 신.

바산타 : 봄. 봄의 신.

바수 : 아아파, 드루바, 소마, 다라, 아닐라, 아날라, 프라타유샤, 프라바사의 8명
　　　의 신.

바수키 : 카두루의 아들로 뱀 세계의 왕.

바즈라 : 인드라의 무기인 금강저, 벽력.

바유 : 바람의 신.

반드히 마가드하 : 왕을 찬양하고 왕의 건강을 기원하는 노래를 불러 왕을 깨우는 가수.

발칼라 : 수도자들이 입는 나무껍질로 만든 거친 옷.

베다 : 경쟁심을 일으켜 일을 성사시킴.

베다 : 기원전 1500~1000년 경에 이루어진 것으로 보이는 인도에서 가장 오래된 신화적 제식문학의 집대성. 베다란 지식 또는 종교적 지식을 뜻하는데, 현재 남아 있는 베다 문헌은 리그베다, 사마베다, 야주르베다, 아타르바베다의 4종류가 있다.

부드하 : 수성. 찬드라밤사 (월종족 왕통)의 시조인 푸루라바스의 아버지.

브라흐마 : 창조의 신.

브라흐마로카 : 브라흐마가 살고 있는 곳.

브라흐마차리 : 독신의 브라흐민.

비마나 : 차량. 전차.

비슈누 : 우주의 유지를 관장하는 신. 카우모다키라는 이름의 샨카(홀, 직장, 권표), 수다르샤나라는 이름의 차크라(원형의 무기), 판차쟈니야라는 이름의 소라고동이 상비품임.

비슈바카르마 : 건축의 신.

비슈베데바 : 수호신의 무리.

비이나 : 인도의 대표적인 현악기. 옛날에는 모든 현악기를 비이나라고 불렀다.

비자야 : 손없는 시각. 상서로운 때. 이 때는 무엇을 잃어버려도 반드시 다시 찾게 됨.

사가라 : 이크슈바쿠 왕통의 제32대 왕.

사마 : 인내를 갖고 상대를 설득하여 일을 성사시킴.

사마디 : 삼매, 삼매경. 요가의 마지막 단계인 제8단계.

샤티 : 마하네바(시바)의 신비.

사라드 : 가을.

수리야 : 해, 태양신.

수만갈리 : 유부녀, 과부가 아닌 남편이 생존해 있는 여자.

슈라르다 : 장례식.

슈라바나 : 7, 8월에 상당하는 달.

스바스티 : 재앙이 떨어지는 것을 막기 위해 주문을 반복해 외는 것.

슬로카 : 시 운율의 일종.

시따 : 아니마, 마히마, 라기마, 가리마, 프라프티, 프라카미얌, 이샤트밤, 비쉬트밤의 8가지 초자연적인 능력을 가진 지극히 순수한 반신적 존재.

아그니 : 불의 신.

아그니호트라샬라 : 아그니호트라 (불의 신 아그니에 대한 공양)를 위한 성화가 모셔져 있는 예배실.

아다르마 : 다르마가 아닌 것. 불법, 부정, 불의, 부도덕.

아다르미 : 아다르마를 저지른 사람.

아디티야 : 아디티의 12명의 아들.

아라니 : 마찰시켜 불씨를 일으키는 데 쓰는 나무조각.

아루나 : 태양의 신 수리야의 전차사.

아룬다티 : 바시슈타의 부인.

아르기야 : 경배, 공물.

아르타 : 부, 재보, 재산, 실리, 물욕.

아므리타 : 신들이 마시는 불로장생의 신주. 우유를 저어서 만든 음료.

아쉬람 : 암자, 수도장, 은자의 집, 고행장.

아슈바메다 : 말을 제물로 하여 올리는 가장 큰 규모의 제사, 마제, 마사, 마사제 등으로 번역됨. 동아출판사의 백과사전에는, '다른 국가를 정복한 왕이 스스로의 권력을 과시하기 위해 행하는 제례. 마사라고도 한다. 이에 관해서는 리그베다에도 기록이 남겨져 있고, 마하바라타에는 싸움에 이긴 유디슈티라가 아슈바메다를 하였다는 사실이 씌어져 있다. 희생물로 선정된 말을 풀어서 1년간 자유롭게 다니도록 놓아두고 그 뒤를 또한 선발된 자가 따라다닌다. 이렇게 해서 1년 후 돌아온 말로써 의례에 따라 희생제를 지낸다. 불에 구운 말 골수의 연기를 마시면 왕의 모든 죄는 씻긴다는 것이다.' 라고 소개되어 있음.

아스트라 : 주문을 외워 신들의 무기를 사용함. 신들의 신통력이 실린 무기.

아이라바타 : 인드라의 코끼리의 이름.

아차리야 : 영혼을 교화시키는 스승, 구루.

야크샤 : 야차.

아프라다크쉬나 : 프라다크쉬나의 반대. 역방향으로 돌기.

아프사라 : 천계의 요정.

아트만 : 자아. 영혼(개인적인 영혼).

암샤 : 신의 일부. 신의 환생.

앙가라카 : 일명 망갈라. 화성.

야마 : 죽음의 신. 염라.

야즈나 : 희생, 희생제, 희생의식.

요자나 : 4크로사에 상당하는 거리. 8~9마일쯤 됨.

유가 : 세상이 한 번 생성되어 소멸되기까지의 기간을 말하며 크리타 유가, 트레타 유가, 드와파라 유가, 칼리 유가의 4기로 나눔. 제1기는 4,800신년, 제2기는

3,600신년, 제3기는 2,400신년, 제4기는 1,200신년인데 1신년은 태양력의 360년 간에 상당함. 현재는 제4기 칼리 유가가 약 5천년 쯤 지난 시점에 와 있다고 함. 유가의 끝에 가까워질수록 세상은 점점 험악해 진다고 함.

유바라자 : 세자.

이크슈바크 왕통 : 인도의 왕통은 수리야밤사(수리야는 태양, 밤사는 왕통이니 태양족 왕통 또한 일종족 왕통)와 찬드라밤사(찬드라는 달이니 태음족 왕통 또는 월종족 왕통)로 나뉜다. 이크슈바쿠는 수리야밤사의 제1대 시조. 다사라타는 이 왕통의 제57대의 왕임.

인드라 : 번개의 신. 그의 무기는 바즈라(금강저, 벼락)임.

쟈나스타나 : 단다카 숲의 일부로 락샤사의 왕 라바나가 그의 동생과 부하들을 주둔시켰던 곳.

차마라 : 부드러운 비단으로 만든 먼지털이. 왕권을 상징함.

차이트라 : 1년 중 첫번째의 달. 북방의 신 쿠베라의 정원.

찬달라 : 수드라(노예계급)에도 들지 못하는 불가촉천민.

찬드라 : 달, 달의 신.

초다마니 : 머리 장식품.

카르티카 : 10, 11월에 상당하는 달. 만월이 크리띠카(묘성)에 가까이 있게 되는 달.

카마 : 사랑의 신.

카마 : 성욕, 성애. 힌두교에서는 인생의 4대 목표는 다르마(정의), 아르타(재보), 카마(성애), 모크샤(해탈)라고 함.

카만달루 : 고행자들이 사용하는 흙 또는 나무로 만든 물통.

카샤파 : 카샤파는 브라흐마의 아들인 마리치의 아들로 아디티와 디티의 두 부인에게서 신들과 악마들을 낳았다.

코단다 : 휠.

코비다라 : 아요드햐의 왕을 상징하는 연한 자주빛 꽃.

쿠베라 : 라바나의 이복형제. 북방을 맡은 신으로 부의 신이기도 함. 그의 정원의 이름은 차이트라. 라바나와 싸워 패하여 푸슈파카라는 이름의 하늘을 날으는 비마나(차량, 수레)를 빼앗겼다.

크로다그리하 : 화가 났을 때 머무르는 방.

크로사 : 2마일 정도의 거리.

킨나라 : 천신의 일종.

타르파나 : 망인을 위한 합장배례.

타파스빈 : 타파스(정신을 집중하여 수행하는 고행)를 하는 사람.

타파스비니 : 여자 타파스빈.

티르타 : 성지, 순례지.

틸라카 : 작고 향기로운 흰색의 꽃.

파두카 : 신발.

파드마 레카 : 상서로운 표시. 여자의 발바닥에 이 선이 있으면 그녀는 수만갈리
　　　　　　(남편이 생존해 있음)가 됨. 즉 과부가 되지 않음.

파디야 : 귀한 손님에게 발을 씻을 물을 내놓음.

파리브라쟈카 : 떠돌아 다니는 고행자. 탁발승, 운수승.

파샤 : 올가미.

파수파타 : 마하데바. 시바신

파야샤 : 영약.

파야삼 : 우유와 설탕으로 지은 밥.

파탈라 : 나가(사람의 얼굴을 한 신성한 뱀), 아수라(신들의 적에 대한 총칭)들이
　　　　　다스리는 지하세계.

파티브라타 : 남편만을 유일신으로 모시는 이상적인 아내.

푸루라바스 : 찬드라밤사의 제1대 왕.

푸슈파카 : 하늘을 나는 전차. 원래 쿠베라의 것이었으나 라바나에게 빼앗겼다.

푸트라카마 : 아들을 구하는 희생제.

판나가 : 뱀.

프라다크쉬나 : 우로부터 좌로 걸어서 도는 예경의 표시.

프라요파베샤 : 먹는 것, 마시는 것을 끊고 자신을 제물로 바치는 자기희생. 크샤
　　　　　　　트리아에게는 프라요파베샤가 허락되지 않음.

피나카 : 마하데바의 활.

피샤차 : 악마, 마귀.

핀다 : 망인에 대한 음식공양.

하비스 : 신에게 바치는 공양물. 번제의 제물.

〈라마야나〉를 읽는 분들께

4000년의 역사를 지닌 인도 문학은 셀 수 없을 정도의 많은 언어와 종교의 복잡성으로 인해 다른 나라들과는 사뭇 다르게 형성되어 왔다. 그래서 언어학상으로는 아예 수종의 방언 문학 형태로 분류하며, 종교상으로 분류할 때도 그 가지수가 복잡할 수밖에 없다. 아주 오래된 것은 알 수 없지만 현재 전하는 것 중 가장 오래된 것인 베다 문학은 브라만교를 그 형성배경으로 하고 있으며, 고전 산스크리트 문학은 주로 힌두교의 문학이라 할 수 있다. 나아가 프라크리트 Prākrit 어로 표현한 불교나 자이나교의 문학도 볼 수 있다. 물론 근세문학의 종교 배경은 힌두교다.

베다 문학에 이어 브라흐마나 시대가 끝날 무렵에 서사시 문학이 나타나는데 그 대표적인 것이 〈마하바라타〉와 〈라마야나〉이다.

〈라마야나〉 역시 〈마하바라타〉와 마찬가지로 설화 문학이며 영웅담이다.

기원전 3세기쯤의 시인으로 알려진 발미키 Vālmīki 가 원작자로 알려졌으나 그는 단순히 편찬자 정도일 것으로 추측이 된다. 왜냐하면 이 작품의 기원은 기원전 11세기까지 거슬러 올라가며, 현재 전하는 형태의 모습을 갖춘 것은 기원후 2세기 말쯤으로 여겨지기 때문이다.

더구나 이야기 가운데에 〈마하바라타〉나 불교 설화집인 〈자타카〉에도 수록되어 있는 것이 있기 때문이다. 총 2만 4천 송의 시구가 7편에 나뉘어 실려 있는데 1편과 7편은 2세기쯤에 덧붙여진 것으로 여겨지고 있다. 덧붙여진 것으로 보이는 두 편 속엔 많은 전설과 신화 등이 포함되어 있기도 하지만 실존하는 역사적 인물인 라마 Rāma를 비쉬누Viṣṇu 신의 화신으로 나타내고 있어 마침내 이 역사시에 종교적 의미를 부여하는 계기가 된다. 이후 라마를 숭배하는 풍습이 일었으며 종교뿐만 아니라 문학 및 사상면에까지 커다란 영향을 끼치게 된다.

아무튼 〈라마야나〉는 '라마의 이야기'라는 뜻답게 고대 영웅인 라마의 행적과 영웅담 등을 담고 있다. 그러나 단순한 영웅담에 끝나는 것이 아니라 인도인의 일상 생활에 스며 있는 많은 이야기와 교훈적인 소재까지 풍부하게 다루고 있다.

영웅담이라는 점에서는 고대 그리스의 서사시 〈일리아드〉나 〈오디세이아〉와 비견할 만하다. 오히려 〈일리아드〉나 〈오디세이아〉보다 방대한 분량과 높은 예술적 가치를 지녔으며 세계문학에 더욱 깊은 영향을 끼쳤다.

또, 교훈적이라는 점에서 후세에 끊임없이 개작되고 첨삭되면서 인도 지방의 중요한 방언으로 번역되기도 했다.

일반적으로 〈라마야나〉의 문체가 〈마하바라타〉보다 좀더 기교적인 것으로 알려졌으며 훨씬 세련된 것으로 평가되기도 한다. 그래서 그런지 〈라마야나〉는 훗날에 발달한 시적 작품의 한 형태인 카비야 Kāvya 체의 기원으로도 인정되고 있다.

〈라마야나〉는 현재 세 가지 형태의 이본이 전해지고 있는데 그 중에서 특히 유명한 것은 힌디어 시인인 툴시다스(1532-1623)의 람차리트마나스 Rāmcaritmanās가 유명하다.

툴시다스는 힌두교도로서 성지를 순례하고 라마에 대한 신앙을 전파하고 다녔는데 동부 힌디어로 라마의 일대기를 썼다. 그러나 고대 〈라마야나〉의 단순한 번역이 아니고 종교적이고 정신적인 부분을 훨씬 강조하고 있다.

라마를 인간으로서만이 아니라 비쉬누 신의 화신으로서 더욱 힘있게 다룸으로써 라마에 대한 숭배 내지는 귀의를 깨달음에 이르는 최상의 길이라고 가르치면서 그에 대한 신앙심을 드높이고 있다. 그래서 이 종교적인 서사시는 지금도 힌두교도들에게 큰 영향을 미치고 있다.

〈라마야나〉의 주요 뼈대는 코살라국의 왕자인 라마의 파란만장하고 용맹무쌍한 무용담을 기본 축으로 하며 정절의 화신인 왕자부인 시타의 수난 받는 이야기, 동생 바라타의 이야기와 원숭이 하누만 이야기, 그리고 열 개의 머리를 가진 마왕 라바나의 이야기등을 곁들인 대서사시로 엮어져 있다.

라마는 고난을 잘 이겨내고, 용맹스럽고, 아내를 사랑하며, 성스로운 의무를 다함으로써 결국 그는 비쉬누 신의 화신으로까지 여겨지게 되어 모든 힌두교도의 모범이 되고 있다. 물론 그의 부인 시타도 라마와 함께 지위가 올라갔다. 라마에 대한 정절을 다 지키고 성스러운 의무에 충실했던 점에서 그녀 역시 힌두교도 아내의 귀감으로 여겨지고 있는 것이다. 그래서 〈라마야나〉는 2000년 이상이나 입에서 입으로 전해진 결과 힌두교도들의 가슴 속에 깊이 새겨져 있는 것이다.

〈라마야나〉는 슬프고도 아름다운 이야기들이 들어 있어서 더욱 인기가 높다. 일반적으로 인도의 서사시에는 종교적인 요소뿐만 아니라 슬프고도 아름다운, 낭만적인 요소들이 같이 곁들여 있다. 그리고 서양의 전통적인 문학에서 말하는 일반적 규범을 잘 따르고 있지도 않다. 호머의 서사시는 한 사람의 주인공의 생애에 있어서 하나의 이야기에 초점을 맞추고 있지만 인도의 서사시는 주인공으로 등장한 인물의 전 생애를 묘사하는 것은 물론, 그 주변 인물들의 이야기까지 아울러 묘사한다.

아마 인도인들의 문화의 형성에 있어서 기본 바탕이 되는 여러 사상들을 녹여내다보니 자연 그렇게 방대한 작품이 되었을 것이다. 더더구나 작가 혼자만의 머리에 기대지 않고 수세기를 이어내려오면서 수많은 사람들에 의해 첨삭이 되다보니 더욱 다양한 구성이 될 수 있었는지도 모른다. 그러한 까닭에 더욱 민중 속에 살아 숨쉬는, 진정한 의미의 문학 작품으로 살아 있기도 할 것이며 이웃 나라의 문화나 정신사에까지 영향을 끼쳤을 것이다.

〈라마야나〉는 일찍이 자바, 말레이, 타이, 베트남 등의 남방 지역은 물론 티벳, 중국 등 북쪽에까지 잘 알려져 있다. 특히 중국에서는 불전(佛典)을 통해 라마의 이야기가 전해졌다.

아무튼 인도 고전 문학의 백미인 〈라마야나〉가 이제야 우리 나라에 소개되는 것에 기쁜 마음이 들어 두서없이 몇 자 적어 보았다. 역자와 출판사의 앞날에 축복있으라!

박 상 률(시인)

불멸의 인도문학

라마야나

1993년 10월 25일 초판 1쇄 인쇄
1993년 10월 30일 초판 1쇄 발행
2009년　9월 20일 초판 3쇄 발행

옮긴이 · 주 해 신
펴낸이 · 윤 재 승
펴낸곳 · 도서출판 민족사

등록 · 1980년 5월 9일(등록 제 1-149호)
주소 · 서울시 종로구 수송동 58 두산위브파빌리온 1131호
전화 · (02) 732-2403~4 / 팩스 · (02) 739-7565
홈페이지 · www.minjoksa.org
이메일 · minjoksa@chol.com

ISBN 978-89-7009-622-3 03890
값 13,000원

♣ 잘못된 책은 바꾸어 드립니다.